Gill Sims

MAMI BRAUCHT 'NEN DRINK

Erst recht an Weihnachten

W0215523

Gill Sims

ROMAN

MAMI BRAUCHT 'NEN DRINK

Erst recht an Weihnachten

Aus dem Englischen von Ursula C. Sturm

EISELE

Besuchen Sie uns im Internet:
www.eisele-verlag.de

Die Originalausgabe »Why Mummy Drinks at Christmas« erschien 2023
bei HarperCollins Publishers Ltd, London.

MIX
Papier
FSC® C083411

1. Auflage 2024

© 2023 Gill Sims
© Coverillustration: TomGauld / Heart Agency
© Coverdesign: HarperCollins Publishers Ltd 2023
© 2024 der deutschsprachigen Ausgabe
Julia Eisele Verlags GmbH, München
Alle Rechte vorbehalten
Gesetzt aus der Dolly
Satz: Pinkuin Satz und Datentechnik, Berlin
Druck und Bindearbeiten: CPI books GmbH, Leck
Printed in Germany
ISBN 978-3-96161-203-1

FÜR DICH, LIEBSTE ALISON.
DIE BEGEGNUNG MIT DIR WAR
ALL DAS BABY-MUSIZIEREN WERT.

FREITAG, 1. DEZEMBER

Ich habe Weihnachten immer geliebt. Solange ich denken kann, war ich jedes Jahr überzeugt, dass Weihnachten diesmal perfekt werden würde. Diesmal würden all unsere Träume in Erfüllung gehen: Die Kinder würden fröhlich durchs Haus toben, in ihren rotwangigen Gesichtern würde sich das Entzücken über meine sorgfältig ausgewählten Geschenke spiegeln, und wenn ich den knusprig braunen Truthahn auftrug (auf einer goldenen Servierplatte, die erst noch besorgt werden musste), würden alle überwältigt »Ahh!« und »Ohh!« rufen, und Simon würde »Hach, Ellen, du bist eine veritable Weihnachtsfee!« seufzen und mich unter dem Mistelzweig küssen.

Noch nie war ich mir all dessen so sicher wie dieses Jahr. Diesmal würde es ohne jeden Zweifel ein rundum gemütliches, wunderschönes Weihnachtsfest werden, und zwar schon deshalb, weil wir ausnahmsweise einmal im ganz kleinen Kreis feiern konnten – nur Simon, ich und die Kinder! Das war uns in all den Jahren nämlich nur höchst selten vergönnt. Ich habe Peter und Jane eine halbe Ewigkeit nicht gesehen, und was gibt es Schöneres als eine Familienzusammenkunft zum Fest der Liebe? Die Glückwunschkartenindustrie hat ja eine komplette

Produktpalette rund um dieses Ereignis kreiert: Draußen rieselt leise der Schnee, der Nachwuchs purzelt fröhlich lachend zur Tür herein, Groß und Klein ist wieder vereint, rotweiße Zuckerstangen überall …

Meine Vorfreude war riesig. Peter und Jane haben Weihnachten ebenfalls seit jeher geliebt, deshalb war ich wild entschlossen, ihnen dieses Jahr, wo wir endlich einmal nur zu viert sein würden, alles besonders schön zu gestalten. Ich sah uns schon am 24. Dezember gemeinsam vor dem Kamin sitzen – ich würde aus *Eine Weihnachtsgeschichte* von Charles Dickens vorlesen und meine fasziniert lauschenden Sprösslinge dabei dann und wann verstohlen betrachten. Der Anblick ihrer vom Schein des flackernden Feuers erhellten Gesichter, die mir so schrecklich gefehlt haben, wäre die Entschädigung für all die harten Zeiten, die hinter uns lagen. Die zwei hatten zwar noch nicht auf meine Mails geantwortet, aber bestimmt waren sie wie ich schon ganz aufgeregt bei der Aussicht auf dieses wunderbare Fest der Liebe.

Vor uns lag das weihnachtlichste Weihnachtsfest aller Zeiten, jawohl! Das bewegende Wiedersehen mit meinen geliebten Kinderchen würde mein einsames, verkümmertes Herz mit Freude erfüllen, bot es doch eine hervorragende Gelegenheit, etwas Quality Time mit ihnen zu verbringen. Ich würde ihnen beim ausgelassenen Umhertollen mit unseren wunderbaren Hunden zusehen, während ich mit Simon Hand in Hand durch von Raureif überzogene Wiesen spazierte (Punkt eins und zwei auf meiner »Das perfekte Weihnachtsfest«-Liste wären damit schon mal erledigt.) Besagte Hunde würden uns entsprechend meiner Vision vom perfekten Weihnachtsfest urplötzlich aufs Wort folgen (Punkt drei: erledigt!).

Bei der Rückkehr würde es die oben erwähnten entzückenden Geschenke und den knusprigen Truthahn geben, gefolgt von den Lobeshymnen auf mich, die veritable Weihnachtsfee, dem Küssen unterm Mistelzweig und so weiter und so fort (Punkt vier, fünf, sechs *et cetera* erledigt, tschakka!). Nichts, absolut gar nichts konnte diesmal meine Pläne vereiteln.

Das schönste Weihnachtsfest aller Zeiten. Ich konnte es kaum erwarten.

Tja, und heute Vormittag rief mich dann mein in Edinburgh studierendes Fräulein Tochter an. Am Festnetz. Ich wusste gleich, das verheißt nichts Gutes, gehört Jane doch der Generation an, für die Anrufe am Festnetz etwas höchst Unnatürliches sind. Auf derart ungewohntes Terrain wagt sie sich ausschließlich unter Zwang oder in absoluten Notfällen. Ich war nicht sicher, in welcher Kategorie wir uns hier bewegten; ich tippte mal auf Ersteres, denn hätte sie mir lediglich eine Nachricht geschickt, dann hätte ich sie postwendend angerufen und wutentbrannt »Du willst WAS?« gezetert, das war ihr garantiert bewusst. Ja, zweifellos: Sie hatte darauf spekuliert, mich mit diesem Kunstgriff ein klein wenig besänftigen zu können. Mein Baby Girl, meine Erstgeborene, beliebte nämlich, mich telefonisch davon in Kenntnis zu setzen, dass die Eltern ihres Freundes Rafferty sie zu einem Skiurlaub eingeladen hatten, und zwar ausgerechnet über Weihnachten! Tja, was soll man auch erwarten von Eltern, die ihrem Sohn den Namen Rafferty verpassen? (Bin ich die Einzige, die da gleich an Raffgier denkt?)

»Es macht dir doch nichts aus, oder, Mum?«, fragte Jane.

»Du kannst doch gar nicht Skifahren«, wandte ich ein.

»Na, und? Raff bringt es mir bei.«

»Aber du hast keine Skisachen!«, blökte ich. »Hose, Anorak, Brille, Skier!« »Sachen« sind seit jeher der Schlüssel zu ihrem Herzen.

»Jetzt chill mal, Mum. Bei TK Maxx gibt es massenhaft supergünstiges Skizeug. Ich hab mir alles Nötige dort besorgt.«

»Bei TK Maxx gibt es Skier?«, rief ich ungläubig. Wie hatte mir das entgehen können, wo ich mich doch regelmäßig durch das gesamte Schnäppchenangebot bei TK Maxx arbeite? Über dieser Frage vergaß ich einen Moment lang, dass ich an Weihnachten nun wider Erwarten ohne Jane auskommen musste.

»Nein, ich rede von Hose und Anorak und so. Die Skier und die Schuhe leihe ich mir aus.«

»Aber so ein Skiurlaub kostet ein Vermögen! Wie willst du das finanzieren?«

»Raffertys Eltern haben ein Ferienhaus in Verbier, und die Liftkarte schenken sie mir zu Weihnachten. Ich muss also bloß meinen Flug und die Leihgebühr bezahlen, und dafür reicht mein Erspartes locker. Wie du weißt, hab ich einen Teilzeitjob.«

Ich umklammerte das Telefon. Eine Jane, die über Skipisten flitzte, statt mit uns spazieren zu gehen, das entsprach verdammt nochmal ganz und gar nicht meiner Vision vom perfekten Weihnachtsfest. Der Drang, mich in Kleinkind-Manier auf den Boden zu werfen und empört »und was ist mit miiiiir?« zu plärren, war groß, aber ich wusste natürlich, dass sich so ein Verhalten für eine Mutter nicht ziemt. Also rief ich mir in Erinnerung, dass ich mich für Jane freuen sollte. Die Eltern ihres Freundes hatten bei der Wahl des Namens für ihren Nachwuchs zwar einen absolut lächerlichen Geschmack bewiesen, aber, hey, dafür waren sie offenbar geradezu unverschämt gut betucht. Ich meine, ich will nicht, dass Jane diesen Rafferty *heiratet* – mal abgesehen von allem anderen könnte das nämlich dazu führen, dass meine Enkel noch affigere Namen abbekommen als Persephone und Gulliver, die Kinder meiner Schwester, aber zumindest darf man wohl davon ausgehen, dass Jane im Falle einer Scheidung ganz gut aussteigen würde. Trotzdem war es total unfair, dass mir die stinkreichen Eltern dieses stinkreichen Schnösels mit ihrem bescheuerten Reichtum mein perfektes Weihnachtsfest ruinierten. Diese Aasgeier. Ohne meine kleine Jane war Weihnachten doch kein bisschen weihnachtlich! Da fehlte einfach etwas ganz Entscheidendes.

Ich gab mein Bestes, großes Ehrenwort. Ich holte mehrmals tief Luft und konzentrierte mich mit ganzer Kraft darauf, die unverdrossene Optimistin zu geben, doch es war vergebliche Liebesmüh: Statt wie geplant »Das freut mich sehr für dich, Schatz. Amüsier' dich schön!« zu flöten, brach ein »Ich halte das für keine gute Idee, Jane« aus mir heraus, gefolgt von: »Es ist eine Sache, wenn du dich in Edinburgh mit diesem Rafferty triffst, aber mit ihm ins Ausland zu reisen, das ist eine ganz andere Nummer. Wer ist dieser Junge überhaupt? Du hast ihn uns noch gar nicht vorgestellt. Er könnte alles Mögliche sein, ein krimineller Menschenhändler beispielsweise. Was, wenn es gar kein Ferienhaus gibt? Wenn er dich nur in ein Flugzeug lockt, um dir den Pass abzunehmen und dich als weiße Sklavin zu verkaufen?«

»MUM!«

»Sowas kommt vor! Weiß ich aus der Sendung *Panorama*!«

»Von den Ausschnitten aus *Panorama*, die die Leute auf Twitter posten, meinst du wohl! Du schaust dir doch höchstens *Das perfekte Dinner* und die Wiederholungen von *My Big Fat Gypsy Wedding* an! Raff ist kein Menschenhändler. Es gibt keinen Grund zur Besorgnis. Wir sind seit Monaten zusammen.«

»Aber du warst noch nicht mit ihm im *Ausland*!«

»Herrgott nochmal, Mutter, ich fliege bloß nach Verbier! Du klingst ja wie einer dieser fremdenfeindlichen Schnösel in den Romanen von Nancy Mitford!«

»Nun ja, in einigen Punkten hat dieser Onkel Matthew aus *Englische Liebschaften* durchaus recht«, brummte ich.

»Hör auf, die *Daily Mail* zu lesen. Raff ist harmlos.«

»Woher willst du das wissen? Kennst du seine Eltern?«

»Noch nicht. Er stellt mich ihnen nächste Woche vor.«

»Also, mal angenommen, er ist kein Menschenhändler: Was, wenn deine Ausrüstung nichts taugt? Dieser Billigkram von TK Maxx dürfte wohl kaum die richtige Wahl sein. Und hast du an Skiunterwäsche gedacht, oder soll ich dir eine lange Unterhose schicken?«

Um meine Enttäuschung darüber, dass Jane die Weihnachtsfeiertage nicht mit uns verbringen würde, zu kaschieren, wandte ich mich sogleich einer Beschäftigung zu, bei der ich in Zeiten emotionaler Belastung stets Trost finde: Panikshoppen.

»Du brauchst ordentliche Thermounterwäsche«, beharrte ich, während ich fieberhaft scrollte. »Ich bin gerade auf der Seite von John Lewis; da gibt es tolle Sachen aus Merinowolle. Hm, und hast du Skisocken? Ach, John Lewis führt keine Skisocken. Gut, sehen wir mal nach bei ... Na, also. Warst du überhaupt mal auf der Seite von Nevisport? Du könntest dir Frostbeulen zuziehen oder durch Erfrierungen sogar ein paar

Zehen verlieren! Du könntest an Unterkühlung sterben oder von einer Lawine erfasst werden. Mit Lawinen kenne ich mich aus, ich hab alle Bände der *Chalet-School*-Reihe geles-«

»Jetzt hör schon auf, Mum. Es ist echt immer dasselbe!«

»Was?«

»Du malst dir jedes Mal irgendwelche Katastrophenszenarien aus, und dann versuchst du zwanghaft, die Kontrolle an dich zu reißen.«

»Gar nicht wahr. Ich ziehe lediglich all das in Betracht, was schlimmstenfalls passieren könnte, ...«

»Katastrophenszenarien!«

»... und dann bemühe ich mich, zu *helfen*.«

»Du reißt die Kontrolle an dich! Du bist ein totaler Kontrollfreak, Mum!«

»Das ist wirklich unfair. Ich hab dir übrigens gerade Thermounterwäsche und Skisocken bestellt.«

»Ich habe alles, was ich brauche, und ich kann verdammt nochmal darauf *verzichten*, dass du dich einmischst!«

»Von Einmischung kann keine Rede sein. Ich hatte den Eindruck, dass du das alles überhaupt nicht richtig durchdacht hast, also habe ich dir unter die Arme gegriffen. Kein Grund, deswegen sauer auf mich zu sein.«

Zumal ich dir helfe, *obwohl du mich zur schönsten Zeit des Jahres im Stich lässt*, um dich stattdessen mit deinem stinkreichen Freund und seinen dämlichen Eltern zu vergnügen, dachte ich verdrießlich.

»Schluss damit, Mum!«

»Was hab ich denn getan? *Du* bist doch hier diejenige, die nicht nach Hause kommt. Ist ja weiß Gott nicht so, als hättest du Weihnachten ruiniert oder so«, keifte ich sarkastisch.

»Ich habe Weihnachten nicht ruiniert!«

»So, so. Was ist eigentlich mit Silvester?«

»Was soll damit sein?«

»Na, wo bist du an Silvester? Kommst du da nach Hause?«

»Weiß ich nicht! Ich habe keine Ahnung, wo ich an Silvester sein werde! Vielleicht breche ich ja das Studium ab und fliege von Verbier direkt nach Ibiza zu Persephone, um dort wie sie als Shot-Girl zu jobben.«

»Nein! Du wirst nicht zu deiner Cousine nach Ibiza fliegen und dich als Shot-Girl verdingen!«

»Doch, das werde ich, wenn ich Bock drauf habe! Warum hörst du mir nicht zu? Es ist verdammt nochmal mein Leben!«

»Jane, ich ...«

»Ach, lass mich einfach in Frieden, Mum. Und ich habe Weihnachten *nicht* ruiniert, das war echt gemein von dir!«

»Jane, bitte ...«

Zu spät. Sie hatte aufgelegt.

Ich setzte mich auf den Fußboden und vergoss ein paar Tränen. Ich wollte doch bloß an Weihnachten meine Familie um mich haben! Ich wollte am 25. Dezember morgens meine Kinder umarmen und ihnen dann dabei zusehen, wie sie ihre Strümpfe plünderten. Ich wollte mit ihnen ein paar gottverdammte Weihnachtslieder singen, Mince Pies futtern und das schönste Fest der Liebe aller Zeiten feiern. War das denn zu viel verlangt? Jane jedenfalls zog es vor, in irgendein gottverdammtes Winterparadies im *Ausland* zu fliegen. Wo zum Teufel liegt dieses Verbier überhaupt? In Frankreich oder in der Schweiz? Ich sollte wohl nachsehen, damit ich zumindest wusste, wofür ich sitzen gelassen wurde. Nicht, dass mir noch einmal so ein peinlicher Fauxpas unterlief wie damals, als ich dachte, Jane wäre auf Schulexkursion in Frankreich, tatsächlich befand sie sich jedoch in Belgien. Laut Jane war das nicht eben eine Sternstunde meines Mutterdaseins, und als ich zu meiner Verteidigung vorbrachte, so ein Fehler könne einem bei Nachbarländern schon mal unterlaufen, hatte sie beharrt: »Das ist doch wohl das Mindeste, was man von einer Mutter erwarten kann, dass sie weiß, in welchem Land sich die eigene Tochter befindet!« Tja, und jetzt flog sie mit irgendeinem dahergelaufenen Lümmel in den Skiurlaub.

Ich schluchzte noch ein wenig weiter, irritiert beäugt von den Hunden. Mein geliebter Border Terrier Judgy (nicht mehr der Jüngste, aber noch genauso bockig wie eh und je) nieste mich an, was so viel hieß wie: »Los, aufstehen! Es ist Zeit, meinen Fressnapf zu füllen!« Judgy war Gefühlsduselei ein Graus – von Tränen wird sein Fell nass, und das kann er nicht ausstehen. Flora, mein schon recht betagter zweiter Border Terrier (sie war fünfzehn, als ich sie zu uns geholt habe, um ihr einen Lebensabend im Tierheim zu ersparen, dennoch ist sie fit wie ein Turnschuh, bis auf ihre leichte Blasenschwäche, aber die kriegen wir ja alle ab einem gewissen Alter), brachte mir, um mich aufzumuntern, einen labbrigen Gummiknochen. Und Barry, mein »Pferd« (als ich ihn adoptiert habe, war er schon verhältnismäßig groß, und die freundliche Dame aus dem Tierheim versicherte mir damals, er sei bereits ausgewachsen, was ihn allerdings nicht davon abgehalten hat, weiter zu wachsen), vollführte seine tollsten Kunststücke in dem Bemühen, mich zum Lachen zu bringen. Am Ende stellte er sich mit den Vorderpfoten auf Judgy, der vehement protestierte, und Flora, die nicht recht wusste, was das alles sollte, stürzte sich ebenfalls ins Getümmel. Damit war ich jäh gezwungen, meine Selbstmitleidsorgie zu beenden und das Fellknäuel wieder in drei Hunde aufzudröseln. Ich verteilte Leckerlis, wischte mir die Tränen von den Wangen und sagte mir, dass sich Jane schon wieder einkriegen würde. Früher oder später musste sie doch erkennen, dass ich ihr wirklich nur bei der Urlaubsplanung hatte helfen wollen.

Hm. Ob ich statt des bereits bestellten Truthahns einen kleineren Braten besorgen sollte? Nein, Peter kam ganz sicher nach Hause. Wobei er mir seine Flugzeiten noch nicht mitgeteilt hatte, obwohl ich ihn schon hundertfünfundsiebzigtausend Mal daran erinnert hatte, dass ich dringend wissen musste, wann er kam, um die nötigen kulinarischen Vorkehrungen treffen zu können. Schließlich war er seit drei Monaten unterwegs.

Peter hatte vom Tag seiner Geburt an in einer Tour den Schnabel aufgerissen wie ein verzweifelt um Nahrung bettelndes Vogelküken. Und da er zurzeit sein Gap Year damit zubrachte, Asien zu bereisen, ging ich davon aus, dass er bei seiner Rückkehr ausgehungerter denn je sein würde. Seinen Instagram-Videos nach zu urteilen ernährte er sich überwiegend von Bier und Tequila Shots. Zumindest müsste er dank der Limettenspalten von Skorbut verschont bleiben. Hoffentlich bleibt er auch von diversen *anderen* Krankheiten verschont ... Ich habe ihm seinem Protest zum Trotz vorsorglich drei Jumbo-Packungen Gummis in den Rucksack gesteckt. Na, jedenfalls stand zu befürchten, dass er sich den gesamten Inhalt unseres Kühlschranks auf einmal einverleiben würde. Hm. Vielleicht sollte ich eher noch einen zweiten Truthahn bestellen, nur für Peter? Ihn ein wenig mästen, ehe er seine Weltreise fortsetzte?

Ich gab mir Mühe, es positiv zu sehen: Dieser Skiurlaub war eine tolle Gelegenheit für Jane, und zugleich bot er mir die Möglichkeit, mich an Weihnachten ganz meinem Sohnemann zu widmen und ihm ungestört zu lauschen, wenn er von seinen Erlebnissen berichtete. Ich sah uns schon am Kamin sitzen und Brettspiele spielen, ganz ohne die üblichen Nettigkeiten à la »Fick dich ins Knie«, die Jane und er für gewöhnlich austauschten. Ja, es konnte trotz allem noch ein märchenhaftes Weihnachtsfest werden …

Und da landete mit einem »Pling« eine Mail von Peter in meiner Inbox.

Yo Ma,
ich bleibe in Thaland Weihnachten is hier ne Beachparty hoffe du bist nich sauer is krass viel los hier dass ich nich verpassen will und so spart ihr euch die Kole fürn Flug wir sehn uns dann ostern
x

Es kostete mich einige Mühe, mir einen Reim auf seine vor Fehlern strotzende Mitteilung zu machen (»Liebstes Mütterlein, ich habe beschlossen, an Weihnachten nicht in den Schoß meiner mich liebenden Familie zurückzukehren, stattdessen gedenke ich, an einem Strand in Thailand zu saufen, bis der Arzt kommt, und mir womöglich die eine oder andere Penicillin-resistente Geschlechtskrankheit einzufangen. Ich hoffe sehr, damit weder deinen Unmut zu erregen, noch dir Unannehmlichkeiten zu bereiten, weil ich damit dein zweifellos raffiniertes, von langer Hand geplantes Programm für die Feiertage durcheinanderbringe. Es gibt hier so viel mehr von Interesse für mich, liebste Mutter, allem voran Mädchen in Bikinis und so manch andere Dinge, mit denen ich dein zartes mütterliches Gemüt nicht weiter belasten möchte. Die Sache hat gleich mehrere positive Nebeneffekte – nicht nur in finanzieller Hinsicht, sondern auch für die Umwelt: Die eingesparten Flüge kommen eurem Kontostand zugute, verbessern meinen ökologischen Fußabdruck und verringern das Leid der Eisbären. Gut möglich, dass ich euch in nicht allzu ferner Zukunft mit meiner Anwesenheit beehren werde. In ewiger Liebe, dein einziger Sohn Peter.«) Ich wusste nicht, was schlimmer war – der Inhalt der Nachricht oder die erschreckende Ahnungslosigkeit meines Sohnes in Sachen Interpunktion, Grammatik und Rechtschreibung.

Erst also Jane, und jetzt auch noch Peter. Nun freu dich doch für die beiden, Ellen, ermahnte ich mich. Sei froh, dass Jane einen stinkreichen Schnösel – ähem – einen gut betuchten und sympathischen jungen Mann kennengelernt hat, mit dem sie womöglich den Rest ihres Lebens verbringen wird. (Wobei ich mich bislang offenbar nicht als würdig erwiesen habe, diesem Goldknaben vorgestellt zu werden.) Sei froh, dass sich Peter so toll entwickelt hat, nachdem er jahrelang nur in seinem Zimmer gehockt, schier unfassbare Mengen an Doritos verdrückt und mit seinen ähnlich menschenscheuen besten Freunden Lucas und Toby *Dungeons & Dragons* gespielt hat. Gemeinsam mit ebendiesen Freunden hat er sich dann in der zwölften Klasse neu erfunden; aus den drei schlurfenden Schlaffis mit Kellerbräune wurden urplötzlich die Party Boys des Jahrgangs. Natürlich finde ich es *toll*, dass diese Metamorphose Peter mit dem nötigen Selbstvertrauen ausgestattet hat, vor dem

Studium die Welt zu bereisen, zugleich jedoch sehne ich mich bisweilen nach den Zeiten, als ich noch stets haargenau wusste, wo er steckte (unter der Bettdecke) und was er trieb (pupsen und *Minecraft* spielen). Heutzutage bedarf es einer wahren Flut von E-Mails, um zu eruieren, ob er noch am Leben ist; ja, ich muss quasi damit drohen, die britische Botschaft des Landes, in dem er sich gerade befindet, zu kontaktieren, sollte er seiner besorgten Mutter nicht auf der Stelle antworten.

Auf meinen Versuch, mich mit Peters Vater, meinem geliebten Göttergatten, in der Angelegenheit zu beraten, werde ich mit der Aussage abgespeist, das Reisen werde Peter »guttun« und »seinen Charakter formen.« Ich vermute mal, Simon denkt dabei an das Geld für den Flug, das wir uns sparen, sowie an die deutlich reduzierten Lebensmittelkosten an Weihnachten. Auch Janes geplantem Skiurlaub mit Rafferty dem Reichen steht er gelassen gegenüber. Er murmelt etwas, das verdächtig nach »überreizt« und »überzogene Reaktion« klingt, als ich jedoch nachhake, behauptet er, er habe nichts gesagt. Hmpf. Als träfen Formulierungen wie »überreizt« und »überzogene Reaktion« auf mich zu!

»Die letzten zwanzig Jahre hast du dich ständig nach ein wenig Ruhe gesehnt«, erinnert mich Simon. »Und jetzt, wo die Kinder aus dem Haus sind, machst du plötzlich auf Muttertier und willst sie unbedingt zurückhaben!«

»Naja, damals kam es mir eben so vor, als würden sie nie erwachsen werden und ausziehen!«, erkläre ich weinerlich. »Da wollte ich doch bloß mal in Frieden pinkeln gehen können, ohne dass jemand an die Klotür hämmert und etwas von mir verlangt. Ich wollte weiß Gott nicht, dass sie ans Ende der Welt reisen und dort für immer und ewig bleiben.«

»Verbier liegt nicht am Ende der Welt, sondern in der Schweiz.« Ah, also doch nicht Frankreich. Gut zu wissen. »Selbst Thailand ist heutzutage nicht mehr so weit weg. Und von ›für immer und ewig‹ kann auch keine Rede sein, sie sind bloß an Weihnachten nicht da.«

Bloß an Weihnachten! Simon hat echt keinen Schimmer, ey.

—

Übellaunig schenke ich mir ein Glas Wein ein und setze mich ins Wohnzimmer, allein. Hier hocke ich nun von allen verlassen am Kamin, dabei wollte ich heute die perfekten Stellen aus *Eine Weihnachtsgeschichte* zum Vorlesen aussuchen.

Eigentlich sollte ich mich über diese Entwicklung freuen, schließlich verspricht ein Weihnachtsfest in trauter Zweisamkeit bedeutend unkomplizierter zu werden. Ich sollte jubeln, weil zur Abwechslung keine Berge von Kartoffeln geschält werden müssen, weil es keinen Zoff wegen der Bratensoße geben und weil niemand Panik schieben wird, dass die berühmte eingemachte Rote Beete, die Granny Green Jessica und mir anno 1989 zu Weihnachten überreicht hat (und die Jahr für Jahr feierlich auf den Tisch gestellt, aber nicht gegessen wird), am Ende Schimmel angesetzt hat.

Sehr verlockend finde ich auch die Aussicht, mal nicht mit meinen und Simons engsten Angehörigen mühevoll aushandeln zu müssen, wo, wann und wie genau gefeiert werden soll. Je älter und wilder Peter und Jane wurden, desto häufiger ließen ihre Großeltern im Laufe der Jahre verlauten, man könne »gerne auch mal woanders Weihnachten feiern als bei ihnen« – ganz egal wo. Für gewöhnlich bedeutete das, dass *alle* bei uns zusammenkamen, denn Simons Eltern leben seit einigen Jahren in Frankreich, da hieß es dann oft: »Weihnachten ist eine schöne Gelegenheit, die Heimat zu besuchen und Freunde zu treffen«, und »Es macht euch doch nichts aus, uns zu beherbergen, oder?« Seltsamerweise fiel die Wahl eher selten auf Simons Schwester Louisa, die neben sechs nicht ganz stubenreinen Kindern die Angewohnheit hat, nackt Gedichte vorzutragen und etwaige Besucher in »ganzheitliche« Heilrituale zu verwickeln, wenn sie am wenigsten damit rechnen. Wobei ich beim Anblick der Trauerränder unter ihren Fingernägeln jedes Mal denke, dass Reiki immerhin ein Gutes hat: Man wird dabei nicht angefasst. Meine Schwester Jessica hatte im Gegensatz zu mir immer recht schnell einen Grund parat, warum Weihnachten unmöglich bei ihnen gefeiert werden konnte. Zumeist lag es daran, dass sie viel zu wichtig und beschäftigt war.

Unsere Eltern ließen sich scheiden, als wir im Teenageralter waren; damit hätte sich unsere Familie rein theoretisch um etliche Mitglieder erweitern müssen, die als potentielle Ausrichter der Feierlichkeiten infrage kamen, doch bei meinem Vater wusste man nie so recht, mit wem er bis Weihnachten verheiratet sein würde, und mehr als einmal war er ärgerlicherweise an eine Frau geraten, die darauf bestanden hatte, im Winter eine Kreuzfahrt zu machen, was sich mit der Organisation einer Weihnachtsfeier ja eher schlecht vereinbaren lässt.

Eine schöne Winterkreuzfahrt wäre wohl auch ganz nach dem Geschmack meiner Mutter gewesen, doch da sie sich ihren zweiten Ehemann Geoffrey just auf einer Kreuzfahrt geangelt hat (gegen seinen Willen, wie ich vermute), verweigert er sich derlei Unternehmungen seither. In Ermangelung der Kreuzfahrt-Ausrede führte meine Mutter meist ins Treffen, sie habe *leider, leider* zu viel mit den Blumengestecken für ihre Kirche zu tun, zudem reagierten angeblich sowohl Geoffrey als auch ihre Katzen sehr empfindlich auf Veränderungen, ansonsten würde sie natürlich *liebend gern* als Weihnachtsgastgeberin fungieren. Somit blieb für gewöhnlich alles an mir hängen. Und an Simon natürlich, aber überwiegend an mir. Und so knurrte ich alle Jahre wieder im Dezember *O du fröhliche, o du selige, gnadenbringende Weihnachtszeit!* oder schluchzte alternativ *Stille Nacht, heilige Nacht* vor mich hin, während ich wahllos mit Mistel- und Stechpalmenzweigen um mich warf und versuchte, alle Wünsche, Vorstellungen, Erwartungen und Traditionen unserer Gäste unter einen Hut zu bringen, ganz zu schweigen von ihren Ängsten, Allergien und Unverträglichkeiten (seien es nun ernährungsbedingte oder – wie im Falle meines grässlichen Stiefvaters Geoffrey – rassistisch motivierte).

Doch diesmal ist die unvermeidliche E-Mail-Flut zu meiner Verwunderung ausgeblieben. Es gab keine Anrufe mit allerlei Andeutungen, und es hat sich auch niemand ganz ungeniert selbst eingeladen. Alle haben bereits andere Pläne: Simons Eltern Sylvia und Michael taten telefonisch kund, sie seien zu Weihnachten bei lieben Freunden eingeladen, die ein »ausgesprochen charmantes kleines Château in der Dordogne besitzen«; Jessica und Neil haben beschlossen, mit Persephone und Gulliver in London zu feiern, da ihre Vorzeige-Sprösslinge mittlerweile groß und Sippen-Weihnachtsfeiern somit albern sind (Jessica konnte es sich nicht verkneifen, mir unter die Nase zu reiben, dass sie das Essen von einem Caterer liefern lassen wird); meine verwitwete Stiefmutter Natalia, die letzte Ehefrau meines Vaters, besucht über Weihnachten Verwandte in Russland (schade eigentlich, sie ist mit Abstand das normalste Mitglied meiner Familie), und Mum und Geoffrey wollen zu Geoffreys Tochter Sarah und deren Ehemann Piers fahren, denn die beiden sind zu dem Schluss gekommen, dass sie sich nun, da ihre überaus begabte Tochter Orla fast zehn ist, vorstellen können, auch einmal die Weihnachtsgastgeber zu sein. Mum hat doch glatt versucht, mir über die Feiertage ihre vier siamesischen Katzen aufs Auge zu drücken, und reagierte auf meine Bemerkung, meine drei Hunde würden sich zweifellos mit großer Begeisterung über dieses vermeintliche Weihnachtsbüffet hermachen, mit einem indignierten »Tja, mach dir *bloß* keine Vorwürfe, falls sie traumatisiert aus der Katzenpension zurückkommen.« Louisa wiederum hat sich völlig unerwartet mit Bardo dem Widerlichen, ihrem »Ehemann«, versöhnt. Keiner von uns weiß, ob ihre heidnische Handfasting-Zeremonie überhaupt rechtsgültig ist, jedenfalls hat sie ihn vor über zehn Jahren verlassen, nachdem er versucht hat, ihr eine durchgeknallte reiche Ami-Braut, die seinem »alternativen Retreat« in Schottland einen Besuch abgestattet hatte, als »Schwester-Gattin« unterzujubeln. Wie auch immer, kürzlich informierte Louisa ihren Bruder, sie wolle Weihnachten ebenfalls *en famille* verbringen, sprich, mit Bardo und ihren sechs Dreckspatzen in seiner Jurte, und fragte bei der Gelegenheit auch gleich, ob ihr Simon dem wahren Geiste der Weihnacht entsprechend wohl zweihundert Pfund borgen könne, sie müsse für die Fahrt dorthin noch tanken.

Bis vor ein paar Stunden habe ich mich also noch so richtig auf Weihnachten zu viert gefreut – nur Simon, Jane, Peter und ich! Kein Geoffrey, für den extra eine Brotsoße zubereitet werden muss, während Jessica hysterisch gegen Gluten und Kohlenhydrate wettert. Keine Louisa, die immerzu betont, sie würden sich ja alle vegan ernähren, während sich ihre Kinder mit Haribo-Süßkram vollstopfen, ganz zu schweigen davon, dass sie selbst jedes Glas leert, das sie in die Finger kriegt, um dann in ihrem Suff zwölf Würstchen im Schlafrock zu verschlingen. Keine Sarah, die sich vergewissert, dass auch *wirklich* alle Küchengeräte sterilisiert sind, wegen der *Keime*, während sich Orla eine Handvoll Hundekekse mit Flora, Judgy und Barry teilt. Keine unschöne Auseinandersetzung zwischen Mum und Natalia wegen Dad, weil Mum nach mehreren Gläsern Gin Tonic plötzlich kundtut: »Jeder weiß, dass ich für Ralph die Liebe seines Lebens war! Ich hätte ohne weiteres das Testament anfechten können!«, und das, obwohl er vor dreißig Jahren die Scheidung eingereicht hat.

Ja, dachte ich deshalb, Weihnachten verspricht endlich einmal absolut märchenhaft zu werden, ganz ohne Gäste, mal abgesehen von der *klitzekleinen*, sehr zivilisierten Cocktail-Party am 24., zu der nur meine beste Freundin Hannah und ihr Mann Charlie sowie mein bester Freund Sam und dessen Mann Colin eingeladen sind, samt den dazugehörigen Kindern natürlich, die dank einer glücklichen Fügung des Schicksals die besten Freunde unserer Kinder sind. Und am 25. Dezember würden wir uns dann zu viert über den Truthahn von Marks & Spencer hermachen. In einem Anfall von Leichtsinn habe ich diesmal das gesamte Festessen bei Marks & Spencer bestellt, damit ich nicht wieder den ganzen Heiligabend mit dem Schälen von Kartoffeln zubringen muss. Wie oft habe ich Sir Walter Raleigh, der die verdammten Knollen in England eingeführt hat, schon das Kreuz abgeflucht! Kein Wunder, dass ihn Königin Elisabeth I später enthaupten ließ. Früher oder später habe ich mit den Worten »Ich kann nicht mehr!« unweigerlich das Schälmesser in die Spüle gepfeffert und bin heulend hinaus in den Garten gestürmt, um mir auf der Bank hinter dem Haus eine Marlboro Gold anzustecken. (Ich gebe zu, für die Einführung des Tabaks bin ich Sir Walter Raleigh dann doch zu Dank verpflichtet.) Dieses Jahr muss ich lediglich einen Stapel Aluschalen mit überteuerten Beilagen in den Ofen schieben, und schwuppdiwupp ist das Festmahl servierbereit. Ich war mit meiner Bestellung sogar so früh dran, dass ich noch einen Click-&-Collect-Slot am 23. Dezember ergattert habe. Yippie, dachte ich zu dem Zeitpunkt, das hätten wir!

Tja, von wegen. In all den Jahren, in denen ich an Weihnachten mit einer Zigarette und einem großen Glas Weißwein draußen im Garten gesessen und mir mit einem Blick zu den Sternen hinauf gewünscht habe, die ganze Bande möge sich in Luft auflösen, ist mir nicht ein einziges Mal in den Sinn gekommen, dass ich damit ja auch meine Kinder zum Teufel wünschte und tatsächlich eines Tages ohne sie dastehen würde. Was nun? Simons Mitleid hält sich naturgemäß in Grenzen. Ich beschließe, mir noch ein Gläschen Wein zu gönnen und in Erfahrung zu bringen, wie die Sachlage bei meinen Freunden ist. Sollten Hannah und Sam wie ich von ihrem Nachwuchs im Stich gelassen werden, würde mich das zweifellos trösten (beziehungsweise eine gewisse Schadenfreude bei mir hervorrufen), sollte sich dagegen herausstellen, dass ihre Kinder nach Hause kommen, dann kann ich meine kleinen Lieblinge vielleicht mittels emotionaler Erpressung dazu bewegen, es ebenfalls zu tun.

Auf meine WhatsApp im entsprechenden Gruppen-Chat hin teilen mir die beiden mit, ihr Sohn Lucas habe die gleiche Nummer wie Peter abziehen wollen, worauf er allerdings die klare Ansage »Auf gar keinen Fall!« erhalten hat – er wisse doch, dass seine Großeltern am 27. Dezember ihre Goldene Hochzeit feierten, und deshalb habe er gefälligst spätestens am 23. auf der Matte zu stehen. Und Hannah hat wie ich zwiespältige Gefühle, was die Weihnachtspläne unserer Söhne betrifft.

Hannah: Es ist einfach so weit weg, und er ist immer noch mein Baby! Ja, ich weiß, genau genommen ist Edward mein Baby, schließlich ist er erst vier. Ganz ehrlich, was hab ich mir dabei gedacht, in meinem Alter nochmal ein Kind in die Welt zu setzen? Darauf müsst ihr nicht antworten, okay? Sambuca-Shots haben eben allerlei Nebenwirkungen, und so eine zweite Eheschließung auch. Trotzdem ist Lucas nach wie vor mein Baby! Ich weiß, es wäre nicht das erste Mal, dass ich Weihnachten nicht mit ihm feiern kann, schließlich waren die Kinder früher ja auch gelegentlich bei meinem Ex, aber das ist was anderes. Diesmal ist er am anderen Ende der Welt, noch dazu allein!

Ellen: Naja, Peter ist bei ihm – vorausgesetzt, wir erlauben ihnen, dort zu bleiben – vermutlich nebst einer ganzen Horde attraktiver Mädchen. Wie sollen wir es ihnen verbieten? Sie würden es uns garantiert übelnehmen, wenn wir sie zwingen, nach Hause zu kommen. Aber wenn wir es nicht tun, können wir Weihnachten gar nicht richtig genießen, weil wir uns so schreckliche Sorgen machen. Und Jane kommt auch nicht. Was hat Emily vor?

Hannah: Sie hat nicht erwähnt, dass sie nicht kommt, also nehme ich an, dass sie kommen wird. Aber sie scheint zu erwarten, dass ich auf telepathischem Wege errate, wann und wie sie anreisen wird ... Ach, Kacke!! Ellen, was meinst du, wie viel Salzteig darf ein Vierjähriger maximal verzehren?

Ellen: Ähm, gar keinen? Das Zeug ist doch ziemlich salzig.

Hannah: Shit, Shit, Shit! Ich wollte die superkreative Mami raushängen lassen und hab für den Kindergarten Weihnachtsdeko aus Salzteig ausgestochen, und Ed behauptet gerade, er hätte alle Rentiere aufgefuttert, während ich am Handy war. Lass mich das mal eben googeln ... Ich kann unmöglich schon wieder in der Notaufnahme antanzen! Als ich letztens mit ihm dort war, weil er sich eine getrocknete Erbse in den Schniedel gesteckt hatte, hat man mir damit gedroht, das Sozialamt zu benachrichtigen, wenn ich weiterhin so oft komme. Ich melde mich später, ja?

Arme Hannah. Ich sehe förmlich vor mir, wie sie hektisch »Wie viel Salzteig ist für einen Vierjährigen gefährlich?« googelt. Aber dafür hat sie mit ihrem alles andere als geplanten Nachzügler Edward zumindest jemanden, mit dem sie Salzteig-Rentiere ausstechen kann. Ich bin nicht besonders kreativ veranlagt, aber Weihnachtsbastelei macht mir seit jeher Spaß. Bekümmert werfe ich einen Blick in den verstaubten Karton mit den Bastelsachen, der seit Jahren unbeachtet im Verschlag unter der Treppe steht: eingetrockneter Glitzerkleber, bunte Eisstäbchen, zerknittertes Seidenpapier – welch passend tristes Sinnbild für meine längst verpufften Hoffnungen und Träume!

»Hast du Lust, Weihnachtsdeko aus Salzteig mit mir zu machen?«, frage ich Simon, der in diesem Moment vorbeigeht. »Wir könnten sie als Anhänger für unsere Geschenke verwenden. Hab ich auf Insta gesehen.«

»Du hast gesagt, du willst nie wieder was mit ›diesem gottverdammten Salzteig‹ zu tun haben, als du damals bis drei Uhr nachts wach warst, um Weihnachtsdeko für den Stand auf dem Weihnachtsbasar des Eltern-Lehrer-Verbands zu basteln«, erwidert Simon konsterniert. »Wie zum Teufel kommst du jetzt darauf, Geschenkanhänger aus Salzteig zu basteln?«

»Na, wegen der vorweihnachtlichen Stimmung, und weil ich dachte, es macht dir vielleicht Spaß, ein bisschen mit mir zu basteln«, flunkere ich, weil ich natürlich auf keinen Fall zugeben kann, dass er recht hat, und versuche dabei, die in mir aufsteigenden Erinnerungen an jene grauenhafte Nacht zu verdrängen. »Und wenn sie getrocknet sind, schreiben wir mit meinem Kalligraphie-Stift aus dem Pound-Shop *Made by Simon* oder *Made by Ellen* oder *Made by Mummy & Daddy* drauf, damit die Kinder und alle anderen wissen, dass wir unsere Geschenke mit viel Liebe verpackt haben.«

»Wozu?«, fragt Simon. »Dir ist schon klar, dass diese Salzteigdinger das Porto in die Höhe treiben werden? Außerdem zerbrechen sie unterwegs womöglich. Mal ehrlich, Ellen, warum macht es dir so zu schaffen, dass Jane nach Verbier fliegt und Peter in Thailand bleibt? Als die Kinder im Sommer nicht mehr mit uns Urlaub machen wollten, hast du so gelassen reagiert! Du warst direkt begeistert. Selbst als Peter damals mit seiner Oberstufenklasse auf Zakynthos war, hattest du kein Problem damit. Genauso wenig wie damit, dass Jane mit Persephone auf Ibiza Urlaub gemacht hat. Okay, bis Persephone verkündet hat, dass sie dort bleiben will, um als Shot-Girl zu jobben.«

»Das war etwas ganz anderes.« Ich seufze.

Wie soll ich Simon verklickern, dass man das nicht vergleichen kann? Ein ganzer Sommer mit zwei Kleinkindern ist der reinste Horror: Man ist gezwungen, den gesamten Jahresurlaub am Stück zu nehmen, weil die Sprösslinge nun mal acht Wochen lang betreut werden müssen. Alles ist exorbitant teuer, der Nachwuchs fordert *toujour* Essen oder Bespaßung, und dazu kriegt man ständig dieses beknackte »Du hast nur achtzehn Mal den Sommer mit den Kids, genieß jeden einzelnen!« unter die Nase gerieben – und das, nachdem man den ganzen Tag in einem Streit um ein gottverdammtes Eis am Stiel vermitteln musste, der drohte, sich zum Dritten Weltkrieg auszuwachsen. Für Weihnachten dagegen gilt bekanntermaßen: *Ihr Kinderlein kommet* – und zwar nach Hause, das *gehört* sich einfach so! Bei der Ankunft sollte es draußen leicht schneien (nur etwas festliches Gestöber, kein ausgewachsener Schneesturm, bei dem der Verkehr zum Erliegen kommt), und wenn die rotwangigen, mit Geschenken beladenen Bambini dann lachend zur Haustür hereinstolpern, in geschmackvolle Dufflecoats, goldige Bommelmützen und kuschelige Schals gehüllt, werden sie empfangen von der stolz strahlenden Mama, die ihre Küken im Nest willkommen heißt ...

Als ich Simon beim Abendessen mit Tränen in den Augen diese Vision schildere, die nun unweigerlich der Vergangenheit angehört, droht er mir damit, unser Abo für den Hallmark Movies Channel zu kündigen.

»Sieh es doch mal als Chance für *uns*, Ellen«, sagt er. »Wir haben Peter und Jane zwanzig Jahre lang unser Geld, unseren

Schlaf und unsere geistige Gesundheit geopfert. Und du hast immer gesagt, Erziehung sollte darauf abzielen, aus Kindern resiliente, selbstständige Menschen zu machen. Genau das sind die beiden doch jetzt, oder? Sowas ist kein Grund, Trübsal zu blasen, im Gegenteil – wir sollten uns dazu beglückwünschen, dass wir so einiges richtig gemacht haben.«

»Jane ist nicht der Ansicht, dass ich irgendetwas richtig gemacht habe«, wende ich geknickt ein. »Sie hat mich einen Kontrollfreak genannt, der sich andauernd einmischt. Und überhaupt können die zwei meinetwegen das ganze Jahr über resilient und selbstständig sein, aber nicht an *Weihnachten*! Da haben sie sich gefälligst nach ihrem geliebten Mütterlein zu sehnen und in den Schoß ihrer Familie zurückzukehren, damit wir uns fröhlich lachend vor dem Kamin versammeln können, um Kastanien zu rösten, oder vor dem Klavier, um Weihnachtslieder zu singen.«

»Ich mein's ernst, das Hallmark-Abo wird morgen gekündigt«, knurrt Simon. »Im Übrigen besitzen wir kein Klavier, und wir haben *ein* einziges Mal Kastanien geröstet, und danach musste Peter mit Verbrennungen zweiten Grades in die Notaufnahme. Und jedes Jahr, Liebling, *jedes verdammte Jahr*, redest du schon Anfang Dezember von nichts anderem mehr als von deiner Weihnachtsvision, von ›Freude und Frieden allen Menschen, die guten Willens sind‹ und erstellst fieberhaft Pinterest-Boards mit allerlei bizarren Gestecken aus Stechpalmenzweigen, und dann verstreust du im ganzen Haus Efeu und Mistelzweige und krakeelst dabei übellaunig *Weihnachtsduft in jedem Raum*, und am Ende schickt uns die Tierärztin eine saftige Rechnung, weil die Hunde das verflixte Grünzeug gefressen haben, und du wirst immer gereizter, weil sich niemand deiner gottverdammten Vision entsprechend benimmt. Du bist nämlich durchaus ein klitzekleiner Kontrollfreak.«

»Bin ich nicht!«

»Und spätestens am 24. Dezember hast du dann deinen mittlerweile traditionellen Nervenzusammenbruch und stürmst hysterisch heulend und ›Ich hasse euch alle!‹ brüllend mit einer Flasche Baileys und den Hunden in die Garage, um dir auf dem Handy *Ist das Leben nicht schön?* reinzuziehen. Und wenn es mir schließlich mit dem Versprechen, dir beim Kartoffelschälen zu helfen, gelungen ist, dich wieder ins Haus zu locken, bestehst du darauf, das Weihnachtskonzert des Knabenchors vom King's College im Radio laufen zu lassen, aber statt zuzuhören, beschwerst du dich nur die ganze Zeit bitterlich über deine und meine Familie und darüber, wie undankbar doch alle sind, und du betonst ein ums andere Mal, dass du viel lieber allein wärst, wobei du dann höflichkeitshalber ein ›Mit dir natürlich‹ hinterherschiebst. Du hast so oft gesagt, du würdest Weihnachten gerne mal an einem Tropenstrand verbringen, oder in einem luxuriösen Landhaus-Hotel, in dem du elegant mit einem Martini in der Hand umherstöckeln kannst, statt dich um die Kartoffeln und das Feuer im Kamin zu kümm-«

»Das mit dem Baileys in der Garage ist nur *ein einziges* Mal passiert.«

»Nein, es passiert jedes Jahr.«

»Gar nicht wahr. Und ich rede nicht, während *Carols from King's* läuft.«

»Du redest in einer Tour, egal ob im Kino, vor der Glotze oder beim Radiohören, aber darum geht es nicht, Liebling. Es geht darum, dass wir jetzt die Möglichkeit haben, all das zu tun. Wir können in die Tropen fliegen oder uns in einem dekadenten Hotel auf dem Land einquartieren. Bisher gab es immer irgendwelche Hindernisse – exorbitante Preise, Kinderprogramm, Besuch von der Verwandtschaft. Aber dieses Jahr sind wir nur zu zweit. Wir können tun und lassen, was wir wollen.«

»Können wir nicht«, widerspreche ich. Was für eine bekloppte Idee. Was, wenn die Kinder unerwartet doch nach Hause kommen und ich nicht da bin? Dann stehen sie draußen in Schnee und Kälte und holen sich den Tod, wie das Mädchen mit den Schwefelhölzern! Darüber hat Hallmark noch keinen Weihnachtsfilm gemacht.

»Doch, wir können.«

»Nein, ich hab schon im Oktober einen Truthahn bei Marks & Spencer bestellt.«

»Dann bestellst du ihn eben wieder ab.«

»Auf keinen Fall. Die 40 Pfund Anzahlung wären futsch. Und überhaupt kommt ohne Blätterteigpasteten von Marks & Spencer doch gar keine Weihnachtsstimmung auf!«

»Dann frierst du den ganzen Kram eben ein, Herrgott nochmal!«

»Aber ich kann die Sachen erst am 23. abends abholen, das heißt, wir kämen frühestens am 24. Dezember los, und da sind die Flüge garantiert unerschwinglich teuer. Und wenn etwas schiefgeht, stranden wir in Heathrow, und dann werden wir für die Nachrichten interviewt und müssen uns Durchhalteparolen anhören, und irgendjemand wird alle Wartenden zwingen, Weihnachtslieder zu singen.«

»Ja, *du* vermutlich! Wenn wir an Heiligabend auf einem Flughafen festsäßen, würdest du krampfhaft versuchen, die Leute aufzumuntern und deine Weihnachtsvision zu verwirklichen. Du kannst doch gar nicht anders. Und am Ende würdest du mit einer geklauten Flasche Baileys aus dem Duty-Free-Shop heulend in der Ecke hocken, weil mal wieder keiner mitspielt.«

»An Flughäfen gibt es keinen Kamin, an dem man aus *Eine Weihnachtsgeschichte* vorlesen kann«, gebe ich zu bedenken.

»Wozu auch? Du hasst Dickens.«

»Tu ich nicht.«

»Tust du wohl.«

»Aber nicht *Eine Weihnachtsgeschichte.*«

»Du hast das Buch nie gelesen. Du kennst nur den Muppets-Weihnachtsfilm.«

»Ich finde einfach, man sollte Weihnachten in der Heimat verbringen. Es wäre nicht dasselbe an einem heißen, sandigen Ort, so ganz ohne Truthahn und Weihnachts-Cracker und teure Datteln mit Mandelkernen, an denen man sich die Zähne ausbeißt.«

»Gut, wie wär's dann mit ein, zwei Übernachtungen in einem schicken Hotel mit Samtvorhängen und Antiquitäten? Sowas war mit den Kindern ja ausgeschlossen, weil sie unweigerlich etwas geklaut oder zerdeppert hätten. Du holst am 23. das Essen bei Marks & Spencer ab, deponierst es in der Gefriertruhe, und am nächsten Morgen starten wir los. Dann stünde deiner verdammten Weihnachtsvision nichts im Weg. Es wäre wie zu Hause, nur *schöner.*«

Ich lasse mir seinen Vorschlag durch den Kopf gehen und überlege, was es daran auszusetzen geben könnte. Die Aussicht, mit Simon in trauter Zweisamkeit an einem schönen Ort Weihnachten zu feiern, ist jedenfalls ausgesprochen ungewohnt. Bisher hat Wegfahren an Weihnachten stets bedeutet, bei anderen Leuten mit anderen Regeln zu Gast zu sein, auf einer undichten Luftmatratze zu schlafen und nach einem allzu reichhaltigen Mahl verzweifelt eine Toilette zu suchen, auf der man sich einigermaßen anonym austoben kann. Ein Luxushotel mit zahlreichen Toiletten, auf denen man jederzeit ungestört und inkognito abwursten kann, das erscheint mir geradezu dekadent und gar nicht weihnachtlich.

»Aber es wird vor anderen Menschen *wimmeln.*«

»Das ist mir klar.«

»Du hasst andere Menschen.«

»Für dein perfektes Weihnachtsfest bin ich gewillt, die in Kauf zu nehmen.«

»Und teuer wird es auch.«

»Ich weiß.«

»Aber du hasst es, Geld auszugeben.«

»Ich würde alles tun, damit du glücklich bist, Liebling.«

»Okay, was willst du?«, frage ich. So viel Entgegenkommen macht mich misstrauisch, schließlich ist Simon ein notorischer Geizhals und Menschenfeind.

»Sag ich doch: dass du glücklich bist.«

»Und …?«

»Und … äh, dein Lieblings-Kaschmirpulli ist versehentlich im Wäschetrockner gelandet … Hey, wenigstens geb ich es zu!«, verteidigt er sich, als ich den Mund öffne, um einen Wutschrei hervorzustoßen. »Ich hatte kurz in Erwägung gezogen, ihn kommentarlos in deine Kommode zu legen und darauf zu spekulieren, dass du glaubst, du hättest zugenommen. Aber ich bin eben ein netter, fürsorglicher, liebender Ehemann, der dir ein wunderschönes, märchenhaftes Weihnachtsfest bieten möchte. Du kannst mir also gar nicht böse sein.«

»Kann ich wohl«, brumme ich. »Und wir können *nicht* wegfahren, wegen der Hunde.«

»Organisier eine Hundesitterin. Oder bring sie in einer Tierpension unter.«

»Doch nicht an Weihnachten! Judgy wäre stinksauer. Er liebt Weihnachten und Geschenke auspacken. Und Flora ist zu alt für eine Tierpension. Was, wenn dort ihr letztes Stündlein schlägt? Und der arme kleine Barry, wie kannst du den an Weihnachten im Stich lassen?«

»Von klein kann keine Rede sein, letztes Jahr hat er im Krippenspiel der Grundschule als Esel mitgewirkt.«

»Aber er ist psychisch labil. Er wird schon genug darunter leiden, dass Jane nicht nach Hause kommt. Das können wir ihm unmöglich antun. Keinem von ihnen. Wir werden einfach hierbleiben müssen.« Ich seufze. Dann fällt mir etwas ein. »Andererseits können wir, wenn wir nur zu zweit sind, all das tun, was man so in Modezeitschriften liest. Ich hab mal vor Jahren in einem Artikel mit Tipps für die Weihnachtstage gelesen, dass frau sich vier Mal umziehen sollte: Morgens wird der Satin-Schlafanzug gegen schwarze Palazzo Pants und ein schlichtes weißes Seiden-T-Shirt ausgetauscht ...«

»Ein T-Shirt, im Dezember!«, stößt Simon entrüstet hervor. »Weißt du, was wir da an Heizkosten berappen? Und eine Clownshose an Weihnachten ...«

»Palazzo, nicht Bajazzo! Gemeint ist ein eleganter Hosenrock«, erkläre ich, und er schnaubt.

»Kann man dann nicht einfach Hosenrock sagen?«

»Ach, halt den Rand. Was hat ein Mann mit einer siebzehnteiligen Fleece-Pulli-Kollektion in Schlammgrau schon zum Thema Mode zu sagen? Also, von Palazzo Pants und Seiden-

T-Shirt wechselt frau in einen Kaschmir-Pulli – vorausgesetzt, der nichtsnutzige Ehemann hat selbigen nicht im Trockner geschrumpft –, schlüpft dazu in Jeans und schicke Boots und begibt sich frohgemut in den örtlichen Pub, um dort mit den Stammgästen einen Glühwein zu trinken.«

»Die Stammgäste im örtlichen Pub sind die hiesigen Drogendealer«, bemerkt Simon trocken.

»Aber nicht am 25. Dezember«, fauche ich. »Da werden sich dort lauter liebenswerte urige Dorfbewohner tummeln. Danach kehren die zwei Wandervögel nach Hause zurück …«

»Und vögeln«, witzelt er und gluckst.

»Simon! Verkneif dir gefälligst deinen vulgären Humor, wenn es um meine Weihnachtsvision geht! Also, bei der Rückkehr wartet bereits das von Weihnachtselfen herbeigezauberte Festmahl, bei dem frau natürlich eine absolut umwerfende Abendrobe aus Samt trägt, und nach dem festlichen Dinner gibt es Mince Pies, und es werden Weihnachtslieder angestimmt … rundum Weihnachtsglanz und Gloria also. Wobei ich nicht sicher bin, ob zwei Leute dafür ausreichen. Kommt da überhaupt eine festliche Atmosphäre auf? Ich träume nämlich seit Jahren davon, am 25. Dezember in Jeans und Kaschmir-Pulli in einem Pub zu sitzen.«

»Das hast du nie erwähnt.«

»Wie auch? Ich hatte ja nie eine Gelegenheit, mich umzuziehen, weil ich ganze Horden von Verwandten verköstigen musste! Dazu die diplomatischen Verhandlungen, Jessicas Zwangsneurosen und Louisa, der man ständig nachschenken musste, weil sie marginal leichter zu ertragen ist, wenn sie einen in der Krone hat, ganz zu schweigen von Geoffrey, der daran gehindert werden musste, Natalia anzubaggern oder rassistisch zu beleidigen, bisweilen sogar beides in einem Aufwasch. Aber dieses Jahr wären wir zur Abwechslung mit Jane und Peter allein gewesen, und da sie inzwischen alt genug sind, um Alkohol zu trinken, hatte ich gehofft, dass ich endlich mal in meinem Kaschmirpulli im Pub sitzen, Glühwein trinken und die festliche Atmosphäre genießen würde, und zwar mit euch dreien, verdammt nochmal!«

»Das ist also dein allergrößter Weihnachtswunsch?«, staunt Simon. »Am 25. Dezember in einem Kaschmir-Pulli im Pub zu sitzen?«

»Jawohl. Naja, es geht mir nicht nur um den Pulli, sondern um alles – den Glühwein, den Spaziergang über von Raureif überzogene Wiesen, und zwar *mit euch* ... Aber jetzt kann ich ja sogar den Pulli in die Tonne treten.«

SAMSTAG, 2. DEZEMBER

Je länger ich darüber nachdenke, desto besser gefällt mir Simons Vorschlag. Weihnachten in einem schönen Hotel auf dem Land – zumal in trauter Zweisamkeit – klingt tatsächlich verlockender, als vier Mal das Festtags-Outfit zu wechseln (man denke nur an den daraus resultierenden Wäscheberg!) und im örtlichen Pub mit den Stammgästen Glühwein zu bechern. Zu den Stammgästen zählt nämlich beispielsweise Big Ron, der gerne mal seine verstörenden Ansichten zum Brexit kundtut oder versucht, einem Koks anzudrehen (»Gar nich' teuer, Süße; ich mach dir 'n Spezialpreis, weil du mir sympathisch bist!«). So schmeichelhaft es auch sein mag, dass Big Ron mich nett findet, sehe ich mich doch gezwungen, abzulehnen, was ihn nicht davon abhält, mir weiterhin ähnlich großzügige Angebote zu unterbreiten.

Einmal hörte er zufällig mit, als Hannah und ich uns über ihren nichtsnutzigen Ex Dan unterhielten, worauf er uns informierte, er könne Dan für 40 Tacken »kaltmachen« lassen. Das klang durchaus verführerisch, zumal Big Ron noch hinzufügte: »Bei dem Preis kann man natürlich keine schnelle, saubere Lösung erwarten. Das übernimmt 'n Lehrling; die

Jungs müssen ihr Handwerk schließlich auch lernen, nich'?« Wir nickten mit einem höflichen »Äh, alles klar, danke!« und suchten hastig das Weite. Ich hätte zwar zu gern mehr über die Art der Ausbildung erfahren, die besagte »Lehrlinge« absolvierten, wollte allerdings nicht den Eindruck erwecken, ich würde Big Rons Zeit verschwenden, indem ich Interesse an seinen »Diensten« vortäuschte. Nein, Big Ron, der, angetan mit einer billigen Weihnachtsmütze, seinen »Spezialschnee« anpries, passt definitiv nicht in meine jahrelang sorgfältig kultivierte Vision. Und was meinen Traum vom Spaziergang durch die von Raureif überzogenen Wiesen in schicken Stiefeln angeht, muss gesagt werden, dass die Äcker, die zwischen unserem Haus und dem örtlichen Pub liegen, im Gegensatz zu denen in diversen Hochglanzmagazinen reichlich schlammig sind. Zudem bringt der Besitzer aus unerfindlichen Gründen gerne am 25. Dezember den Mist aus, und wenn meine Hunde dann mal raus in den Garten müssen, bedarf es einer ganzen Batterie an Duftkerzen von White Company, um das *Eau de Schweinestall* zu übertünchen, das dabei jedes Mal hereinweht.

Die Idee mit dem Hotel dagegen ist bei weitem am einfachsten an meine Vision anzupassen, vor allem, wenn es dort rustikale Holzbalken gibt, an denen Mistelzweige aufgehängt werden können, damit mich Simon darunter küssen kann. Das wäre auch deutlich romantischer, als sie an der Lampe in unserem Flur zu befestigen und von ihm dabei auf die Brandgefahr hingewiesen zu werden. Und dann die Samtvorhänge! Samtvorhänge haben etwas überaus Festliches. Und was kann es Weihnachtlicheres geben als zwei müde Reisende, die am 24. Dezember an die Tür einer Herberge klopfen? *Das* ist die

Weihnachtsgeschichte! Nicht, dass ich in einem Stall zu nächtigen gedenke. Nein, ich will weder Heu noch Krippe, sondern ein Himmelbett und eine freistehende Vintage-Badewanne, jawohl!

Also tippe ich »perfekte Weihnachtshotels« in das Google-Suchfeld, lasse mich auch nicht mit den von der Suchmaschine hartnäckig vorgeschlagenen »besten Weihnachtshotels« abspeisen (schließlich will ich verdammt nochmal nicht das beste, sondern das perfekte Hotel, jawohl!), und binnen kürzester Zeit habe ich es gefunden. Es ist mehr als perfekt: ein exquisites kleines Herrenhaus in pittoresker ländlicher Umgebung, in dem jedes Zimmer weihnachtlich dekoriert und mit einem eigenen Weihnachtsbaum ausgestattet ist. Bei dem »Geschenk auf Kosten des Hauses« unter dem Baum handelt es sich mit ziemlicher Sicherheit um eine Tube Hausmarken-Duschgel, aber darum geht es nicht. Brettspiele und sogar eine Schnitzeljagd am 26. Dezember können optional dazugebucht werden! Und – als sollte es einfach sein – zum Hotel gehört ein Pub, der am Christtag ausschließlich den Gästen vorbehalten ist. Er befindet sich am Ende der Auffahrt, nur einen kurzen Spaziergang durch den Park entfernt. Das *schreit* ja förmlich nach einem Spaziergang und dem Outfit-Wechsel von Palazzo-Pants zu Jeans und Kaschmirpulli zu festlich-eleganter Abendrobe! Womöglich hatte die Verfasserin des Artikels, der mich all die Jahre verfolgt hat, beim Schreiben genau dieses Hotel vor Augen! Es ist fast zu schön, um wahr zu sein. Bestimmt ist es seit Monaten ausgebucht ... Ha! Noch ein Zimmer frei! Ähm, eine Suite. Eine ziemlich große Suite. Aber der Preis ist echt in Ordnung, wenn man bedenkt, was man dafür alles geboten kriegt. Eigentlich sogar verhältnismäßig günstig ... Ich gehe näher ran. Mist, die letzte Null sehe ich erst jetzt. Okay, da muss ich doch erst einmal nach Luft schnappen. Andererseits sollte für Perfektion doch kein Preis zu hoch sein, schließlich geht es hier darum, eine von ihren Kindern im Stich gelassene Mutter zu trösten.

Ich suche meinen Gatten in seinem Werkzeugschuppen auf, um ihm die Angelegenheit darzulegen. Auf meine Argumentation von wegen »untröstliche Mutter« und »kein Preis zu hoch« reagiert er mit einem knappen: »Doch, und zwar sogar um zwei Kommastellen.«

»Aber du hast behauptet, du würdest alles tun, damit ich glücklich bin«, beharre ich.

»Schon, aber damit hab ich verdammt nochmal nicht gemeint, dass wir für zwei Nächte mehr berappen als andere Leute für einen Mittelklassewagen!«

»Aber ich bin sehr traurig und brauche dringend Trost! Ich hätte gedacht, das ist es dir wert.«

»Darum geht es nicht, Ellen. Es geht darum, dass wir diese zwei Hotelübernachtungen die nächsten zwei Jahre abbezahlen müssten. Und das würde *mich* sehr traurig machen. Und dich auch, wenn wir uns keinen Wein mehr leisten könnten. Und überhaupt, ich dachte, wir können die Hunde nicht alleinlassen?«

»Man darf Hunde mitbringen ... Gegen einen kleinen Aufpreis.«

Simon späht argwöhnisch auf mein Handydisplay. »In der Höhe von 500 Pfund pro Hund, und du hast drei! Im Übrigen steht hier was von ›gut erzogen‹, und deine Hunde kann man beim besten Willen nicht gut erzogen nennen. Weißt du noch, was passiert ist, als du mit ihnen bei John Lewis warst, nachdem du auf der Webseite gelesen hattest, dass man neuerdings ›gut erzogene‹ Hunde mitbringen darf?«

»Ja«, brumme ich.

»Und zwar?«

»Ich kann künftig nur noch online und unter falschem Namen dort einkaufen, weil Barry beim übermütigen Herumtollen an den kleinen Kasten mit dem Feueralarmknopf gestoßen ist, und als die Sirene losheulte, hat Flora vor Schreck an eine Stehlampe in der Kleinmöbelabteilung gepieselt und damit dann tatsächlich einen Brand ausgelöst. Äh, und Judgy hat einen Feuerwehrmann gebissen, der ihn retten wollte.«

»Eben. Und hast du eigentlich mal an deine Hühner gedacht?«, erkundigt sich Simon.

»Die waren dir doch auch total schnuppe, als du mir diesen Vorschlag unterbreitet hast.«

»*Dir* liegt ihr Wohl ja offenbar ebenfalls nicht sonderlich am Herzen.«

»Aber nur, weil sie mich hassen und nicht wie die Hunde total traumatisiert wären, wenn sie an Weihnachten allein wären. Ihre Bedürfnisse sind eher körperlicher als seelischer Natur.«

Simon verdreht die Augen. »Schon seltsam. Man lernt eine bezaubernde junge Frau kennen, verliebt sich Hals über Kopf in sie, beschließt, mit ihr sein Leben zu verbringen ... Aber in keinem der großen Liebesromane wird auch nur mit einem Wort erwähnt, dass man nach der anfänglichen brennenden Leidenschaft eines Tages in einem Werkzeugschuppen steht und die seelischen Bedürfnisse von Hühnern an den Feiertagen diskutiert.«

»So, du verspürst also keine brennende Leidenschaft mehr für mich?«

»Die Salbe aus der Apotheke hat echt gut geholfen«, witzelt er.

»Ha, ha. Jetzt mal im Ernst, Simon, diesmal muss Weihnachten wirklich perfekt werden.«

»Das sagst du jedes Jahr.«

»Aber diesmal meine ich es wirklich so. Ich brauche etwas, auf das ich mich freuen kann, jetzt, wo Peter und Jane nicht kommen. Was, wenn sie nie wieder nach Hause kommen?«

»Unsinn, Liebes, sie werden immer wieder hier auf der Matte stehen.«

»Nein.« Ich schüttle bekümmert den Kopf. »Eines Tages wird es damit vorbei sein. Sie werden ein eigenes Zuhause und eine eigene Familie haben. Sie werden bloß noch zu Besuch kommen und dann *zu sich nach Hause* fahren. Zwanzig Jahre lang haben sie mich gebraucht – so sehr gebraucht, dass ich ihre Bedürfnisse immer, *immer* über die meinen stellen musste, verstehst du? Und es ging mir bisweilen total auf den Senkel, aber das ist bald endgültig vorbei. Als Jane nach Edinburgh gegangen ist, hatte ich zumindest noch Peter, und als der sich auf die Reise gemacht hat, dachte ich, naja, in drei Monaten sehe ich sie ja beide wieder. Ich hab einfach so getan, als wären sie auf einer sehr langen Schulexkursion, und mich auf Weihnachten gefreut. Weil ich dachte, dann wird alles wieder normal, dann werde ich wieder jammern und schimpfen und fluchen, weil sie mit Bergen von stinkender Schmutzwäsche anrücken und benutztes Geschirr in ihren Zimmern horten, bis es Schimmel ansetzt. Aber so wird es nicht mehr, nie wieder. Was ist denn künftig *normal*, hm? Und was bin *ich* dann?«

»Du bist *du*, und du wirst immer ihre Mutter sein«, erwidert Simon verwirrt.

»Aber nicht so wie früher! Ich weiß gar nicht mehr, wer ich eigentlich bin!«, greine ich. »Das ist der Anfang vom Ende. Und warum musste es ausgerechnet an *Weihnachten* losgehen? Warum nicht ... am Weltfrauentag? Ich brauche einfach etwas Ablenkung, verstehst du?«

»Ja, ich verstehe dich, Liebes, aber ich bezweifle, dass es viel bringen wird, für zwei Übernachtungen in einem Hotel unseren finanziellen Ruin in Kauf zu nehmen. Mal ganz abgesehen von allem anderen würdest du dich dort womöglich gar nicht wohlfühlen.«

»Wie meinst du das?«

»Wir wissen doch, wie du bist – Jane hat ganz recht, du bist ein Kontrollfreak. Du fändest es furchtbar, die Zügel aus der Hand zu geben. Das hast du doch schon denkbar schlecht ausgehalten, wenn wir ausnahmsweise mal woanders Weihnachten gefeiert haben. Du hast klammheimlich Kartoffeln geschält oder unnötigerweise Gläser und Besteck poliert, nur, damit du beschäftigt bist. Weil du es nämlich genießt, beschäftigt und für alles verantwortlich zu sein, deinem ganzen Gejammer und Gezeter zum Trotz.«

»Ich bin verdammt nochmal kein Kontrollfreak«, widerspreche ich indigniert. »Es ist bloß so, dass sich außer mir nie jemand zuständig fühlt, mal abgesehen von Jessica.«

Simon nickt. »Stimmt, die ist ein noch größerer Kontrollfreak als du.«

»Also muss ich wohl oder übel die Verantwortung übernehmen, damit am Ende alles so ist, wie es sein soll. Und zu deiner Information: Ich habe *ein* einziges Mal bei anderen

Leuten Gläser und Besteck poliert, und zwar, als wir bei Louisa eingeladen waren, weil die Sachen aussahen, als hätte man sie in einem Schlammloch gewaschen. Aber in einem Sechs-Sterne-Hotel, in dem mir ein Kellner festliche Cocktails kredenzt, um mich von der Tatsache abzulenken, dass mein Leben im Grunde sinnlos und leer ist, weil meine Kinder erwachsen sind und mich verlassen haben, könnte ich mich problemlos zurücklehnen und entspannen.«

»Alles klar«, sagt Simon. »Trotzdem ist das unheimlich viel Geld. Kannst du deine existentielle Krise nicht auch in einem etwas günstigeren Etablissement erleiden?«

—

Beleidigt stapfe ich wieder ins Haus. Simon wird sich also nicht umstimmen lassen. Wobei, vielleicht hat er ja in der Tat recht, was die Hunde anbelangt – es ist Judgy durchaus zuzutrauen, dass er eine arrogante amerikanische Milliardärin beißt. Und wenn ich es mir recht überlege, ist diese Suite wirklich unverschämt teuer. Was, wenn die anderen Gäste allesamt Kotzbrocken und Kanaillen sind? Wenn ich Leute um mich haben will, die mich mit ihrer politisch unkorrekten Meinung zuföhnen, kann ich Weihnachten genauso gut mit meiner Mutter und Geoffrey verbringen, und zwar für einen Bruchteil des Geldes.

Nachdem sich mein Traum vom perfekten Weihnachtsfest dank meines geizigen Gatten und meiner ungebärdigen Hunde erneut in Luft aufgelöst hat, beschließe ich, meine »existentielle Krise« anderweitig auszuleben: Ich werde ein paar Krokodilstränen bei der Sichtung unserer Christbaumdeko vergießen, bei der es sich größtenteils um mit Glitzer verschmierte und vermutlich von Rotz zusammengehaltene Basteleien meiner lieben Kleinen handelt. Peter und Jane haben alljährlich darauf bestanden, dass diese Monstrositäten zum Einsatz kommen, aber da sich die beiden ja nun nicht nach Hause bequemen werden, kann ich unser Zuhause endlich einmal in geschmackvollem weihnachtlichem Glanz erstrahlen lassen. Kein potthässlicher Klorollenengel, dessen Gesichtsausdruck suggeriert, dass ein Hirte gerade einen höchst unangemessenen Kommentar vom Stapel gelassen hat. Keine schon reichlich abgeranzte Pfeifenputzer-Bastelei, bei der ich nie in Erfahrung gebracht habe, was sie eigentlich darstellen soll. (Trotzdem habe ich als liebende Mutter fünfzehn Jahre lang meine tiefe Bewunderung für diese Kunststücke zum Ausdruck gebracht.) Und habe ich mich erst gründlich über all dem schrottigen Plunder ausgeheult, der selbst jetzt noch allenthalben Glitzer hinterlässt (jedes Stück ein Geschenk, an das man noch sehr, sehr lange denkt!), kann ich bei John Lewis den Gutschein einlösen, den ich für die von Jane verschmähte Thermounterwäsche erhalten habe, und ein paar hübsche neue Kugeln erstehen, die nicht von einem Kleinkind mittels Pailletten und Nasenklebstoff aus Eigenproduktion »verziert« wurden.

Sogleich hole ich den Karton vom Dachboden und mache mich ans Sortieren: Da die brauchbare Deko, dort die Kreationen meiner Kinder, die prompt wieder in die Schachtel wandern werden. Immerhin bin ich nicht so herzlos, sie wegzuwerfen, zumal mir die Vorstellung, dass sie das Zeug eigenhändig entsorgen werden müssen, wenn ich mal den Löffel abgebe, eine gewisse Schadenfreude bereitet.

Ooooch! Janes allererster Weihnachtsschmuck – ein Andenken aus der Kita in Form eines bröckelnden grauen Tonklumpens, an dem vorn noch ein wenig Glitzer und hinten ein Plastikband klebt. Die Vorderseite ziert eine Delle, ein Abdruck ihres Fußes vermutlich. Es könnte auch die Hand gewesen sein; offenbar hat Jane bei der Entstehung ziemlich rumgezappelt. Gerührt mache ich ein Foto und schicke es ihr.

Sieh mal! Süß, nicht?

Keine Reaktion. Wahrscheinlich ist sie viel zu sehr damit beschäftigt, mit ihrem reichen Schnösel Après-Ski-Partys zu planen, ihre Skihose ohne Thermounterwäsche anzuprobieren und mir wegen meiner Fürsorglichkeit zu zürnen. Natürlich kann es – Gott bewahre! – auch sein, dass sie lernt, schließlich ist sie schon im fünften Semester. Ich lache hohl angesichts dieser überaus albernen Vorstellung. Während ich den verschmierten Klumpen wieder in sein zerknittertes, ausgeblichenes Stück Seidenpapier wickle, fällt mir wieder ein, was für ein Desaster Janes allerserstes Weihnachtsfest war. Eigentlich ein Wunder, dass ich noch ein Erinnerungsstück aus dieser Zeit besitze.

23. DEZEMBER VOR 19 JAHREN

Eigentlich hatte ich damit gerechnet, dass sich meine und Simons Eltern darum zanken würden, mit ihrer zehn Monate alten ersten Enkelin Weihnachten zu feiern, doch weit gefehlt. Meine Mutter klang sogar ziemlich verwundert, als ich mich erkundigte, ob sie etwas dagegen hätte, wenn wir die Feiertage nicht bei ihr und Geoffrey in Yorkshire, sondern mit Simons Eltern verbrachten.

»Wie kommst du denn darauf?«, fragte sie. »Hier wäre ohnehin kein Platz für euch. Jessica kommt mit Neil und Persephone, und zwei Kleinkinder im Haus, das ist ein Ding der Unmöglichkeit. Wir haben nur ein Reisebettchen, und dann das Geschrei ... Die Katzen würden durchdrehen, von Geoffrey ganz zu schweigen.«

Wie schön. Meine Mutter hatte meine Schwester eingeladen; ich dagegen war nicht erwünscht. Klein Persephone, zu dem Zeitpunkt sechs Monate alt, hatte bereits den Status des goldenen Kindes. Keine allzu große Überraschung war die Erkenntnis, dass meiner Mutter das Wohlergehen ihrer siamesischen Katzen wichtiger war als Weihnachten mit *beiden* Töchtern und Enkelinnen zu feiern. Nun, ehrlich gesagt machte das die Sache für uns einfacher. Simons Mutter Sylvia erkundigte sich nämlich schon seit Mitte Oktober täglich nach unseren Weihnachtsplänen. Sie müsse für die Bestellung bei ihrem Metzger wissen, wie groß der Truthahn sein solle, und überhaupt sei es *schrecklich* wichtig, dass an Weihnachten die ganze Familie unter einem Dach versammelt sei. Besonders wichtig war ihr unsere Anwesenheit bei dem festlichen Empfang, zu dem sie alljährlich an Heiligabend sämtliche Nachbarn einlud. Ich hatte den dumpfen Verdacht, dass es ihr weniger um die Pflege der familiären Bande ging als darum, mit dem einzigen Sohn anzugeben.

So kam es also, dass wir an Weihnachten den Weg ins tiefste, dunkelste Surrey auf uns nahmen und schließlich mit einem etwas mulmigen Gefühl in die Einfahrt von The Laurels, dem herrschaftlichen Domizil von Simons Eltern, einbogen. Unser Töchterchen hatte just einen Tag zuvor laufen gelernt und war noch sehr wackelig auf den Beinen, ließ sich jedoch von nichts und niemandem aufhalten. Ich hatte Angst um Sylvias antike Porzellansammlung, waren Janes Entscheidungen in Bezug auf Tempo und eingeschlagene Richtung doch eher willkürlicher Natur als bewusst getroffen.

Bei unserer Ankunft musste ich dringend auf die Toilette, denn Simon gehört zu den Männern, die bei jeder Fahrt unbedingt »ihre Bombenzeit vom letzten Mal« toppen wollen und deshalb lieber in die Hose machen, als unterwegs irgendwo anzuhalten. Bis ich ausgestiegen war und Jane aus dem Babysitz gehievt hatte, schwebte auch schon Sylvia herbei.

Meine Schwiegermutter trägt gern Schals und wallende Kleider und belegt Aquarellkurse, um allen zu demonstrieren, wie kreativ sie doch ist. Vor der Hochzeit mit Michael hat sie kurz bei der BBC als Sekretärin gearbeitet, weshalb sie sich für eine zweite Mariella Frostrup hält, und sie vergöttert Simon derart, dass ich, sobald sie ihn erwähnt, im Geiste die Worte »mein einziger Sohn« aufleuchten sehe, in Neonfarben. Keine Ahnung, welche Frau in Sylvias Augen eine passende Partnerin für ihn abgegeben hätte, vermutlich am ehesten eine Angehörige des Königshauses; ich jedenfalls nicht.

»Mein *lieber* Junge!«, flötete sie. »Und meine entzückende Enkelin! Na, wer ist *Mamies* hübsche Kleine?« Damit entriss sie mir Jane, um sie an ihre von Schals umwehte Brust zu drücken. Prompt rümpfte sie die Nase. »Du liebe Zeit, das Kind braucht dringend eine frische Windel.« Sie würgte und gab mir mein Töchterchen ohne viel Federlesens zurück.

»Hallo Sylvia, schön, dich zu sehen! Ich muss leider ganz dringend um die Ecke«, keuchte ich, von einem Bein aufs andere hüpfend, reichte Jane an Simon weiter und rannte schnurstracks ins Haus. Als ich gleich darauf aus der Toilette trat, stand Sylvia im Flur und knurrte etwas Unverständliches in Richtung Simon, wobei sie Klein Jane auf Armeslänge von sich entfernt hielt und eine so angewiderte Miene zur Schau stellte, als wäre sie in einen frischen Hundehaufen getreten. Augenscheinlich war Janes Windel noch nicht gewechselt worden.

»Was ist los, Simon?«, fragte ich. »Warum hast du Jane nicht gewickelt?«

Sylvia zog die Nase kraus. »Sei nicht albern, Ellen, das ist doch nun wirklich nicht seine Aufgabe.«

»Und ob es das ist, schließlich ist Jane seine Tochter, und wir leben im 21. Jahrhundert.«

Sylvia lachte ihr spitzes Lachen, das nur zum Einsatz kommt, wenn sie sehr verärgert ist. Auf unserer Verlobungsparty und auch während der Hochzeit war dieses Lachen ganz schön häufig ertönt.

»Simon ist viel zu *erschöpft*, um Windeln zu wechseln.« Und schon hatte sie mir Jane entschlossen übergeben und marschierte von dannen. »Komm mit, Simon, du solltest dir gleich mal einen Drink mit deinem Vater gönnen.«

Simon trabte artig los und zuckte entschuldigend die Schultern, als ich ihm »Das ist jetzt nicht dein Ernst, oder?« hinterherzischte. »Manchmal ist es einfacher, zu tun, was sie will.«

»So, so.« Ich nickte bedächtig und ging mit Jane nach oben. Sylvia hatte uns im besten Gästezimmer einquartiert, und zwar alle gemeinsam, wenn auch nur zähneknirschend. Simon hatte ein Machtwort sprechen müssen, weil seine Mutter selbst nach unserer Hochzeit wiederholt versucht hatte durchzusetzen, dass er weiterhin in seinem alten Kinderzimmer schlief, während ich mit einer Art Rumpelkammer vorliebnehmen sollte. Was in meinen Augen eine totale Unzumutbarkeit gewesen war – bis Jane eines Tages vorgeschlagen hatte, ihr Freund (ein Vorgänger des stinkreichen Rafferty) könnte doch bei ihr im Zimmer übernachten. Da hätte ich mir um ein Haar an die Kehle gefasst und gequiekt: »Soweit kommt's noch, dass ihr zwei es unter meinem Dach treibt!«, und erst in dem Moment wurde mir bewusst, wie schwierig es ist, sich damit anzufreunden, dass der Nachwuchs im liebevoll dekorierten und mit Shabby-Chic-Mobiliar eingerichteten Kinderzimmer allerlei unanständige Dinge tut. Schließlich hat man jahrelang versucht, besagten Nachwuchs von solcher Verderbtheit fernzuhalten.

Wieder unten angekommen, stellte ich Jane im Flur auf dem

Boden ab, um mit ihren kürzlich erworbenen Laufkünsten anzugeben und ein paar Pluspunkte bei Sylvia zu sammeln.

»Seht mal!«, sagte ich stolz zu meinen Schwiegereltern und führte meine Tochter in den Salon.

»Was bist du nur für ein cleveres Mädchen, Jane!«, stieß Sylvia begeistert hervor. »Du hast doch tatsächlich hier bei *Mamie* laufen gelernt! Du wolltest *Mamie* überraschen, ja? Wenn das unsere Nachbarn sehen …«

»Ehrlich gesagt kann sie es schon seit gestern«, bemerkte ich.

»Papperlapapp. Sie hat erst hier angefangen«, erwiderte Sylvia kühl. »Sie hat es sich für *mich* aufgespart!«

»Nein, Mum, sie hat wirklich schon gestern die ersten Schritte gemacht«, sagte Simon.

Sylvia sann mit aufmüpfiger Miene einen Augenblick nach, um dann mit einem strahlenden Lächeln zu verkünden: »Na, klar, sie hat schon mal geübt, weil sie wusste, dass ihr uns heute besuchen werdet. Ich wette, sie fängt in den nächsten Tagen auch an zu reden. Sag doch mal *Mamie*, Jane! Na? *Mamie* …«

Ich öffnete den Mund, um dem ganzen Unfug zu widersprechen, den meine Schwiegermutter gerade von sich gegeben hatte, schließlich hat ein zehn Monate altes Kind keinerlei Vorstellung von Zeit oder Verwandtschaftsverhältnissen. (»*Mamie*, Schätzchen. Sag *Mamie*.« Warum konnte Sylvia nicht einfach Granny oder Grandma sein? Woher hatte sie dieses affektierte »*Mamie*«? Auf meine Nachfrage erklärte sie: »Das ist Französisch und bedeutet Großmutter, aber es klingt doch ungleich mondäner, nicht?« Zweifellos wird sie demnächst die Geschichte umschreiben und behaupten, die ach-so-kluge Tochter ihres einzigen Sohnes sei ganz von allein darauf gekommen, sie so zu nennen.) Ehe ich jedoch etwas sagen konnte, verkündete Simons Vater jovial: »Ich hab uns Manhattans gemixt. Dachte, das kann nicht schaden.«

Michael ist das exakte Gegenteil von Sylvia – charmant, lebenslustig und stets tiefenentspannt, während meine Schwiemu ungefähr so locker wirkt wie Margaret Thatcher mit Verdauungsstörungen.

Er drückte mir ein Glas in die Hand. »Trink, meine Liebe. Du wirst sehen, im Nu ist jegliches Ungemach vergessen.«

Artig nahm ich einen großen Schluck von meinem Aperitif und musste prompt einen Hustenreiz unterdrücken. Mein lieber Schwan, der hatte es in sich. Aber Michael hatte recht, binnen Sekunden war mir, als würde ich alles um mich herum durch einen wunderbaren rosa Nebelschleier wahrnehmen. Ich reichte Jane eine Reiswaffel und ließ mich zufrieden auf dem Sofa nach hinten sinken. Wie aus weiter Ferne vernahm ich, dass Sylvia entsetzt »Die Kissen!« wimmerte und Michael sie sogleich beschwichtigte: »Ist ja bloß eine Reiswaffel. Wir haben doch einen Staubsauger, nicht?«

Ich verdrängte den Gedanken, dass nicht die Krümel das Problem waren, sondern die nasse Pampe, zu der Jane jede Reiswaffel verarbeitete, um sie sodann auf eine größtmögliche Fläche zu verteilen. Schon erstaunlich, wie ergiebig eine einzige, von Babysabber aufgeweichte Reiswaffel sein kann. Aber scheiß drauf, dieser Manhattan wirkte in der Tat Wunder, und vielleicht konnte ja zur Abwechslung mal kurz jemand anderes auf Jane aufpassen. Wie wär's denn beispielsweise mit … ihrem Vater?

Benommen richtete ich mich auf, als Sylvia verkündete: »Wir essen um Punkt acht, es gibt Bœuf Bourguignon.«

»Perfekt«, sagte ich. »Dann haben wir reichlich Zeit für unser Abendritual. Wir legen Jane meistens so gegen sieben hin.«

»Du meinst, ihr bringt sie ins Bett? Aber dann verpasst sie ja das Essen!«

»Naja, sie isst so gegen fünf. Jane ist erst zehn Monate alt, Sylvia. Um acht schläft sie bereits.«

»Aber ich bin fest davon ausgegangen, dass Jane mit uns am Tisch sitzen wird. Und um fünf ist das Essen noch lange nicht fertig.«

»Bœuf Bourguignon ist ohnehin noch nichts für sie«, winkte ich ab. »Sie kriegt Rührei oder sowas in der Art, und danach etwas Joghurt und Obst.«

Sylvia spitzte die Lippen. »Also, unsere Kinder haben immer das Gleiche gegessen wie wir, und zwar zur selben Uhrzeit. Du machst dir das Leben unnötig schwer, wenn es für Jane ständig eine Extrawurst gibt. Sowas hat Folgen, für dich wie für Simon, und an seine Bedürfnisse musst du auch denken, Ellen. Man muss seinen Kindern früh genug beibringen, dass sie sich in das Leben der Eltern zu integrieren haben, und nicht umgekehrt.«

Simon prustete los. »Was redest du denn da, Mum? Ja, wir haben mit euch am Tisch gesessen und das Gleiche gekriegt wie ihr, aber erst mit *vierzehn* oder so. Davor waren wir in deinen Augen nicht präsentabel genug und haben mit den Aupairs in der Küche Baked Beans gegessen.«

Sylvia schnaubte. »Ich habe keine Ahnung, wovon du sprichst. Baked Beans, ich bitte dich!«

»Also, jedenfalls ist Ellen eine tolle Mutter, und wir kriegen das mit dem Essen eigentlich immer ganz gut hin. Ehrlich gesagt wirkst du ziemlich müde, Ellen. Wie wär's, wenn ich mich um das Essen für Jane kümmere?«

»Aber nicht doch, Simon!«, empörte sich Sylvia. »Überlass das deiner Mamá. Du arbeitest doch schon so hart!«

Da gingen sie hin, all die Werte und Vorstellungen zu Feminismus, Gleichberechtigung und gerechter Aufgabenverteilung, die ich Simon in den vergangenen Jahren – insbesondere in den Monaten seit Janes Geburt – mühsam eingeimpft hatte, und ich musste es tatenlos mitansehen.

Ich sollte protestieren, dachte ich, aber ich war wie gelähmt – in meinem angenehm beduselten Zustand schaffte ich es gerade mal, mir von Michael das leere Glas entwinden zu lassen.

Er tauschte es gegen ein volles aus und murmelte dabei: »Ich an deiner Stelle würde die zwei einfach machen lassen.«

Dennoch folgte ich wenig später der Aufforderung, mich in die Küche zu begeben, damit ich die Zubereitung von Janes Mahlzeit überwachen konnte. Während ich mit hängenden Schultern am Tisch saß und mich durch eine Packung Schoko-Pfefferminz-Stäbchen futterte, die mir meine Schwiegermutter mit den Worten »Hier, hat mir die Putzfrau geschenkt« hingestellt hatte, stand Sylvia mit Märtyrermiene am Herd und machte Rührei. Der weitgehend zur Untätigkeit verdammte Simon bemühte sich, so männlich zu wirken, wie es eben ging, wenn man mit 32 lediglich einen Löffel aus der Besteckschublade holen durfte und dafür von seiner Mutter mit ähnlich viel Lob überschüttet wurde wie ein Kleinkind, das soeben das erste Mal einen Haufen ins Töpfchen gemacht hatte.

»Gut gemacht, mein Junge! Wirklich toll, wie du dich um eure Tochter kümmerst.« Sie griff nach dem Salz.

»Halt!«, rief ich. »Was machst du denn da, Sylvia?«

Spitzes Lachen. »Na, das Rührei würzen.«

»Aber doch nicht mit *Salz*!«

»Ohne Salz schmeckt es doch nach nichts.«

»Mag sein, aber Salz ist für Säuglinge ungesund.«

»Seit wann?«

»Schon immer!«

»Das ist mir neu.«

»Weil sie entweder mit Valium vollgepumpt war oder ordentlich Gin getankt hatte, als Louisa und ich in dem Alter waren«, ätzte Simon verhalten, während ich zu einem Vortrag über die Gefahr einer Salzvergiftung für Kleinkinder und Hunde ausholte. Keine Ahnung, warum sich meine Ausführungen auch auf Hunde erstreckten (konnte durchaus auf die Manhattans zurückzuführen sein), jedenfalls fühlte sich Sylvia prompt zu der schnippischen Bemerkung veranlasst, ihrem Labrador Monty habe es jedenfalls nicht geschadet, bestimmt sei das bloß wieder eine dieser neumodischen Ansichten aus dem »Internetz«. Sylvia hegte damals noch eine tief verwurzelte Angst vor besagtem »Internetz« und der Bedrohung, die von ihm ausging, woran ihre Intonation des Wortes keinerlei Zweifel aufkommen ließ.

»Das ist doch alles bloß Panikmache. Du hast einfach eine viel zu lebhafte Phantasie, Ellen.« Sie wedelte mit ihrem Silikon-Teigschaber von Joseph Joseph und kippte eine halbe Packung edles Maldon-Meersalz in ihre LeCreuset-Pfanne. Super. Sollte Jane in der Notaufnahme landen, dann konnte ich zumindest zu Protokoll geben, dass die Salzvergiftung meines kleinen Engels mitnichten von billigem Saxo herrührte, sondern von hochwertigen Meersalzflocken. Das würde etwaige Sozialarbeiterinnen garantiert davon überzeugen, dass ich eine gute Mutter war und nicht verantwortlich für die Kochkünste meiner durchgeknallten Schwiegermutter. »Dein Hang zur Schwarzmalerei ist bestimmt darauf zurückzuführen, dass du aus einer zerrütteten Familie stammst. Das bisschen Salz wird Jane schon nichts tun. Und eine Prise Pfeffer ebenso wenig.« Sie griff zur Pfeffermühle und mahlte drauflos wie ein italienischer Kellner auf Speed.

Und da explodierte ich. »Das hat nicht das geringste mit lebhafter Phantasie zu tun! Ich will einfach nicht, dass mein Baby stirbt!«

Sylvia musterte mich abschätzig. »Ellen, du bist nicht die erste Frau, die ein Kind zur Welt gebracht hat. Ich weiß schon, was ich tue. So. Du hast vorhin etwas von Obst gesagt. Ich könnte Trauben als Nachtisch anbieten.«

»Simon!«, raunte ich in beschwörendem Tonfall, als sie das Schälchen mit der gelben Pampe des Todes vor Jane auf den Tisch stellte und »Sieh mal, lecker Rührei!« säuselte. Ich konnte nicht verhindern, dass sie meiner Tochter einen Löffel voll in den Mund schob, doch zum Glück spie Jane alles sofort in großem Bogen wieder aus, geradewegs auf Omas kunstvoll drapierte Schals. Sylvia fuhr mit einem Aufschrei zurück, Simon schaffte flugs das Schälchen weg, und ich holte den Becher Bio-Joghurt, den ich für den Notfall eingepackt hatte. Damals war ich noch eine unerfahrene, überängstliche Mutter und verabreichte Jane ausschließlich breiförmige Nahrung, bei der Geschmack und Genuss gleich null waren. In allem lauerte Todesgefahr, und wenn ich andere Mütter beobachtete, die ihren Kindern in einem Café Fruchtzwerge oder ähnlich ungesundes Zeug einflößten, schnalzte ich missbilligend mit der Zunge. Ich wäre beinahe in Ohnmacht gefallen, als ich eines Tages im Supermarkt ein Kind in Janes Alter sah, das sich zufrieden eine Tüte orangerote Wotsits-Maisflocken mit Käsegeschmack einverleibte. Trotzdem war ich insgeheim – giftige Inhaltsstoffe hin oder her – etwas neidisch beim Anblick des zufrieden vor sich hin mampfenden kleinen Mädchens, zumal Jane es angewidert kreischend verweigerte, schon wieder mit Bio-Reiswaffeln abgespeist zu werden.

Kurz nach Weihnachten wurden all meine gewissenhaften Bemühungen ohnehin zunichtegemacht: Bei unserem ersten Besuch in der Krabbelgruppe drückte man Jane eine Schnabeltasse mit Orangennektar und einen Keks in die Hand, ehe ich dazwischengehen konnte. Sie schlang den Keks gierig hinunter, spülte mit Orangennektar nach, ohne den Becher ein einziges Mal abzusetzen, und verbrachte den Rest des Vormittags damit, den Spielteppich auf Krümel abzusuchen. Überhaupt nicht peinlich, ey. Aber da ich zu meiner Verwunderung trotz Tartrazin, Farbstoffen und Zucker (o Gott, so viel Zucker!) keinerlei negative Auswirkungen feststellen konnte, kam ich nach diesem Vorfall zu dem Schluss, dass ich mich wohl ein wenig entspannen konnte. Als Peter dann geboren wurde, war ich schon so entspannt, dass ich selbst zu den Wotsit-Müttern zählte und mich darauf freute, in Ruhe einkaufen zu können, während mein Sohn den orangeroten Tod auf Raten in sich hineinschaufelte.

An jenem allerersten Weihnachtsfest bei Sylvia jedoch ahnte ich von alldem noch nichts, und so maßen wir uns über den Becher Bio-Joghurt hinweg mit bitterbösen Blicken und beendeten unser Duell erst, als wir das Knirschen von Kies vernahmen.

»Was zum Teufel …?«, murmelte Simon.

Sylvia spähte durchs Fenster. »Wer um alles in der Welt ist das?«, fragte sie konsterniert beim Anblick eines klapprigen VW-Camping-Busses, der soeben mit laut tuckerndem Motor in die Einfahrt bog und vor dem Küchenfenster eine schwarze Abgaswolke in die Luft pustete. »Du meine Güte! Das müssen welche von diesen New-Age-Travellers sein! Ich habe einen *Panorama*-Bericht darüber gesehen. Wenn die sich mal irgendwo breitgemacht haben, wird man sie nicht mehr los. Ich muss sofort die Polizei rufen.«

Sie hatte gerade zum Telefon gegriffen, da wurde die Tür aufgerissen, und eine schmuddelige, Yeti-ähnliche Gestalt stürmte herein. Sylvia warf sich schützend vor Simon und flehte: »Tut ihm nichts, er ist mein einziger Sohn!« Jane heulte erschrocken auf, den Mund noch voller Joghurt.

Während der Yeti noch keifte: »Beruhige dich, Mutter. Warum sollte ich meinem Bruder etwas antun?«, stellte Jane ihr Geheul ein und schnappte sich ein Schoko-Minz-Stäbchen, und ich konnte nur mit knapper Not verhindern, dass sie sich die verbotene Köstlichkeit in den Mund steckte.

Sylvia war zurückgewichen und beäugte den Eindringling ungläubig. »Louisa?«, fragte sie zögerlich. »Ich dachte, ihr kommt erst morgen?«

»Zeit ist ein Konzept der Bourgeoisie, das wir uns nicht aufoktroyieren lassen. Und ich heiße Amaris, wie oft muss ich dir das noch sagen, Ma? Ich weigere mich, einen mit euren kapitalistischen und imperialistischen Werten aufgeladenen Namen zu tragen. Ich muss mir selbst treu bleiben und möchte deshalb Amaris, Mondkind, genannt werden!«

Bis vor ein paar Jahren war Louisa ganz normal gewesen –

eine zugegebenermaßen etwas verwöhnte junge Frau mit einem Job, einer eigenen Wohnung, einem schicken kleinen Wagen, einer Rentenversicherung und ein paar Prämienanleihen. Bis sie mit Mitte zwanzig von einem Tag auf den anderen alles hingeschmissen hatte, um fortan mit einem verwahrlosten Typen namens Bardo »in den Wäldern« zu leben. Die beiden hatten sich kennengelernt, als er auf einer Demo *Fleischesser sind Mörder!*-Flyer verteilt hatte, und zwar just vor jenem Steak-Restaurant, in dem sie an diesem Tag mit ihrem Verlobten Brian, einem verlässlichen, wenn auch etwas langweiligen Buchhalter, zum Dinner verabredet war. Angeblich hatte Bardo ihre Hand ergriffen, ihr tief in die Augen gesehen und behauptet, er sei schon sein Leben lang auf der Suche nach ihr, denn sie seien »Zwillingsseelen«, dazu bestimmt, über die Grenzen von Raum und Zeit hinweg vereint zu sein. Man möchte meinen, Louisa hätte seine Hände mit den Worten »Ich wette, das erzählst du allen Frauen« abgeschüttelt oder verächtlich gefaucht: »Also, wenn wir Zwillingsselen sind, dann könnte deine Hälfte definitiv ein schönes heißes Bad mit reichlich Badeschaum vertragen, oder noch besser, eine Begegnung mit einer Scheuerbürste und einer Flasche Desinfektionsmittel.« Doch weit gefehlt, sie hatte »Ja, JA!« gehaucht und den armen Brian einfach stehen lassen (mitten in ihrer Diskussion darüber, ob ein Filetsteak wirklich sein Geld wert war oder ob sie doch lieber das Rib Eye Steak nehmen sollten), um sich unter die Demonstrierenden zu mischen. Danach hatte sie Bardo in ihre Wohnung mitgenommen, und in der darauffolgenden Woche hatte sie beschlossen, besagte Wohnung zu verkaufen und den Erlös in Bardos holistischen Retreat in Schottland zu investieren.

Michael war entsetzt gewesen und hatte einen Privatdetektiv damit beauftragt, herauszufinden, wer dieser Scharlatan war, der die Kreditwürdigkeit seiner Tochter ruinierte. Zur allgemeinen Überraschung entpuppte sich Bardo als ehemaliger Investmentbanker, der vormals auf den prosaischen Namen Kevin gehört und nach einem schlechten Trip in Goa beschlossen hatte, sich neu zu erfinden. Inzwischen liest er Chakren statt der *Financial Times* und rät jedem, doch lieber in persönliches Wachstum zu investieren als in ein diversifiziertes Aktienportfolio. (Ich könnte diese Ermahnung wohl eher ernst nehmen, wenn er uns nicht bei jeder Gelegenheit dazu drängen würde, auch in seinen Retreat zu investieren.) Und Louisa, die ihm in Sachen Durchgeknalltheit offenbar um nichts nachstehen wollte, hatte irgendwann beschlossen, dass sie die Reinkarnation einer keltischen Hohepriesterin war und fortan Amaris genannt werden wollte.

Nun ließ sie sich auf einen Stuhl plumpsen und glotzte Jane stirnrunzelnd an.

»Was ist das für ein Baby?«, fragte sie.

»Na, unsere Tochter«, sagte Simon. »Ich hab dir doch erzählt, dass Ellen und ich Nachwuchs bekommen haben, Lou.«

»Amaris, bitte! Also, ich kann mich nicht erinnern, und ich finde das ziemlich rücksichtslos. Ich wollte doch, dass *mein* Baby das erste Enkelkind wird!«

»Was denn für ein Baby?«, fragte Sylvia.

Amaris/Louisa hob etliche versiffte, ausgefranste Kleiderschichten an. Darunter kam eine Hose zum Vorschein, die sie offenbar selbst gestrickt und gefärbt hatte, und außerdem ein schmutziges Crop Top, das ihren nun erschreckend großen Busen und einen enormen Babybauch nur spärlich verhüllte.

»Ich werde Mutter!«, verkündete sie stolz. »Die Göttin hat meinen Bund mit Bardo gesegnet und uns fruchtbar gemacht!«

»Euren *Bund?*«, hauchte Sylvia. »Habt ihr etwa heimlich geheiratet?«

»Nein. Die Ehe ist ein Konzept der Bourgeoisie, das wir kategorisch ablehnen. Wir brauchen keinen Trauschein, unsere Seelen sind bereits eins. Wir sind in die Wälder gegangen, haben die Göttin angerufen und uns dann unter dem Sternenhimmel leidenschaftlich geliebt, bis ich spüren konnte, wie Bardo mit seinem Samen mein ganzes Sein erfüllte. Da wussten wir, dass die Göttin unsere Gebete erhört und uns eines ihre Mondkinder geschickt hat.«

Sylvia hatte es die Sprache verschlagen. Sie umklammerte mit einem Klagelaut die Eisenstange an ihrem Aga-Herd und hatte sichtlich weiche Knie, weshalb ich vollstes Verständnis dafür hatte, dass Simon zu ihr ging, um sie zu stützen. Zwar hatte Louisas Schilderung von ihrer befleckten Empfängnis auch mich seelisch in Mitleidenschaft gezogen, aber ich konnte mir gar nicht vorstellen, wie schlimm eine derart detaillierte Beschreibung von der Schwängerung der einzigen Tochter für meine Schwiegermutter sein musste.

In diesem Augenblick stürmte Michael in die Küche. »Es stimmt alles, Syvlia!«, bellte er. »Es ist genau wie in dem *Panorama*-Bericht neulich! Ein grässlicher, bärtiger Hippie baut in unserem Garten sein miefendes Ziegenlederzelt auf! Ruf die Polizei! ... O Gott, sie sind schon im Haus!«

Louisa schob sich die Dreadlocks aus dem Gesicht und strahlte ihn an. »Hi, Pa! Das ist bloß Bardo, der draußen die Jurte aufstellt. Wir haben auch noch eine kleinere dabei, die nehmen wir als Geburtsjurte. Ich dachte, wir stellen sie neben den Teich. Ich glaube, ich will eine Wassergeburt.« Sie streichelte sich über den Babybauch.

Ihr Vater schnappte nach Luft und starrte sie fassungslos an, während Sylvia aufschluchzte und das Gesicht an Simons Schulter barg.

»Louisa?«, hauchte Michael in demselben entgeisterten Tonfall wie vorhin seine Frau. »Was ... was ist denn mit dir passiert?«

»Ich hab's den anderen gerade erzählt: Bardos Samen ist dank der großen Göttin in meiner Gebärmutter aufgegangen«, berichtete Louisa stolz. Sie rappelte sich auf und streckte ihm den Bauch hin. »Willst du mal anfassen? Der Bauch einer Schwangeren, die unter dem Blick der Mondgöttin empfangen hat, verfügt über eine beträchtliche Wirkmacht, Pa. Er könnte sogar deine Potenzprobleme beheben.«

Michael schluckte und wischte sich den Schweiß von der Stirn. »Okay, ich brauche noch einen Drink, und zwar einen verflucht starken.«

»Was meintest du denn mit Geburtsjurte?«, erkundigte sich Sylvia mit zitternder Stimme.

»Na, die Jurte für die Geburtszeremonie, was sonst?«

»Ach, und die willst du hier aufbauen?«

»Genau. Ich möchte mein Kind unter den Sternen meiner Ahnen gebären.«

»Wir wohnen hier doch erst seit 1985«, protestierte ihr Vater.

Louisa warf ihm einen entnervten Blick zu. »Du weißt schon, was ich meine. Ich will, dass ihr dabei seid, du und Ma. Ihr sollt Zeugen der Liebe zwischen Bardo und mir sein und erleben, wie die Frucht unserer Liebe das Licht der Welt erblickt.

Ihr dürft auch die Nabelschnur durchtrennen«, versprach sie gönnerhaft.

An dieser Stelle flüchtete Michael aus der Küche.

»Aber ... du kannst dein Kind nicht hier zur Welt bringen«, wandte Sylvia ein. »Wie stehen denn deine Frauenärztin und deine Hebamme dazu? Hast du überhaupt alle Unterlagen dabei?«

»Pfff.« Louisa verzog verächtlich das Gesicht. »Geburten sind heutzutage vollkommen übermedikalisiert. Ich muss lediglich auf mein Bauchgefühl hören. Ich brauche weder Ärzte noch Hebammen. Was wissen die schon?«

»Nun ja, schon so einiges«, bemerkte ich, obwohl es mich etwas Überwindung kostete, mich in dieses kleine Familiendrama einzumischen.

»Ja, nicht wahr, Ellen?« Sylvia bedachte mich mit einem dankbaren Blick und fuhr dann, an ihre Tochter gewandt, fort: »Was sagt denn deine Hebamme dazu, dass du verreist bist, so weit weg von allen, die dich betreut und durch die Schwangerschaft begleitet haben?«

»Ich *habe* keine Hebamme. Sowas *brauche* ich nicht«, wiederholte Louisa blasiert.

»Und was ist mit den Vorsorgeuntersuchungen? Und wann ist überhaupt der Termin?«, wollte Sylvia wissen.

»Untersuchungen? Untersuchungen?«, stieß Louisa empört hervor. »Glaubst du wirklich, ich würde den empfindlichen Körper meines Kindes irgendwelchen krebserregenden Strahlen aussetzen? Seht euch dieses Baby an!« Sie deutete theatralisch auf Jane, die sich den Joghurt über das ganze Gesicht verteilt hatte, nachdem ich ihr unvorsichtigerweise den Löffel überlassen hatte, um auch ja nichts zu verpassen. »Ich wette, dieses Kind musste alle möglichen ›Untersuchungen‹ über sich ergehen lassen, so blass und verkümmert, wie es aussieht!«

»Hallo? Jane ist größen- und gewichtsmäßig sogar im oberen Bereich für ihr Alter«, protestierte ich.

»Seht ihr? Komplett übermedikalisiert«, stellte Louisa selbstgefällig fest. »Wer definiert denn diese Werte? Sie sind willkürlich und bedeutungslos. Und überhaupt darf ich bei diesem Kind der Göttin kein Risiko eingehen.«

»Ich finde, du solltest dich trotzdem untersuchen lassen, Liebes«, beharrte Sylvia. »Und du brauchst eine Hebamme. Du kannst dich nicht nur auf deine versponnenen Ideen vom Willen der Göttin verlassen. Es kommt nicht von ungefähr, dass Schwangerschaften von Ärzten und Hebammen begleitet werden.«

»Reine Geldmacherei«, winkte Louisa ab. »Das ist alles überflüssig, wenn eine Frau ihren Körper so in- und auswendig kennt wie ich.«

»So, so. Und was ist mit den hervorragenden Schmerzmitteln, die es heutzutage gibt?«, fragte Sylvia.

Ich nickte. »Genau, die Betäubung! Epiduralanästhesie und Lachgas ... Lachgas ist himmlisch, Louisa, äh, Amaris.«

»Betäubung.« Louisa schnaubte abfällig. »Es ist ein Gerücht, dass die Geburt einer Frau Schmerzen bereitet! Ich verlasse mich auf den Beistand der Göttin bei den Wehen, und Bardo wird meine Klitoris und Brustwarzen stimulieren, um den orgiastischen Geburtsprozess zu unterstützen.«

Da sank Sylvia ihrem Sohn ohnmächtig in die Arme.

Der 24. Dezember war ein kühler, klarer Tag. Als Louisa und Bardo von ihrer Jurte hereinkamen und Sylvia ihnen diplomatisch vorschlug, sie könnten doch mal duschen, holten sie zu einem Vortrag über das Duschen als Internalisierung kapitalistischen Gedankenguts aus, die sie kategorisch ablehnten.

»Hört, hört. Jetzt sind selbst Wasser und Seife schon Instrumente des ach so bösen Kapitalismus«, brummte Michael halblaut.

Ehe Louisa weiterdozieren konnte, wechselte Sylvia das Thema, indem sie mit einer großen Überraschung herausrückte: Sie hatte für Jane einen Besuch beim Weihnachtsmann im Stately Home, einem nahegelegenen Herrensitz, organisiert. Offenbar war das eine ziemlich große Sache; man musste den Termin schon Monate im Voraus buchen. Wie es schien, hatte Sylvia bereits zum Telefon gegriffen, als ich noch in den Wehen lag und von Jane gerade mal der Scheitel zu sehen gewesen war.

»Das ist furchtbar lieb von dir, Sylvia«, sagte ich, »aber sie ist noch ein Baby. Sie hat keine Ahnung, wer der Weihnachtsmann ist.«

»Du unterschätzt sie. Jane ist sehr klug, genau wie ihr Vater. Sie wird bestimmt verstehen, worum es geht. Außerdem hat mich der Spaß fünfundzwanzig Pfund gekostet. Ich habe extra einen frühen Termin genommen, damit mir hinterher noch genügend Zeit bleibt, die Canapés für unseren Weihnachtsempfang vorzubereiten. Und Simon kann inzwischen ein wenig ausspannen, das wird ihm guttun.«

Meinen Bedenken zum Trotz bestand Sylvia darauf, uns in ihren Range Rover zu verfrachten und zum Weihnachtsmann zu karren. Die riesigen Räume des prächtigen National-Trust-Anwesens, in dem er seine Audienzen gewährte, waren weihnachtlich geschmückt; man war dabei allerdings derart übers

Ziel hinausgeschossen, dass Jane von Anfang an völlig überfordert war. Bis wir bei Santa Claus ankamen, schluchzte sie bereits hysterisch, und beim Anblick des bärtigen alten Knackers im roten Anzug, der gleich einem potentiellen Pädophilen bedrohlich über den Kindern vor ihr aufragte, begann sie aus vollem Hals zu plärren.

»Tu was, Ellen! Alle starren uns an!«, zischte Sylvia. Zum Glück beruhigte sich Jane nach sechs Durchläufen von *Die Räder am Bus* und zwei Mal *Auf der Mauer, auf der Lauer* so weit, dass wir sie auf dem Schoß des Weihnachtsmannes platzieren konnten, und Sylvia zückte ihre Kamera, um ihr 25-Pfund-Foto zu schießen. All ihre Nachbarn sollten sehen, dass sie mit ihrer Enkelin am höchsten Feiertag des Jahres mal eben den exklusivsten Weihnachtsmann-Event in ganz Surrey besucht hatte.

Doch Jane wollte nichts davon wissen. Kaum saß sie, erlitt sie einen regelrechten Tobsuchtsanfall. Santa Claus bemühte sich nach Kräften, die kreischende und wild um sich schlagende kleine Bestie festzuhalten, damit sie nicht auf den Boden plumpste und sich eine Gehirnerschütterung zuzog. Zum Dank dafür wurde er von Jane, als ich sie aus seinem Griff befreite, um sie beruhigend an mich zu drücken, so heftig in die Lendengegend getreten, dass er sich prompt vor Schmerz krümmte und mit weit aufgerissenen Augen von seinem Stuhl rutschte, die Hände auf die Kronjuwelen gepresst.

Die in der Schlange hinter uns Wartenden, die Janes Verhalten schon vorher mit unmutigem Murren kommentiert hatten, schlugen nun einen bedrohlichen Tonfall an. Ein Weihnachtself mit Klemmbrett eilte herbei, gefolgt von einem Rettungssanitäter. Der am Boden liegende Weihnachtsmann war puterrot angelaufen und gab gurgelnde Laute von sich. Er erinnerte mich ein bisschen an mich selbst bei Janes Geburt.

Der Weihnachtself schwenkte drohend das Klemmbrett und nuschelte etwas von wegen »gemeingefährlicher Körperverletzung« – zumindest nahm ich das an, denn mein panisches Hirn machte daraus passenderweise »Klötenverletzung«.

Während ich noch gehetzt hierhin und dorthin blickte, knurrte Sylvia: »Los, raus hier!« und bugsierte mich am Ellbogen Richtung Ausgang.

»Tut uns schrecklich leid. Die Kleine ist wohl etwas übermüdet«, flötete sie entschuldigend. »Sie sind ja so *amüsant* in dem Alter, nicht? Es war ganz wundervoll, aber wir müssen jetzt leider nach Hause.« Ehe wir hastig den Saal verließen, sah ich noch, wie der Sanitäter behutsam ein Kühlpack auf den arg in Mitleidenschaft gezogenen ganz persönlichen Sack des Weihnachtsmannes legte.

Auf der Fahrt nach Hause herrschte eisiges Schweigen. Zu Michael, der uns mit Drinks empfing, sagte Sylvia bei der Ankunft lediglich: »Ich muss mich hinlegen. Du kannst übrigens unsere Mitgliedschaft beim National Trust kündigen, Michael, wir werden keinen Gebrauch mehr davon machen können.«

Doch meine Schwiegermutter ließ sich nicht so leicht unterkriegen. Gegen Abend hatte sie sich – vermutlich dank einem oder zwei von Michaels Drinks sowie ein paar Beruhigungstabletten – von dem Schock erholt und begab sich in die Küche, um die Canapés von Waitrose in den Ofen zu schieben.

Ihr Weihnachtsempfang für die Nachbarschaft fand regen Zulauf. Die Gastgeberin, wie üblich elegant gekleidet und mit zahlreichen Schals um den Hals, servierte Mini Beef Wellingtons und Käsestangen und las dazwischen mit viel Bohei und Gewese das Gedicht *Als der Nikolaus kam* vor. Jane sah entzückend aus in ihrem Rentier-Schlafanzug und war so artig, dass ich den leisen Verdacht hegte, ihre Großmutter könnte ihr womöglich auch etwas Valium verabreicht haben. Wir hängten ihren Weihnachtsstrumpf auf, dann brachten Simon und ich Jane nach oben, und nachdem sie eingeschlafen war, standen wir noch kurz an ihrem Bettchen und betrachteten voller Ehrfurcht das wunderbare kleine Wesen, das wir gemeinsam erschaffen hatten. Wie unschuldig unser Engelchen doch wirkte, wie es dort lag, mit rosigen Wangen und rundum perfekt! So selig schlummernd war Jane ungleich goldiger als krakeelend im Wachzustand, und um diesbezüglich kein Risiko einzugehen, machten wir uns bald vom Acker. Selbstgefällig lächelnd begaben wir uns Hand in Hand nach unten in den Salon, wo mittlerweile die Gerüchteküche brodelte: Im nahegelegenen Herrensitz hatte es doch glatt einen Angriff auf den Weihnachtsmann gegeben!

»Es hieß, der Rotzlöffel musste mit einer Laserpistole ruhiggestellt werden!«, berichtete Margery Dawkins atemlos, sichtlich entsetzt von der Vorstellung, dass »Proletenkinder« in das geheiligte Stately Home eingedrungen waren.

»Angeblich liegt gegen das Gör bereits ein Gerichtsbeschluss wegen antisozialen Verhaltens vor, und eine Fußfessel hatte es auch schon mal«, meldete sich Nigel Kingsley zu Wort.

»*Ich* habe gehört, es war eine ganze *Horde*!«, hauchte Lucinda Parsons. »Alle in diesen Trainingsanzügen aus Ballonseide. Sie sind regelrecht Amok gelaufen!«

Sylvia war feuerrot geworden und hyperventilierte leise vor sich hin.

»Also, wenn ihr mich fragt, sind die Eltern schuld«, meldete sich Jeremy Goodwell zu Wort. »Man sollte dringend etwas gegen diese Wilden unternehmen.«

Nun hielt es die arme Sylvia nicht länger aus. Sie entfleuchte mit der Behauptung, sie müsse mal nach den Garnelen im Tempuramantel sehen. Als sie nach einer Weile mit einer Servierplatte mit Mini-Quiches und Vol-au-vents mit Pilzfüllung aus der Küche zurückkehrte, sprach man über die Immobilienpreise, ein vertrautes, ungefährliches Thema, sodass sie aufatmen konnte. Ihr eleganter Empfang hatte unter dem Einfluss der asozialen Jugend von heute nicht gelitten; offiziell war ihre Weihnachtsvision noch intakt.

Doch ihre Erleichterung währte nicht lange, denn obwohl Louisa beim Mittagessen kundgetan hatte, sie wolle den Abend mit Bardo im nahegelegenen Wald verbringen, um ihrer Göttin »mit einem heidnischen Ritual zu huldigen«, standen die beiden urplötzlich im Raum. Und zwar splitterfasernackt, was allen Anwesenden die spektakuläre Gelegenheit bot, sich einen Eindruck von ihrer fragwürdigen Auffassung von Hygiene zu verschaffen. Sie hatten sich immerhin ein paar aufwändig gearbeitete Girlanden aus Efeu um den Körper gewickelt (Bardo war diesbezüglich besonders kreativ gewesen), und so staksten sie nun im Salon umher und fuchtelten mit glimmenden Zweigen.

»Wir bringen euch den Geist des heidnischen Festes Mōdraniht und segnen euch mit der Fruchtbarkeit unseres Mondkindes«, leierten sie. »Kommt, kommt, lasst uns tanzen und gemeinsam die Nacht der Mütter feiern!«

Sylvia ließ das Tablett fallen und fasste sich mit einem Wimmern an die Stirn.

Louisa hatte sich in der Mitte des Salons postiert und setzte ihren klagenden Gesang fort, begleitet von immer noch exaltierteren Schunkelbewegungen, bei denen ihr riesiger Busen harmonisch im Takt mitschaukelte. Ihr »Tanz« übte eine sichtlich anregende Wirkung auf Bardo aus, und auch bei Jeremy, der vorhin schon beinah sein Cocktailwürstchen verschluckt hatte und das Geschehen gebannt verfolgte, zeichnete sich eine verdächtige Beule unter der roten Upper-Class-Hose ab.

»Kommt, Schwestern, macht mit! Und auch ihr, Brüder!«, forderte Louisa die Anwesenden auf. »Kommt und tanzt mit mir, zu Ehren der Mütter! Es wird eure Gesundheit, Fruchtbarkeit und Manneskraft im neuen Jahr stärken! Kommt!«

Der gute Jeremy sah aus, als wäre es bei ihm in der Tat gleich soweit, und Bardos mit Efeu umwickeltes bestes Stück stand ebenfalls beunruhigend stramm.

Louisa gab jäh eine Art Röhren von sich, und ich schnappte nach Luft. »O Gott, die Wehen haben eingesetzt! Ruf einen Krankenwagen, Simon!«

Er sah mich mit zuckenden Mundwinkeln an.

Ich zischte: »Wag es ja nicht!«, und er biss sich auf die Unterlippe, um Beherrschung bemüht.

»Wag es ja nicht!«, wiederholte ich. »Du wirst *nicht* lachen, hörst du?«

»Tut mir echt leid, ich ... ich kann nicht anders!« Schon giggelte er los, und ich versuchte krampfhaft, ernst zu bleiben, während Louisa weiter ihren Atombusen schwang und Bardo mit seinen Efeugirlanden wedelte. Aber es nützte alles nichts – Simon hatte mich bereits angesteckt, und so standen wir mit zuckenden Schultern in der Ecke und krümmten uns vor Lachen, die Lippen zusammenpresst, um nicht laut loszugackern.

Louisa fasste sich an den Bauch und kreischte erneut auf. »Aaaaaahhhh! Die Göttin ist hier, in mir! Ich spüre sie! Ich spüre sie!« Sie bewegte sich auf Jeremy zu, dem schier die Augen aus dem Kopf zu fallen drohten. Zum Glück kam in diesem Moment Michael von der Toilette zurück und bereitete dem Spuk ein Ende, indem er geistesgegenwärtig Sylvias teure Laura-Ashley-Decke über seine Tochter warf. »Schluss mit dem Theater! Ihr werdet euch jetzt auf der Stelle etwas anziehen. Los, raus, alle beide!«, befahl er und hielt Bardo zwei Zierkissen hin, auf dass er damit seine Blöße bedeckte.

»Nicht die Seidenkissen!«, wimmerte Sylvia.

Danach verabschiedeten sich die Gäste relativ rasch. Simon und ich gackerten noch Stunden später immer wieder los bei der Erinnerung an ihre entgeisterten Mienen, wodurch bedauerlicherweise keine angemessen andächtige Stimmung aufkam, als wir Janes allerersten Weihnachtsstrumpf füllten.

»Tja, sagte Simon, »Sie wird sich zwar nicht daran erinnern, aber zumindest für uns wird ihr erstes Weihnachtsfest immer ein denkwürdiges Ereignis bleiben.«

»Jep, wenn auch aus den ganz und gar falschen Gründen«, pflichtete ich ihm bei.

Gegenwart

Gut vierzig Minuten sitze ich nun schon hier und stiere abwechselnd auf Janes erste Weihnachtsbastelei und mein Handy, als könnte ich meine Tochter auf diese Weise zu einer Reaktion bewegen. Mittlerweile ist mir ein Bein eingeschlafen, also rapple ich mich seufzend auf. Zeit, die Hunde zu füttern.

Während ich unter den erwartungsvollen Blicken meiner Lieblinge das Futter auf ihre Schüsseln aufteile, komme ich zu dem Schluss, dass ich Sylvia gegenüber wohl etwas gnädiger hätte sein sollen. Im Grunde wollte sie ja nur dafür sorgen, dass alles so war, *wie es sein sollte*, und dass sich alle Beteiligten gemäß *ihrer* Weihnachtsvision verhielten. Und genau wie alle anderen habe ich dieses Ansinnen mit Füßen getreten und ihre Pingeligkeit und Besserwisserei als prätentiöse Marotten einer gelangweilten Hausfrau abgetan. Aber bin ich denn so anders als Sylvia? Sowohl Simon als auch Jane haben mich als Kontrollfreak bezeichnet, weil immer alles nach meinen Vorstellungen laufen muss, dabei geht es doch auch mir nur darum, dass alles so ist, *wie es sein sollte*. Fragt sich nur, wer eigentlich festlegt, wie bestimmte Dinge sein und laufen sollen.

Zu Sylvias Verteidigung kann man zumindest vorbringen, dass sie als gelangweilte Hausfrau sehr viel Zeit hatte, um sich über unwichtige Kleinigkeiten Gedanken zu machen. Ich dagegen habe einen anspruchsvollen Job – das sollte doch eigentlich genügen, um zu verhindern, dass ich zu Sylvia mutiere, oder? Fröstelnd öffne ich die Tür, um die Hunde hinauszulassen. Bin ich im Begriff, eine zweite Sylvia zu werden? Nein, auf keinen Fall. Hm. Simon und ich haben oft über das alte Sprichwort »Männer heiraten immer ihre Mütter« gelacht, aber vielleicht ist ja doch etwas dran? Schließlich habe ich mit allen Mitteln versucht, meine Tochter an mich zu binden, und so getan, als wäre ihr stinkreicher Rafferty ein Feind, der uns entzweit. Herrje, es stimmt! Ich bin wie Sylvia, nur ohne die Schals und die rassistischen Kommentare! Wobei, Jane hat mir letztens ja auch Fremdenfeindlichkeit unterstellt hat ... O Gott – wenn ich im Begriff bin, mich in eine zweite Sylvia zu verwandeln, wird dann aus Jane im Zuge ihrer Rebellion gegen mich eine zweite Louisa? Eine entsetzliche Vorstellung!

Ich ziehe in Erwägung, mir einen großen Gin Tonic zu genehmigen, besinne mich aber sofort eines Besseren und schenke mir stattdessen einen Wodka Tonic ein. Gin ist Sylvias Standardgetränk, und ich kann jetzt wirklich auf noch mehr Parallelen verzichten.

Zugleich verspüre ich zum ersten Mal Mitleid mit meiner Schwiegermutter, die sich so verzweifelt an ihren einzigen Sohn klammert. Bislang habe ich sie bloß für herrisch und überheblich gehalten, doch jetzt wird mir bewusst, dass sie nur verzweifelt versucht hat, nicht überflüssig zu werden – weder in Simons Leben, noch in ihrem eigenen. Vermutlich hat das Empty-Nest-Syndrom bei Sylvia sogar noch schlimmer zugeschlagen als bei mir. Was ist ihr denn geblieben außer dem stets so unheimlich beschäftigten Michael? Doch nur ihr Damenkränzchen, das sich regelmäßig zum Mittagessen trifft, und nicht eine dieser Frauen hat das Zeug zur seelischen Stütze oder Vertrauten. Wie unglücklich muss die arme Sylvia jahrelang gewesen sein! Zumindest bis zu ihrem Umzug nach Frankreich, wo sie sich mittlerweile ein kleines Unternehmen aufgebaut hat. Sie verkauft allerlei charmante »Antiquitäten« (von Michael kopfschüttelnd als Krempel bezeichnet) an gelangweilte Manager-Gattinnen, die ihren identisch aussehenden Villen ein wenig Shabby-Chic-Ästhetik verleihen wollen. Sie verlangt horrende Preise für die Teile, und seit ich sie in die Wunderwelt von Instagram eingeführt habe, boomt ihr Business, und das, obwohl ihr Louisa immer wieder lange Vorträge über den bösen, bösen Kapitalismus hält (um sich im Anschluss von Mami fünfzig Euro zu borgen). Aber wenn es Sylvia gelungen ist, sich zu ändern und das Leben etwas lockerer zu sehen, dann werde ich das wohl auch schaffen. Ich fange damit an, dass ich Jane anrufe und ihr eine Nachricht hinterlasse, in der ich mich wortreich entschuldige.

Im Nachhinein betrachtet hätte ich das wohl besser *vor* dem großen Glas Wodka Tonic auf nüchternen Magen tun sollen. Ich fürchte, ich habe ein bisschen viel geschwafelt, und vielleicht war mein »Von nun an werde ich Rafferty als meinen Sohn betrachten!« auch etwas zu ... pathetisch.

SONNTAG, 3. DEZEMBER

Ja, ich habe mir vorgenommen, alles lockerer zu sehen, ein gutgelaunter, gechillter Weihnachts-Elf zu sein und das festliche Vergnügen einfach auf mich zukommen zu lassen, aber alte Angewohnheiten legt man eben nicht so leicht ab. Und einige Aspekte meiner Weihnachtsvision sind mir so wichtig, dass ich einfach nicht darauf verzichten kann. Niemals. So kam es, dass ich Simon heute dazu »überredete« (sprich: zwang), mit mir zum traditionellen Weihnachtsbaumschlagen auf eine Farm zu fahren, auf der es nebst Bäumen auch Glühwein, hausgemachte Mince Pies und Rentiere geben sollte.

»Warum können wir den Baum nicht einfach im Baumarkt kaufen?«, grummelte Simon. »Wozu braucht es dazu unbedingt Rentiere?«

»Wegen der festlichen Stimmung!«, schnarrte ich. »Baumärkte sind verdammt nochmal nicht festlich, also hör gefälligst auf zu mosern.«

Simon seufzte und schwieg wohlweislich den Rest der Fahrt über. Am Parkplatz angelangt sagte er: »Ach du Scheiße, wir sind die Einzigen ohne Kinder, Ellen. Man wird uns für Spinner halten, oder für pädophil.«

»Unsinn«, widersprach ich fest. »Man wird uns für sympathische Menschen halten, die den Geist der Weihnacht verinnerlicht haben.«

»Und dafür gerne ein Schlammbad in Kauf nehmen«, knurrte Simon und überquerte mit schmatzenden Schritten den matschigen Parkplatz.

Der Boden war in der Tat sehr aufgeweicht, vor allem vor dem Zaun, hinter dem zwei deprimiert wirkende Rentiere standen, umringt von schreienden Kindern.

»Es wird bestimmt ganz zauberhaft, wart's ab«, beharrte ich.

»Von wegen. Es ist jedes Jahr dasselbe, Ellen. Wir müssen unbedingt zu einer bescheuerten Farm fahren, weil du die verrückte Hoffnung hegst, dass wir durch einen verzauberten Wald à la Narnia stapfen werden, durch Eis und Schnee, bis wir den perfekten Baum entdecken, der in deiner Vorstellung allein auf einer Lichtung steht, neben einem Faun namens Tumnus und einer Laterne, und den fällen wir dann mit einem einzigen Schlag, um ihn fröhlich lachend zum Auto zu tragen. Und jedes Mal faselst du was von Leuten, die sich um Laternen versammeln und Weihnachtslieder trällern, und von deiner schicken Mütze.«

»Genau!« Ich nickte begeistert. »Genau so wird es sein. Endlich verstehst du mich und meine Vision! Und meine Mütze ist doch *wirklich* schick, nicht?«

Simon schüttelte resigniert den Kopf. »Seit fast zwanzig Jahren tischst du mir diese romantisierte Vision vom traditionellen Weihnachtsbaumschlagen nun schon auf, Ellen. Das allererste Mal war Peter drei Monate alt, und du musstest ihn in die Babytrage packen, weil die Räder des Kinderwagens im Matsch versunken sind, und am Ende wart ihr beide von Kopf bis Fuß von Schlamm bedeckt, weil du ausgerutscht und hingefallen bist, und alle einschließlich mir haben geheult. Ach ja, und Jane hat irgendwie eine Axt in die Finger gekriegt, mit der sie sich beinahe ein Bein amputiert hätte.«

»Ach, das ist ewig her«, winkte ich ab. »Inzwischen ist alles anders.«

»Wir mussten uns *jedes* Jahr eine neue Farm suchen, weil wir uns auf der alten nach dem Debakel vom Vorjahr nicht mehr blicken lassen konnten!«

»Das sind doch alles unerhebliche Details!«, fauchte ich. »Dieses Jahr wird es bestimmt ganz toll. Wir haben keine Kinder dabei, die sich kabbeln und in den Matsch plumpsen, und außerdem gibt es hier *Rentiere*! Das ist doch ein gutes Omen!«

»Wenn ich dich zitieren darf: ›Die Rentiere sehen deprimiert aus, und dann diese ganzen lärmenden Blagen!‹«

»Unerhebliche Details!«, wiederholte ich. Dann rief ich mir meinen Vorsatz, locker zu bleiben, in Erinnerung, atmete tief durch und sagte ruhig: »Ich schlage vor, du holst dir jetzt eine dieser Spezialhosen und dazu eine Kettensäge und die absolut nicht Insta-fähige Schutzbrille, und dann ziehst du einfach dein männliches Ding durch, okay? Dann stellt sich die märchenhaft weihnachtliche Atmosphäre ganz von allein ein!«

»Also gut, Schatz, bringen wir's hinter uns. Du schmeißt dich wie jedes Jahr in den Dreck, und nachdem wir uns wie üblich ordentlich gezofft haben, fahren wir nach Hause, und ich werde dich für deinen ungebrochenen Optimismus bewundern, wenn es schon zu nichts sonst nutze war.«

Zehn Minuten später ließen wir den Blick über endlose, schnurgerade Reihen trister Nordmanntannen auf matschigem Grund wandern.

»Okay, es ist doch kein verzauberter Wald«, stellte ich bekümmert fest. Es war nie einer gewesen. Tja, die Hoffnung stirbt eben immer zuletzt. Was wäre das Leben schon ohne Hoffnung? Simon hatte mir stets geraten, ich solle in Bezug auf meine Erwartungen doch etwas realistischer sein, aber wozu hat man denn bitteschön Erwartungen, wenn nicht in der Hoffnung auf wundervolle Dinge? Was ist das für ein freudloses Leben, wenn man bloß mit Schlamm, deprimierten Rentieren und tristen Tannen rechnet? Wie sagte einst Robert Louis Stevenson: Mit der Hoffnung zu reisen ist besser, als das Ziel zu erreichen. Er hatte recht, denn selbst, wenn man am Ziel nur Enttäuschendes vorfindet, dann hatte man davor zumindest eine Zeitlang die Hoffnung, dass es diesmal anders sein würde. Und trotzdem: Dem Universum würde doch wohl verdammt nochmal kein Zacken aus der Krone brechen, wenn es meine Erwartungen mal endlich erfüllen würde, oder?

Zwei Stunden später stehen wir zu Hause im Wohnzimmer. Meine Kleider sind, wie von Simon prophezeit, schlammverkrustet, und Simon donnert: »Ich hab dir doch gesagt, er ist zu groß, Herrgott nochmal! Ich hab dir gesagt, er wird nicht reinpassen! Du hast einfach null räumliches Vorstellungsvermögen, deshalb kannst du auch nicht einparken!«

»Ich kann sehr wohl einparken, vorausgesetzt, die anderen parken nicht wie rücksichtslose Arschgeigen!«, schreie ich. »Und der Baum ist nicht zu groß, verdammt nochmal! Säg einfach unten ein Stück ab.«

»Wir werden uns hier überhaupt nicht rühren können, weil das ganze Wohnzimmer voll ist mit diesem bescheuerten Baum.«

»Da müssen bloß ein paar Äste ab. So schwer ist das doch nicht, Herrgott nochmal! Gib her, ich mach das!«

Simon lästert weiter über mein nicht vorhandenes räumliches Vorstellungsvermögen, völlig unbeeindruckt von meinen Drohgebärden mit der Bügelsäge, bis ich am Ende »Du ruinierst die festliche Stimmung!« schluchze, mir die Hunde und den Baileys schnappe und in die Garage stürme.

Nach einer halben Stunde kehren die Hunde entnervt ins Haus zurück, und ich friere und frage mich, wie ich es ihnen nachtun kann, ohne das Gesicht zu verlieren. Da geht die Tür auf und Simon betritt die Garage.

»Er steht«, verkündet er.

Ich schlucke. »Gut.«

»Los, komm mit rein.« Er entwindet meinen eiskalten Fingern die Flasche. »Jetzt hast du wenigstens deinen alljährlichen weihnachtlichen Nervenzusammenbruch schon hinter dir.«

»Voilá!« Stolz deutet er auf den leicht gekürzten Baum. »Nicht übel, oder? Und weißt du, wie er aussehen wird, wenn du ihn erst dekoriert hast?«

»Scheiße?«

»Märchenhaft, Ellen. Er wird verdammt märchenhaft aussehen.«

»Meinst du?«

»Ja. So ist es doch immer. Du … du steigerst dich bloß viel zu sehr rein. Ich dachte eigentlich, dieses Jahr wird es vielleicht anders, weil wir nur zu zweit sind. Ich hatte echt die Hoffnung, dass du alles etwas entspannter sehen und deine vermaledeite Weihnachtsvision mal vergessen würdest.«

Ich schnaube belustigt. »Wie kommst du denn darauf?«

»Okay, nicht direkt vergessen, aber vielleicht nicht ganz so verbissen darauf hinarbeiten. Warum ist dir das überhaupt so wichtig?«

»Keine Ahnung.« Ich zucke die Schultern. Dabei weiß ich es insgeheim sehr wohl: Seit ich denken kann, rollt spätestens im November, wenn die Tage immer kürzer werden, die Werbemaschinerie der Marketingindustrie an: Allenthalben schwenken vor Glück strahlende Frauen in Abendkleidern ihre Sektflöten, ziehen Familien lachend und mit roten Wangen durch die Straßen, schwer beladen mit Geschenken, bauen fröhliche Kinder Schneemänner, tummeln sich schöne Menschen auf Partys, auf denen eine festliche Stimmung herrscht, und stets ist es nur eine Kleinigkeit, die dem Ganzen eine geradezu märchenhafte Atmosphäre verleiht: das perfekte Samtkleid, das geschmackvollste Geschenkpapier, der schicke Lambswool-Schal samt passenden Fäustlingen zum Schneemann-Bauen, die edlen Canapés für die elegante Soirée.

Als Kind sehnte ich mich danach, diese Visionen in Erfüllung gehen zu sehen und einer dieser perfekten Familien anzugehören. Stattdessen gab es jedes Mal Streit zwischen meinen Eltern, und beim Weihnachtsdinner hackte Mum unablässig auf Dad herum – bis er im letzten Jahr ihrer Ehe mittendrin aufstand und in den Pub ging. Als er danach spätnachts ziemlich betrunken nach Hause kam, lieferten sie sich das schlimmste Schreiduell, das ich je erlebt habe. Während sich die beiden unten anbrüllten, schlich Jessica, die sonst eher reserviert bis distanziert war, in mein Zimmer und kroch zu mir ins Bett, und dort lagen wir dann, eng aneinandergeschmiegt, und sie flüsterte: »Es ist alles okay, Ellen. Keine Sorge, das wird schon wieder.«

Am 26. Dezember packte Dad dann seine Taschen und zog aus, und Mum informierte uns mit knappen Worten, er habe sich irgendein Flittchen angelacht. »Tja, wenn er es so will, bitte!«

Fortan teilten wir das Schicksal der meisten Scheidungskinder an Weihnachten: Wir wurden an Heiligabend von Dads neuen Freundinnen mit giftigen Blicken bedacht oder spielten glückliche Familie mit Stiefgeschwistern, die wir kaum kannten, und immerzu plagten uns Schuldgefühle gegenüber dem Elternteil, bei dem wir gerade nicht waren.

Doch immerhin verdankten wir der Zerrüttung unserer Familie auch ein Weihnachtfest, das uns aus all den richtigen Gründen in Erinnerung geblieben ist. Im besagten Jahr sollten wir bei Dad Weihnachten feiern, der dies allerdings völlig vergessen und daher genau wie Mum eine Kreuzfahrt gebucht hatte. Da beide nicht bereit waren, ihre Pläne zu ändern, kam Dad schlussendlich auf die glorreiche Idee, uns am 23. Dezember zu seiner Mutter nach Wales zu verfrachten. Tags darauf würde er dann in Southampton an Bord des Schiffes gehen.

»Ihr werdet euch großartig amüsieren«, prophezeite er uns auf der Fahrt mehrfach und schwärmte davon, wie schön es bei seiner Mutter sei. »Ich bin direkt neidisch, muss ich sagen.« Wir kannten unsere Großmutter väterlicherseits kaum, und je eindringlicher uns Dad die Vorzüge eines Aufenthaltes bei ihr schilderte, desto argwöhnischer wurden wir. Wir fühlten uns abgeschoben und waren wild entschlossen, uns *auf gar keinen Fall* zu amüsieren. Irgendwann steckte sich Jessica demonstrativ die Kopfhörer ihres Sony-Walkmans in die Ohren, um Dad auszublenden. Ich hatte nicht soweit vorausgedacht, und da bei meinem Walkman dummerweise die Batterien leer waren, begnügte ich mich damit, möglichst einsilbig zu reagieren, wann immer Dad verzweifelt »Na, freust du dich?« oder »Das klingt doch toll, oder?« fragte.

Das Anwesen, auf dem Granny Green lebte, hieß Ty'r Ywen und lag auf einem Hügel am Ende eines zerfurchten Feldwegs. Dad schimpfte und fluchte, weil sein schicker BMW bei jedem Schlagloch, über das wir rumpelten, alarmierend knarzte und quietschte. Bei unserer Ankunft war es halb fünf und bereits dunkel. Wir hatten einmal einen Tagesausflug hierher gemacht, doch das war im Sommer gewesen, und ich konnte mich nur vage daran erinnern. Jetzt, nachts und im Winter, erschien mir alles gänzlich unvertraut.

Dad stieg aus und schlug die Autotür zu. Prompt drang aus dem Haus vor uns lautes Gebell. Die Außenbeleuchtung ging an und erhellte den weitläufigen, gepflasterten Hof, auf dem wir standen. Hinter uns befand sich eine große Scheune, über die dritte Seite des Hofs erstreckte sich eine uralte Mauer, die mir bis über den Kopf reichte. Binnen Sekunden schwang die Haustür auf, und Granny Green trat heraus, umringt von einem ganzen Rudel kläffender, umherwuselnder Hunde.

Sie war das genaue Gegenteil einer typischen Märchen-Großmutter mit Schürze und Apfelbäckchen; ein Wolf, der sich mit ihr anzulegen gedachte, musste schon ein recht wackeres Tier sein. Sie war fast so groß wie Dad, duftete nach *Mitsouko* von Guerlain, und ihr schwarzer Bob war die eleganteste Frisur, die ich je gesehen hatte. Zur weit geschnittenen Tweedhose trug sie eine elfenbeinweiße Seidenbluse, und sie hielt einen Martini in der einen und eine Zigarette (samt Zigarettenspitze, wow!) in der anderen.

»Nun hört schon auf, ihr Bestien!«, schalt sie die Hunde,

dann wandte sie sich Dad zu und rief: »Hallo, mein Lieber! Ich dachte schon, ihr habt euch verfahren.« Bei ihrer resoluten Wange-an-Wange Begrüßung konnte man förmlich hören, wie ihre Jochbeine kollidierten. »Hallo, Mädels! Du liebe Zeit, seid ihr groß geworden! Hier, halt meinen Drink, Ralph, damit ich sie begrüßen kann.«

Sie drückte uns nacheinander kräftig an sich, nahm unserem Vater dann den Drink und die Zigarette wieder ab und legte uns je einen Arm um die Schultern, um uns ins Haus zu führen, wobei sie rief: »Alle Hunde ab ins Haus! Ralph, sei so gut und bring die Sachen meiner lieben Enkelinnen rauf, ja? Jessica wird im Gobelinzimmer schlafen, Ellen im Priesterzimmer. Ich mixe dir inzwischen einen Drink.«

Bis dahin hatte ich es noch nie erlebt, dass jemand meinem charismatischen Vater, der stets im Mittelpunkt stand, die Show stahl, doch im direkten Vergleich mit seiner Mutter wirkte sein Glamour wie ein Glühwürmchen neben einem Leuchtturm.

»Wo ihr schlafen werdet, zeige ich euch später«, sagte sie, »jetzt gehen wir erst einmal in den Salon, damit ihr euch am Kamin aufwärmen und meine Lieblinge kennenlernen könnt. Das sind Viper, Vixen, Nancy und Nora ...« – sie deutete auf zwei Border Terrier und zwei wunderschöne Windhunde, die uns aufgeregt mit dem Schwanz wedelnd entgegensahen – »... und das ist Mister T. Ein Pitbull, allerdings behaupten wir immer, er sei ein Staffordshire Bullterrier, sonst müssten wir ihn einschläfern lassen, obwohl er sanft wie ein Lämmchen ist. Also, behaltet das für euch, ja? Und dann haben wir hier noch Rupert, benannt nach Rupert Campbell-Black, weil er ein so attraktiver Bursche ist.« Rupert, eine räudige gelbe Promenadenmischung, der ein Ohr fehlte, leckte ihr hingebungsvoll die Hand.

»Ihr mögt Hunde doch hoffentlich, oder?«, fügte sie mit besorgter Miene hinzu. »Wenn nicht, haben wir ein Problem.«

»O ja, wir lieben Hunde, sehr sogar!«, versicherten wir ihr.

»Wer ist denn dieser Rupert Campbell-Black?«, erkundigte sich Jessica. Die Promenadenmischung stupste sie mit der Nase an, wie um zu sagen: »Streichle mich!«

»Sag bloß, ihr kennt die Bücher von Jilly Cooper nicht!«, rief Granny entsetzt. »Das müssen wir umgehend ändern. Also, Rupert Campbell-Black ist der attraktivste Mann in ganz England, und deshalb habe ich unseren Rupert nach ihm benannt, als wir ihn zu uns geholt haben – um ihn aufzumuntern, und zur Stärkung seines Selbstvertrauens. Der Ärmste wurde als Welpe ganz schrecklich misshandelt.« Granny senkte verschwörerisch die Stimme. »Für mich ist er der schönste Hund der Welt, aber das dürfen die anderen nicht hören.«

Dad, der eben hereingekommen war, ließ ungläubig den Blick über die zahlreichen Vierbeiner wandern, die zufrieden auf mehreren Sofas (in Nancys Fall auf einer Chaiselongue) mit Samtbezug herumlümmelten.

»Wie viele sind es mittlerweile, Mutter?«

»Ach, hör schon auf«, sagte Granny mit einer wegwerfenden Geste. »Was soll ich denn machen, wenn es da draußen vor armen, obdachlosen Tieren wimmelt, und vor abscheulichen Menschen, die gemein zu ihnen sind? Versprecht mir eines, Mädels, und zwar jetzt gleich: dass ihr nie einen Hund vom Züchter kauft, wenn ihr auch einen aus dem Tierheim haben könnt. Abgemacht? Ja? Hervorragend! Gut, Zeit für die Drinks.«

»Ich muss noch fahren, Mutter!«, protestierte Dad.

»Wie, bleibst du nicht? Nicht einmal zum Abendessen?«

»Ich kann nicht. Wir sind um acht auf einer Dinnerparty eingeladen, und Claire wird toben, wenn ich nicht rechtzeitig zurück bin. Ich bringe mehr Zeit mit, wenn ich die Mädels wieder abhole, versprochen.«

Ty'r Ywen war das reinste Paradies – ein großes, labyrinthartiges Herrenhaus, das für Weihnachten wie geschaffen war. Efeu und Stechpalmenzweige klemmten hinter dunklen Ölgemälden in prunkvollen Rahmen, von denen die goldene Farbe abblätterte, und von den alten schwarzen Holzbalken, die das Gebäude zusammenhielten, baumelten Misteln. Im Foyer stand ein riesiger Tannenbaum, wenn auch zu unserer Enttäuschung ungeschmückt und ohne eine einzige Kerze. Ich wollte Granny nicht fragen, was es damit auf sich hatte – vielleicht war das irgendein seltsamer Brauch? Wie auch immer, es *gab* zumindest einen Baum, und das Haus war festlich dekoriert.

Als ich Jessicas Zimmer sah, keimte sofort Neid in mir auf: Es gab ein Himmelbett aus Eichenholz, und an sämtlichen Wänden hingen Gobelinteppiche. Es war so unfair – Jessica wurde immer bevorzugt, nur weil sie die Ältere war! Ich war überzeugt, dass mein Zimmer nicht halb so toll sein würde wie dieses hier. Und in der Tat erblickte ich, als Granny die Tür zu meinem Zimmer öffnete, eine kleine, schlichte Kemenate mit Holzvertäfelung an den Wänden. Ich versuchte, mir meine Enttäuschung nicht anmerken zu lassen, allerdings nicht sehr erfolgreich, wie es schien, denn Granny lachte und sagte: »Ich weiß, es wirkt auf den ersten Blick nicht so fürstlich wie Jessicas Zimmer, aber ich habe dich hier untergebracht, weil dein

Vater sagte, du hättest eine sehr lebhafte Phantasie ...« Ich zog indigniert die Nase kraus. Sollte ich mir die fürstliche Einrichtung etwa ausdenken? Ich war doch verdammt nochmal nicht Sara Crewe aus dem Kinderbuch *Die kleine Prinzessin*, die in einer kahlen Dachkammer wohnen und Hunger leiden musste! »... und ich dachte, die Geschichte dieses Raumes wird dir bestimmt gefallen. Soll ich dir verraten, wofür dieses Zimmer vor vierhundert Jahren genutzt wurde?«

»Vierhundert Jahre?«, wiederholte ich ungläubig.

»Ganz recht. Wir sind hier im ältesten Teil des Hauses, und dieser Raum diente nach der Reformation als geheime katholische Kapelle. Hinter diesem Paneel hier ...« Sie legte eine Hand an ein Brett der Wandvertäfelung, worauf es mit einem Klicken nachgab. »... befindet sich ein sogenanntes Priesterloch. Deshalb auch der Name ›Priesterzimmer‹. Na, wie findest du das?«

»Scheiße!«, hauchte ich ehrfürchtig und stammelte dann hastig: »Entschuldigung, Entschuldigung!«

»Schon gut.« Wieder lachte sie. »Aber du würdest mir einen großen Gefallen tun, wenn du beim Weihnachtsessen am 25. keine Kraftausdrücke verwenden würdest. So, ich zeige dir noch rasch, wie die Geheimtür funktioniert, und während du deine Sachen auspackst, gehe ich runter und wärme den Eintopf auf, den ich gemacht habe.«

Ein Eintopf! Ein richtiges, festliches Essen, dabei war heute noch gar nicht Weihnachten!

Leider war Grannys Eintopf nicht gerade der beste, den ich je gegessen hatte, und so erwachten Jessica und ich tags darauf mit knurrendem Magen und konnten das Frühstück kaum erwarten. Ich zog schwungvoll die Vorhänge auf und schnappte begeistert nach Luft. Vor mir erstreckte sich das von Raureif überzogene Tal, das im Schein der trüben Wintersonne glitzerte. Allerdings war der Boden eiskalt, und ich hatte keine Pantoffeln dabei, sodass ich in meinem mit Care Bears bedruckten Nachthemd fror wie ein Schneider, war ich doch an Zentralheizung und Teppichböden gewöhnt. Ein gestreifter Flanellpyjama wäre mir nun sehr gelegen gekommen. Ich zog mich hastig an und folgte dem verlockenden Duft von Speck und Würstchen nach unten. Auf dem Flur vor der Küche jedoch roch es dann plötzlich verbrannt, und als ich eintrat, zog Granny gerade ein Blech mit verkohltem Speck aus dem Ofen.

»Ich weiß nicht, was ich falsch gemacht habe«, murmelte sie perplex. »Ich höre immer: ›Du stellst es bloß eine Weile in den Aga …‹. Tja, tut mir schrecklich leid, Mädels. Ich koche so gut wie nie.«

»Kein Problem«, sagte Jessica. »Es sind jede Menge Eier da, ich könnte uns Rührei machen, wenn du willst.«

»Eine hervorragende Idee. Wie wär's mit Baked Beans dazu?« Granny holte eine betagte Emaille-Soßenpfanne aus dem Schrank und kippte eine Dose Baked Beans hinein. Jessica schlug bereits die Eier auf, ich deckte inzwischen den Tisch.

»Ist das nicht herrlich?«, fragte Granny, als wir uns an den Tisch setzten. »Schade nur um die Würstchen und den Speck. Ich hab das Blech gestern Abend in den Ofen gestellt, damit alles rechtzeitig fürs Frühstück fertig ist, aber das war wohl keine so gute Idee. Wie gesagt, ich koche nie. Susan, eine sympathische junge Frau aus dem Dorf, kocht immer allerlei wunderbare Gerichte für mich vor. Die kommen dann in die Gefriertruhe, und bei Bedarf taue ich etwas auf und wärme es im Ofen oder in der Mikrowelle. Aber ich dachte eben, ich sollte es mal selbst versuchen. So gehört sich das doch für eine Großmutter, nicht? Ich hätte es mir denken können. Gestern Nachmittag wollte ich Scones für euch backen, aber es war die reinste Katastrophe – die Küche sah aus, als hätte eine Bombe eingeschlagen. Ich war versucht, den alten Kasten niederzubrennen und in ein hübsches neues Haus irgendwo an der Küste zu ziehen, aber ich wusste ja, dass Besuch kommt, also habe ich alles geputzt und dann noch den Eintopf gemacht. Gott, der war vollkommen ungenießbar, nicht wahr? Aber wie sagte schon Robert Louis Stevenson: ›Entscheidend ist nicht das Resultat, sondern dass man sich angestrengt hat.‹ Und das habe ich in der Tat.«

»Echt? Ich dachte, er hat gesagt: ›Mit der Hoffnung zu reisen ist besser, als das Ziel zu erreichen‹«, wandte ich ein.

»Das ist der erste Teil des Zitats, ja, und weiter heißt es: ›Entscheidend ist nicht das Resultat, sondern dass man sich angestrengt hat‹. Wenn ihr mich fragt, bedeutet beides, dass es nicht so sehr auf den Erfolg ankommt als vielmehr auf die Energie, die man investiert hat. Aber den zweiten Teil kennen nur die wenigsten, dabei ist er meiner Meinung nach viel wichtiger. Apropos Anstrengungen: Ich fürchte, ich muss euch für meine Zwecke einspannen. Im Foyer steht ein riesiger Baum, der geschmückt gehört; ich dachte, das wollt vielleicht ihr zwei übernehmen. Und morgen erwarte ich zwölf Gäste zum Lunch, da müssen wir vorher das gute Porzellan und die Gläser aus den Schränken holen und im Speisezimmer alles vorbereiten. Außerdem muss ich die schrecklich komplizierte Anleitung für die Zubereitung des Truthahns studieren, die mir Susan geschrieben hat. Und morgen die Beilagen wärmen, die sie mir gebracht hat. Also los! Die Reste vom Frühstück könnt ihr den Hunden geben, sie lieben Rührei.«

Es wurde ein rundum perfekter Tag, obwohl wir schufteten wie die Pferde. Als Erstes schmückten wir gemeinsam den Baum. Jessica und ich stiegen auf Stehleitern und erklommen die Treppe, um, über das Geländer gebeugt, die Glaskugeln auf die oberen Äste zu hängen. Granny saß mit einem Martini und ihrer allgegenwärtigen Packung Gauloises neben dem Baum und reichte uns ein antikes Stück nach dem anderen. Zu jedem einzelnen gab es eine Geschichte: »Die hab ich auf der Hochzeitsreise in Venedig gekauft, und die hier auf einem Flohmarkt in Paris. Und die Dinger sind von euch – eure Mutter sagte, ihr hättet sie im Kindergarten gebastelt. Vielleicht hängt ihr sie eher auf die Hinterseite.«

Nach einem Spaziergang über von Raureif überzogene Wiesen mit den Hunden erwarteten uns zu Hause Mince Pies (glücklicherweise nicht von Granny, sondern von Susan gebacken), die wir am Kamin verzehrten, und danach bereiteten wir im Speisezimmer alles vor. Granny schaltete das Radio ein, und wir lauschten dem Knabenchor des King's College und stimmten falsch, aber fröhlich in das eine oder andere Weihnachtslied ein.

Am Morgen des 25. Dezember mussten wir feststellen, dass sich Rupert nachts Zugang zum Salon verschafft und sechs der Weihnachtsstrümpfe für die Hunde geplündert hatte. Neben den zahlreichen Leckerlis hatte er sich auch die Schokolade aus unseren Strümpfen einverleibt und zudem ausgiebig auf den Schminksachen herumgekaut, die Granny für uns besorgt hatte.

»Ach herrje. Tut mir schrecklich leid, Mädels«, sagte sie. »Der arme Rupert. Er kann einfach nicht anders, nachdem er so lange nicht wusste, wann er das nächste Mal etwas zu fressen kriegen würde.« Immerhin wirkte das Tier angemessen zerknirscht und auch etwas grün um die Nase, wie es dort auf dem Teppich lag.

»Ist Schokolade nicht schädlich für Hunde?«, fragte ich besorgt.

»Ach, Rupert wirft so leicht nichts um«, beruhigte mich Granny. »Letztes Jahr hat er eine ganze Tüte Schokolinsen verputzt, mitsamt der Folie, und dazu eine Packung Paranüsse im Schokomantel, und er hat keine Langzeitschäden davongetragen. Jetzt allerdings sieht er in der Tat aus, als würde ihm gleich alles hochkommen. Sei so gut und lass ihn raus in den Garten, Ellen.«

Eine halbe Stunde später war Rupert wieder fit wie ein Turnschuh und bereit für sein Frühstück. Er legte mir die Schnauze aufs Knie und informierte mich, dass er sich für die Plünderung meines Weihnachtsstrumpfs schrecklich schämte, seine Schuldgefühle aber durch ein Stück von dem Räucherlachs gelindert werden könnten, den uns Granny zum Frühstück kredenzt hatte, und er sei auch nicht abgeneigt, den Sekt Orange zu probieren …

»Runter, Rupert!«, befahl Granny streng. »Nein, du kriegst weder Lachs noch Buck's Fizz. Wenn ich dich mit Lachs füttere, müssen auch die anderen Hunde Lachs bekommen. Ihr glaubt wohl, ich habe Geld wie Heu! Ihr bringt mich noch ins Armenhaus, ihr elenden Viecher.«

Dennoch verteilte sie am Ende die Räucherlachsreste an die Hunde. »Ist ja schließlich Weihnachten«, verteidigte sie sich.

»So, und nun zu den richtigen Geschenken. Wenigstens die hat Rupert nicht angeknabbert. Bleibt nur zu hoffen, dass Mister T keine Duftmarken am Weihnachtsbaum hinterlassen hat. Manchmal überkommen ihn recht merkwürdige Anwandlungen.« Doch Mister T hatte sich glücklicherweise zurückgehalten.

»Ich wusste nicht, was Mädchen im Teenageralter heutzutage mögen, mal abgesehen von Popmusik und Mascara«, sagte sie mit Sorgenfalten auf der Stirn, als sie uns je ein großes, fluffiges, weiches Päckchen überreichte. »Aber die hier fand ich recht hübsch, und ich dachte, sowas kann frau immer brauchen.«

Sie hatte für jede von uns einen todschicken, reich bestickten Seidenmorgenmantel im Kimono-Stil besorgt.

»Wow«, hauchte ich. »Der ist traumhaft schön, Granny.«

»Ich habe also euren Geschmack getroffen?«

»Absolut!« Jessica nickte mit großen Augen. »Ich bin ganz hin und weg, danke! Ähm, wir haben auch was für dich. Hat Mum besorgt. Wir wussten nicht genau, was wir dir schenken sollen.«

Wir hätten unserer exotischen, glamourösen Großmutter wohl kaum etwas Unpassenderes mitbringen können als das Lavendel-Körperpflegeset von Yardley, das Mum hastig aus der Reservegeschenke-Schublade gekramt hatte, nachdem Dad sie von den geänderten Weihnachtsplänen in Kenntnis gesetzt hatte, aber Granny Green erklärte höflich, sie könne es sehr gut brauchen.

»Ach herrje«, murmelte sie eine halbe Stunde später beim Anblick unserer Weihnachts-Outfits, die mit ihrer roten Seidenbluse und den schwarzen Palazzo-Pants aus Samt beim besten Willen nicht mithalten konnten. Mum hatte darauf bestanden, dass Jessica und ich die hässlichen Kleider von Laura Ashley mitnahmen, die wir jeden Sonntag zum Lunch mit ihrer Mutter anziehen mussten, obwohl wir längst zu alt dafür waren.

»*Wollt* ihr die denn tragen?«, fragte Granny Green.

»Nein!«, versicherten wir ihr nachdrücklich.

Sie seufzte und öffnete die Tür zu ihrem Ankleidezimmer, das sich als wahre Schatzkammer entpuppte. »Tja, dann müsst ihr euch wohl etwas von mir ausborgen.«

»Ähm, was denn zum Beispiel?«, fragte Jessica vorsichtig.

»Nehmt, was ihr wollt«, kam es unbekümmert zurück. »Das meiste davon ziehe ich ohnehin nicht mehr an.«

Jessica angelte sich ein schwarzes Seidenkleid von einem Bügel.

»Eine gute Wahl, Liebes. Probier es gleich mal an!«, ermunterte sie Granny.

Doch als Jessica einen Blick auf das Etikett erhascht hatte, schnappte sie nach Luft. »Dior! Das kann ich unmöglich anziehen.«

»Es ist nur ein Kleid«, winkte Granny ab. »Ellen, was ist mit dir? O ja, sehr gut, dieses Grün steht dir hervorragend.«

Wir wagten kaum zu atmen und hielten uns wohlweislich von den Hunden fern, als wir uns, eingehüllt in eine Wolke ihres Parfums, wenig später unten postierten. Mit einem Cocktail in der Hand, der laut Granny »kein bisschen stark war« (»Eigentlich nur Wasser, Liebes!«) warteten wir auf die Gäste, die auch schon bald eintrafen, in immer noch extravaganteren Roben. In Anbetracht von so viel Eleganz und Glamour waren wir heilfroh, dass wir Dior und Givenchy trugen und keine Rüschenkleidchen wie die Schwestern aus *Unsere kleine Farm*. Im Nu war der Salon angefüllt mit angeregt plaudernden Menschen, und ein charmanter Herr namens Emile sorgte dafür, dass niemand auf dem Trockenen saß. Ihm schien nicht bewusst zu sein, wie jung ich war, denn er bot mir sogar eine Zigarette an (die ich zu rauchen versuchte, ohne mich zu übergeben).

Da erschien plötzlich Granny auf der Schwelle.

»QUELLE HORREUR!«, stieß sie theatralisch hervor. »C'EST UNE CATASTROPHE!«

»O Gott, was ist passiert, Francesca?«, fragte Emile alarmiert.

»Hast du dich verbrannt?«, erkundigte sich eine gewisse Victoria, die sehr an Margo aus der Fernsehserie *The Good Life* erinnerte.

»Wie denn, wenn der verflixte Herd eiskalt ist? Da drin könnte ein Eskimo Eiswürfel pinkeln!«, klagte Granny. »Der Ofen ist aus, im wahrsten Sinne des Wortes, und er will partout nicht wieder angehen!«

»Ist das alles?«, fragte Emile.

»Der dämliche Truthahn ist noch komplett roh, und die Kartoffeln steinhart! Mit denen könnte man glatt den Grinch erschlagen!«

»Mach den Herd doch einfach wieder an«, schlug ein Mann mit einer schreiend bunten Krawatte vor.

»Mach *du* doch, Roland!«, fauchte Granny. »Ich habe keinen blassen Schimmer, wie das vermaledeite Ding funktioniert.«

Zwanzig Minuten später hatten alle Anwesenden den Aga in Augenschein genommen und waren einstimmig zu dem

Schluss gekommen, dass sie auch nicht weiterwussten. Tja, das waren noch düstere Zeiten damals, so ohne YouTube-Tutorials.

»Mach dir nichts draus, meine Liebe«, tröstete Emile unsere Großmutter. »Wir werden auf jeden Fall nicht verdursten, und du hast doch immer Berge von eingelegten Oliven und dergleichen mehr.«

Granny atmete tief durch. »Richtig«, sagte sie mit tapferer Miene. »Jessica, Ellen, kommt mit; wir sehen mal nach, was die Speisekammer so hergibt.«

Es wurde dann trotzdem ein Festschmaus, nicht bloß wegen all der Köstlichkeiten, mit denen Granny Green anstelle des Truthahns und der Beilagen aufwarten konnte, darunter die erwähnten Oliven, Käse, Nüsse, Grissini und sonstiges Gebäck sowie eingelegte Rote Beete (»Das ist das Einzige, was ich wirklich kann, meine Lieben!«). In erster Linie jedoch lag es wohl daran, dass das alles bei Weitem nicht als Unterlage für die konsumierten Unmengen an Alkohol ausreichte. Das Speisezimmer war von Kerzenschein erhellt, und wir aßen vom feinsten Porzellan und tranken den ganzen Wein, den Granny zum Truthahn hatte servieren wollen, und dann spielten wir eine Runde Scharaden, bei der es drunter und drüber ging, weil wir samt und sonders zu beschwipst waren, um uns zu merken, ob gerade ein Film- oder ein Buchtitel erraten werden sollte, und Granny Green hat ziemlich sicher mit Emile geknutscht, denn die beiden verschwanden eine ganze Weile draußen, und als sie wieder reinkamen, sah es aus, als hätte Emile ihren Lippenstift benutzt, aber, ach, es war himmlisch. Es gab weder Zank noch bissige Kommentare, niemand presste angespannt die Lippen zusammen oder warf mit Mince Pies. Ich trug noch Grannys

Kleid, als ich am nächsten Morgen mit dem allerersten Kater meines Lebens in meinem Bett im Priesterzimmer erwachte, aber das war es wert, wie ich Granny versicherte, als sie mir ein Glas Wasser und eine Kopfschmerztablette brachte.

Eine Woche später machten wir uns mit den Kleidern, die sie uns geliehen hatte, sowie mit vier Gläsern eingelegter Roter Beete im Gepäck auf den Nachhauseweg und konnten den nächsten Besuch bei ihr kaum erwarten. Als sie uns zum Abschied nachwinkte, ahnten wir nicht, dass dieses erste Weihnachtsfest auf Ty'r Ywen auch unser letztes sein würde. Im nächsten Jahr verbrachten wir zwar einen wunderbaren Sommer bei ihr, doch an Weihnachten bestand Mum dann darauf, dass wir mit ihr bei ihrem Neuen (einem gewissen Roger) und seinen grässlichen Kindern feierten, und ein halbes Jahr später starb Granny Green ganz plötzlich an einem Schlaganfall. Ty'r Ywen wurde verkauft, die Hunde wurden auf die diversen Emiles, Rolands, Victorias aufgeteilt. Wir waren untröstlich, doch Dad versicherte uns, dieser rasche, unerwartete Tod sei bestimmt genau nach Grannys Geschmack gewesen. »Die Vorstellung, alt und krank und auf andere angewiesen zu sein, war ihr stets ein Graus.«

Ich glaube, das ist es, was Jessica und ich seither alljährlich anstreben – den Zauber dieses märchenhaft schönen Weihnachtsfests damals bei Granny Green auf Ty'r Ywen noch einmal zu erleben. Doch dieses Ziel war all unseren Bemühungen zum Trotz stets unerreicht und unerreichbar.

Als ich Simon erkläre, worum es mir geht, sagte er: »Ich weiß, du willst nur, dass alles perfekt ist, aber das Leben ist nun mal nicht perfekt.«

»Wohl wahr. Aber ich denke immer, wenn ich mich noch ein *bisschen* mehr anstrenge, dann kann ich dafür sorgen, dass es perfekt wird. Und wenn es perfekt ist, nur ein einziges Mal, dann stellt sich die märchenhafte Atmosphäre ganz automatisch ein. Heute zum Beispiel war ich ganz sicher, dass wir den perfekten Baum finden, wenn wir den ganzen weiten Weg zu einer Farm auf uns nehmen, auf der es Rentiere und Glühwein gibt. Aber dann waren die Rentiere deprimiert und der Glühwein alkoholfrei. Alkoholfreier Glühwein – wozu soll das denn gut sein, bitteschön?«

»Naja, die Leute kommen alle mit dem Auto«, erinnert er mich, womit er vollkommen recht hat. »Na, jedenfalls war es nicht so schlimm wie das Weihnachtsfest, bei dem uns deine Schwester alle zu Abstinenz verdonnert hat, weil sie mit Gulliver schwanger war.«

»O Gott!« Ich fasse mir an die Stirn. »Erinnere mich bloß nicht daran!«

Vor 18 Jahren

Peters erstes Weihnachtsfest gestaltete sich sehr anders als Janes erstes Weihnachtsfest, bei dem der Alkohol dank Michael in Strömen geflossen war.

Damals gab es noch keine Social-Media-Plattformen wie Instagram, die es einem erlauben, anzugeben, ohne jemanden ins Haus zu lassen, und Jessica war ganz scharf darauf gewesen, mit ihrem perfekten ersten Kind, ihren perfekten Kochkünsten und ihrem perfekten Leben zu prahlen, also hatte sie beschlossen, nicht nur Simon und mich, sondern auch Mum und Geoffrey sowie Dad und seine damalige Ehefrau Jackie an Weihnachten zu sich einzuladen.

Peter war frisch geschlüpft, Jane eine äußerst umtriebige Zweijährige, die nicht nur gehen, sondern auch sprechen konnte. Ihr allererstes Wort hatte zum grenzenlosen Entsetzen meiner Schwiegermutter »Scheiß« gelautet (ich hatte vergeblich versucht, es Sylvia lachend als »heiß« oder »weiß« zu verkaufen).

Aufgrund all dessen hatte ich gewisse Vorbehalte, zumal Jessica hochschwanger war und mit Persephone, die sich gerade in der Trotzphase befand, ebenfalls alle Hände voll zu tun hatte.

»Bist du sicher?«, hatte ich sie immer wieder gefragt, und Jessica hatte herablassend erwidert, aber natürlich, und sie wisse gar nicht, warum immer alle so ein Drama machten. Fairerweise sollte ich wohl einräumen, dass sie es vermutlich nicht in erster Linie darauf angelegt hatte, anzugeben, vielmehr steckte dahinter wohl die bereits erwähnte Hoffnung, den Zauber von Ty'r Ywen wiederaufleben zu lassen – eine Hoffnung, die wir unser Lebtag lang hegen werden. Aber sie hätte es besser wissen müssen. »Zauber« war wirklich das Letzte, was man erwarten konnte, wenn unsere geschiedenen Eltern aufeinandertrafen. Bei meiner Hochzeit hatte Mum die Ansprache meines Vaters durch Zwischenrufe gestört, bei Jessicas Hochzeit konnten wir sie mit Müh und Not davon abhalten, Dad auszubuhen, als er die Braut zum Altar führte, und bei Persephones Taufe erinnerte sie Dad mehrfach und unüberhörbar daran, dass er nun Großvater war, weshalb er sich gefälligst hüten solle, mit irgendeinem Flittchen ein Kind zu zeugen, das dann unweigerlich jünger sei als sein Enkel.

Spannungen waren also quasi vorprogrammiert. Mum hat es mir lange nachgetragen, dass ich gottlose Heidin weder Peter noch Jane habe taufen lassen, hatte ich sie damit doch um zwei gottgegebene Gelegenheiten gebracht, ihren Ex öffentlich anzugreifen.

»Also, ich weiß nicht. Mum und Dad unter einem Dach – hältst du das für eine gute Idee? Ganz zu schweigen von Jackie und Geoffrey. Das ist ein potentielles Minenfeld! Du weißt doch, was für ein Rassist Geoffrey sein kann. Er wird Jackies Herkunft kommentieren, obwohl ihre indischen Großeltern seit Jahrzehnten hier leben. Jackie wird sich zu Recht aufregen, wenn er sie mit Ausdrücken beleidigt, die ›früher ganz normal‹ waren, und das wird ihn nur noch mehr anstacheln, und am Ende wird jemand heulen – vermutlich du, definitiv ich, und Jackie höchstwahrscheinlich ebenfalls.«

»Naja, ich kann Mum und Dad wohl kaum ohne ihre neuen Partner einladen. Oder Dad, Jackie und Mum, nicht aber Geoffrey. Weihnachten ist ein Familienfest, Ellen, und diese Menschen sind unsere Familie, ob es dir passt oder nicht. Und alle einschließlich Geoffrey haben mir hoch und heilig versprochen, dass sie sich benehmen werden. Außerdem hab ich Mum bereits vorsorglich gebrieft und ihr eine Liste mit inakzeptablen Sprüchen und Ausdrücken geschickt. Geoffrey wird also hoffentlich weder über ›Pakis‹ schimpfen noch davon anfangen, dass irgendjemand dahin zurückgehen soll, wo er hergekommen ist.«

»Gott, was findet sie nur an diesem rassistischen alten Knacker?« Ich schüttelte den Kopf. »Gegen den ist Prince Philip ja die reinste UN-Friedens-Truppe.«

»Er besitzt ein Pfarrhaus im Queen-Anne-Stil, und mit der

Höhe seiner Rente kann sie vor ihren Freundinnen im Tennisclub und in der Kirchengemeinde angeben«, stellte Jessica mit ungewohnter Ehrlichkeit fest.

»Zugegeben, aber sie könnte doch allmählich dafür sorgen, dass er einen kleinen Unfall hat, oder mit extraviel Butter und Sahne kochen, um ihn loszuwerden.«

»Das könnte sie, aber das wär's dann mit der fetten Rente. Gut, dass du Simon aus Liebe geheiratet hast; zur Goldgräberin taugst du nicht. Da muss man alle Eventualitäten im Blick haben.«

»Bei Simon gibt es nichts zu holen«, sagte ich bekümmert. »Und erben wird er auch nichts, wenn Sylvia weiter auf so großem Fuß lebt und Louisa ständig Kohle für ihren ›Retreat‹ braucht. Erst kürzlich hat sie Michael um zehntausend Pfund für eine Solaranlage angepumpt, und angeblich hat sie schon wieder einen Braten in der Röhre. Na, lassen wir das. Du bist also ganz sicher, was Weihnachten angeht?«

»Ja«, sagte Jessica entschlossen. »Ich habe einen Plan.«

»Was für einen Plan?«

»Wirst du schon sehen.«

Als Jessica ihren Plan enthüllte, war gleich klar, warum sie darauf bestanden hatte, uns erst nach unserer Anreise einzuweihen.

»Der kleine Gulliver kommt ja nun bald zur Welt«, sagte sie und strich sich über den Bauch, über dem ihr enganliegendes Umstandskleid von Isabella Oliver spannte. Es war geschmackvoll und sexy zugleich, und obwohl sie im achten Monat war, sah sie darin deutlich weniger schwanger aus als ich drei Monate nach der Geburt von Peter. Selbstredend hatte sie, da sie stets alles unter Kontrolle haben wollte, alle vorgeschriebenen Vorsorgeuntersuchungen absolviert und sich auch das Geschlecht ihres Kindes mitteilen lassen. Ich hatte mal gehört, es komme bisweilen vor, dass sich hinter dem einen Baby ein zweites versteckt, das auf den Ultraschallbildern nicht zu sehen ist und dessen Herztöne auch nicht zu hören sind, deshalb hoffte ich insgeheim, das Schicksal möge ihr unerwarteterweise Zwillinge bescheren, nur um ihre Pläne etwas durcheinanderzuwirbeln. »Neil und ich trinken ja zurzeit nichts, weil wir schwanger sind, und deshalb dachte ich, eigentlich könnten doch dieses Jahr zur Abwechslung mal *alle* auf Alkohol verzichten.«

Wir glotzten sie entgeistert an. Der Blickwechsel zwischen Mum und Dad ließ darauf schließen, dass die beiden ausnahmsweise einer Meinung waren, vermutlich zum ersten Mal, seit ihre Ehe vor über zwanzig Jahren in die Brüche gegangen war.

»K-kein Alkohol?«, stotterte Dad.

»Du meinst vermutlich, keine harten Sachen – Wodka, Gin, Cocktails, richtig?«, fragte Jackie und fügte hoffnungsvoll hinzu: »Wein ist doch sicher erlaubt, oder?«

»Genau.« Mum nickte erleichtert. »Zum Essen wird es natürlich Wein geben, stimmt's, Jessica? Wein kann man eigentlich nicht als Alkohol bezeichnen.«

»Bier ebenso wenig«, stellte Geoffrey fest. »Zumindest für britisches Ale sollten wir unbedingt eine Ausnahme machen. Und das ganze ausländische Pisswasser, das nur die Schwulen trinken, gehört ohnehin verboten.«

Ich schielte grinsend zu Simon. Wir hatten im Vorfeld Wetten abgeschlossen, ob sich Geoffrey wohl eher auf Homosexuelle oder auf Ausländer einschießen würde. Zweiteres hatte ich zwar wegen Jackies indischer Abstammung für wahrscheinlicher gehalten, trotzdem hatte ich auf Schwulenfeindlichkeit gesetzt, denn Geoffrey war unberechenbar; fest stand eigentlich nur, dass er ein unsympathischer Kotzbrocken war und blieb.

»Dasselbe gilt für Gin«, fuhr er nun fort. »Der zählt ja eher zu den Arzneimitteln als zu den Spirituosen. Ohne Gin Tonic wäre das Vereinigte Königreich nicht halb so groß gewesen, und Britisch-Indien hätte es nie gegeben! Ein Jammer, dass wir in Indien die Zügel aus der Hand geben mussten. Die Welt sähe weiß Gott anders aus, wenn diese verfluchten Pak-«

Er verstummte jäh, als Mum ihm kräftig an den Knöchel trat.

»Zählt trotzdem«, raunte Simon mir zu. »Ein Punkt für mich. Gleichstand!«

»Es wird *gar* keinen Alkohol geben«, erklärte Jessica nachdrücklich. »Keinen Tropfen. Stellt euch doch mal vor, wie toll das wird, wenn ihr morgens unverkatert aufwacht und klar denken könnt! Glaubt mir, ihr werdet es genießen.«

Ein Blick in die entsetzten Gesichter meiner Leidensgenossen bewies, dass wir Jessicas Glauben an die Nüchternheit nicht teilten. Es war weiß Gott nicht so, dass wir den Alkohol so dringend *brauchten*, aber er machte nun einmal den Rest der Familie erträglicher. Genau dieses Argument brachte ich auch vor, als ich mit ihr später den »leckeren alkoholfreien Bio-Holundersekt« holte, der laut Jessica sogar jede Menge gesundheitsfördernde Inhaltsstoffe enthielt.

»Weißt du noch, wie viel damals auf Ty'r Ywen gebechert wurde?«, erinnerte ich sie.

»Wir haben doch schon mehrfach versucht, sie systematisch abzufüllen, und es hat rein gar nichts gebracht. Es hat sogar alles noch schlimmer gemacht«, sagte Jessica. »Wobei ich gar nicht sicher bin, ob ich Geoffrey schon mal nüchtern erlebt habe. Der ist ja quasi ab zwölf Uhr mittags nicht mehr ohne Cognac-Schwenker anzutreffen.«

»Das würde ich genauso handhaben, wenn ich mit Mum verheiratet wäre.«

»Die ist doch keinen Deut besser – wenn sie nicht mit irgendeiner fadenscheinigen Ausrede schon zum Frühstück Buck's Fizz süffelt, dann kippt sie spätestens beim Kochen einen Sherry nach dem anderen.«

»Kann man ihr nicht verübeln, oder? Wie soll sie Geoffrey denn sonst aushalten?«

»Und am Ende haben alle einen sitzen, und manche von uns werden überemotional und überempfindlich, und andere werden unsensibel und sagen Dinge, die sie nicht sagen sollten, und du laberst blödes Zeug, das du zum Schießen findest, dabei ist es einfach nur blöd oder lahm oder peinlich.«

»Gar nicht wahr! Also, zumindest schaffe ich das auch ganz ohne Alkohol«, erwiderte ich pikiert.

»Worauf ich hinauswill, ist, dass Abstinenz uns allen guttun wird. Eine Art Reset. Vielleicht benehmen sich Mum und Dad ja wie normale Menschen, wenn sie sich in ihrem Dusel mal nicht allerlei Gemeinheiten an den Kopf werfen. Und wer weiß, womöglich ist auch Geoffrey in nüchternem Zustand kein solches Ekel.«

»Ich glaub ja nicht, dass das am Alkohol liegt. Er hat heute noch keinen Tropfen getrunken und trotzdem schon einen rassistischen und einen homophoben Kommentar vom Stapel gelassen. Ich glaube, er ist infolge jahrzehntelanger Konditionierung durch Patriarchat und toxische Maskulinität zu der Überzeugung gelangt, dass er als reicher, weißer, männlicher Bewohner der westlichen Welt ganz automatisch allen überlegen ist, die keine reichen, weißen männlichen Bewohner der westlichen Welt sind.«

»Schon möglich, trotzdem ist es einen Versuch wert, finde ich. Und überhaupt wirst du dir als Mutter von zwei Kleinkindern, von denen eines noch ein Säugling ist, wohl kaum einen Wodka nach dem anderen reinpfeifen, oder?«

»Natürlich nicht. Es geht bloß darum, rein theoretisch die Möglichkeit zu haben – so, wie man gar keine Chips braucht, solange man Berge davon zu Hause hat, aber sobald sie einem ausgegangen sind, will man unbedingt welche.«

»Kein Wunder, dass du noch so schwanger aussiehst, wenn du Berge von Chips zu Hause hast«, bemerkte Jessica missbilligend. »Und du hättest viel schneller abgenommen, wenn du gestillt hättest.«

»Wag es ja nicht, Jessica! Es ist schon schlimm genug, dass du uns zwingst, auf Alkohol zu verzichten und glückliche Großfamilie zu spielen, also komm mir jetzt nicht auch noch mit deinen Vorträgen übers Stillen und Abnehmen! Es hat nun mal nicht jede Frau eine perfekte Tochter, die sich hat stillen *lassen*, und einen Stoffwechsel, der dafür sorgt, dass sie sich keine Gedanken wegen ihres Gewichts machen muss!«

»Ja, ja, schon gut. Es ist dein Baby, es ist dein Breitarsch. Wie dem auch sei, ich muss abstinent bleiben, also werdet ihr gefälligst auch auf Alkohol verzichten. Mitgefangen, mitgehangen.«

»Das ist total unfair, Jessica! *Du* hast *gewusst*, dass du nichts trinken darfst, als du darauf bestanden – jawohl, darauf *bestanden* – hast, dass wir alle hier Weihnachten feiern. Ich habe dich zig Mal gefragt, ob du wirklich willst, dass wir kommen, und du hast Ja gesagt, aber im Gegensatz zu uns wusstest du, was dich erwartet. Du hast uns unter Vorspiegelung falscher Tatsachen *hergelockt*!«

»Unsinn«, widersprach Jessica ungehalten. »Ich versuche, euch etwas Gutes zu tun. Meine Therapeutin sieht es genauso. Womöglich gibt es ja sogar eine große Versöhnung, Ellen! Und dann steht einem so märchenhaften Weihnachtsfest wie damals auf Ty'r Ywen endlich nichts mehr im Weg!«

Hmpf. Ich war nicht überzeugt, und außerdem ärgerte mich die Vorstellung, dass es Jessica gelingen könnte, den Zauber von Ty'r Ywen wiederaufleben zu lassen. *Ich* wollte doch die Königin der Weihnachtsvision sein, der das gelang, verdammt nochmal!

Zunächst schien Jessicas Plan aufzugehen. Wir hatten uns zwar (ausgestattet mit je einem Glas Holundersekt, an dem wir artig nippten), in zwei Lager aufgeteilt – Jessica, Neil, Mum und Geoffrey saßen auf der einen Seite des Wohnzimmers, Dad, Jackie, Simon und ich auf der anderen, Persephone und Jane bildeten eine Art Niemandsland in der Mitte – aber es gab keine offenen Feindseligkeiten. Ich registrierte, dass Geoffrey wortreich seine Ansichten zum Thema National Service kundtat (»Sollte unbedingt wieder eingeführt werden!«), und drüben wurde ganz offensichtlich auch gelauscht, worum es bei uns so ging, denn Geoffreys Truthahnhals wurde dunkelrot, als Jackie einen Artikel erwähnte, den sie für den *Guardian* geschrieben hatte.

Doch Mum bewarf Dad nicht mit Mince Pies, Dad drohte niemandem mit einer einstweiligen Verfügung, Neil und Simon flüchteten nicht in den Pub, und es flossen keine Tränen – weder bei Jessica noch bei mir, und auch nicht bei Jackie, die bislang meine Lieblingsstiefmutter war (und die Auswahl war beträchtlich). Insgesamt also ein Erfolg soweit.

Irgendwann ging ich nach oben, um nach Jane und Peter zu sehen, die friedlich schlummerten. Es war nur eine Frage der Zeit, bis Peter aufwachte und die üblichen 15 Liter Milch verlangte. Jessica konnte mich kritisieren, so viel sie wollte, aber mit Stillen war seinem Hunger nicht beizukommen; bei einem derartigen Bedarf wäre selbst eine Herde Holstein-Friesian-Kühe an ihre Grenzen gestoßen.

Auf dem Rückweg fing mich meine Mutter auf dem Treppenabsatz ab.

»Ellen!«, zischte sie. »Ich halt das nicht mehr aus. Ich habe Gin mitgebracht, eigentlich als Beitrag zum Weihnachtsessen, aber das ist ja nun müßig. Hast du Tonic Water dabei?«

»Warum sollte ich? Außerdem hat Jessica klipp und klar gesagt, dass Alkohol tabu ist.«

»Ein klarer Fall von hormonbedingter Verwirrtheit, wenn du mich fragst. Sie kann nicht von mir erwarten, dass ich stocknüchtern bleibe, wenn ich es 48 Stunden lang mit eurem Vater aushalten soll. Und mit Geoffrey, unter uns gesagt. Kannst du Simon nicht zu Waitrose schicken?«

»Wieso soll ich Simon dafür einspannen? Warum gehst du nicht selbst?«

»Es regnet. Meine *Frisur*!«

»Dann eben Geoffrey.«

Mum lachte – ein Lachen, das immer dann zum Einsatz

kommt, wenn jemand eine besonders dumme Bemerkung gemacht hat. »Geoffrey geht nicht einkaufen. Er holt höchstens mal die Zeitung oder eine Flasche Wein. Er sagt, nur Frauen und Schwule gehen einkaufen.«

»*Wie bitte?*«

»Außerdem gab es neulich einen kleinen ... Zwischenfall bei Waitrose, und seither darf er den Laden nicht mehr betreten.«

»Wieso, was hat er angestellt?«

»Nichts, es war ein Missverständnis. Er hatte nicht die *Absicht*, dieser Frau seinen Piephahn zu zeigen. Sie hat das alles total in den falschen Hals gekriegt.«

»Ich hoffe, nur im metaphorischen Sinn! Herrje, Mum, heißt das etwa, Geoffrey ist auch noch ein Exhibitionist?«

»Natürlich nicht! Wie gesagt, es war ein Missverständnis.«

»Ach, Mum, warum hältst du ihm noch immer die Stange, um bei den anzüglichen Metaphern zu bleiben? Ich weiß, du genießt es, vor Cynthia und Margery mit seinem Haus und seiner Rente anzugeben, aber ist es das wirklich wert?«

»Schluss damit, Ellen. Schickst du Simon jetzt zum Laden oder nicht?«

»Nein. Jessica gibt sich so viel Mühe, und wir anderen auch. Ich lasse nicht zu, dass du alles verdirbst.«

Damit stapfte ich die Treppe hinunter und war ausgesprochen stolz auf meine Standhaftigkeit. Ich hatte mich dem Ansinnen meiner Mutter widersetzt, obwohl mir zur Belohnung mit Sicherheit ein schöner Gin Tonic gewinkt hätte, aber mein Stolz genügte mir vollauf als Belohnung, jawohl. Nachdem meine Weihnachtsvision schon so oft pulverisiert worden war, wollte ich wenigstens Jessica bei der Umsetzung der ihren helfen. Das war ja wohl das Mindeste.

Kurz vor dem Zubettgehen kam meine Standhaftigkeit jedoch noch einmal gefährlich ins Wanken.

Als ich das Zimmer passierte, in dem mein Vater und Jackie untergebracht waren, ging die Tür auf, und Dad zischte: »Ellen! Komm rein! Ja, du auch, Simon. Schnell, bevor euch jemand sieht.«

Jackie saß auf dem Bett und verfolgte, wie er ein längliches Weihnachtsgeschenk auspackte. Auf der Frisierkommode standen vier Teetassen von Emma Bridgewater.

»Ich weiß, Jessica hat sich sehr ins Zeug gelegt, aber dieser Abend war die reinste Folter. Ich wette, du hattest dich sehr auf ein, zwei weihnachtliche Drinks gefreut, zumal das alte Jahr für dich ja ganz schön anstrengend war – die Geburt, dazu Jane …«

»Allerdings.« Ich nickte resigniert. »In den vergangenen drei Monaten hab ich höchstens zwei Gläser Wein getrunken. Die meiste Zeit fühle ich mich wie ein Zombie auf Schlafentzug, weil ich rund um die Uhr damit beschäftigt bin, Peter zu füttern. Ich hatte wirklich gehofft, mich hier ein bisschen entspannen zu können, jetzt, wo sich Simon mal etwas intensiver um die Kinder kümmern kann.«

»Ta-daaa!« Dad hielt mir eine Flasche Glenfarclas hin.

»Das war eigentlich unser Weihnachtsgeschenk für Neil«, gestand er, »aber was soll er jetzt mit einem 25 Jahre alten Whisky, wo er doch keinen Tropfen trinken darf, bis Gulliver auf der Welt ist? Die Tassen waren eigentlich für Jessica, aber sie hat schon haufenweise Teebecher im Landhausstil, deshalb haben wir beschlossen, uns selbst zu beschenken. Die beiden kriegen stattdessen einen Gutschein für eine Partner-Schwangerschaftsmassage.«

»Das ist Jessica gegenüber äußerst illoyal«, rügte ich ihn.

»Wohl wahr.« Dad nickte ohne erkennbare Reue.

»Also, wenn du mich fragst, Ellen: Solange sie es nicht erfährt, wird sie sich nicht daran stören, oder?«, meldete sich Jackie zu Wort.

Simon hatte bereits eine der Tassen in der Hand und roch mit geschlossenen Augen daran.

»Mmm! Die Sache ist die, Ellen: Das ist ein richtig guter Whisky«, sagte er ernst. »Den trinkt man nicht, um sich zu besaufen, sondern um ihn zu genießen. Außerdem haben wir zwei kleine Kinder und müssen einen Monsterkredit abzahlen – wer weiß, wann sich das nächste Mal so eine Gelegenheit bietet. Es wäre direkt *unhöflich*, abzulehnen. Und ein Schlückchen Whisky würde dir bestimmt guttun, findest du nicht? Du stehst ständig unter Strom – du machst dir Sorgen, Peter könnte verhungern oder Jane könnte Skorbut kriegen, du fragst dich, ob es normal ist, dass der Inhalt ihrer Windeln knallorange ist …«

Jackie verzog angewidert das Gesicht, und Dad bemühte sich hastig um einen Themenwechsel: »Um ehrlich zu sein, wirst du ihn schon sehr bald ausführlich probieren können, Simon, wir haben nämlich für dich auch eine Flasche dabei. Wenn du Ellen also lieber nicht in Versuchung führen willst …«

»Ach, scheiß drauf«, knurrte ich, griff nach dem Becher in Simons Hand und schnupperte ebenfalls daran. Himmlisch! Dann kam ich jäh zur Besinnung und gab ihm den Whisky schweren Herzens zurück. »Ich kann nicht. Es bedeutet Jessica so viel. Komm schon, Dad, das ist nicht fair.«

»Deine Mutter hat Gin dabei. Der Flaschenhals guckte deutlich sichtbar aus Geoffreys Reisetasche.«

»Und? Sie hat kein Tonic Water, und den Gin pur aus dem Zahnputzbecher zu trinken, das ist ihr garantiert zu stillos. Also, wenn Mum es schafft, der Versuchung zu widerstehen, dann schafft ihr das auch. Komm, Simon, wir sollten schleunigst schlafen gehen. Bestimmt wacht bald eins der Kinder auf.«

Am darauffolgenden Morgen taumelte ich gegen halb sieben mit Peter in die Küche und bereute meine noble Geste zutiefst. Peter war in der unvertrauten Umgebung so oft aufgewacht, dass ich kaum geschlafen hatte und total groggy war. Ich hätte mich nicht verkaterter fühlen können, wenn ich Dads Whisky getrunken hätte.

Jessica war auch bereits wach. »Alles okay?«, fragte sie mit gerunzelter Stirn, während ich in meinem arg mitgenommenen Zustand das Fläschchen für meinen Sohn zubereitete.

»Ich bin total k. o. Peter hat kaum ein Auge zugetan und ich infolgedessen leider auch nicht.«

»Kümmert sich Simon denn nicht auch mal um ihn?«

»Schon, aber es dauert jedes Mal ewig, bis ich ihn geweckt und aus dem Bett geworfen habe, und dann stellt er sich oft so ungeschickt an, dass ich meistens doch selber aufstehen muss.«

»Hast du's mal mit Schlaftraining versucht?«

»Jep, aber Peter weigert sich, in Sachen Schlaf trainiert zu werden. Wie's scheint, hat der kleine Scheißer *Das zufriedene Baby* noch nicht gelesen.«

»Tja, jetzt stell dir mal vor, wie schlecht es dir erst gehen würde, wenn du gestern auch noch Alkohol getrunken hättest«, sagte Jessica selbstgefällig.

»Ich glaub, viel schlimmer könnte es gar nicht sein«, stöhnte ich. »Könnten wir nicht zumindest heute beim Dinner ein Gläschen Wein trinken?«

»Nein! Du hast doch gesehen, wie friedlich der Abend gestern war.«

Ich wagte nicht, ihr zu verraten, dass sich unsere Eltern über ihre Regel hinweggesetzt (oder es zumindest versucht) hatten. Zum Glück wurden wir in diesem Moment von Simon abgelenkt, der mit Jane hereinkam. Kurz darauf gesellte sich auch Neil mit Persephone zu uns. Allerdings mussten sich die Mädchen mit dem Auspacken ihrer Weihnachtsstrümpfe noch gedulden, denn die liebenden Großeltern waren noch nicht erschienen, um dem Spektakel beizuwohnen. Und so brachten die beiden kleinen Engel erst einmal eine ganze Weile damit zu, ihr Porridge überall zu verteilen. Nachdem sie sich das Zeug gründlich ins Haar sowie in die Augen, Ohren und diverse andere Körperöffnungen gerieben hatten (wobei der Mund wohlweislich ausgespart blieb), gingen ihre Väter, die mit Haferbrei verschmierten Mädchen auf Armeslänge von sich haltend, widerstrebend nach oben, um sie zu baden.

Jessica war mittlerweile mit ihrer Geduld am Ende. »Wo bleiben sie denn?« Aber sie wusste sich zu helfen: Sie legte eine *Carols from King's*-CD in Neils teure Stereoanlage, die mit einem raffinierten Lautsprechersystem ausgestattet war, und schon jubilierten in sämtlichen Räumen des Hauses aus vollem Halse die Weihnachtsengel.

»Das sollte wirken«, sagte sie zufrieden.

Peter begann zu plärren.

In der Tat drangen binnen fünf Minuten von oben allerhand Lebenszeichen an unsere Ohren. Unsere frisch gesäuberten

Mädchen sahen entzückend aus in ihren festlichen Samtkleidchen, die sie zweifellos innerhalb kürzester Zeit mit irgendwelchen Körperausscheidungen oder sonstigen Flüssigkeiten besudeln würden. Wir setzten sie zusammen mit Peter in seinem Weihnachtsstrampler ins Wohnzimmer, neben den Weihnachtsbaum, bereit für die Operation Weihnachtsstrümpfe. Nachdem ich Jessica davon überzeugt hatte, dass ein paar Minuten CBeebies Persephones geistige Entwicklung nicht beeinträchtigen würde, stellten wir den Fernseher an und instruierten die Väter, aufzupassen, dass auch ja keines der Geschenke angerührt wurde; die durften erst im Beisein der Großeltern ausgepackt werden. Dann ging ich Jessica in der Küche zur Hand. Schon bald trudelten unsere Eltern mit ihrer jeweiligen besseren Hälfte auf der Suche nach Kaffee ein. Mum duftete nach Elizabeth Arden, Jackie nach Jo Malone, doch weder dies noch Dads *Aramis* und Geoffreys *English Fern* konnten Jessica täuschen. Ihr aufgrund der Schwangerschaft geschärfter Geruchssinn ließ sie misstrauisch schnuppern.

»Warum habt ihr alle eine Fahne?«, fragte sie streng.

Man protestierte wortreich und mit Unschuldsmiene, und noch während ich überlegte, ob ich petzen sollte, knickte Dad unter Jessicas stählernem Blick ein.

»Sie haben angefangen«, stieß er hervor und zeigte auf Mum und Geoffrey. »Sie hatten eine Flasche Gin dabei. Ellen hat zwar behauptet, sie hätten kein Tonic Water, aber dann ist mir Geoffrey im Flur mit einer Flasche von diesem schauderhaften Holundersekt begegnet. Es war offensichtlich, dass sie damit ihren Gin mischen wollten, und da dachte ich, wenn Yvonne Alkohol trinkt, brauche ich definitiv auch etwas zur Stärkung.«

»Du hast gewusst, dass sie Gin haben?«, fuhr mich Jessica an.

»Ich hab gesagt, sie sollen die Finger davon lassen«, sagte ich kläglich.

»Und was gab es bei euch, Dad?«, zischte sie.

»Whisky«, gestand er und hatte zumindest den Anstand, eine zerknirschte Miene aufzusetzen. »Und Ellen hat uns ebenfalls ermahnt, ihn nicht zu trinken.«

Nun war Jessica außer sich. »Das mit dem Whisky hast du auch gewusst?«

»Denk an deinen Blutdruck!«, ermahnte ich sie vergeblich.

»Du wusstest, dass sie sich in ihren Zimmern besaufen, und hast kein Wort zu mir gesagt?«, zeterte sie.

»Mir war nicht klar, dass ich dich hätte informieren sollen«, verteidigte ich mich. »Ich hab ihnen klipp und klar gesagt, dass sie das Zeug nicht trinken dürfen, damit war die Sache für mich erledigt.«

Mum schnalzte mit der Zunge. »Also wirklich, Ralph. Ich gebe zu, Geoffrey und ich haben uns tatsächlich ein Gläschen Gin mit Holundersekt als Absacker gegönnt, aber Whisky! Sowas trinken nur Alkoholiker.«

»Sagt wer?«, fragte Dad. »Den Alkoholiker möchte ich sehen, der sich einen 25 Jahre alten Glenfarclas leisten kann.«

Mum seufzte. »Sagen die Leute auf Gransnet.«

»Gransnet?«, wiederholte Dad verblüfft. »Was zum Henker soll das sein?«

»Gransnet ist ein Forum im Internetz. Wie Mumsnet, nur für Großeltern. Es ist großartig, wir diskutieren lauter interessante Themen.«

»Zum Beispiel?«

»Na, wichtige Modetrends zum Beispiel – Statement-Halsketten, knallige Lippenstifte ... Guck doch mal rein, Jackie, da gibt es bestimmt den einen oder anderen nützlichen Tipp für dich. Oder wie oft man seine Enkel besuchen soll. Stellt euch vor, einige dieser armen Frauen haben geschrieben, man würde doch glatt von ihnen erwarten, dass sie auf die Enkel aufpassen, damit ihre Töchter wieder arbeiten gehen können! Könnt ihr euch das vorstellen?«

»Es gibt viele Großeltern, die das liebend gerne übernehmen«, bemerkte ich spitz, wobei ich ihr meine Kinder auch dann nicht überlassen hätte, wenn sie nicht so weit weg gewohnt hätte. Sie hatte mir sehr deutlich zu verstehen gegeben, dass es anstrengend genug gewesen war, Jessica und mich großzuziehen, und dass sie ihre Enkel eher als Lifestyle-Accessoires für den Bedarfsfall betrachtete.

»Es geht jetzt verdammt noch mal nicht um Gransnet!«, tobte Jessica, »sondern darum, dass ihr es mal wieder geschafft habt, Weihnachten zu ruinieren, und das, obwohl ich mir solche Mühe gegeben habe! Hier!« Sie riss eine Schublade auf, entnahm ihr einen Schlüssel und warf ihn auf den Boden. »Der ist für das Sideboard, in dem die Spirituosen verwahrt sind. Ich hoffe, jetzt seid ihr zufrieden! Frohe Weihnachten!« Damit stürmte sie aus der Küche und knallte die Tür hinter sich zu.

Ich eilte hinterdrein und fand sie in der Garage, am Gartentisch sitzend, über eine offene Flasche Baileys gebeugt.

»Wo kommt die denn her?«, fragte ich.

»Stand hier draußen im Reservekühlschrank.« Sie inhalierte tief und hielt mir dann die Flasche hin. »Trink ruhig. Hast du Kippen?«

»Schon möglich«, antwortete ich argwöhnisch.

»Sei so gut und steck dir eine an, und dann blas den Rauch in meine Richtung, ja?«, bat sie mich matt.

Ich schnappte nach Luft. »Was zum Teufel …? Du bist *schwanger!*«

»Das *weiß* ich.« Sie seufzte. »Glaub mir, ich weiß es. Schließlich esse ich seit Monaten nichts als gedünstetes Bio-Gemüse, Bio-Tofu und nachhaltig gefangenen Bio-Fisch, verdammt nochmal! Ich war eine absolut vorbildliche Schwangere, jedenfalls verglichen mit unserer Frau Mutter, die nicht müde wird, zu behaupten, es habe uns nicht geschadet, dass sie eine Schachtel pro Tag geraucht und dazu ordentlich Gin gebechert hat. Also wird mein Baby ja wohl mal ein klein wenig Passivrauchen und Baileys-Duft vertragen. In Baileys ist ohnehin kaum Alkohol drin. Gut, Mumsnet sähe das vermutlich anders. Wahrscheinlich hieße es da ›Das ist ja gerade so, als würdest du den Baileys direkt in das Fläschchen für dein Neugeborenes füllen!‹«

»Naja, Baileys ist wohl noch das geringste Übel, würde ich sagen, schließlich enthält er Sahne und ist damit reich an Kalzium, und beides ist jetzt nicht direkt ungesund für ein Baby. Aber sag mal: Du rauchst?«

»Es gibt so einiges, was du nicht über mich weißt«, brummte sie mit düsterer Miene. »Weil ich ja die perfekte Tochter bin. Und was bringt es mir, hm? Je angestrengter ich versuche, perfekt zu sein, desto mehr Scheiße bauen alle anderen! Und ich kann noch so perfekt sein, *du* bist und bleibst Dads Liebling, selbst wenn du dir noch so viele Pannen leistest. Es ist echt verdammt anstrengend, die große Schwester zu sein!«

Ich nickte. »Ich weiß. Ich hab dich früher total beneidet, weil du gefühlt immer von allem das Bessere gekriegt hast –

das größere Zimmer, die neuen Klamotten ... Erst seit ich selbst Kinder habe, ist mir bewusst, dass du dafür auch schon früh gezwungen warst, erwachsen zu werden und dich um mich zu kümmern. Und du warst Mums Liebling.«

»Schon, aber ich wette, Dads Liebling zu sein macht viel mehr *Spaß*.« Jessica stiegen Tränen in die Augen. »Und gestern haben sie dich *beide* eingeweiht! Lass mich raten: Sie haben dir sogar was von ihrem Gin und Whisky angeboten, stimmt's?«

Ich grunzte etwas Unverbindliches.

»Wusste ich's doch!«, schniefte sie.

»Naja, du bist *schwanger*, und das Verbot kam von dir«, erinnerte ich sie.

»Und was hat es gebracht? Jahr um Jahr versuche ich, das perfekte Weihnachtsfest zu organisieren, aber das interessiert euch nicht die Bohne!«

»Mich interessiert es sehr wohl!«, widersprach ich. »Im Ernst, Jess. Ich weiß, wie viel es dir bedeutet, und ich weiß auch, warum du dich so ins Zeug legst. Gut möglich, dass es sonst niemandem klar ist, aber ich verstehe dich. Ich weiß, was es mit der eingelegten Roten Beete auf sich hat. ›Entscheidend ist nicht das Resultat, sondern dass man sich angestrengt hat.‹«

Wir sahen uns über die Baileysflasche hinweg an.

»Ty'r Ywen«, sagten wir wie aus einem Mund.

Irgendwann rappelten wir uns auf und gingen wieder rein. Zu unserer Verblüffung hatte die fragile Waffenruhe zwischen unseren Eltern gehalten, es herrschte sogar eine geradezu joviale Stimmung, obwohl – oder gerade weil – sie inzwischen über das Sideboard des flüssigen Glücks hergefallen waren. Mum und Geoffrey hatten eine halbe Flasche Bombay Sapphire geleert, Dad war wie üblich in die Rolle des spendablen Mundschenks geschlüpft und füllte allen Anwesenden bereitwillig die Gläser mit Hochprozentigem. Wenn sich jemand sträubte, schüttelte er, wie er es von seiner Mutter gelernt hatte, mit bekümmerter Miene den Kopf und beteuerte: »Ach, komm, nur ein klitzekleines Schlückchen! Der ist auch überhaupt nicht stark. Eigentlich nur Wasser!«

Mum freute sich so über ihren großen Gin Tonic, dass sie es ihm sogar gestattete, ihr nachzuschenken.

»Weißt du, was wir machen, sobald Gulliver auf der Welt ist?«, flüsterte mir Jessica ins Ohr. »Wir gönnen uns in einer Schickimicki-Bar ein paar schöne Martinis! In Granny Greens Kleidern! Abgemacht?«

»Abgemacht. Ich müsste bloß vorher noch gut zwanzig Kilo abnehmen, damit ich wieder in mein Givenchy passe.«

Geoffrey versicherte Jackie gerade: »Also, Golfspielen kann jeder lernen. Wirklich jeder, sogar –«

»Wo sind eigentlich Neil und Simon, Geoffrey?«, unterbrach ihn Jessica gerade noch rechtzeitig. »Und die Kinder?«

Wir fanden sie allesamt in der Küche, wo die Väter, die bereits bei der zweiten Flasche Rotwein waren, verzweifelt versuchten, ihre heulenden Sprösslinge zu beruhigen – mit Schnuller und Babywippe (Peter), den *Tweenies* (Jane), einem pädagogisch wertvollen Lernspiel (Persephone) sowie mit rosa Calpol (alle drei, einschließlich Neil und Simon).

»Was um Himmels Willen ist hier los?«

»Sie hören einfach nicht auf zu weinen«, klagte Neil, der selbst schon den Tränen nah war.

»Wir haben alles versucht«, jammerte Simon. Er schob sich

einen Löffel Calpol in den Mund und spülte mit Rioja nach. »Wir sind noch nicht einmal dazu gekommen, uns einen Happen zu Essen zu gönnen!«

»Habt ihr sie denn schon gefüttert?«

»Gefüttert?« Beide Männer musterten mich perplex. »Womit denn?«

»Es ist längst Zeit für ihr Mittagessen!«, rief Jessica entnervt und entnahm dem Kühlschrank die bereits vorbereiteten Karottenstifte und Obstschnitze sowie einen Becher Hummus. Dazu gab es Reiswaffeln. Persephone und Jane machten sich gierig darüber her, und kaum hatte ich meinem schluchzenden Söhnchen den Sauger eines Fläschchens in den weit aufgerissenen Schnabel geschoben, herrschte auf einen Schlag himmlische Stille.

»Puh«, seufzte Simon erleichtert. »Viel besser.«

»O ja.« Neil nickte. »Ich hab einen Bärenhunger. Wann gibt's das Weihnachtsessen?«

»Sobald du es auf den Tisch gebracht hast«, schnarrte Jessica und marschierte mit einer Flasche Sekt in der Hand aus der Küche. »Komm mit, Ellen. Wir sehen uns jetzt *Ist das Leben nicht schön?* an.«

Nachdem ich die Flasche Sekt fast komplett geleert hatte, machten wir ein Verdauungsschläfchen, und am späten Nachmittag begaben wir uns wieder nach unten, wo sich Mum dazu herabgelassen hatte, das Weihnachtsdinner vorzubereiten (in erster Linie, um vor Jackie anzugeben). Geoffrey und alle drei Kinder schliefen ebenfalls, und Dad hatte inzwischen ziemlich viel »eigentlich nur Wasser« getankt und ließ auf Neils komplizierter Stereoanlage Musik laufen, zu der er mit Jessica tanzte, zu ihrer großen Begeisterung.

Gegenwart

»Hm, wenn ich so darüber nachdenke, war Jessicas abstinentes Weihnachtsfest doch gar nicht so übel.«

»Hallo?! Du hast mich den ganzen Tag mit den Kindern alleingelassen, und dank Yvonne hatten wir am Ende alle eine Lebensmittelvergiftung!«

»Okay, das war natürlich nicht so toll. Aber abgesehen davon hatte ich einen richtig schönen Nachmittag mit Jessica, und Dad war in dem Jahr echt in Höchstform. Und danach haben wir nicht mehr allzu oft mit ihm Weihnachten gefeiert.«

»›Ach, das ist eigentlich nur Wasser!‹« Simon lacht. »Meine Güte, wie oft hatte ich dank ihm am nächsten Morgen einen fürchterlichen Kater! Er hat seinen Spruch aber auch immer so überzeugend vorgebracht, und ich bin jedes Mal wieder darauf reingefallen.«

»Nicht nur du.«

»Ich schätze, das hast du von ihm.«

»Was?«

»Deine verrückte Angewohnheit, den Leuten Schnäpse aufzudrängen, wenn jeder vernünftige Gastgeber die Party für beendet erklären und ins Bett gehen würde. ›Nur ein winziges Gläschen! Das *kann* gar keinen Schaden anrichten!‹, sagst du immer, und ich falle jedes Mal darauf rein, genau wie bei deinem Dad. Du bist ihm sehr ähnlich.«

»Findest du?«, frage ich überrascht. »Aber er war immer der Mittelpunkt jeder Party, und so gechillt.«

»Du bist normalerweise auch der Mittelpunkt jeder Party.

Und er war nur deswegen so gechillt, weil er sich im Gegensatz zu dir um nichts kümmern musste. Er ist einfach davon ausgegangen, dass das schon jemand anderes übernehmen würde. Vermutlich wärst du ihm noch viel ähnlicher, wenn du dich etwas weniger von deinen Mutterpflichten hättest stressen lassen.«

»War das ein verstecktes Kompliment?«

»Ja. Man kann man unheimlich viel Spaß mit dir haben, wenn du dir zur Abwechslung mal nicht wegen unwichtiger Kleinigkeiten den Kopf zerbrichst.«

»Äh, danke.«

Es tut gut, das zu hören. Im Moment komme ich mir ausgesprochen unspaßig vor. Wahrscheinlich sollte ich mich wirklich weniger stressen lassen und mich stattdessen darauf konzentrieren, die Ellen zu sein, mit der man Spaß haben kann.

»Ich schätze, das mit dem Stressenlassen wegen unwichtiger Kleinigkeiten hab ich von Mum.« Ich seufze. »Aber bei ihr ist es in erster Linie die Frage: ›Was werden die Leute denken?‹, die sie umtreibt. Wobei ich ihr eines zugutehalten muss: Sie hat dafür gesorgt, dass wir immer saubere Kleider und neue Schuhe für die Schule hatten. Sie hat sich um den ganzen langweiligen Kleinkram gekümmert, um unsere Bedürfnisse, um Dinge, von deren Existenz Dad gar nichts geahnt hat. Er hat sich aus allem vornehm rausgehalten und abends dann den Clown gespielt, und er wurde dafür von uns geliebt. Gut möglich, dass Mums Motive mit Mutterliebe herzlich wenig zu tun hatten, aber zumindest hat sie sichergestellt, dass wir alles hatten, was wir brauchten und nicht verwahrlost sind. O Gott, Simon, ich fürchte, ich war so darauf fixiert, es besser zu machen als die beiden, dass ich es erst recht vergeigt habe.«

»Quatsch. Du hast gar nichts vergeigt«, beruhigt er mich, doch meine Zweifel kann er damit nicht ausräumen.

Ich habe alles darangesetzt, dass meine Kinder anders aufwachsen als meine Schwester und ich, dass sie sich geliebt und umsorgt fühlen, und in meinem verzweifelten Bemühen, Jane nicht die Verantwortung für Peter aufs Auge zu drücken, bin ich, ohne es zu wollen, total übers Ziel hinausgeschossen und ins gegenteilige Extrem verfallen. Ich wollte ihnen die unaufgeregte, großzügige Zuneigung angedeihen lassen, die wir bei Granny Green erlebt hatten, stattdessen habe ich mich in den unzähligen Details verfranzt, an die man als Mutter von zwei Kindern tagtäglich denken muss. All die Dinge, die sie meiner Meinung nach benötigten! Sonnencreme, Wechselkleidung, Wasserflaschen und ganze Berge von Snacks ... Und dann die unzähligen Verpflichtungen, sobald sie eingeschult waren: Versammlungen, Sportfeste, Gymnastik- und Tanzaufführungen, Fußballspiele, Klavierunterricht, »Verrückte-Frisuren«-Tage, »Bring irgendwelchen gottverdammten Kram, den wir nicht besitzen, mit in die Schule«-Tage ... Ich war wild entschlossen, für sie da zu sein und ihnen sämtliche Möglichkeiten zu eröffnen, und um bei all dem einigermaßen den Überblick zu behalten, musste ich eine gewisse Militanz an den Tag legen. Zugleich war ich weit davon entfernt, eine dieser Über-Mütter zu sein, die dem Nachwuchs jede Sekunde ihres Lebens opfern, einen Vorrat an Glückwunschkarten für jede erdenkliche Gelegenheit zu Hause haben und ihren Kindern niemals Tiefkühlkost kredenzen. Vielmehr schaffte ich es gerade mal, die Basisanforderungen zu erfüllen.

Und dann die Schuldgefühle! Als Mutter von kleinen Kindern hört man in einer Tour, dass man #Unendlichdankbar sein muss und sich gefälligst #Gesegnet und #VomGlückbegünstigt fühlen soll, dass man #JedenAugenblickgenießen soll, weil die lieben Kleinen ja #Soschnellerwachsen sind. Doch *ich* konnte diese Zeit ganz und gar nicht genießen. Kein bisschen. Ich war erschöpft und genervt und verloren – und gelangweilt. Für manche Menschen sind kleine Kinder mit ihrem unschuldigen Geplapper, ihren großen, neugierigen Augen und ihrem staunenden Blick auf die Welt ein unerschöpflicher Quell der Faszination. Ich für meinen Teil fand die Unterhaltungen mit Klein Jane und Klein Peter über weite Strecken einfach nur stumpfsinnig und hirnverbrannt. Mir war durchaus klar, dass Kinder durch Wiederholung lernen, aber unter uns gesagt hätte ich bisweilen gern »Herrgott nochmal, warum googelst du's nicht einfach?« gekeift, wenn ich zum hundertfünfundsiebzigtausendsten Mal dieselbe sinnlose Frage des Tages gestellt bekam.

Was ich natürlich nicht getan habe. Ich habe die Zähne zusammengebissen und gelächelt und versucht, selbst die dümmsten Fragen zu beantworten. Wie es sich für eine gute Mami gehört, habe ich gesäuselt: »Wie wär's, wenn wir es gemeinsam recherchieren, hm? Also, mal sehen: ›Kann man sterben, wenn man einen Pups zu lange unterdrückt?‹ ... Ah, ja, interessant, hier steht, dass ein unterdrückter Pups über kurz oder lang durch die Lungen ausgeschieden wird, das heißt, man atmet den Pups dann gewissermaßen aus ... Ja, ich schätze, das führt bei manchen Leuten zu Mundgeruch ... nein, du wirst deine Lehrerin *nicht* fragen, ob ihr Atem deswegen so schlecht riecht, hörst du? Und nein, das bedeutet nicht, dass du dir nie wieder das Pupsen verkneifen sollst. Alles hat seine Zeit, auch das Pupsen, und du wirst es überleben, wenn du deiner Schwester nicht ins Gesicht pupst, Herrgott nochmal!« Sehr schön auch die Frage: »Warum ist der Himmel?« Als ich nachhakte: »Warum ist der Himmel *was*, Liebes?«, hieß es nur noch einmal: »Warum ist der Himmel?« Dass ich weder zu Jane noch zu Peter je laut »Ach, lass mich doch mit deinen behämmerten Fragen in Frieden!« gesagt habe, betrachte ich als meine größte Leistung als Mutter (ich gebe zu, ich mag es ein oder zwei Mal vor mich hingemurmelt haben).

Und da mich immerzu Gewissensbisse plagten, weil ich die beiden so unglaublich anstrengend fand und nicht #JedenMomentgenießen konnte, habe ich überkompensiert und versucht, zumindest nach außen hin eine perfekt organisierte Mami zu sein, für die #MakingMemories das Größte ist. Jahr für Jahr wurde ich mit diesem bescheuerten Meme konfrontiert, das mich daran erinnerte, dass ich nur achtzehn Sommer mit meinen Kindern habe, und jedes Mal sagte ich mir: Den nächsten Sommer mit Peter und Jane, den wirst du zur Abwechslung mal *wirklich* genießen, jawohl! Und dann war es auf einen Schlag vorbei mit den gemeinsamen Sommern, und damit bewahrheitete sich der Spruch »Die Tage mögen lang sein, aber die Jahre sind kurz«, und jetzt fühle ich mich noch schlechter, weil ich damals die Zeit mit ihnen nicht gebührend genossen habe.

Über all dem habe ich ganz vergessen, mich schrittweise zurückzunehmen, damit meine Kinder herausfinden konnten, wer sie eigentlich sind. Ich wusste nur eines: Sie sollten auf keinen Fall so werden wie ich. Sie sollten anders, unbeschwerter aufwachsen, frei von den Kränkungen, die eine Generation der nächsten unweigerlich zufügt. Und jetzt merke ich, dass ich nicht loslassen kann, dabei ist genau das nötig, damit junge Menschen sie selbst sein können. Mit meinen krampfhaften Bestrebungen, glückliche, ausgeglichene Erwachsene aus ihnen zu machen, habe ich nur erreicht, dass sie sich von mir abwenden. Jane als die Ältere hat genau wie Jessica wohl das meiste Fett abgekriegt. Wie kann ich ihr begreiflich machen, dass ich es nur gut gemeint habe? Dass es aus Liebe geschehen ist? Denn *geliebt* habe ich sie immer, alle beide, mit jeder Faser meines Herzens, selbst dann, wenn sie mich an den Rand des Wahnsinns getrieben haben; selbst der schlimmste Frust hat meiner Liebe zu ihnen keinen Abbruch getan, ich habe mir bloß bisweilen gewünscht, sie würden mal ein paar Minuten den Schnabel halten.

So viele Jahre war ich für andere verantwortlich, habe organisiert, koordiniert, herumkommandiert – wie gewöhnt man sich das wieder ab? In meinem verzweifelten Bemühen, nicht wie Sylvia zu werden, oder wie Mum – oder auch Dad –, habe ich vollkommen vergessen, wer *ich* bin.

FREITAG, 8. DEZEMBER

Ächz … Stöhn … Äääääächz … Stööööööhn … Im Gegensatz zu Cassandra Mortmain in *Nur der Sommer zwischen uns* von Dodie Smith sitze ich nicht in einem Spülbecken, während ich das hier schreibe (wobei … gerade erwacht in mir eine vage und etwas verstörende Erinnerung daran, dass ich gestern Abend irgendwann in einem Spülbecken saß!), sondern habe mich unter meinen Büroschreibtisch verkrochen. Seit ich nicht mehr die Mutter von zwei kleinen Kindern und damit gefühlt bloß ein kleines, rostiges Rädchen in einer riesigen, sinnlosen Maschinerie bin, sondern Abteilungsleiterin (offiziell »Vice President in Charge of Special Projects«), habe ich nämlich ein eigenes Büro, weil ich ja so ausgesprochen wichtig und beschäftigt bin. Dass es sich um ein amerikanisches Unternehmen handelt, erkennt man an meinem Titel – in einer britischen Firma gibt es keine Beauftragten für »Spezialprojekte«. Simon findet, das klingt nach Beschäftigungstherapie für ein Schulkind, das von der Lehrerin davon abgehalten werden muss, seine Wachsmalkreiden zu verspeisen. Wie dem auch sei, ich habe nun ein eigenes Büro mit einem schönen großen Schreibtisch, unter dem man wunderbar ein Nickerchen machen kann.

Sehr hilfreich sind in diesem Zusammenhang die elektrischen Rollos, die ich via Bluetooth und einer App sogar von Australien aus bequem per Handy rauf- und runterfahren kann. Da liege ich nun also in Embryonalstellung im Halbdunkel und reibe mir wimmernd die pochenden Schläfen. Verdunkelung ist gerade die Maßnahme der Wahl, gepaart mit klarem, kaltem Wasser, das meine vertrocknete Zunge so gierig absorbiert wie ein Schwamm. Welcher sadistische Mistkerl war auf die beknackte Idee verfallen, die Firmenweihnachtsfeier auf einen Donnerstagabend zu legen? Wie konnte man von seinen Angestellten erwarten, dass sie tags darauf auch nur ansatzweise produktiv waren? Ich hatte Simon angefleht, in der Firma anzurufen und zu behaupten, ich sei krank, aber er hatte sich geweigert. »Es wäre mehr als offensichtlich, dass du nur verkatert bist, und außerdem erwartet man von deinen Untergebenen doch auch, dass sie sich reinschleppen. Da ist es nur recht und billig, dass du als ihre Vorgesetzte mit gutem Beispiel vorangehst.«

Tja, Freigetränke werden mir selbst dann zum Verhängnis, wenn ich in Hochform bin, und so gegen halb zehn dachte ich gestern endgültig: Scheiß drauf, Firmenweihnachtsfeier ist nur einmal im Jahr. Es war nicht nötig, dass ich mich benahm wie eine verantwortungsvolle Erwachsene (Simon hatte abfällig bemerkt, ich würde meine Sorgen in Alkohol ertränken). O Gott, die Flashbacks verheißen nichts Gutes. Warum habe ich im Spülbecken gesessen? Ah, jetzt fällt es mir wieder ein: Debbie, die extrem wichtige und vielbeschäftigte Leiterin der Personalabteilung, war vollkommen aufgelöst, weil der vermeintliche Mann ihres Lebens (ein Typ, den sie kurz zuvor via Tinder kennengelernt hatte) urplötzlich abgetaucht war.

Und ich habe mich als besserwisserische Lebensberaterin aufgespielt und ihr allerlei kluge Tipps gegeben, weil ich es natürlich nicht lassen kann, das Leben meiner Mitmenschen zu organisieren, obwohl ich mein eigenes kaum je im Griff habe. Aus unerfindlichen Gründen saß ich dabei, angetan mit einer Papierkrone, im Spülbecken und wedelte mit dem Rest eines Knallbonbons vor Debbies Nase herum. »So gut wie alle Typen auf Tinder sind Player, die auf dem Klo Oben-ohne-Fotos schießen, vor den Urinalen! *Sie* sind das Problem, nicht *du*, Debbie!«, erklärte ich ernst. »Und mal ehrlich, man möchte meinen, du hast dich mittlerweile daran gewöhnt, dass sie dich ghosten, schließlich passiert dir das quasi im Wochentakt. Am besten lässt du künftig einfach die Finger von Tinder.« Wir scrollten uns noch eine Weile durch das Angebot, wobei wir kichernd über die Bios diverser Nutzer lästerten und mutmaßten, dass sie alle einen winzigen Schniedel hatten. Mist. Ich fürchte, ich habe sie dazu gedrängt, einigen von ihnen eine Nachricht mit dem Wortlaut »Ich wette, du hast einen winzigen Schniedel!« zu senden. O Gott, mir wird schlecht.

Das Reihern ist zwar eine Qual, dafür kommt mir dabei eine geniale Idee. In der Kabine nebenan übergibt sich auch gerade jemand. Es ist Lydia, die eines meiner Teams leitet. Hinterher, beim Händewaschen, bitte ich sie herauszufinden, ob unser mit allen technischen Schikanen ausgestatteter Konferenzraum, besser bekannt als »Blue Sky Thinking Zone«, zufällig gerade frei ist, und ihn gegebenenfalls gleich mal für den Rest des Tages zu reservieren. Wir haben Glück, der Raum ist tatsächlich frei, und sobald Lydia ihn erfolgreich gebucht hat, marschiere ich in das Großraumbüro, in dem meine Leute mit aschfahlen

Gesichtern leise stöhnend an ihren Tischen hocken. Wer nicht so wichtig und beschäftigt ist wie ich, hat nun mal nicht die Möglichkeit, sich unter dem Schreibtisch zu verkriechen, um dem grellen Licht der Neonröhren zu entkommen. Aber da ich eine gütige und edelmütige Abteilungsleiterin bin, kann ich nicht mitansehen, wie sie hier leiden. Ich klatsche in die Hände und zucke prompt zusammen. Ganz schön laut, ächz.

»Okay, Leute«, sage ich betont heiter. »Wir reißen uns jetzt alle mal ein bisschen zusammen, ja? Lydia hat die Blue Sky Zone für uns gebucht, und da werden wir gleich eine kleine Brainstorming-Session einlegen. Wir brauchen ein paar gute Ideen für unsere neuen Projekte. Also, nehmt euren Kram und folgt mir.«

Fünfzehn blutunterlaufene Augenpaare glotzen mich entgeistert an.

»Das ist nicht dein Ernst, oder?«, raunzt unser Frisch-von-der-Uni-Newbie Rob. Ich glaube, dem hab ich gestern die Macarena-Choreo beigebracht. »Muss das sein, ausgerechnet heute?«

»Allerdings! Was du heute kannst besorgen ... Los, los!«

Ha. Das wird heute garantiert nicht unser produktivster Tag, aber dafür eine verdammt gute Team-Building-Übung für mein Häufchen eingebildeter Überflieger.

»Also ehrlich, Ellen, das grenzt an Sadismus.« Vicky, für gewöhnlich ein richtiger Sonnenschein, hebt mit Mühe das Haupt von der Tischplatte und funkelt mich durch ihre noch ganz verklebten Wimpern vorwurfsvoll an. »So bist du doch sonst nicht.«

»Ja, Ellen«, ächzt Rob. »Du bist doch unsere *coole* Chefin, ganz anders als die anderen Chefs.«

»Keine Widerrede, Rob. Schluss mit dem Selbstmitleid. Ihr braucht bloß etwas Ablenkung, dann geht es euch gleich viel besser, ihr werdet schon sehen. Lydia, sei so gut und gib in der Personalabteilung Bescheid, dass Debbie hier gebraucht wird, ja? Wir müssen ein paar Fragen rund um die Mitarbeiter für die neuen Projekte klären.«

Während sich meine Schäfchen murrend von ihren Stühlen erheben und um mich scharen, macht sich Lydia mit einem Achselzucken auf den Weg nach oben, sichtlich darauf konzentriert, nicht gleich noch einmal zu göbeln.

Wie es der Teufel will, laufen (okay, schlurfen) wir auf dem Flur prompt Tom, dem vorhin erwähnten angsteinflößenden Big Boss aus San Francisco, in die Arme. Er ist vorgestern zu uns gestoßen, um an unserer Weihnachtsfeier teilzunehmen, bei der der Alkohol traditionell in Strömen fließt, wie es sich hierzulande gehört, und um »unserer Arbeitsmoral einen Boost zu verpassen«. Ich vermute ja eher, dass er gekommen ist, um uns wegen unseres Alkoholkonsums bei der Hauptgeschäftsstelle anzuschwärzen. Bestimmt schmiedet er bereits Pläne, um besagte Weihnachtsfeier, unsere letzte Bastion der Freude am Arbeitsplatz, durch irgendein grauenhaftes Team-Building-Event zu ersetzen; Ziegen-Yoga oder etwas ähnlich Durchgeknalltes vermutlich.

»Ellen!«, sagt Tom überrascht. »Wollt ihr etwa geschlossen in die Kantine, um euren Kater zu bekämpfen? Mit einer Ladung Bacon Butt, oder wie heißt das? Probiert es lieber mit einem frisch gepressenten Gemüsesaft, Speck ist furchtbar ungesund.«

Ich höre, wie Lydia hinter mir ein Würgen unterdrückt.

»Bacon Butty meinen Sie? Nein, weit gefehlt, Tom«, sage

ich. »Wir werden in der Blue Sky Thinking Zone eine Brainstorming-Session für unsere neuen Projekte einlegen.«

Rob schluchzt leise auf.

Toms Miene erhellt sich. »Ah, ausgezeichnet!«, dröhnt er, und ich verziehe das Gesicht. »Ihr seid richtige Rock Stars! Wenn ihr nichts dagegen habt, werde ich nachher mal für ein kurzes Infotorial reinschauen. Ich bin gespannt, wie ihr eure In-depth-Recherchen zu den disruptiven Werten gestaltet, nach denen wir bei der Forcierung unserer digitalen Transformation Ausschau halten.«

»An sich gern, Tom«, erwidere ich jovial, »aber die Sache ist die: Im Moment brauchen meine Rock Stars einen Safe Space, an dem sie sich bedenkenlos weit aus dem Fenster lehnen und sich ganz auf die Koordination der mentalen Bandbreite fokussieren können, deshalb müssen wir in dieser Phase vorerst strikt unter uns bleiben. Circle of trust und so, Sie verstehen. Um 110 Prozent Leistung bringen zu können, müssen sich meine Leute einfach rundum wohl fühlen. Sie sind ein fabelhafter Bursche, Tom, aber noch kennen Sie nicht alle hier gut genug – was wir übrigens *asap* ändern sollten, vielleicht bei einem Team-Building-Day? Jedenfalls würden Sie im Moment wohl noch den einen oder anderen hier etwas einschüchtern mit Ihrer Very-Big-Picture-Perspektive. Also, nächstes Mal gern, aber heute wär's mir lieber, wenn ich meine Rock Stars ganz für mich hätte.«

»'türlich, 'türlich.« Tom nickt wichtigtuerisch. »Da bin ich ganz bei Ihnen. Die Koordination der mentalen Bandbreite liegt auch mir sehr am Herzen, und es ist absolut nachvollziehbar, dass Ihre Leute vor mir noch nicht komplett blankziehen wollen. Ich leiere gleich mal ein Team-Building-Event an, damit wir ein bisschen miteinander warm werden können. Habt ihr mal Ziegen-Yoga probiert?«

»Nein, aber das klingt super.« Mir tut schon das Gesicht weh vom krampfhaft breiten Grinsen. »Ach ja, wie Sie wissen, ist es bei einem Brainstorming superwichtig, dass man nicht rausgerissen wird, wir werden also ein ›Bitte nicht stören‹-Schild an die Tür hängen müssen, um sicherzugehen, dass auch wirklich niemand reinkommt. Mittags bestellen wir uns dann was zu essen.«

»Nur zu, gemeinsame Mahlzeiten sind ein hervorragendes Tool zur Stärkung des Zusammenhalts unter den Angestellten. Und zur Effizienzsteigerung.«

»Äh, ja. Hinterher sind wir garantiert ziemlich ausgebrannt; gut möglich, dass ich meine Rock Stars dann etwas eher Feierabend machen lasse. Vor allem, wenn wir die Mittagspause durcharbeiten.«

»Unbedingt. Work smarter, not harder!«

»Genau. Tja, war schön, mit Ihnen zu plaudern, Tom, aber wir sollten uns jetzt dringend in die Arbeit stürzen. So ein Paradigmenwechsel geht schließlich nicht ohne unser Zutun vonstatten.« Ich drehe mich zu meinen reichlich lädierten Rock Stars um. »Also, vorwärts, Marsch!«

Tom röhrt ermunternd: »Go Team!« Ich schwenke mit letzter Kraft die geballte Faust, begleitet von einem »Wohoo!«, dann wanken wir von dannen.

Sobald wir den Konferenzraum betreten haben, belle ich: »Okay, Rob, Rollos runter! Vicky, du hängst das ›Bitte nicht stören‹-Schild an die Tür. Moment, da kommt noch jemand – ah, Debbie! Immer rein mit dir!«

Die arme Debbie schleppt sich über die Schwelle und greint:

»Was soll das, Ellen? Ich kann nicht! Nicht heute! Und wie es aussieht, wurde mein Tinder-Konto gesperrt – offenbar hab ich etlichen Typen eine Nachricht geschickt, in der ›Ellen sagt, du bist eine manipulative, narzisstische Arschgeige‹ stand.«

»Komm.« Ich lege ihr einen Arm um die Schulter. »Willkommen im Safe Space. Okay, Vicky, du kannst abschließen, es sind alle da. Gut. Also, jetzt macht es sich jeder hier auf einem Sitzsack gemütlich und schläft.«

»Was?« Verständnislose Blicke.

»Ihr sollt euch hinlegen und schlafen! So ein Paradigmenwechsel geht schließlich nicht ohne unser Zutun vonstatten, nicht wahr?«

»Ähm, ich frag ja nur ungern, aber was bedeutet Paradigmenwechsel eigentlich?«, erkundigt sich Rob.

»Ich habe keinen blassen Schimmer, Rob, aber es macht Tom glücklich, wenn man das Wort möglichst oft sagt. Los, los, Leute, ihr verschwendet wertvolle Schlafenszeit! In etwa zwei Stunden sollten wir soweit wiederhergestellt sein, dass wir feste Nahrung zu uns nehmen können, und dann gibt es Cola, Pizza und Mozzarella-Sticks von Domino's. Das wird uns wieder auf Vordermann bringen. Danach machen wir noch ein Mittagsschläfchen, und gegen drei werden wir uns geschlossen vertschüssen, weil wir ja so hart gearbeitet haben.«

Wir erwachen gegen Mittag und machen uns verschlafen über die Schweinereien her, die ich in weiser Voraussicht noch rasch bei Domino's bestellt habe, ehe ich eingenickt bin. Danach verkündet Rob mit der Hybris der Jugend, er sei nun wieder fit und bereit, in den Pub zu gehen. Uns dagegen gruselt schon bei dem Gedanken an ein neuerliches Gelage, könnte es doch das fragile Gleichgewicht ins Wanken bringen, das sich infolge unseres Nickerchens und der heilbringenden Kombi aus Fett, Zucker und Kohlehydraten eingestellt hat. Mit Ausnahme von Rob sind sich denn auch alle einig, dass eine zweite Runde Schlaf angesagt ist.

Ich nicke ein und habe einen wunderbaren Traum, in dem ich in einem weißen Leinenkleid unter einem Baum liege, neben mir ein Weiden-Picknickkorb, vor mir auf einem Fluss ein Mann, der mir von einem Stechkahn aus zuwinkt. Ich kann sein Gesicht nicht erkennen, also stehe ich von meiner Decke auf und gehe zum Ufer. Er hält mir die Hand hin und sagt: »Da bist du ja, Darling. Ich habe auf dich gewartet. Komm!« Ich steige zu ihm ins Boot und sinke in seine Arme, und er drückt mich an sich, sagt: »Alles wird gut. Ich bin bei dir«, und küsst mich … An dieser Stelle schnappe ich nach Luft und schrecke hoch, weil Rob, der sich TikTok-Videos ansieht, belustigt grunzt.

Mein Herz pocht heftig nach dem Traum, denn der Mann im Kahn war nicht, wie ich zunächst angenommen hatte, Simon, sondern James, ein ehemaliger Arbeitskollege. Ich verspüre den dringenden Wunsch, mich wieder auf meinem Sitzsack zusammenzurollen und weiterzuschlafen, in der Hoffnung, das herrliche Gefühl, begehrt zu werden, noch einmal auferstehen zu lassen. Natürlich war mein Traum reines Wunschdenken – ich habe nie mit James in einem Boot gesessen, schon gar nicht in einem weißen Leinenkleid, und ehrlich gesagt erscheint es mir in der Realität auch etwas gewagt, in einem Flachkahn zu knutschen. Und so schön der Traum auch war, bereitet er mir doch schreckliche Schuldgefühle. Meine Schwärmerei für James ist mein kleines, schmutziges Geheimnis; nicht einmal Hannah weiß davon, und den überwiegenden Teil der Zeit verleugne ich sogar vor mir selbst, dass ich je etwas für James empfunden habe. Trotzdem überfallen mich bisweilen die Erinnerungen an ihn, so wie jetzt.

Vor 15 Jahren

Ich steckte damals in einer beruflichen Sackgasse. Mein IT-Job beim Cunningham United Nautical Trust brachte mich karrieremäßig kein bisschen voran und langweilte mich außerdem zu Tode, denn ich war dafür hoffnungslos überqualifiziert. Aber er war mit der Betreuung der Kinder vereinbar, wir brauchten das Geld, um unseren Kredit abzuzahlen, und auf diese Weise war ich beruflich wenigstens nicht komplett weg vom Fenster. Es gab keine »Blue Sky Thinking Zone«, keine bodentiefen Fenster, keine minimalistische Rezeption. Die Flure waren mit schmuddeligem beigefarbenem Teppichboden ausgelegt, und in der Kantine, in der die Beleuchtung für ein sowjetisch angehauchtes Ambiente sorgte, verkaufte eine deprimierte Angestellte namens Big Lil labbrige Pommes und Semmeln mit alarmierend unidentifizierbarem Belag. Und im Hof gab es eine überdachte Raucherecke, und dort stand eines Tages James.

Besagte Raucherecke wurde als Ersatz für das Raucherkabuff eingerichtet, nachdem man uns das Rauchen am Arbeitsplatz verboten hatte. Frustriert und geknechtet, wie wir waren, hatten wir lautstark dagegen protestiert, dass man uns den einzigen Lichtblick auf dem langen Weg durch die Flure der Verzweiflung in Richtung letzte Ruhestätte abspenstig machte, bis ein paar Leute aus der Chefetage neben den Mülltonnen eine Art Partyzelt aus Holz für uns hinstellen ließen. Fortan fand sich dort mehrfach tagtäglich die Rauchertruppe ein: Tony aus der Rechnungsabteilung, Mike aus dem Vertrieb, unsere Personalerin Lisa und ich. Dann und wann gesellten sich auch noch andere Angestellte dazu, aber wir waren der harte Kern. Keiner von uns schenkte dem freien Mitarbeiter, der eines Tages in Begleitung von Carl aus der Marketingabteilung auftauchte, sonderlich viel Beachtung. Carl stellte ihn uns vor mit den Worten: »Das ist James, er soll den Laden hier mal ein bisschen aufmischen.« Im Laufe der darauffolgenden Wochen wurde James zum festen Bestandteil unserer Gang, Smokers Inc. Er war optisch weitgehend unauffällig, mal abgesehen von seinem sympathischen Lächeln und den schönen Augen, und weil er früher oder später jedes Mal unweigerlich neben mir stand, fiel mir auf, dass er angenehm roch, dem Zigarettenqualm zum Trotz. Natürlich war er verheiratet; drei Kinder, alle auf der Mittelschule. Mehr war er für mich anfangs nicht – ein netter, witziger Typ, der mich zum Lachen brachte und mit dem ich, wie sich mit der Zeit herausstellte, einiges gemeinsam hatte. Ich dachte mir überhaupt nichts dabei, bis ich plötzlich merkte, dass er doch mehr für mich war.

Eines Tages, es war bereits Oktober, standen wir wieder dort draußen, und weil ich mich nicht überwinden konnte, in unser schäbiges Großraumbüro im Untergeschoss zurückzukehren, steckte ich mir noch eine Kippe an. James tat es mir nach. Wir kamen auf Bücher zu sprechen, und er erzählte mir, dass er einen sehr schrägen ukrainischen Roman las, in dem es um Gangster und Pinguine gehe.

»*Pinguine frieren nicht* von Andrej Kurkov?«, fragte ich verblüfft. »Der ist super, ich hab ihn erst kürzlich gelesen.«

»Ich finde ihn bis jetzt auch ganz fabelhaft.«

Simon hatte auf mein Drängen hin das erste Kapitel gelesen und dann erklärt, es sei das schlechteste Buch, das er je gelesen habe. »Leute, denen sowas gefällt, sind echt nicht ganz sauber«, so sein vernichtendes Urteil.

Mit zunehmend schlechtem Gewissen rauchten wir zwei weitere Zigaretten und tauschten uns noch etwas über das Buch aus, und als ich danach zu meinem Schreibtisch zurückschlich, war ich zum ersten Mal seit Monaten richtig gut drauf. Dank James war ich ein paar Minuten lang wieder ich selbst gewesen. Ich hatte mich wie ein menschliches Wesen gefühlt, nicht bloß wie eine Mutter, Ehefrau, Angestellte, ein Rädchen im System, gefangen in einer Maschinerie, die sich unablässig, unbarmherzig immer weiterdrehte. Ich hatte seit langem endlich wieder einmal eine Meinung gehabt, Gedanken, Interessen, etwas zu sagen.

Jane war damals fünf und seit kurzem in der Vorschule, und Peter war drei und im Kindergarten. Ich glaube, das war der Zeitpunkt, an dem ich mich selbst endgültig aus den Augen verloren habe, der Punkt, an dem die Ellen, mit der man Spaß haben konnte, verdrängt wurde von der Kontroll-Freak-Ellen, die stets im Katastrophenmodus ist. Sobald meine Kinder da draußen in der Welt unterwegs waren, mutterseelenallein dem Bildungssystem ausgeliefert, wurde ich mir plötzlich all der Gefahren bewusst, die ihnen drohten. Dazu kam das Gefühl, mit hundertfünfundsiebzigtausend Bällen zugleich jonglieren zu müssen, von denen mir andauernd welche runterfielen. Ich war ständig im Zwiespalt, hatte ein chronisch schlechtes Gewissen: meinen Kindern gegenüber, weil ich arbeiten ging, meinem Arbeitgeber gegenüber, weil ich in Gedanken immer bei Jane und Peter war. Erschwerend hinzu kamen das Gefühl, beim Cunningham United Nautical Trust meine Zeit zu vergeuden, und die Befürchtung, dass sich die Karriereleiter, an die ich mich so verzweifelt klammerte, als mickriger Schemel entpuppen würde. Und natürlich wollte ich Simon eine gute Ehefrau sein, allerdings war er die meiste Zeit über viel zu wichtig und beschäftigt mit seinem Beruf und merkte kaum, dass ich komplett überfordert war und eigentlich nur noch existierte, statt zu leben. Was nicht gerade hilfreich war. Wenn er mal wieder vor der Glotze saß und seine geliebte Autosendung *Die Gebrauchtwagen-Profis: Neuer Glanz für alte Kisten* guckte, hatte ich oft gute Lust, ihm die letzten Teller unseres Hochzeitsgeschirrs an den Kopf zu werfen, um wenigstens ein paar Sekunden lang seine Aufmerksamkeit zu erhaschen.

Meine Welt schrumpfte zusammen auf einen streng reglementierten Tagesablauf, auf mit Farbmarkierungen versehene Kalender und Zeitpläne und nicht enden wollenden lästigen Orga-Kram. Und Simon konnte partout nicht verstehen, warum das alles so dringend nötig war. Hatte er Jane zur falschen Zeit zum Schwimmkurs gefahren, dann lachte er hinterher bloß und sagte: »Naja, nächste Woche wieder.« Ihm fehlte einfach der Sinn für das große Ganze. Für ihn war es bloß eine verpasste Kursstunde – aber was, argumentierte ich, wenn Jane dadurch lebenswichtige Fähigkeiten nicht erlernte? Falls sie mal von einer Flutwelle hinweggespült wurde oder durch die Eisdecke eines zugefrorenen Sees brach, dann wusste sie infolge der verpassten Stunde womöglich nicht, wie sie sich retten konnte, und ertrank! Was, wenn Peter bei ihr war und bei dem Versuch, sie zu retten, womöglich ebenfalls ertrank?

Und alles nur, weil Jane dieses *eine* Mal nicht im Kurs gewesen war! Simon sah mich an und sagte: »Nun komm mal wieder runter, Babe. Es war bloß *eine* verpasste Stunde.«

Doch für mich war es ein Teil des fragilen Sicherheitsnetzes, das ich zu erschaffen versuchte, um meine Kinder vor den Gefahren der großen, furchteinflößenden Welt da draußen zu bewahren und mir meine geistige Gesundheit zu erhalten. Und dieses Netz konnte sich schon wegen *einer einzigen verpassten Schwimmkursstunde* jäh in Luft auflösen. Diese mentale Bürde lastete ausschließlich auf meinen Schultern, denn Simon nahm die veritablen Horrorfilmchen, die im Rahmen diverser Kampagnen zum Schutz der Öffentlichkeit in den 1980ern und 90ern in Großbritannien ausgestrahlt wurden, kein bisschen ernst. Ich weiß das, weil ich ihn einmal gefragt habe, was zu tun ist, wenn eine Fritteuse Feuer fängt, worauf er nur ein ums andere Mal wiederholte: »Wir haben doch gar keine Fritteuse!« Und je mehr ich darauf beharrte, dass von Fritteusen, Gewässern, Strommasten und wildfremden Menschen Gefahr ausgehen konnte, desto weniger Unterstützung kam von ihm, weil ich in meiner Überzeugung, dass nur *ich* wirklich Bescheid wusste, am Ende unweigerlich »Ach, du hast ohnehin keine Ahnung« schnarrte. Er wollte mir einfach nicht glauben, dass der Tod überall lauert und nur darauf wartet, dass man mal eine Sekunde lang abgelenkt ist. Wobei mir das ehrlich gesagt auch erst bewusst ist, seit ich Mutter bin.

Das Gespräch mit James hatte mich all das kurz vergessen lassen, und das war ein gutes Gefühl gewesen, deshalb war ich, als ich an diesem Tag Feierabend machte, fest entschlossen, mir etwas mehr Mühe zu geben, damit Simon mich wieder so sah, wie James es offenbar tat. Ich würde mich nicht so sehr von meinen Sorgen wegen Peter und Jane stressen lassen; ich würde ihn nicht anfauchen oder ihm unterstellen, die Kinder seien ihm offenbar egal, nur weil er die Symptome der Beulenpest nicht auswendig herunterbeten konnte.

Also lächelte ich ihn, als ich nach Hause kam, an und fragte, wie sein Tag gelaufen war.

»Scheiße, wie immer«, knurrte er, ohne den Blick vom Fernseher abzuwenden. Es lief *The Car's the Star*.

»Willst du gar nicht wissen, wie mein Tag so war?«

»Wozu? Du sagst doch sowieso bloß ›Auch Scheiße‹«, brummte er, »und dann versuchst du, mich zu übertrumpfen, und erzählst mir, womit dich die Kinder wieder genervt haben, und wenn ich dich daran erinnere, dass du im Gegensatz zu mir zumindest so früh nach Hause kommst, dass du noch ein bisschen Zeit mit ihnen verbringen kannst, streiten wir uns wieder.«

»Vielleicht läuft es ja diesmal ganz anders. Vielleicht erzähle ich dir, dass mein Tag zur Abwechslung ganz gut war, weil ich mich mit einem umwerfend gutaussehenden Mann über Kunst und Literatur unterhalten habe.«

Simon prustete los. »Wo sollte dir dieser Mann denn über den Weg gelaufen sein, beim Cunningham United Nautical Trust etwa? Oder bei Sainsbury's, wo du immer diesen gottverdammten Joghurt kaufst, auf den du so stehst, während Peter mal wieder Kreuzkümmel mitgehen lässt?« Er konnte gar nicht mehr aufhören zu lachen. »Oder hast du beim täglichen Spießrutenlauf vor dem Schultor die sexy Yoga-Mamis beiseite geschubst, um dich diesem Feingeist an den Hals zu werfen? Mal ehrlich, Ellen, du solltest auf ein Minimum an Glaubwürdigkeit achten, wenn du dir schon so einen Bockmist ausdenkst, um mir unter die Nase zu reiben, wie unbeschreiblich interessant dein Tag war.«

Sein Hohn kränkte mich. War es denn gar so abwegig, dass ich die Aufmerksamkeit eines anderen Mannes erregte? »Die Vorstellung, ich könnte einen Mann kennengelernt haben, dessen Gesellschaft ich anregend finde, stört dich also kein bisschen?«

Jetzt hörte er auf zu lachen. »Wenn es so wäre, würde mich das natürlich stören. Aber ganz im Ernst, wo willst *du* denn so einem Mann begegnen?«

»Ich bin für dich wohl nur noch eine unattraktive alte Schachtel, nach der sich kein Kerl mehr umdreht, wie?«, fauchte ich mit Tränen in den Augen, wenngleich Simons Frage nur bestätigte, was ich bei einem Blick in den Spiegel neulich um drei Uhr nachts gesehen hatte, als ich pinkeln war, nachdem mich mein verängstigter Sohn zum vierten Mal geweckt hatte, weil Jane ihm eingeredet hatte, unter seinem Bett würde ein venezolanisches Vampireichhörnchen leben.

»Natürlich nicht. Du bist immer noch ein Feger, aber was nützt dir das, wenn du nie ausgehst? Wo willst du denn bitteschön einen Mann kennenlernen? Bei der Arbeit wohl kaum, da gibt es laut dir ja bloß schwitzende Langweiler und Idioten. Und vor der Schule erst recht nicht. Den einen Mann, der sich dort bisweilen hinwagt, umkreisen die Yoga-Mamis wie die Haifische; ich hab's selbst erlebt, als ich Jane mal abgeholt habe. Gegen diese Bitches hast du keine Chance, dafür fehlt dir der Killerinstinkt, Babe. Also, am ehesten wohl doch Sainsbury's, wobei man da, um jemanden kennenzulernen, angeblich an einem Dienstagabend hingehen und eine Ananas in den Einkaufskorb legen muss.«

»Eine Ananas?«

»Jep. Ist wohl eine Art Erkennungszeichen.«

»Woher weißt du das?«

»Keine Ahnung, ich schätze, aus dem Internet. Vielleicht ist es auch einer dieser albernen urbanen Mythen. Ich dachte, das weiß jeder.«

»*Ich* wusste es nicht. Da treibst du dich also rum, wenn du am Dienstag später aus dem Büro kommst? Bei Sainsbury's, mit einem Einkaufswagen voller Ananas?«

»Nein, natürlich nicht. Sei nicht albern.«

»Und was, wenn eine Frau an einem Dienstagabend völlig ahnungslos bei Sainsbury's eine Ananas kauft, weil sie zufällig gerade unbändige Lust darauf verspürt? Wird sie dann von lauter Männern angemacht?«

»Warum probierst du es nicht aus? Beweis dir selbst, dass du's noch draufhast. Ich mache nächsten Dienstag mal zeitig Feierabend, damit du dich aufbrezeln und bei Sainsbury's dein Glück versuchen kannst. Mal sehen, ob der Del Monte Mann anbeißt.«

»Sei nicht albern. Ich werde ganz sicher *nicht* versuchen, bei Sainsbury's mithilfe einer Ananas einen Mann aufzureißen.«

»Ach, komm. Vielleicht ist es ja ganz witzig. Du sagst doch immer, du willst mal wieder ein bisschen Spaß haben.«

»Ja, aber mit *dir*, und nicht mit irgendeinem Casanova, der bei Sainsbury's in der Obst- und Gemüseabteilung rumhängt.«

»Du sollst dich ja nicht abschleppen lassen, sondern bloß testen, ob dich einer anspricht, und wenn es geklappt hat, machst du dich mit irgendeiner Ausrede und einem frisch gestärkten Selbstbewusstsein vom Acker.«

»Bei meinem Glück gerate ich an einen Serienmörder, der mich in seinen Transporter schleppt, ohne sich meine Ausflüchte anzuhören, und das war's dann! Oder, schlimmer noch, es spricht mich *niemand* an!«

»Inwiefern wäre das schlimmer, als Opfer eines Serienmörders zu werden?«

»Du weißt schon, was ich meine. Außerdem sollst *du* mein Selbstbewusstsein stärken, und nicht irgendein dahergelaufener Fremder.«

»Ich?«, fragte er überrascht. »Wie meinst du das?«

»Ich will ein bisschen Aufmerksamkeit! Dann und wann ein Kompliment! Ich will, dass du Zeit mit mir verbringst, irgendwas mit mir machst!«

»Okay, gehen wir«, knurrte er mit einem anzüglichen Grinsen.

»Doch nicht so!«, rief ich schrill. »Gib mir einfach hin und wieder das Gefühl, dass ich existiere! Dass du mich bemerkst!«

»Was soll das nun wieder heißen? Natürlich bemerke ich dich.«

»Es fühlt sich aber nicht so an«, brummte ich. »Ich komm mir vor wie eine Putzfrau Schrägstrich Köchin Schrägstrich Nanny. Oder wie ein Möbelstück. Du registrierst überhaupt nicht, was ich so treibe, was ich anhabe, was ich lese, wofür ich mich interessiere. Wir führen zum ersten Mal seit Wochen eine richtige Unterhaltung – übers Fremdflirten unter Zuhilfenahme einer Ananas, verdammt nochmal!«

Man sah mir meinen Frust wohl an, denn Simon sagte: »Herrje, es tut mir leid, Liebes. Ist alles nicht so einfach gerade, oder? Wir sind beide ständig gestresst und erschöpft, ich wegen der Arbeit, du wegen der Kinder ... Da bleibt die Zweisamkeit unweigerlich auf der Strecke. Wie wär's, wenn ich Mum bitte, übers Wochenende auf die Kinder aufzupassen, damit wir mal ein, zwei Abende Zeit für uns haben? Wir könnten irgendwohin fahren«, schlug er vor.

»Ich dachte, wir haben kein Geld.«

»Scheiß drauf. Wir zahlen das Hotel mit der Kreditkarte und verschieben das Problem auf nächsten Monat.«

—

Als ich tags darauf ins Büro kam, war ich fest entschlossen, mir von James mit seinem geistreichen literarischen Geschäker nicht mehr den Kopf verdrehen zu lassen. Doch dann musste ich auf dem Weg in die Raucherpause an seinem Schreibtisch vorbei, und er winkte mir zu. Ich winkte zurück, weil alles andere unhöflich gewesen wäre, und da stand er auf und sagte: »Na, gehst du eine rauchen? Ich komme mit.« Es war also echt nicht meine Schuld, sondern der Etikette geschuldet, dass wir im Handumdrehen wieder zu zweit draußen standen und rauchten.

»Hier«, sagte er und zog ein kleines, abgegriffenes Buch mit blauem Stoffeinband aus der Sakkotasche. *Modern English Short Stories*. »Eines meiner absoluten Lieblingsbücher. Nach unserem Gespräch gestern dachte ich, das könnte dir auch gefallen. Ich leihe es dir, wenn du magst.«

Das war der Punkt, an dem ich die Reißleine hätte ziehen können. Ich hätte ehrlich sein und sowas wie »Ähm, ich glaube, das ist nichts für mich. Das Buch mit den Pinguinen fand ich klasse, aber sonst lese ich eher Liebesromane von Jilly Cooper« sagen können. Stattdessen setzte ich eine kultivierte Miene auf und flötete: »Oh, prima, danke! Ich freue mich schon auf die Lektüre.«

»Cool. Kannst ja mal berichten, was du davon hältst, wenn du ein bisschen reingelesen hast. Es ist schön, jemanden zu haben, mit dem ich mich über Literatur austauschen kann.«

»Ja, finde ich auch. Gerne wieder.« Es schmeichelte mir, dass er mich für eine belesene Frau hielt, und deshalb war ich nicht nur unaufrichtig, sondern hatte James auch noch aktiv ermutigt.

Und so nahmen die Dinge ihren Lauf. In den kommenden Wochen verlegten wir unsere Rauchpausen schrittweise so, dass wir möglichst nur zu zweit draußen standen. Wir redeten über alles Mögliche, und wir lachten, bis ich Seitenstechen hatte. Er kommentierte es, wenn ich beim Friseur gewesen war oder ein neues Oberteil trug, auf eine angenehme Art und Weise, ohne lüsterne Blicke. Die Raucherpausen mit James waren kleine Auszeiten im Alltag, in denen ich mich ein paar Minuten lang frei fühlte und die Sorge, meine Kinder könnten Läuse oder Würmer haben, ebenso vergessen war wie die Frage, ob es okay war, drei Mal wöchentlich Billighackfleisch zu verkochen (ein unwiderstehliches Angebot aus dem Tesco-Tiefkühlregal, von dem ich alte Schnäppchenjägerin gleich eine ganze Charge erstanden hatte …).

Was ich für James empfand, war nicht zu vergleichen mit der Schockverliebtheit damals bei Simon. Meine Gefühle für James entwickelten sich unbemerkt, ganz heimlich, still und leise. Erst, als er mich eines Tages mitten in einem Meeting anlächelte, als wäre außer mir niemand im Raum, schoss mir der Gedanke »Ich glaube, ich liebe ihn« durch den Kopf. Es war ganz und gar unaufgeregt – mein Herz fing nicht wie wild an zu pochen, wenn ich an James dachte, es gab auch kein Knistern, wenn sich unsere Hände zufällig berührten – nicht so wie bei Simon, selbst jetzt, nach all den Jahren noch bisweilen, überraschenderweise, aller Unbill zum Trotz.

Doch weder James noch ich verloren je ein Wort darüber. Er war eine Lichtgestalt in meinem Leben, die die schlimmen Tage erträglich machte, und wenn ich sah, wie sein Gesicht zu leuchten begann, wann immer er mich erblickte, wusste ich, dass es ihm genauso ging. Alles andere – Partner, Familie, das Leben, das wir jenseits des Arbeitsalltags führten, klammerten wir konsequent aus. Unser gemeinsames Glück existierte in einer äußerst zerbrechlichen Blase, die, das wusste ich insgeheim, vor der hässlichen Realität unserer jeweiligen Situation keinen Bestand gehabt hätte. Ich glaube, genau deshalb habe ich Hannah nie von James erzählt. Ich wollte das, was wir ineinander gefunden hatten, nicht aufs Spiel setzen. Aber früher oder später zerplatzt jede Blase, wie alle Eltern wissen, die sich je gezwungen sahen, ein schluchzendes Kleinkind mit einem Pustefix-Plastikröhrchen in der Hand zu trösten.

Es geschah auf der Weihnachtsfeier. Normalerweise mietete der Cunningham United Nautical Trust dafür einen Saal in einem Mittelklassehotel, in dem noch zwanzig andere Büro-Weihnachtsfeiern über die Bühne gingen. Diesmal jedoch hatte man beschlossen, sich und der Belegschaft etwas zu gönnen, und stattdessen ein schniekes Landhotel zum Ort der Feierlichkeiten auserkoren. Leider wurde uns dafür der Weihnachtsbonus gestrichen, den wir ehrlich gesagt deutlich besser hätten gebrauchen können. Auf der anderen Seite war eine Übernachtung im Farmforth Manor natürlich insofern unbezahlbar, als ich auf diese Weise wenigstens *ein* Mal von meinen allabendlichen Verpflichtungen entbunden war. Statt abwechselnd einem der Kinder den Hintern abzuwischen oder einen kleinen Snack zuzubereiten, ehe sie gebadet und ins Bett gescheucht werden mussten, konnte ich im Vorfeld ein entspannendes Bad nehmen und mich ungestört anziehen, und die Auswahl des Outfits würde sich zur Abwechslung mal nicht auf »irgendwas, auf dem keine klebrigen Kinderfinger Spuren hinterlassen haben« beschränken. Ich konnte sogar Lidschatten in mehr als einer Farbe auftragen! Und am nächsten Morgen konnte ich ausschlafen, statt von meinem Sohnemann um halb sechs geweckt zu werden, weil er mir unbedingt von seinem faszinierenden Traum berichten musste, in dem allerlei dämliche Moshi Monster aufgetaucht waren.

O ja, der Weihnachtsbonus wäre uns wie gesagt sehr gelegen gekommen, trotzdem freute ich mich auf diese eine Nacht im Hotel ungefähr so tierisch wie John Mills auf sein erstes Pint Carlsberg in Alexandria. Den Gedanken, dass auch James dort übernachten würde, versuchte ich tunlichst zu verdrängen.

Ich hatte Simon nicht gesagt, dass auch Partner eingeladen waren, und redete mir ein, es habe nichts mit James zu tun, sondern vielmehr mit meinem Wunsch, endlich mal ein bisschen Zeit für mich zu haben. Dass mein Herz vor Freude einen Satz machte, als James erwähnte, er werde ebenfalls ohne seine bessere Hälfte kommen, hatte nichts zu bedeuten außer: Soll mir recht sein, so bin ich wenigstens nicht die Einzige, die allein hinfährt. Ähem.

Ich hatte mir fest vorgenommen, vor meiner Abfahrt keinen Handstrich mehr zu tun als Simon, wenn er eine Geschäftsreise antritt (soll heißen: meine Tasche packen und »Bye, Darling, bis bald!« sagen). Doch dann – man ahnt es schon – kriegte ich Panik, und um mir nicht das ganze Wochenende Sorgen machen zu müssen, meine Kinder könnten verhungern, hinterließ ich meinem Göttergatten eine detaillierte Liste mit Instruktionen sowie einen Kühlschrank, in dem sich allerlei gesunde, nahrhafte Mahlzeiten stapelten, mit Liebe vorgekocht von meiner Wenigkeit. Gut, teils hatte ich es auch getan, um mein schlechtes Gewissen zu beruhigen, weil ich mir neues Make-up und ein verführerisches schwarzes Kleid zugelegt hatte. In einem so schönen Hotel konnte ich ja unmöglich in dem alten Fetzen rumlaufen, den ich schon in den vergangenen drei Jahren auf der Weihnachtsfeier getragen hatte, und meine Lidschatten-Palette war aus dem Jahr 1997, also auch nicht mehr ganz taufrisch.

Das waren nur die ersten einer langen Reihe von Lügen, die ich mir selbst rund um dieses Wochenende auftischte. Ich sagte mir, dass ich eine Woche gefastet hatte, um *in* meinem neuen Kleid besser auszusehen, und nicht, wenn ich es *ablegte*. Ich sagte mir, dass ich den zum Gähnen langweiligen, verwirrenden Roman, der zuletzt den Booker-Preis gewonnen hatte, freiwillig gelesen hatte, und nicht, um vor James mit meinen meinungsbildenden intellektuellen Einsichten in Sachen Literatur zu glänzen. Ich sagte mir, dass ich den freien Nachmittag im Hotel für ein Schläfchen und vielleicht auch eine Gesichtsmaske nutzen würde, und nicht, um mich für James in Schale zu werfen. Das hatte alles nicht das Geringste mit ihm zu tun.

Ich hatte mich beinahe selbst überzeugt, als ich in die Auffahrt zum Farmforth Manor einbog. Dummerweise war meine Reisetasche ziemlich schwer, was meinen Plan, anmutig vom Wagen zum Hoteleingang zu tänzeln, zunichtemachte, zumal ich neue Stiefeletten trug, die zwar nur einen Kitten Heel hatten, aber selbst der war höher als alles, was ich sonst gewohnt war. Im Nu geriet ich bedenklich ins Schwanken und war deshalb heilfroh, als ich hinter mir eine vertraute Stimme vernahm.

»Darf ich?« James trat zu mir und nahm mir galant die vermaledeite Tasche ab, um sie sich betont lässig über die Schulter zu werfen. Stattdessen ging er ein Stück in die Knie und schnappte nach Luft. »Du liebe Zeit!«

»Geht's, oder ist sie zu schwer?«, erkundigte ich mich besorgt. »Ich … äh … hab etliche Bücher dabei. Wenn ich schon mal genug Zeit habe, um ausgiebig zu lesen …«

»Aber nein, gar nicht«, keuchte er mit der Miene eines Mannes, der sich gerade einen Bruch gehoben hat, und taumelte in Richtung Rezeption. »Bist du auch früher angereist, um dir das Anwesen von Virginia Woolf anzusehen?«

»Äh … Ja, genau. Ich dachte, das müsste eigentlich zu schaffen sein«, bluffte ich, dabei waren meine Gedanken nur um Cocktails und Kaminfeuer gekreist, um heiße Bäder und verbotene Schäferstündchen mit einem Mann, mit dem ich nicht verheiratet war.

»Wir haben jede Menge Zeit, also wenn du Lust hast … Die Fahrt dauert keine zwanzig Minuten. Hast du viel von Virginia Woolf gelesen?«

»Och, naja, so dies und das«, antwortete ich ausweichend. »Wer nicht? Das mit Florenz hat mir gut gefallen – *Zimmer mit Aussicht*.« Ich nickte weise.

»Das ist von E. M. Forster«, belehrte mich James. »Virginia Woolf wollte *Ein Zimmer für sich allein*.«

»Ach, richtig! Na, wer will das nicht? Ich will doch sehr hoffen, dass wir hier beide ein eigenes Zimmer kriegen! Ellen teilt ihr Zimmer nicht«, witzelte ich, verführerisch mit den Wimpern klimpernd. Gott, wie peinlich!

James lachte und deponierte unsere Taschen bei der freundlichen Rezeptionistin, während ich etwas von »Weihnachtsfeier«, »bloß Kollegen« und »getrennte Zimmer, selbstverständlich« faselte und sicherheitshalber noch »Wir sind ja auch getrennt angereist« hinterherschob. Ein »Mein Interesse an diesem Herrn ist rein beruflicher Natur« konnte ich mir mit knapper Not verkneifen. Mir standen Schweißperlen auf der Stirn, als ich gleich darauf mit James zum Parkplatz zurückging, um mich in Gottes Namen von ihm zu diesem bescheuerten Anwesen kutschieren zu lassen.

—

Das Haus, in dem Virginia Woolf gelebt hat, war sehr grün. Nicht grün im Sinne von Louisas Predigten à la »abrasiertes Schamhaar gehört in den Biomüll, sonst schmelzen die Polkappen«; nein, Virginia Woolf hatte einfach alles darin grün gestrichen, einschließlich des Mobiliars. Irgendwie gefiel mir das, ebenso wie der Schnitt des Hauses: Man kam nur durch den Garten ins Schlafzimmer, was ich ziemlich clever fand, dürfte es doch etwaige nervige Kleinkinder davon abgehalten haben, morgens hereinzuplatzen und »Will Coco Pops und *SpongeBob* gucken!« zu krähen.

Ich fand es herrlich, mal ein Museum besichtigen zu können, ohne unentwegt »Nicht rennen!« und »Nicht anfassen! Finger weg! ... Ich sagte: ›Finger weg!‹« zu zischen. Und ich dachte bei mir: Bestimmt ist es in einer solchen Umgebung total einfach, unsterbliche, genre-übergreifende Prosa zu verfassen – umgeben von originellen grünen Möbelstücken, ohne ständig aufpassen zu müssen, dass man nicht auf ein Moshi Monster tritt, ohne Nachwuchs, der überall diese verdammten Loom-Gummis verstreut und wahlweise hungrig oder in eine tiefe Krise gestürzt ist, weil ein kleines, billiges Plastikspielzeug, von dem offenbar sein Lebensglück abhängt, spurlos verschwunden ist.

Wie ich so mit James durch die Räume schlenderte, wobei ich dann und wann Laute der Bewunderung von mir gab (und bei Gelegenheit verstohlen nach Zusammenfassungen der Werke von Virginia Woolf googelte), erhaschte ich einen Blick auf ein anderes, ruhigeres Leben – ein Leben mit einem Partner, der nicht ständig müde und schlecht gelaunt war, der keine hässlichen Fleece-Pullis trug, der intelligente Bücher las, statt Abend für Abend eine dieser bescheuerten Autosendungen zu gucken. Ein richtiger Partner, mit dem ich auf einer Wellenlänge war, der sich auf mich, meine Gefühle und meine Bedürfnisse einließ, der mich unterstützte und es nicht darauf anlegte, im täglichen »Wer ist der Erschöpfteste im ganzen Land?«-Wettstreit den ersten Platz zu erringen (nach Simons Gejammer zu urteilen war er diesbezüglich der Anwärter auf olympisches Gold).

Bei der Besichtigung des Gartens stolperte ich, obwohl der Untergrund flach und frei von Hindernissen war, und machte nur deshalb keinen Köpfer in Leonard Woolfs Fischteich, weil sich James zu mir umdrehte und mich geistesgegenwärtig auffing. Wir standen uns einen Augenblick gegenüber, seine Hände ruhten auf meinen Oberarmen, und er sah mir in die Augen und murmelte: »Ellen, ich …«

»Leider schließen wir heute schon etwas früher!«, verkündete da eine Museumswärterin des National Trust, die sich in ihren bequemen flachen Tretern unbemerkt angeschlichen hatte. »Sie haben noch eine halbe Stunde, um die Grünanlagen und Virginia Woolfs Schreibstube im Gartenhaus zu besichtigen, wenn Sie wollen.«

»Unbedingt«, sagte James und ließ mich verlegen los.

Auf dem Rückweg zum Farmforth Manor plapperte ich ohne Unterlass, damit auch ja keine Sekunde Stille herrschte. Ich fürchtete, es könnten Dinge gesagt werden, die, wenn sie erst heraus waren, nicht mehr zurückgenommen werden konnten. *Sollten* diese Dinge je ausgesprochen werden, dann bitteschön in einem etwas romantischeren Setting und nicht in einem Volvo, der mit 90 Sachen über die A26 bretterte! Kaum waren wir auf dem Hotelparkplatz angelangt, sprang ich auch schon aus dem Auto. James winkte mir verdattert nach und rief: »Schön war's, danke! Bis nachher!«

Dummerweise hatte ich ganz vergessen, dass ich ja, genau wie er, erst den Schlüssel an der Rezeption holen musste. Im Aufzug nach oben herrschte betretenes Schweigen. Unsere Zimmer waren auf derselben Etage, und als wir aus dem Lift traten, blieb James stehen und sagte: »Ich habe diesen Ausflug sehr genossen, Ellen.«

»Ich auch«, murmelte ich. Es stimmte. Es war ein sehr schöner Nachmittag gewesen.

»Ähm, wegen vorhin …«

»Was meinst du?«

»Im Garten … Ich …«

Ich gab ein »Alles *vollkommen* harmlos!«-Kichern von mir, genau wie vorhin, ehe uns die Museumswärterin zum Gartenhaus geleitet hatte, um uns auf allerlei interessante Details aufmerksam zu machen. Nebenbei bemerkt hatte es Virginia

Woolf wohl nicht so mit Ordnung und Sauberkeit; angeblich war ihr Schreibtisch zu ihren Lebzeiten mit Kippen und Krimskrams übersät. Sehr sympathisch.

»Ich weiß, ich bin so ein Tollpatsch! Gott sei Dank warst du zur Stelle und hast mich gerettet. Ein Glück, dass ich dich bei der Aktion nicht in den Teich befördert hab! Das hätte garantiert eine Standpauke gegeben. Und ich wette, in triefnassen Klamotten und mit Schmodder an den Schuhen hätten sie dich nicht ins Gartenhaus gelassen.«

Gut gemacht, Ellen, beglückwünschte ich mich insgeheim. Schmodder entschärft jede noch so pikante Lage, ganz egal, ob mir James eine romantische oder auch peinliche Liebeserklärung hatte machen wollen (hach, wie sehr wünschte ich mir das, und zugleich graute mir vor dem, was passieren mochte, wenn einer von uns endlich Klartext redete!), oder ob er mir zu verstehen geben hatte wollen, dass ich komplett auf dem falschen Dampfer war – dass unsere Freundschaft rein platonischer Natur war und nur auf Zigarettenpausen und unserer gemeinsamen Vorliebe für Romane mit Pinguinen beruhte. Womöglich hatte er mich ja nur deshalb so gequält angesehen, weil ihn ein Darmwind plagte!

James nickte. »Ja, ich schätze, das hätte Ärger gegeben.«

Inzwischen waren wir bei meinem Zimmer angelangt, also zwitscherte ich: »Ah, Nummer 38, das ist meins. Also, bis später!«

»Ja, bis später.«

Ich war schon halb durch die Tür, als er hinterherschob: »Ähm, Ellen?«

Ich fuhr herum. »Ja?«

»Wollen wir uns nachher auf einen Drink an der Bar treffen? Bevor die krasse Weihnachtssause losgeht und uns Sally Thompson für das lustige ›Wer bin ich?‹-Ratespiel allen Haftnotizen an die Stirn pappt?«

»Ah, du hast also schon von den Spielen bei unseren Weihnachtsfeiern gehört. Voriges Jahr hat Nigel Kempson bei *Never Have I Ever* durchblicken lassen, dass er mal einen flotten Dreier mit seiner Frau und seinem *Bruder* hatte. Ich maße mir weiß Gott kein Urteil an, aber das ist doch *ziemlich* bizarr, nicht?«

»Äh, ja, allerdings. Also, hast du Lust?«

»Ach so – ja, klar, warum nicht?«

Auf einer Wolke der Glückseligkeit schwebte ich in mein Zimmer. James wollte sich mit mir auf einen Drink treffen! Nur er und ich. Also hatte er mich vorhin doch nicht nur deshalb so gequält angesehen, weil er Blähungen hatte. Erst da fiel mir auf, dass wir keine konkrete Uhrzeit vereinbart hatten. Jetzt war es halb vier; die krasse Weihnachtssause sollte um sechs mit einem Stehempfang beginnen. Was bedeutete »später« – fünf? Halb sechs? Halb fünf? Ich wollte nicht übereifrig erscheinen, indem ich zu früh aufkreuzte, außerdem bestand die Gefahr, dass ich mich ohne es zu wollen vor Nervosität betrank. Andererseits sollte James nicht stundenlang allein unten sitzen wie bestellt und nicht abgeholt. Fragen konnte ich ihn auch nicht, also entschied ich mich für die Mittelschicht-Parade-Lösung und goss mir, ehe ich mich in die Badewanne legte, einen großen Wodka Tonic ein, obwohl die Preise für die Getränke aus der Minibar geradezu obszön waren und uns die Geschäftsleitung in einer strengen E-Mail darauf aufmerksam gemacht hatte, dass sie ausschließlich die Kosten für die Übernachtung übernahm und wir etwaige »anderweitige Ausgaben« selbst bezahlen mussten. Beim Anziehen und Schminken ließ ich mir viel Zeit.

James hin oder her, ich konnte mich kaum noch erinnern, wann ich das zuletzt vollkommen ungestört hatte tun können, also wollte ich diesen Luxus auch gebührend genießen. Okay, und natürlich wollte ich atemberaubend schön, mehr noch, unwiderstehlich aussehen.

Als ich die dritte Schicht Mascara auftrug und mich prüfend im Spiegel betrachtete, meldete sich doch mein schlechtes Gewissen. Wie lange war es her, dass ich für Simon einen derartigen Aufwand betrieben hatte? Dann klingelte mein Handy, und nach einem Blick auf das Display verflogen meine Schuldgefühle schlagartig: Simon. Da es inzwischen fünf war – Essenszeit für die Kinder – ging ich davon aus, dass er wissen wollte, wie viel Tomatensoße sie denn so essen durften oder sonst irgendein vermeintliches Problem hatte, weil er zu faul gewesen war, die sehr detaillierten Anweisungen zu lesen, die ich ihm hinterlassen hatte.

Ich ging ran und fauchte: »Was ist los?«

»Jane behauptet, am Wochenende müssten sie kein Gemüse essen.«

»Warum sollte ich mir die Mühe machen, Gemüse vorzukochen, wenn dem so wäre?«

»Verstehe. Dann war es wohl auch gelogen, dass sie am Wochenende Cola trinken dürfen?«

»Simon, hast du je erlebt, dass ich ihnen erlaubt habe, Cola zu trinken?«

»Keine Ahnung. Cola ist also tabu?«

»Ja.«

»Okay. Ähm, Peter sagt, ihm tut der Hintern weh.«

»Sah die Haut wund aus, als du ihm das letzte Mal nach dem Abwursten den Hintern abgewischt hast?«

»Ich muss ihm den Hintern abwischen?«

»Ja, musst du! Er ist erst drei, Simon! Das Steht auf der Liste, Herrgott nochmal!«

»Ach, echt? Okay, und was mache ich jetzt?«

»Du machst ihn nach dem Abendessen gründlich sauber, mit Feuchttüchern, und nach dem Baden cremst du ihn mit Zinksalbe ein.«

»Okay. Und wo finde ich die Salbe und die Feuchttücher?«

»Im Badezimmer!«, schnarrte ich, dann legte ich auf und ging hinunter in die Bar. Eine Unterhaltung über den wunden Arsch eines Sprösslings macht es einer Frau praktisch unmöglich, sich wie eine unwiderstehliche Sexgöttin zu fühlen, und erst recht, sich in eine zu verwandeln.

Leider hatten weder James noch ich bedacht, dass auch unsere Damen und Herren Kollegen aufgrund der bei ihrer Tätigkeit erlittenen seelischen Grausamkeiten nur zu gerne zur Flasche griffen, weshalb der Großteil der Belegschaft ebenfalls auf die glorreiche Idee gekommen war, vor dem offiziellen Empfang schon mal ein wenig vorzuglühen. In der Bar wimmelte es derart vor Leuten, dass ich James nicht gleich entdeckte, dafür kam ausgerechnet Nigel angedackelt. Sein lüsterner Blick versank förmlich in meinem Dekolletee. »Ellen, dieses Kleid ist ja sehr ...« Er schluckte mehrmals, räusperte sich und beendete den Satz dann mit einem kläglichen »hübsch«. Ich vermute mal, ein klägliches Finale hinzulegen ist auch in etwaigen anderen Situationen sein Signature Move. Wie auch immer, er fuhr in verschwörerischem Flüsterton fort: »Habe ich dir eigentlich schon mal von meinem Bruder erzäh-«

»Entschuldige mich«, sagte ich und wandte mich hastig ab, wobei ich mit Sally kollidierte, die mir ein breites Lächeln schenkte. »Hallo, Ellen! Mein lieber Schwan, das ist ja ein sehr … gewagtes Outfit! Hoffentlich purzeln dir nachher keine Haftnotizen in den Ausschnitt!«

Da tauchte zu meiner Erleichterung James auf. »Ellen! Du auch hier?«, witzelte er.

Ich kicherte artig.

»Du sitzt ja noch auf dem Trockenen. Ich hole dir einen Drink. Sally, bist du zufrieden mit deinem Orangensaft oder soll ich dir auch etwas bringen? Nein? Ganz sicher? Was hättest du gern, Ellen?«

»Weißt du was, ich komme mit an die Bar«, sagte ich aufgeräumt. »Bis nachher, Sally!«

»Du siehst umwerfend aus in diesem Kleid!«, raunte mir James ins Ohr, während wir uns durch das Gedränge in Richtung Bar kämpften. »Mir ist echt die Luft weggeblieben, als du vorhin reingekommen bist. Du bist mit Abstand die schönste Frau in diesem Raum.«

»Das ist nicht weiter schwierig«, winkte ich pragmatisch ab, obwohl mir ganz warm geworden war. Er hatte gemerkt, dass ich mich herausgeputzt hatte! Er fand mich schön, und ihm gefiel mein Kleid! Letzteres freute mich besonders, hatte doch Simons Reaktion, als ich es ihm vorgeführt hatte, nicht ganz meine Erwartungen erfüllt: Er hatte bloß flüchtig den Blick von der Mattscheibe gelöst und gefragt: »Hast du keine Angst, dass dir die Titten rausfallen?«

»Du wärst in jedem Raum die schönste Frau«, hauchte James. Püh, ganz schön schmalzig. Innerlich krümmte ich mich ein klein wenig, aber, hey, Kompliment ist Kompliment.

Ich bestellte einen weiteren großen Wodka Tonic, den ich ziemlich rasch kippte, während ich versuchte, eine intelligente und enthusiastische Unterhaltung mit James und seinem Boss Terry zu führen. Dann hieß es, wir dürften uns nun in den Festsaal begeben, in dem der Empfang über die Bühne gehen sollte.

Die Anwesenden setzten sich eilends in Bewegung, darauf erpicht, sich möglichst viele der dargebotenen Gratisdrinks hinter die Binde zu kippen, ehe der Quell versiegte. Die Qualität der Getränke war dabei eher zweitrangig.

James legte mir eine Hand auf den Rücken, um mich durch das Gewühl zu bugsieren – auf den ziemlich nackten Rücken, denn mein Kleid war auch hinten spektakulär tief ausgeschnitten. (Dafür reichte mir der Saum bis zum Knie, getreu dem Motto »entweder Titten oder Beine«, das mir meine Mutter schon früh eingeimpft hat. Nicht, dass ihr das Wort »Titten« jemals über die Lippen käme; sie hatte sich selbstredend gewählt ausgedrückt und »Dekolletee« gesagt. Egal, jedenfalls prägen mich ihre mahnenden Worte bis heute bei der Kleiderwahl).

»Geht's dir gut, Ellen?«, erkundigte sich Sally prompt. »Deine Wangen glühen förmlich. Schnürt dich das Kleid ein, oder ist das womöglich schon das böse *W*?«

»Das böse *W*?«, quiekte ich, abgelenkt von der Tatsache, dass James' Hand nur Zentimeter über meinem Hintern ruhte.

»Du weißt schon, die Wechseljahre. Hast du Hitzewallungen?«

Ihr ernüchternder Kommentar brachte mich wieder einigermaßen zur Besinnung, war ich doch nahe daran gewesen, mich zu James umzudrehen und »Besorg's mir, jetzt gleich!« zu keuchen.

Stattdessen murmelte ich etwas von wegen »überheizte Räumlichkeiten«.

Sie legte den Kopf schief. »Es überrascht mich, dass du das merkst, wo du doch so viel nackte Haut zeigst in diesem Fähnchen, und das im Dezember. Hoffentlich verkühlst du dir nicht die Nieren! Ich hab eine hübsche Stola dabei, die kannst du dir gern ausborgen, falls es dich frieren sollte.«

Mein Handy klingelte. Es war – welche Überraschung! – Simon. »Entschuldigt«, sagte ich betont gut gelaunt zu Sally und James und ging ran. »Ja?«

»Peters Hintern ist immer noch wund. Und kann es sein, dass er Würmer hat?«

Ich zischte: »Gib ihm einen Löffel rosa Calpol. Und sollte er tatsächlich Würmer haben, was ich für unwahrscheinlich halte, dann kann ich das im Moment auch nicht ändern, oder?« und legte auf.

»Na, Probleme mit den Kinderlein?«, erkundigte sich Sally in mütterlich besorgtem Tonfall, den Kopf wie vorher schief gelegt. »Ich wollte ja nie welche – wär wohl auch schwierig gewesen mit meinen Unterleibsgeschichten. Ich habe etliche Myome ...«

»Äh, ja ...« Ich wollte nicht teilnahmslos erscheinen, aber Sally hatte mir schon mehrfach von ihren Unterleibsgeschichten erzählt, und zwar in aller Ausführlichkeit, also deutete ich auf eine gelangweilt dreinblickende Kellnerin im Teenageralter, die ein Tablett mit Prosecco-Gläsern in den Händen hielt. »Ah, sieh mal!«

Sally griff sich zwei und wieselte davon.

»Halleluja!«, stöhnte James verhalten. »Ich hab schon befürchtet, wir haben sie jetzt den ganzen Abend an der Backe.«

»Ich wette, sie hat wie immer eine Flasche Wodka in der Handtasche, um ihre Drinks ›aufzupeppen‹«, erklärte ich. »Sie ist ein richtiger Geizkragen. Echauffiert sich jedes Mal über die ›horrenden Getränkepreise‹ und prahlt dann damit, dass sie das ›System überlistet‹. Du hast ihr doch nicht ernsthaft abgenommen, dass in ihrem Glas vorhin bloß Orangensaft war?«

Die nun folgenden zwei Stunden waren die reinste Qual. Da ich nicht so clever gewesen war, mich vorab in den Festsaal zu schleichen und heimlich die Sitzordnung zu manipulieren, war ich zwischen Nigel und Chris aus der Personalabteilung eingepfercht, während James, flankiert von Sally und unserer Rezeptionistin Tara, an einem Tisch am anderen Ende des Saales saß. Ich hegte die Befürchtung, es könnte jemand Verdacht geschöpft und uns absichtlich so weit auseinander platziert haben, bis Chris erwähnte, man habe sich darum bemüht, für einen größtmöglichen Abstand zwischen Sally und Nigel zu sorgen.

»Allerdings frage ich mich, wie das gehen soll, wenn sie wieder mit ihrem idiotischen Ratespiel anfängt.« Er seufzte.

Simon rief noch weitere vier Mal an. Erst, um zu fragen, ob Jane vor dem Schlafengehen *Coraline* ansehen durfte (»Nein, davon kriegt sie Albträume! Wozu hab ich einen ganzen Stapel DVDs bereitgelegt, die sie sich anschauen können?«), und um zu fragen, wann sie ins Bett mussten, weil Jane behauptet hatte, sie dürften am Wochenende bis Mitternacht aufbleiben. (»Steht alles auf der Liste mit den Anweisungen, Herrgott nochmal!) Und später dann, um mich davon in Kenntnis zu setzen, dass beide Kinder hysterisch heulten, weil sie sich *Coraline* trotzdem reingezogen hatten und nun Angst hatten, die *andere* Mutter könnte sie versklaven. (»Gib ihnen je einen halben Teelöffel rosa Calpol und sag ihnen, das wird die *andere* Mutter fernhalten und ihnen beim Einschlafen helfen.«)

Auf das Dinner folgte eine Rede, in der sich der Geschäftsführer ausgiebig selbst beweihräucherte und im Grunde genommen sowas sagte wie: »Danke, dass Sie sich für uns so den Arsch aufgerissen haben. Die Aktionäre und ich sind sehr zufrieden mit den Profiten, die Sie für uns eingefahren haben.«

Schließlich trat James an unseren Tisch. »Ellen, ich gehe kurz raus, eine rauchen«, sagte er nonchalant. »Kommst du mit?«

»Klar«, erwiderte ich ähnlich nonchalant, dabei war mir auf einen Schlag heiß, kalt und übel zugleich. War es jetzt soweit? Würde es endlich passieren? Mein Herz raste. Ich war hin- und hergerissen. Was, wenn meine Tagträume Realität wurden? Wenn mich James tatsächlich küsste? Eine heimliche lüsterne Phantasie war das eine, der Austausch von Körperflüssigkeiten dagegen eine ganz andere Nummer, und ich war ganz und gar nicht sicher, ob ich das wirklich wollte. Die *Vorstellung*, James zu küssen, hatte ich ungemein aufregend gefunden, aber es wirklich zu tun … eine fremde Zunge in meinem Mund zu spüren … Eine Zunge …

»Alles okay, Ellen?«, fragte James.

»Ja, ja, alles bestens!«, zwitscherte ich.

»Okay … Du hast mich bloß gerade mit einem seltsam starren Blick angesehen und ›Zunge‹ gemurmelt.«

»Nein, ich sagte ›Zeit‹ – höchste Zeit für eine Zigarette!«

»Oh, darf ich mir eine schnorren?«, fragte Sally, die in diesem Augenblick wie aus dem Nichts auftauchte.

Ich nickte erleichtert. »Natürlich! Ich wusste gar nicht, dass du rauchst.«

»Nur, wenn ich schon ein paar Drinks intus habe. Und außerdem ist Weihnachten.«

James presste tapfer ein »Wunderbar! Je mehr, desto besser!« hervor, und dann begaben wir uns zu dritt auf die Terrasse. Statt James hätte ich nun Sally um den Hals fallen mögen, so dankbar war ich ihr dafür, dass sie den Anstandswauwau spielte und mir damit noch eine kurze Galgenfrist verschaffte, ehe sich hier unweigerlich hochnotpeinliche Szenen abspielen würden – sei es, weil mich James küsste und einen kleinen Matratzentango vorschlug, sei es, weil ich ihm auf immer abschwor. Sollte ich aus reiner Höflichkeit mit ihm ins Bett gehen? Pfff. Very British indeed, dass mir vor außerehelichem Sex weniger graute als vor einem unangenehmen Gespräch!

Sally hatte sich ihre mit Pailletten besetzte Polyesterstola umgelegt, war nach etlichen Gläsern Turbo-Prosecco in Plauderlaune und ließ sich viel Zeit beim Rauchen ihrer Zigarette.

»Na, habt ihr gestern *EastEnders* geschaut?«, fragte sie aufgekratzt. »Bin ja mal gespannt, was die Weihnachtsfolge für Phil Mitchell bereithält.«

Ich wollte gerade »Ich auch« sagen, da erklärte James hochnäsig: »Ich sehe so gut wie nie fern, Sally.«

Wir stierten ihn verdattert an. Selbst Simon hockt regelmäßig vor der Glotze, wenngleich es mir noch nicht gelungen ist, ihn zu *EastEnders* zu bekehren.

Sally schluckte und krächzte: »Und was machst du stattdessen?«

»Lesen«, erwiderte er achselzuckend. »Musik hören. Aktuelle Themen diskutieren.«

Und da bemerkte ich zum ersten Mal sein fliehendes Kinn. Warum war mir das bisher nicht aufgefallen?

Sally schauderte. »Und du guckst *nie, nie, nie* fern?«

»Naja«, lenkte er ein, »hin und wieder schon. Wenn Golf läuft zum Beispiel.«

Golf? Das durfte doch verdammt nochmal nicht wahr sein! Er war ein Golfer wie *Geoffrey*? Zitierte er etwa auch andauernd diesen pseudowitzigen Greg Norman?

»Aber ... Es gibt doch nichts Langweiligeres als Golf!«, stieß Sally ungläubig hervor.

Hm. Bei genauerer Betrachtung hatte James auch ziemlich kleine, engstehende Augen. Traue nie einem Mann mit engstehenden Augen, hatte Granny Green immer gesagt. O Mann, und jetzt redete er tatsächlich über Golf! Sally zog ein letztes Mal an ihrer Fluppe und flüchtete vor seiner Mansplaining-Attacke mit der Behauptung, sie müsse nun dringend die Partyspiele vorbereiten.

»Lass uns noch eine rauchen, Ellen«, sagte er so laut, dass sie es hören musste, und fummelte an der Packung Zigaretten herum, bis sie außer Sichtweite war.

»O Mann, ich dachte echt, sie will hier Wurzeln schlagen. Was für ein Loser-Leben, ey. Wer guckt denn bitte freiwillig *EastEnders*? Ich seh's direkt vor mir, wie sie in ihrem geblümten Flanellnachthemd auf dem Sofa thront, umringt von ihren Katzen, und sich wegen der Weihnachtsfolge dieser Schrott-Serie vor Aufregung in den Schlüpfer macht.«

»Hör auf!«, fuhr ich ihn an. »Im Grunde ist Sally ganz nett. Sie hat ein gutes Herz. Sie ist bloß ein bisschen einsam.«

Es stimmte – Sally war tatsächlich ein netter Mensch, und ich schämte mich, weil ich mich dazu hatte hinreißen lassen, über sie zu lästern, nur um mich vor James zu profilieren. Allmählich dämmerte mir, dass er nicht nur gute Eigenschaften aus mir herauskitzelte.

Er schüttelte lachend den Kopf. »Herrje, als nächstes erzählst du mir wohl noch, dass du auch auf *EastEnders* stehst! Los, komm mit.« Er packte meine Hand.

»Wo willst du hin?«

»In den Hotelgarten. Hier werden wir garantiert gleich wieder gestört.«

»Dürfen wir da denn rauchen?«

»Keine Ahnung, ist mir auch schnurz. Nun komm schon.«

»Ich will aber nicht«, sagte ich. »Lass uns wieder reingehen.«

»Reingehen?«, wiederholte er gereizt. »Wieso, wenn wir endlich mal allein sein können? Oder willst du etwa nicht?«

»Ich glaube nicht«, gab ich kläglich zu. »Tut mir leid.«

»Warum denn nicht, Herrgott nochmal? Ich spüre doch, dass da etwas Besonderes zwischen uns ist ... Eine tiefe ... Verbundenheit.« Er legte den Arm um mich und beugte sich zu mir runter, um mich zu küssen. Sein Mund wirkte so klein und verkniffen. Ich dachte an Simons Mund – groß, lachend; ein Mund, der zum Küssen einlud. Hastig machte ich mich von James los und zündete mir eine Zigarette an. Mit einem Menschen, der raucht, kann man nicht knutschen. Man verbrennt sich die Lippen.

Ich zog kräftig an meiner Zigarette und sagte: »Wir kennen uns doch gar nicht richtig. Wie soll da eine tiefe Verbundenheit entstehen? Wir wissen so gut wie nichts voneinander. In den letzten drei Minuten habe ich mehr über dich erfahren als in den vergangenen drei Monaten.«

»Was redest du denn da? Natürlich kennen wir uns. Ich weiß so viel über dich – welche Bücher du magst, welche Musik, welche Filme. Wir haben so viel gemeinsam. Hör zu, Ellen, ich will nicht bloß einen Weihnachtsfeier-One-Night-Stand, falls es das ist. Auch keine Büroaffäre. Ich will richtig mit dir zusammen sein.«

»Du weißt gar nichts über mich«, stieß ich verdrossen hervor. »Mir hat kein einziges deiner dämlichen Bücher gefallen, ich hab nur so getan als ob. Eigentlich mag ich Jilly Cooper. Und meine Begeisterung für die CD, die du mir geliehen hast, war auch gespielt; Jazz klingt für mich so, als würde sich eine Horde Zweijähriger beim Baby-Musizieren mit ein paar Topfdeckeln und einem Xylophon austoben. Ich stehe tatsächlich auf *EastEnders*, wie Sally. Ich bin nicht die, für die du mich hältst, und ich glaube, ich kenne dich genauso wenig.«

»Okaaay …« James fuhr sich mit den Fingern durchs mausgraue Haar, das mir mit einem Mal reichlich dünn vorkam. »Gut, aber das ist doch alles nebensächlich. Wir können Kompromisse schließen. Ich kann aufs Golfspielen verzichten. Ich schätze, ich könnte mich sogar an *EastEnders* gewöhnen, und vielleicht kannst du dich ja im Gegenzug mit Jazz anfreunden. Aber ich will mit dir zusammen sein, und ich dachte, du willst das auch.«

»Nein! Das war alles nur eine Illusion, merkst du das nicht? Wir sind beide ganz anders, als wir dachten. Wie soll das funktionieren? Wir können doch nicht komplett neue Menschen werden! Unsere Familien werden zu Bruch gehen, unsere Kinder traumatisiert sein, und das alles nur dafür, dass in ein paar Monaten oder einem Jahr einer von uns über den anderen denkt: ›Wer zum Teufel bist du eigentlich?‹ Es macht nämlich keinen Unterschied, wer die dreckigen Unterhosen liegenlässt oder den Autoschlüssel sucht, es nervt ganz einfach, aber das echte Leben ist nun mal eine endlose, öde Plackerei, vor der es kein Entrinnen gibt. Wir können lediglich darauf hoffen, dass wir es mit einem Menschen teilen, der uns oft genug zum Lachen bringt, um all das zu ertragen. Und es tut mir leid, wenn das für dich nicht deine Frau ist, aber ich bin es definitiv auch nicht. Und du bist es umgekehrt für mich genauso wenig. So, und jetzt gehe ich rein.« Ich pfefferte theatralisch den Rest meiner Kippe in den Aschenbecher und stöckelte davon. Just in diesem Moment klingelte mal wieder mein Handy.

»Simon!«, rief ich erleichtert. »Nein, ich verziehe mich jetzt auf mein Zimmer. Hier geht es gleich mit den Party-Spielen los. Genau, Sally hat wieder ihre Haftnotizen dabei. Da lege ich mich lieber mit dem neuen Buch von Jilly Cooper ins Bett. Ach, das wolltest du mir zu Weihnachten schenken? Oje, das war mir nicht klar. Tut mir leid. Gib es einfach zurück und schenk mir stattdessen den letzten Roman von Penny Vicenzi, den will ich auch unbedingt lesen … Keine Ahnung, aber morgen bin ich wieder da, und dann verpasse ich Peter eine Entwurmungskur.«

Gegenwart

Ich bin ganz schön neben der Spur – die heftigen Nachwehen des feuchtfröhlichen Abends gestern, dazu dieser Traum von James … Ich versuche, nicht mehr an ihn zu denken, schon gar nicht so, wie er mir im Traum erschienen ist. Noch heute plagen mich wegen dieser Sache Scham und Schuldgefühle, aber so unerquicklich das Intermezzo auch endete, ich bin irgendwie dankbar dafür, hat es mir doch damals vor Augen geführt, dass ich Simon wirklich liebe und keinen anderen will. Ich weiß nicht, ob wir die Jahre, als Peter und Jane noch klein waren, überstanden hätten ohne diesen Weckruf, der mir bewusst gemacht hat, dass ich für die Distanz zwischen Simon und mir genauso verantwortlich war wie er, dass ich nicht *ständig* an ihm herumkritteln und ihm Vorwürfe machen durfte. Ich musste aufhören, ihn anzublaffen, musste zulassen, dass er in Sachen Kindererziehung auch mal Fehler machte. Nach der Sache mit James war ich Simon gegenüber definitiv toleranter, zumindest eine Weile, bis die Kinder aus dem Gröbsten raus waren.

Auch in letzter Zeit habe ich ihn auf Abstand gehalten, weil ich so auf mich, mein Selbstmitleid und mein Empty-Nest-Syndrom fixiert war. Dabei fehlen ihm Peter und Jane bestimmt auch, und wahrscheinlich fragt er sich wie ich, was nach all den Jahren, die ganz im Zeichen der Kindererziehung standen, nun aus uns werden soll.

Ich habe mein Team vorhin wie geplant um drei in den Feierabend geschickt, bin aber selbst noch etwas geblieben, um zumindest ein, zwei Dinge zu erledigen und damit den Anschein zu erwecken, dass ich arbeite. Als ich heimkomme, ist es still im Haus. Sämtliche Vierbeiner einschließlich Barry, dem Riesenbaby, liegen schnarchend auf Simon, der im Wohnzimmer ein Nickerchen macht.

»Ah, Ellen«, begrüßt er mich verschlafen, als er erwacht. »Ich bin früher aus dem Büro gekommen.« Er betrachtet meine uralte, schon etwas angeschlagene Border-Terrier-Dame. »Flora ist heute schon wieder ein kleines Missgeschick passiert. So kann das nicht weitergehen. Wir müssen uns etwas überlegen.«

Ich öffne den Mund, um »Deswegen lasse ich sie ganz sicher nicht einschläfern!« zu rufen, schließlich geht es Flora gut bis auf die Tatsache, dass sie dann und wann eine kleine Pfütze hinterlässt, doch Simon fährt bereits fort: »Ich werde am Montag meinen Chef fragen, ob ich künftig öfter mal von zu Hause aus arbeiten kann. Nicht nur wegen Flora; Judgy wird auch nicht jünger, und das macht sich bemerkbar.«

Mein anderer Border Terrier funkelt ihn erbost an.

»Du willst Homeoffice machen, um für die Hunde da zu sein? *Meine* Hunde, wie du immer wieder betonst?«

»Ja. Oder spricht etwas dagegen? Ich weiß, bei dir lässt sich das kaum einrichten, aber ich muss nicht die ganze Zeit im Büro sein, es sei denn, ich habe ein Meeting natürlich.«

»Es spricht überhaupt nichts dagegen, im Gegenteil, ich bin dir sehr dankbar. Und ich möchte mich bei dir entschuldigen.«

»Wofür? Was hast du gestern auf der Weihnachtsfeier angestellt? Haben Sie dich etwa entlassen, weil du mal wieder die ›Patricia the Stripper‹-Nummer abgezogen hast?«

»Nein. Also, ich kann mich nicht erinnern, ob ich das getan hab, jedenfalls hat mich heute niemand darauf angesprochen. Nein, ich wollte mich entschuldigen, weil ich mich so in meinem Selbstmitleid gesuhlt habe, seit die Kinder aus dem Haus sind. Ich hatte vollkommen vergessen, dass ich ja auch noch dich habe.«

»Allerdings. Mich wirst du nicht mehr los. Und, was jetzt? Wollen wir was beim Asiaten bestellen?«

»Au ja, gute Idee.«

Beim Essen rüge ich Simon, weil er Flora mit Hühnchen

süß-sauer füttert, obwohl ich Judgy und Barry heimlich ebenfalls immer wieder etwas von meinem Rindfleisch in schwarzer-Bohnen-Soße abgebe. Schon seltsam, denke ich, bisweilen erkennt man in gänzlich unerwarteten Momenten, dass man doch die richtige Entscheidung getroffen hat. Womöglich hätte sich James am Ende auch noch als Katzenfreund entpuppt!

SONNTAG, 10. DEZEMBER

Heute Abend gönne ich mir nach dem Essen mal ein Gläschen Wein. Ähem. So wie gestern … und vorgestern … Es spricht ja auch absolut nichts dagegen, das im Dezember allabendlich zu tun, trägt es doch zur festlichen Stimmung bei. Und eigentlich spricht noch viel weniger dagegen, als Schlummertrunk einen Baileys zu kippen, wenn die Flasche Wein leer ist, richtig? Ich räume gerade den Tisch ab, als jemand lautstark an die Tür hämmert. Auf dem Weg nach draußen verfluche ich Simon, der mit den Hunden ein Verdauungsschläfchen auf dem Sofa macht und sich seit August taub stellt, wann immer ich ihn bitte, doch endlich die Klingel zu reparieren.

Draußen steht unsere Nachbarin Julia.

»Hi! Komm rein. Ist alles okay?«, frage ich, weil sie etwas gestresst wirkt.

Simon kommt gähnend aus dem Wohnzimmer, gefolgt von den Hunden, die, als sie sehen, dass Besuch da ist, anfangen zu bellen, während Julia etwas von wegen »Kleingeld«, »Toilettenartikel«, »Schuhschachteln« und »Notfall« stammelt.

»Ein Schuhschachtel-Notfall?«, wiederholt er verwirrt. »Was soll denn das sein?«

»Ich nehme an, es geht um die Weihnachtspäckchen-Aktion für die Schule«, erkläre ich, und Julia nickt matt.

»Genau! Bitte entschuldigt, dass ich euch deswegen belästige«, sagt sie, sichtlich erleichtert, dass ich gleich begriffen habe, was Sache ist.

Ich nicke. »Kein Problem. Ich musste diesen Wahnsinn auch jahrelang über mich ergehen lassen. Jetzt kriegst du erst einmal ein schönes Glas Wein, und dann mache ich mich auf die Suche, ja? Ich muss gestehen, es gab eine Zeit, da war mir erst richtig weihnachtlich zumute, wenn ich das ganze Haus nach Schuhkartons und billigen Toilettenartikeln abgesucht hatte.«

Bei einem großen Glas Pinot Noir berichtet mir Julia kopfschüttelnd von dem nicht enden wollenden Bombardement mit E-Mails und WhatsApp-Nachrichten zu den Themen Kuchenbasar, Weihnachtspulli-Tag und Lehrergeschenke. »Diese ewigen, hitzigen Debatten, ob auch Hilfslehrkräfte ein Geschenk erhalten müssen, und wenn ja, ob die Geschenke gleichwertig sein sollen oder nicht! Und früher oder später heißt es unweigerlich: ›Hat eigentlich jemand an den Hausmeister und die Kantinenangestellten gedacht? Und was ist mit den Schülerlotsen, den Aushilfslehrkräften und mit der Frau, die einmal da war, um einen Vortrag über Meerschweinchen zu halten?‹ Und so weiter und so fort. Ich habe eigentlich gehofft, nach dem Kindergarten wird es endlich einfacher, alles unter einen Hut zu bringen, und auch nicht mehr ganz so horrend teuer«, fährt sie fort, den Tränen nahe. Sie hat mein vollstes Mitleid. Ihre Zwillinge – zwei Jungs – sind kürzlich in die Vorschule gekommen. »Ich dachte, ich liefere sie einfach morgens im ›Frühstücksclub‹ ab, und dann fahre ich zur Arbeit und muss mir den ganzen Tag keine Gedanken mehr machen, bis ich sie von der Nachmittagsbetreuung abhole. Ich dachte, ich werde endlich wieder ein produktives Mitglied meines Teams und muss keine Angst mehr haben, gefeuert zu werden, weil ich ständig zu spät komme. Tja, Fakt ist, es ist noch schlimmer geworden!«

»Irgendwann wird es einfacher«, versichere ich ihr.

»Wann? *Wann* wird es endlich einfacher?«

»Naja, äh ... Wenn sie auf die Oberschule gehen ... Gut, da hast du dann andere Sorgen – Drogen, Teenagerschwangerschaften, oder du fragst dich, was sie so auf TikTok posten, und wenn du sie mitten in der Nacht von einer Party abholst, überlegst du, wie viel Alkohol sie wohl getrunken haben und ob sie dir ins Auto göbeln werden. Und was du auch tust, es wird immer Leute geben, die an dir rumkritteln und behaupten, du würdest alles falsch machen. Trotzdem ist es nicht zu vergleichen mit der unbarmherzigen Plackerei der ersten acht bis zehn Jahre. Später denkst du bloß immer: ›Hoffentlich stößt ihnen nichts zu.‹ Wobei, das geht ja schon bei der Geburt los, dass dieser Gedanke wie eine Art Tickerband ständig durchs Bild läuft, nicht?«

»O Gott!«, stöhnt Julia. »Das klingt überhaupt nicht, als würde es einfacher werden! Hat denn wenigstens das mit den Schulaufführungen früher oder später ein Ende?«

»Hach, die Schulaufführungen!«, sage ich wehmütig. »Jane hat einmal einen verletzten Hund namens Banjo gespielt, der auf die Bergretter gewartet hat ... Es war sehr bewegend, obwohl sie eigentlich nur tatenlos daliegen musste. Hm, oder war das Peter?« Ich schenke Julia nach.

»Und was ist mit dem ›offenen Nachmittagsprogramm‹, das die Vorschule jeden Monat veranstaltet? *Jeden Monat*, damit die Eltern ›einen Eindruck davon bekommen, woran die Kinder gerade arbeiten‹. Sie sind in der *Vorschule*, Herrgott nochmal! Sie müssen erstmal lernen, nicht an den Tischen zu lecken oder an ihren Wachsmalkreiden zu nagen!«

»Ach, richtig, das ›offene Nachmittagsprogramm‹!« Ich seufze in einem neuerlichen Anfall von Nostalgie. »Die Kinder sind immer so stolz auf ihre Werke. Naja, die meisten Kinder. Peter hat sich einmal rundheraus geweigert, mir das Bild vom Regenwald zu zeigen, das er gemalt hatte. Stattdessen hat er dann den Holzleim in die Finger gekriegt und sich am Tisch festgeklebt. Was weiß Gott schon schlimm genug gewesen wäre, aber er hat nicht etwa seine Hand festgeklebt, sondern seinen Schniedel. Das gab einen ordentlichen Aufruhr, sag ich dir. Gott, das hatte ich schon total verdrängt. Aber abgesehen davon fand ich diese Nachmittage immer richtig … herzerwärmend.«

Julia gibt einen Laut von sich, der schwer zu deuten ist, und trinkt einen großen Schluck Wein. »Ah, das tut gut, obwohl ich es morgen früh zweifellos bereuen werde, wenn mich Suzie Harper, diese Zimtzicke, wieder fragt, ob ich schon in den Wechseljahren bin, weil ich so ›erschöpft‹ aussehe. Tja, gut möglich, es kann aber auch daran liegen, dass ich ein bisschen mehr mache als bloß zum Pilates zu gehen und in der Elterngruppe passiv-aggressive WhatsApp-Nachrichten zu posten, in denen es darum geht, ob wir eine Oxfam-Ziege für die Klasse kaufen sollen. Und das nächste ist dann die Weihnachtsfeier.« Sie ächzt. »An dem Tag werden sie mittags nach Hause geschickt, um sich umzuziehen, und sollen dann in festlicher Kleidung und mit einem Büffetbeitrag wieder in die Schule gefahren werden. Beim Büffetbeitrag darf es sich übrigens auf keinen Fall um Würstchen oder Trauben handeln, wegen der Erstickungsgefahr, und natürlich meinte Suzie, man solle ihnen am besten nur saisonales Obst mitgeben, wegen der Nachhaltigkeit und dem Klima, aber es ist verdammt nochmal *Dezember*, da wächst hierzulande nun mal kein Obst, und Karottenstifte sind auch verboten, weil Klein Portia allergisch ist, und Limo und Fertignahrung sind selbstverständlich ebenso tabu wie Tupperdosen und Frischhaltefolie. Was zum Geier soll ich denn bitteschön mit dem Hummus machen, hm? Soll ich es den Jungs vielleicht in die Schuhe füllen, und da stochern es dann alle mit den Fingern raus, oder wie?«

»Du Ärmste ... Aber versuch trotzdem, diese Zeit ein klein wenig zu genießen, ja? Sie werden so schnell erwachsen ...« Ich halte mir entsetzt den Mund zu, hatte ich mir doch geschworen, das nie, nie, nie zu einer anderen Mutter zu sagen. Wie konnte mir das passieren? »Entschuldige, Julia. Ich habe keine Ahnung, was in mich gefahren ist. Ich sag's nie wieder, versprochen! Es war nicht so gemeint, okay? Warte, ich mache noch eine Flasche Wein auf.«

Wir leeren auch die zweite Flasche im Handumdrehen, und nachdem mir Julia noch eine Weile ihr Leid geklagt hat, begebe ich mich auf die Suche nach den benötigten Gegenständen. Am Ende torkelt sie mit zwei Kartons unter dem Arm nach Hause. Somit sind nun zwar leider meine zwei (im Ausverkauf erstandenen) Paar Schuhe der Luxusmarke LK Bennet obdachlos, aber dafür fühle ich mich zur Abwechslung einmal weise und lebenserfahren, weil ich Julia den einen oder anderen guten Rat erteilen konnte.

»Na, Problem gelöst?«, fragt Simon, als ich mich neben ihn auf das Sofa plumpsen lasse.

»Jep. Und weißt du was? Mir ist fast, als wollte mir das Schicksal mit Julias Besuch etwas sagen.«

»Dass du dich am Sonntagabend ordentlich besaufen sollst?«

»Nein, dass ich dankbar sein sollte für alles, was ich habe.«

»Verstehe.«

»Im Ernst. Während ich mich mit Julia unterhalten habe, ist mir wieder eingefallen, wie grauenhaft stressig der Dezember immer war. Weihnachtskonzerte und -basare, Krippenspiele, Weihnachtspulli-Tage, Schulweihnachtsfeiern, und, und, und. Ich hatte das doch tatsächlich alles total verklärt.«

»Im Ernst? Wie denn das, wo du dich doch jahrelang darüber beklagt hast?«

»Keine Ahnung, jedenfalls hatte ich diese Zeit geradezu märchenhaft in Erinnerung – wie die Kinder mit geröteten Wangen von Haus zu Haus ziehen und Weihnachtslieder singen …«

»Das kam genau ein einziges Mal vor, und da hat jemand damit gedroht, die Polizei zu rufen, weil Jane bei einer alten Dame an die Tür gehämmert und ›Ich hab gesungen! Ich will mein Geld!‹ durch den Briefschlitz geschrien hat, ohne zu erwähnen, dass sie mit den Brownies unterwegs ist und für Oxfam sammelt.«

»Ja, schon gut. Was ich sagen wollte, ist: Ich bin zwar ein bisschen traurig, weil das alles vorbei ist und weil ständig jemand etwas von mir wollte und ich nie die Muße hatte, es gebührend zu genießen. Die WhatsApp-Gruppen mit den alljährlichen Streitereien um die Weihnachtsgeschenke hatte ich auch vollkommen verdrängt, dabei war die Kommunikation mit den anderen Eltern das restliche Jahr über weiß Gott auch schon der reinste Horror. Und ich bin unendlich froh, dass es mir mittlerweile erspart bleibt, Weihnachtspullis zu kaufen, Schuhschachteln für die Weihnachtspäckchen-Aktion zu besorgen und einem Schulchor zu lauschen, der dreißigstimmig Weihnachtslieder krächzt, bei denen man keine Miene verziehen darf, wenn es heißt, dass Maria ihre keusche Brust darbringt, und erst recht nicht, wenn der Engel Maria beim Krippenspiel verkündet, dass sie ein Kind gebären wird, weil der Heilige Geist über sie kommen wird ...«

Simon schnaubt. »Wie soll denn das gehen, bitteschön? Wenn er über sie kommt, gibt das höchstens eine Sauerei, sonst nichts. Dieser Erzengel Gabriel hat ganz offensichtlich keine Ahnung von Fortpflanzung.«

»Naja, ich schätze, wenn der Heilige Geist es abwischt und sie dann mit dem Zeug an den Fingern ... du weißt schon ... dann könnte das durchaus zu einer Schwangerschaft führen, oder? In der Jugendzeitschrift *Just Seventeen* wurde vor diesem Risiko immer ausdrücklich gewarnt. Den Schreiberlingen zufolge konnte es quasi schon gefährlich werden, wenn sich im Umkreis von 90 Metern auch nur *ein* Tropfen Sperma fand – da wurde man schneller zur minderjährigen Mutter, als man ›unbefleckte Empfängnis‹ sagen konnte. Und ich bezweifle, dass nach Maria noch einmal eine Schwangere überzeugen kann mit der Behauptung, sie sei noch Jungfrau. Das zieht garantiert nur einmal.«

»Willst du damit sagen, Maria hat ihre Schwangerschaft wegargumentiert, indem sie Josef erzählt hat, der Heilige Geist hätte sie bloß befummelt, was, wie jeder weiß, nicht zählt? Und dann hat Gott Josef befohlen, sie zu heiraten, weil sie einen Braten in der Röhre hatte?«

Ich grunze belustigt. »Die Weihnachtsgeschichte, frei nach Simon Green. Also, ich werde jetzt die Gunst der Stunde nutzen und mir ein entspannendes Bad einlassen.«

Während ich in der Wanne liege, gelange ich zu dem Entschluss, mal wieder meinen Nachwuchs auf Instagram zu stalken, denn Jane hat bis jetzt auf keine meiner Nachrichten geantwortet, und Peters einzige Reaktion war ein gelegentliches Daumen-hoch-Emoji. Beide haben mich schon vor langer Zeit blockiert; Jane hat mir zudem erklärt, Instagram sei nur etwas für alte Leute, heutzutage sei TikTok angesagt. Seltsamerweise ist Peter nach wie vor auf dem guten alten Insta unterwegs, und dann und wann hebt er gnädigerweise die Blockierung auf, und wenn ich zufällig eines dieser Zeitfenster erwische, dann erhasche ich einen kurzen Einblick in sein Leben. Meine Hoffnung, dass mir Jane diese Gunst ebenfalls erweisen wird, erfüllt sich nie. Sie hat sogar einmal gesagt, sie werde sich gar nicht erst die Mühe machen, mich auf TikTok zu blockieren, weil ich da ohnehin nicht durchsteige. Hmpf.

Es ist mir zwar peinlich, aber sie hat recht. Wann immer ich versuche, die App zu benutzen, gebe ich früher oder später frustriert auf. Es kommt vor, dass mir eines der Kinder ein »lustiges« TikTok-Video schickt, und *wenn* es mir gelingt, es anzusehen (womöglich sogar mit eingeschaltetem Ton!), dann kapiere ich meistens nicht, was daran nun witzig sein soll …

Jippie, Peter hat tatsächlich die Blockierung aufgehoben! Hastig scrolle ich durch seine Galerie, ehe er es sich womöglich anders überlegt. Mal sehen, was er gerade so treibt. Aha, er ist an einem Strand. Mit einem Mädchen in einem seeeehr knappen Bikini. Ich kann nur hoffen, dass da keine Quallen im Wasser sind, das könnte an gewissen Körperstellen recht unangenehm werden. Okay, noch ein Foto mit Miss Itsy-Bitsy-Teeny-Weeny-Bikini … Huch, was machst du denn da mit meinem Jungen, du verruchtes Luder? Gut, es sieht nicht danach aus, als hätte Peter was dagegen. Angestrengt starre ich auf mein Handydisplay. Hm, es scheint fast, als würde die Initiative von ihm ausgehen.

Ach, und da – mein kleiner Schatz mit seinem Freund Lucas, der für mich auch wie ein Sohn ist. Die beiden prosten sich mit Shot-Gläsern zu. Er ist kein Kind mehr, Ellen, sage ich mir. Er ist jung, und wenn man jung ist, macht man eben solche Sachen. Man knutscht mit leichtbekleideten Leuten, von denen man sich lieber fernhalten sollte, und kippt Drinks mit so albernen Namen wie »Aftershock«, und … O Gott, ein Selfie mit Lucas und Toby, auf dem Peter eine Zigarette in der Hand hält! Eine, die sehr selbstgebastelt, aber harmlos wirkt. Ja, zweifellos, schließlich kann man in Thailand wegen Drogenkonsums geköpft werden, oder ist das im Nahen Osten? Hm. Ist das auch wirklich kein Joint? Ich mache sicherheitshalber einen Screenshot und schicke ihn an Hannah und Sam.

Hannah: O Gott, was tun sie denn da? Sie rauchen Gras, oder? Von wann ist das Foto? Ich hab seit zwei Wochen nichts von Lucas gehört. Ich hab mich schon gefragt, ob er noch lebt. Womöglich sitzt er da drüben im Knast! Mein Baby!

Sam: Sieht mir nach 'ner Selbstgedrehten aus.

Ellen: Ja? Sicher?

Sam: Ganz sicher. Entspannt euch, Mädels.

Hannah: Sie sind im Knast, oder? Deshalb haben wir so lange nichts von ihnen gehört. Sollen wir hinfliegen und sie retten?

Sam: Wenn sie im Knast wären, hätte uns jemand benachrichtigt.

Hannah: Gilt in Thailand auch die Ein-Anruf-Regelung, wie bei uns? Was, wenn sie dachten, wir könnten sauer sein, und sich deswegen nicht getraut haben, uns anzurufen?

Sam: Sie sind britische Staatsbürger. Wenn man sie verhaftet hätte, dann hätte das die Botschaft oder das Konsulat erfahren und uns informiert. Die Jungs mögen dämlich sein, aber im Knast sind sie nicht.

Ellen: Noch nicht. Man könnte sie jederzeit verhaften. Was haben sie sich bloß dabei gedacht?

Sam: Es ist bloß eine Zigarette. Und sollte es doch ein Joint sein, dann ist es jedenfalls kein besonders gut gebauter, und überhaupt ist Cannabis in Thailand legal, ich hab's vor ihrer Abreise gegoogelt, also regt euch wieder ab, ja?

Ellen: Unsere Söhne könnten drogenabhängig sein! Wie soll ich mich da abregen, bitte schön?

Sam: Ach, komm, glaubt ihr wirklich, die Jungs sind so dumm, auf Insta Fotos von sich posten, die sie mit Drogen zeigen?

Ellen: Okay, da ist was dran. Aber sie rauchen, Sam!

Sam: Herrgott nochmal! Wir rauchen doch auch, du am Allermeisten, Ellen!

Hannah: Ich rauche nicht.

Sam: Nach dem vierten Glas Wein schnorrst du dir jedes Mal eine.

Hannah: Es zählt nicht, wenn man einen im Tee hat.

Sam: Die Jungs waren ja auch nicht nüchtern.

Ellen: Weißt du auch GANZ sicher, dass es nur eine normale Zigarette ist, ohne irgendwelche ... Substanzen?

Sam: Nein, wie zum Teufel sollte ich? Aber ich halte es für unwahrscheinlich. Und wenn schon – was ist so schlimm daran, auf einer Beach Party einen Joint zu rauchen? Habt ihr das in dem Alter nicht auch getan?

...

...

Ellen: Aber ich hab nicht inhaliert.

Hannah: Das war in den Neunzigern. Das zählt nicht.

Sam: Keine weiteren Fragen, Euer Ehren. Hört auf, euch wie neurotische Helikoptermütter aufzuführen, und lasst zu, dass sie ihre Jugend genießen, ja?

Hannah: Okay, okay. Aber es ist so schwer, vor allem, seit ich weiß, dass Lucas an Weihnachten nicht nach Hause kommt.

Ellen: Steht sein Entschluss denn jetzt fest?

Hannah: Ja, er hat geschrieben, dass er mit Peter zu dieser Party will.

Sam: Seht es doch mal positiv: Auf diese Weise kotzen sie sich an einem Strand in Thailand die Seele aus dem Leib statt bei euch im Wohnzimmer, so wie letztes Jahr bei der After-Party nach dem Schulball, zu der Peter seine Klassenkameraden nach Hause einladen durfte. Das war ein Spaß, oder, Ellen?

Ellen: Erinnere mich bloß nicht daran! O Mann, vorhin war Julia da, und ich hab stundenlang versucht, ihr weiszumachen, dass das Muttersein einfacher wird, wenn die Kinder größer sind, und jetzt bin ich krank vor Sorge, weil Peter Drogen konsumiert!

Sam: Gern geschehen. Aber ganz im Ernst, den Jungs geht es gut, wetten? Sie sind nicht bescheuert.

Hannah: Ich hoffe sehr, du hast recht.

Sam: Nenn es väterliche Intuition.

Hannah: Ich kann nicht fassen, dass ich das alles in fünfzehn Jahren noch einmal mit Edward durchmachen werde.

Sam: Du Ärmste.

Ellen: Vielleicht wird es ja ganz anders. Vielleicht ist er dann ein kleiner Engel, der seiner Mutter nicht von der Seite weicht ...

Hannah: Ja, genau. Gibt es ein »hohles-Lachen«-Emoji?

Ellen: Ich muss jetzt aufhören. Ich liege in der Badewanne, und das Wasser wird allmählich kalt. Ich bin schon ganz runzlig. Also, noch schlimmer als vorher. Dörrpflaumen-Alarm!

Sam: Was für eine zauberhafte Vorstellung.

Ich steige aus der Wanne und gehe nach nebenan ins Schlafzimmer. Simon liegt bereits im Bett – mit Flora.

»Ihr war kalt«, verteidigt er sich, weil ich die Augenbrauen hebe.

»Erinnerst du dich an Peters Party voriges Jahr um diese Zeit?«, frage ich.

Simon schaudert. »Ich versuche, die Erinnerungen daran aktiv zu verdrängen! Manchmal, vor allem im Sommer, wenn es warm ist, bilde ich mir ein, dass es im Wohnzimmer noch leicht nach Gazpacho-und-Malibu-Kotze riecht.«

Vor einem Jahr

Seinen Anfang nahm das Drama schon Wochen vor dem Weihnachtsball für die Zwölftklässler, zu denen nun auch Peter zählte. Ich hörte nur noch, wer mit wem hinging, wer wo vorglühte (was eine entscheidende Rolle für die Hackordnung der Schüler spielte), und dazu allerlei schockierende Berichte von brutalen Trennungen wenige Tage vor dem Ball, die die sorgfältige Planung der Vorglüh-Events durcheinanderwirbelten, weil auf gebrochene Teenagerherzen Rücksicht genommen werden musste. Ich finde ja, es ist der Gipfel der Faulheit, den Empfang vor dem Ball nur noch als »Glühen« zu bezeichnen, weil den Jugendlichen von heute der Ausdruck »Vorglühen« schon zu lang ist, und ich bin selbstredend kategorisch dagegen, »Prom« statt »Weihnachtsball« zu sagen, wie es in den USA bedauerlicherweise üblich ist. Aber meine Einwände stießen auf taube Ohren, alle Welt redete von »Glühen« und »Prom«.

Zwei Tage vor dem Ball (jawohl, »Ball« – keiner kann mich zwingen, »Prom« zu sagen, ha!) kam Peter ins Wohnzimmer geschlichen und eröffnete die Unterhaltung mit einem langgezogenen »Muuuuuuuuuuum?«, bei dem ich auf der Stelle alarmiert war, denn wie jede Mutter weiß ich: Je mehr *Us*, desto abwegiger das Anliegen, mit dem das betreffende Kind gleich rausrücken wird.

»Ja?«, sagte ich gedehnt.

»Also … äh … Folgendes … Äh … Also, die Sache ist die … Äh …«

»Herrgott nochmal, Peter, spuck es aus. Was immer du willst, es ist nicht wahrscheinlicher, dass ich zustimme, wenn du so rumdruckst. Geht das nicht auch, ohne zwanzig Mal ›also‹ und ›äh‹ zu sagen?«

»Also, echt, das ist … äh … Du übertreibst mal wieder total! Also, äh, was ich fragen wollte …«

»Siehst du? Zwei Mal ›also‹ und zwei ›Ähs‹ binnen fünf Sekunden! Ich mache dir einen Vorschlag: Wenn du deinen Wunsch ohne ein einziges ›Also‹ oder ›Äh‹ vorbringen kannst, dann erfülle ich ihn dir, was es auch sein mag.«

Ich konnte nicht ahnen, dass ich dieses Angebot noch zutiefst bereuen würde, denn wie sich herausstellte, war Peter sehr wohl in der Lage, auf derlei Einsprengsel zu verzichten. Was er mich, sein heißgeliebtes, hochgeschätztes Mütterlein fragen wollte, war, ob ich ihm in meiner grenzenlosen Großzügigkeit gestatten könnte, »ein paar Leute« zur After-Party nach dem Ball ins Hause Russell einzuladen. Eigentlich habe ja Jake Anderson besagte After-Party organisieren wollen, allerdings hatten dessen Eltern vorsorglich ein Verbot ausgesprochen, nachdem sie kürzlich früher als angekündigt von einer Firmenweihnachtsfeier nach Hause gekommen waren und Jake mit seiner Freundin in ihrem Ehebett erwischt hatten.

»Was *total* unfair ist – Jake hat nun mal kein Doppelbett in seinem Zimmer, und sie haben *verhütet*, aber seine Alten waren trotzdem total angefressen und haben Jake gezwungen, die Sause wieder abzusagen, weil ›er ganz offensichtlich nicht in der Lage ist, ihre Grenzen zu respektieren‹. Und da dachte ich, eigentlich könnten wir doch hier feiern.«

»Das muss ich erst mit deinem Vater besprechen«, sagte ich, um etwas Zeit zu gewinnen, worauf er nölte: »Aber du hast es versprochen, und ich hab kein einziges Mal ›also‹ oder ›äh‹ gesagt!«

»Ja, weil ich dachte, du willst, dass ich dich in die Stadt fahre oder dir ein überteuertes Hemd von Flannels kaufe! Woher sollte ich wissen, dass es um eine *Sause* für deine ganze Klasse geht?«, wandte ich ein und kam mir wegen meiner Ausdrucksweise ausgesprochen hip vor.

»Doch nicht die ganze Klasse!«, widersprach er in flehentlichem Tonfall. »Es wären nur ein paar Jungs und Mädels. Komm schon, Mum, *bitte*! Alle sind total enttäuscht, weil Jake nun doch keine After-Party macht, und die anderen sind bei ihren Eltern allesamt abgeblitzt ...«

»Tja, warum wohl?«

»... und deshalb wäre es supercool, wenn wir hier feiern könnten. Bitte!«

»Wie gesagt, ich muss erst mit deinem Vater reden.«

Doch je länger ich darüber nachdachte, desto besser gefiel mir die Vorstellung, ein paar schick angezogene junge Leute im Haus zu haben – gestylte Mädchen in glamourösen Abendkleidern, geschniegelte Jungs im Anzug. Ich sah bereits vor mir, wie sie zur Tür hereinströmten, die Wangen gerötet vom Tanzen, sah, wie sie am bereitgestellten Eggnog nippten ... Vielleicht sollte ich ein paar Partyspiele organisieren, Blinde Kuh zum Beispiel? Ich hörte förmlich schon das ausgelassene Gelächter.

Peters Gäste würden noch Jahre später jede Party damit vergleichen. »Nicht übel hier«, würden sie sagen, »aber wisst ihr noch, die sagenhafte After-Party damals bei Peter Russell? Seine Mutter ist echt eine richtige Weihnachtsfee. Selbst, wenn ich alt und grau bin, werde ich noch gern daran denken, wie wir um das Klavier gestanden und Weihnachtslieder gesungen haben.«

O ja, ich würde diesen Küken die Wahre Bedeutung von Weihnachten aufzeigen! Hm, vielleicht sollte ich lieber doch keinen Eierpunsch servieren, der könnte ihnen so spät am Abend auf den Magen schlagen. Eher einen Champagner-Cocktail. Nicht zu stark natürlich, und auch keinen echten Champagner; Prosecco tat es auch. Mal sehen, ob ich Simon überreden konnte, zur Feier des Tages in seinen schon etwas abgeranzten Smoking zu schlüpfen. Ich würde natürlich für das leibliche Wohl sorgen. Ein kaltes Büffet, und dazu eine schöne englisch-indische Reispfanne mit Fisch ... Ich brauchte eine Playlist und ein neues Kleid; eventuell sogar eines aus Taft. Ich liebe Taft und finde es jammerschade, dass er aus der Mode gekommen ist. Die Mädels von heute, die nie ein Ballkleid mit Schleife am Hintern getragen haben, wissen ja gar nicht, was sie verpassen! Hach, das würde bestimmt himmlisch – eine Mischung aus Zwanzigerjahre-Spektakel und Weihnachtsgala mit Fin-de-siècle-Anstrich. Als ich die Angelegenheit mit Simon besprach, war es im Grunde bereits beschlossene Sache, seine Einwände stießen auf taube Ohren.

Ich muss wohl nicht extra erwähnen, dass Peter meine Vision in Bausch und Bogen abwählte: Keine Weihnachtslieder, kein Eggnog, keine Cocktails, kein Blinde Kuh, keine Playlist, kein kaltes Büffet und vor allem kein Kedgeree. Ich argumentierte, all diese Dinge würden wesentlich zur Entstehung von #HappyMemories beitragen, die seine Gäste noch viele Jahre lang an einem Kamin sitzend Revue passieren lassen konnten, allein, Peter wollte nichts davon wissen, und Simon legte ein Veto gegen das Taftkleid ein. »Die Mode der Neunziger an sich mag ein Revival erleben, aber *die* Dinger ganz sicher nicht.«

Nach diesem niederschmetternden Urteil wollte ich mich zumindest in Sachen Cocktails durchsetzen, doch Peter fand meinen Vorschlag »übertrieben« und »schwachsinnig« und sagte, ich solle »einfach reichlich Kopparberg und Corona besorgen, wie jede normale Mutter das tut«.

»Und was sollen die Mädchen trinken?«, fragte ich.

»Na, Cider und Bier, was sonst?«

»Ich weiß nicht. Jane trinkt Kopparberg, aber es kann doch sein, dass die Mädels aus deiner Klasse anspruchsvoller sind.

Soll ich Gin besorgen? Vielleicht haben sie ja Lust auf einen Gin Tonic.«

»Lass mal, Gin Tonic ist was für alte Leute. Bier und Cider genügt vollauf. Und Wodka vielleicht, den mögen alle. Ach, ja, und Tequila.«

»Ich kaufe ganz sicher keinen Wodka, der verleitet zu unverantwortlichem Alkoholkonsum. Und erst recht keinen Tequila. Ihr werdet keine Shots trinken, hörst du?«

»Wo bleibt denn da die Logik, bitteschön? Gerade hast du noch angeboten, Gin zu besorgen; der ist mindestens genauso stark wie Wodka! Und letzte Woche hast du mit Hannah und Sam Shots getrunken, und hinterher hast du hier ein Blatt Küchenrolle mit Butter beschmiert und die Arbeitsplatte mit einer Scheibe Toastbrot abgewischt, ich hab's genau gesehen!«

»Das ist etwas anderes. Ich bin alt genug«, erklärte ich ihm, um einen würdevollen Tonfall bemüht.

»Wir auch.«

»Aber ich bin offiziell erwachsen, und ich weiß, was ich tue und wann ich genug hatte.«

»Ja, genau, nämlich wenn du aus den Latschen kippst«, ätzte Peter.

»Deine Gäste sind noch nicht volljährig«, erinnerte ich ihn. »Wir sollten also definitiv niemanden ermutigen, Hochprozentiges zu trinken.«

»Ach, jetzt chill mal, *Mutter*! Es wird schon nichts passieren.« Dann wechselte er das Thema. »Und, wie sehen eure Pläne für den Abend aus? So kommt ihr wenigstens mal wieder unter Leute, du und Dad.«

»Wir gehen nirgendwohin, Peter. Wenn hier eine Party steigt, dann nur in unserer Anwesenheit.«

»Was? Das geht nicht, Mum! Das wär megapeinlich!«

»Tja, tut mir leid, aber dieser Punkt ist nicht verhandelbar. Ohne uns keine Party.«

Peter machte einen auf *Kevin the Teenager*, aber ich blieb hart, da konnte er noch oft motzen und maulen, ich würde sein Leben ruinieren.

Am großen Tag fuhr Simon ihn pflichtschuldigst zu Millie Evans, wo das »Glühen« über die Bühne ging. Ich hatte mir gerade ein schönes Glas Rotwein eingeschenkt, als mein Göttergatte zurückkam, um mir bei den Vorbereitungen für die »Sause« zur Hand zu gehen.

»Hältst du das für eine gute Idee?«, fragte er. »Wir sind schließlich für die ganze Bande verantwortlich. Sollten wir da nicht besser nüchtern bleiben?«

»Naja, sie betonen andauernd, sie wären *keine* Kinder mehr. Und es ist auch bloß ein klitzekleines Glas Rioja. Ein hervorragender Rioja, nebenbei bemerkt. Hier, du solltest dir auch ein Glas genehmigen. Für die Mädels habe ich Prosecco besorgt, und ich mache eine Früchte-Bowle.«

»Mit Alkohol?«

»Nur ein bisschen.«

»So, so. Ich erinnere mich noch lebhaft an deine letzte Bowle.«

Ich winkte ab. »Keine Sorge, diesmal mache ich sie nach einem Rezept aus dem Internet. Letztes Mal habe ich in einer Spülschüssel wahllos alles zusammengekippt, was mir an Alkohol in die Finger kam, und dann Um-Bongo und Capri-Sonne dazugegeben.«

»Ich glaube, Um-Bongo ist inzwischen verboten, ich weiß

allerdings nicht, ob es am Namen liegt oder an den Farbstoffen.«

»Ist auch unerheblich, diesmal nehme ich nämlich frisch gepressten Orangensaft und Granatapfelsaft, ein wenig Malibu und einen Schuss Wodka. Und es kommen Erdbeeren und Blaubeeren rein. Ah, ich hab noch Cointreau, davon kommt auch noch ein Schuss rein. So. Hm. Nein, irgendetwas fehlt noch … Vielleicht etwas mehr Malibu? Jaaa. Selbstlob stinkt, ich weiß, aber das wird eine *verdammt* leckere Bowle. Und sieht sie nicht hübsch aus in meiner Bowle-Schüssel?«

Simon hob eine Augenbraue. »Wo kommt die denn her?«

»Home Bargains«, sagte ich stolz. »Die haben unheimlich viele Sachen, von denen man gar nicht wusste, dass man sie braucht, und alle supergünstig!«

»Darüber haben wir doch schon geredet, Ellen. Wenn du nicht *gewusst* hast, dass du das Zeug brauchst, dann hast du es nicht gebraucht, ganz egal, wie günstig es war.«

»Ach, papperlapapp. Und im Übrigen haben wir diese Schüssel *sehr wohl* gebraucht. Worin hätte ich denn die Bowle machen sollen, bitteschön?«, konterte ich betont gut gelaunt. Meine Bowle sorgte nämlich für gute Laune, so gesund und fruchtig, wie sie war! Die jugendlichen Gäste würden zweifellos begeistert sein, jawohl.

»Herrje, du wirst ja schon jetzt aufsässig … Wie viel Bowle hast du bereits intus?«

»Ich bin kein bisschen aufsässig«, knurrte ich. »Im Gegenteil, ich bin gut drauf, weil meine Bowle so lecker geworden ist. Hier, probier mal, dann bissu auch gut drauf.«

»Ach, scheiß drauf, warum nicht.«

Nach der Bowle-Verkostung mussten wir uns kurz hinlegen. Als wir gegen Mitternacht mit einem sehr trockenen Mund erwachten, weil die ersten Nachtschwärmer eintrudelten, sprang ich, wie es sich für eine gute Gastgeberin gehört, sogleich vom Sofa auf, um meine Bowle auszuschenken. Und weil mein Mund so trocken war, gönnte ich mir auch ein Gläschen. Die Jungs wollten lieber Bier, aber die Mädchen waren hin und weg.

»Siehst du, Liebes«, sagte ich zu Peter. »Ich wusste doch, dass das eine gute Idee ist. Du meine Güte, das sind ja ganz schön viele Leute, und da kommen noch mehr! Wie viele Gäste erwartest du denn?«

»Ach, so um die hundert«, sagte er leichthin.

»Okay ... Dann brauchen wir mehr Bowle.«

Mittlerweile war den Jungs aufgefallen, dass mein hübsches rosa Mädels-Gesöff deutlich mehr Umdrehungen hatte als ihr Bier, weshalb sie ebenfalls auf Bowle umstiegen, sodass ich mich schon bald gezwungen sah, noch eine dritte Ladung zuzubereiten. Bedauerlicherweise war der Fruchtsaft mittlerweile alle, dafür lokalisierte ich in der hintersten Ecke des Vorratsschranks ein paar Tetrapacks Gazpacho. »Tomaten sind auch Früchte«, sagte ich mir, kippte sie in die Schüssel und fügte Wodka, Brandy und einen ordentlichen Schuss aus einer betagten Flasche Portwein hinzu, die ebenfalls ganz hinten im Schrank gestanden hatte. Für den weihnachtlichen Duft rieb ich noch etwas Muskatnuss drüber. So!

Beschwingt trug ich die Schüssel ins Wohnzimmer und schwankte dann in den Garten, um ein Zigarettchen zu rauchen. Die Hälfte der Partygäste hatte sich hier draußen versammelt, und ich beäugte die Mädchen besorgt. Sie sahen alle umwerfend aus mit ihren langen, glänzenden Mähnen, aber ihre Kleider waren so kurz! Bestimmt würden sie sich allesamt die Nieren verkühlen. Sowas kann einem mit einem Taftkleid nicht passieren, Taft hält nämlich schön warm. Ich ließ mich auf die Bank neben der Hintertür plumpsen, steckte mir eine Kippe an und schnalzte missbilligend mit der Zunge, als ich sah, dass der Teenager, der schon vor mir dort gesessen hatte, einen Verdampfer in der Hand hielt.

»Das is' total ungesund. Warum tussu das? Normale Zigaretten sin' gesünder«, behauptete ich.

»Sind Sie Peters Mum?«

»Jep.«

»Kann ich dann 'ne Kippe haben, wenn rauchen schon so viel besser ist als dampfen?«

»'kay.«

»Wow. Sie sind echt cool.«

»Danke!«

Der Teenager goss sich den Rest seiner Bowle in die Kehle und musterte mich eingehend. »Und Sie sehen auch noch heiß aus. Hey, Pedro!« Er winkte meinem Sohn, der eben aus dem Haus kam, Arm in Arm mit einer Blondine, die offenbar ihren Rock vergessen hatte. Ihre armen Nieren. »Pedro, du hast nie erwähnt, dass deine Mum so eine MILF ist.«

Mein Sohnemann wirkte entschieden angesäuert.

»Was machst du hier, Mum?«, zischte er. »Dad ist vorhin ins Bett gegangen, solltest du das nicht auch tun?«

»Auf gar keinen Fall«, erwiderte ich streng, denn eben war mir wieder eingefallen, dass ich eine Verantwortung zu tragen hatte. »Ich muss euch beaufsichtigen, schon vergessen?«

»Ja, Pete, lass sie in Ruhe«, sagte mein neuer jugendlicher Freund. »Sie is' 'ne Granate, ey.«

Ich grinste Peter an. Ich war eine *Granate*, eine *MILF*, jawohl. Wahrscheinlich sollte ich pikiert sein, dass man mich mit einem derart chauvinistischen Ausdruck bedachte und zum Objekt abstempelte, aber irgendwie erfüllte es mich mit einem beschämenden Stolz, dass ich als Frau mittleren Alters noch über einen gewissen Sex-Appeal verfügte und nicht bloß als vertrocknete alte Schachtel betrachtet wurde, die die Wäsche und das Abendessen macht. Es schmeichelte mir, dass mein Anblick noch für Aufruhr in den Lenden eines jungen Mannes sorgen konnte. Ähem. Selbst wenn er so jung war wie mein Sohn.

»Noch eine Zigarette?«, fragte ich den Knaben.

»Rauchen schadet deiner Gesundheit, Mum«, knurrte Peter.

»Es ist nicht so ungesund wie dampfen«, behauptete ich erneut. »Wie wär's denn, wenn du Mami deine Begleiterin vorstellst, Pete?«

»Das ist Poppy«, sagte er mürrisch.

»Hi, Mrs. Russell«, flötete Poppy.

Was für eine wohlerzogene junge Dame, dachte ich. Hervorragendes Schwiegertochter-Material. »Und, amüsierst du dich schön, Poppy?«, erkundigte ich mich.

Die wohlerzogene Poppy nickte. »Ja, *tolle* Party.«

»Noch was zu trinken?«, fragte ich, stets die gute Gastgeberin. »Bowle? Shots?«

»Ooooh, Shots!« Poppys Augen leuchteten auf.

Ich wandte mich meinem neuen besten Freund zu, der zufrieden meine Camel Blue paffte. »Und du? Ich weiß noch gar nicht, wie du heißt.«

»Aidan.« Er grinste. »Aber alle nennen mich Donkey, weil …«

»Weil er so ein Esel ist«, unterbrach Peter ihn mit hochrotem Kopf.

Donkey zwinkerte mir zu, was mich vermuten ließ, dass das nicht der einzige Grund war, aber eine Lady verzichtet in so einem Fall auf Nachfragen.

»Also, Aidan – oder soll ich lieber Donkey sagen? Shots?«

»Scheiße, ja!«

»Dann kommt mal mit. Ich hab den Tequila im Schuppen versteckt. Und den Sambuca.«

Nachdem wir im Schuppen je drei Tequila- und Sambuca-Shots gekippt hatten, kehrten wir ins Haus zurück.

Unterwegs kam uns Peter in Begleitung einer brünetten Mitschülerin entgegen, deren Kleid sogar noch kürzer war als Poppys. Ich beschloss, ihm nicht nachzugehen, weil ich als Mutter gar nicht so genau wissen wollte, was er trieb, Hauptsache, er machte mich nicht zur Großmutter. Vor dem Ball hatte ich ihm eine Packung Gummis in die Hand gedrückt und ihn daran erinnert, welche Folgen es haben konnte, wenn er nicht aufpasste (»Ein Gör oder Gonorrhö, und glaub mir, das willst du beides noch nicht. Okay, zweiteres willst du auch später nicht.«), was er peinlich berührt über sich ergehen hatte lassen. Zudem war Dezember, und bei der Kälte draußen stand wohl kaum zu befürchten, dass die zwei auf dumme Gedanken kamen.

»Okay, ab aufs Parkett, Peters Mum!«, rief Donkey, der Peters sorgfältig zusammengestellte coole Playlist abgedreht hatte und auf mein Geheiß nun etwas von Blondie spielte.

Zu meiner Verwunderung gesellten sich sogleich etliche der anderen Anwesenden zu uns. Sie schienen sich blendend zu amüsieren, dabei hatte ich erwartet, sie würden verächtlich die Augen verdrehen in Anbetracht dieser Senioren-Mucke.

Ich hatte ganz vergessen, wie gern ich tanze. Früher habe ich viel getanzt – mit Hannah, mit Simon, und auch mit den Kindern, als sie noch klein waren ... Sie hatten damals zwar einen eher zweifelhaften Musikgeschmack, aber trotzdem. Wenn das Wetter zu nass und ein Ausflug in den Park daher ausgeschlossen war und mir das kindgerechte Fernsehprogramm mal wieder gründlich zum Hals raushing, warfen wir die Stereoanlage an und hüpften im Wohnzimmer herum. Leider war es damit vorbei, als sie in die Schule kamen; da fanden sie Tanzen mit Mami dann bereits uncool, genau wie alle anderen Unternehmungen mit Mami übrigens. Umso überraschter war ich, als gleich darauf Peter auftauchte – und zwar nicht mit der Brünetten, sondern mit Poppy im Arm – und sich bereitwillig unter die Tanzenden mischte.

Irgendwann verlangte Donkey nach weiteren Shots.

»Wir haben alles ausgetrunken«, sagte ich bedauernd.

»Kein Problem«, erwiderte er und torkelte von dannen, nur um gleich darauf voller Stolz mit einer Flasche Buckfast Tonic Wine in der Hand zurückzukehren.

Okay, das konnte unschön werden. »Auf keinen Fall«, erklärte ich entschlossen.

Offenbar war ich meinem Sohn mittlerweile nicht mehr peinlich, denn er sagte: »Ach, komm, Mum«, ganz nach dem Motto: »Wenn ich's nicht verhindern kann, mache ich eben mit.«

»Das ist echt guter Stoff. Trinken wir andauernd«, versicherte mir Donkey.

»Ja, der is' voll lecker«, lallte Poppy.

Donkey hielt mir bereits ein Glas von dem koffeinhaltigen Likörwein hin. »Prost, Peters Mum!«, rief er. »Na, los, runter mit dem Zeug!«

Ich schnupperte argwöhnisch daran. Es roch weniger übel als befürchtet, aromatisch und nach Kräutern. Wurde ja auch in einem Kloster hergestellt, und die Männer Gottes würden wohl kaum ein Gebräu mit tödlicher Wirkung verkaufen, oder? Ich holte tief Luft und leerte das Glas in einem Zug. Hm. Ganz annehmbar eigentlich. Donkey bestand auf einer zweiten Runde, und danach drückte mir Peter die Flasche in die Hand, weil er fand, das müsse für die Nachwelt festgehalten werden. Um das Foto zu machen, musste er allerdings Poppy loslassen, die sogleich gefährlich Schlagseite bekam.

»Alles in Ordnung, Poppy?«, fragte ich besorgt.

»Allesch gut«, murmelte sie. »Mir is' bloß 'n büsschen …« Sie begann zu würgen.

»Keine Panik!«, keuchte ich und sah mich nach einem Gefäß um, weniger um Poppys Wohl als vielmehr um meinen Teppich besorgt. Ich griff nach der Bowle-Schüssel und goss den Inhalt kurzerhand aus dem Fenster – was eine hervorragende Idee gewesen wäre, wenn das Fenster denn offen gestanden hätte … Aber gut, unverdaute Gazpacho an den Wänden war definitiv besser als Gazpacho, die Poppy schon mal intus gehabt hatte.

»Halt ihr die Haare aus dem Gesicht«, befahl ich Donkey und schaffte es gerade noch rechtzeitig, die Schüssel so zu platzieren, dass sich Poppy darin übergeben konnte. Peter beobachtete die Szene konsterniert.

»Vielen Dank auch, Mum!«, fuhr er mich verärgert an. »Ich war schon auf der Zielgeraden.«

»Tja, das wird heute nichts mehr, sie ist außer Gefecht«, sagte ich.

»Das seh ich.«

»Peters Mum?«, meldete sich Donkey zu Wort, der mit einem Mal erbsengrün um die Nase war. »Mir is' irgendwie auch schwummrig.«

»O Gott!« Ich war nicht in der Lage, etwas zu unternehmen, musste ich doch die Schüssel für Poppy halten, die weiter Malibu und Erdbeeren spie, als wollte sie den großen Vesuv-Ausbruch nachstellen. »Schaff ihn raus, Peter! Schnell!«

Peter packte Donkey und schleifte ihn durch die Verandatür in den Garten. Zum Glück besaß er im Gegensatz zu mir die Geistesgegenwart, vorher die Tür zu öffnen.

»Sorry!«, wimmerte Poppy. »Mir war auf einmal voll schlecht. Und jetzt muss ich schlafen.« Sie machte Anstalten, sich auf dem Boden zusammenzurollen.

»Aber doch nicht hier!«, rief ich. »Steh auf! Los, auf! ... Du da!« Ich packte einen großen Jugendlichen am Arm. »Du musst mir helfen. Wir bringen Poppy ins Zimmer meiner Tochter. Peter! Lass Donkey im Lavendel dösen und hilf uns hier, ja?«

Peter wirkte nun auch etwas blass, aber er behauptete, das liege nur an all der Kotze.

»Wo wohnt Poppy denn?«, fragte ich ihn.

»Ihre Eltern sind nicht da. Sie wollte heute mit Olivia und Ruby bei Maisie übernachten.«

»Gut, dann such Maisie und sag ihr, dass Poppy hier schlafen wird, und zwar im Zimmer deiner Schwester. Okay?«

Oben brachte ich das praktisch bewusstlose Mädchen vorsorglich mithilfe mehrerer Kissen in die stabile Seitenlage. Mein Verhalten war verantwortungslos genug gewesen für einen Abend; jetzt musste ich bei Poppy bleiben und auf sie aufpassen.

Ich lief nur noch einmal kurz nach unten, um Maisie, die gerade mit einigen der letzten Gäste das Haus verließ, genau das zu versichern. Aidans Vater war gekommen und entschuldigte sich wortreich bei mir, weil sein Sohn auf dem Weg zum Auto mehrfach lautstark kundtat: »Peters Mum is' 'ne Granate, Dad! Eine richtige MILF!«, während der Vater peinlich berührt »Jetzt halt den Mund und steig ein, Aidan!« zischte.

»Ich liebe Sie, Peters Mum!«, schrie Donkey noch, ehe sein Dad die Tür zuknallte und dann hastig den Wagen umrundete, wobei er »Tut mir wirklich *aufrichtig* leid, Mrs. Russell« murmelte. »Ich habe keine Ahnung, was er sich dabei gedacht hat und warum er überhaupt in einem derart desolaten Zustand ist.«

Ich ging wieder ins Haus und stellte fest, dass im Wohnzimmer noch etliche Jugendliche lagen, über diverse Möbelstücke verteilt. »Ihr Taxi ist nicht gekommen«, erklärte Peter zerknirscht. »Also hab ich ihnen gesagt, sie können über Nacht bleiben.«

»Verstehe.« Ich entwand einem friedlich schlafenden Teenager eine halbvolle Dose Bier und einem anderen einen Verdampfer. »Tja, ich schätze, sie zu wecken hat wenig Sinn.«

»Wie geht's Poppy?«,

»Sie wird's überleben. Und morgen einen ordentlichen Kater haben. Wieso warst du eigentlich vorhin mit diesem anderen Mädchen im Garten?«

»Ach, das war bloß Lola. Sie steht auf Donkey, und ich steh auf Poppy, also haben wir versucht, die zwei eifersüchtig zu machen, aber sie waren mehr an deinen Shots interessiert.«

»Tja, schon ärgerlich, wenn einem die eigene Mutter die Tour vermasselt.«

»Was?«

»Ach, nichts, Liebes. Es freut mich, das zu hören. Zwei Mädchen an einem Abend anzumachen, das fände ich moralisch bedenklich.«

»Ach, aber das Mädchen, bei dem ich landen wollte, abzufüllen, das ist okay, oder wie?«

»Das war keine Absicht. Apropos, ich sollte raufgehen und nach Poppy sehen.«

Ich verbrachte eine weitgehend schlaflose Nacht in Janes Zimmer, weil ich alle zwanzig Minuten hochschreckte und überprüfte, ob Poppy noch atmete. Am darauffolgenden Morgen schleppte ich mich gegen neun nach unten, weil ich hörte, dass Simon aufgestanden war.

Ich fand ihn im Wohnzimmer.

»Was zum Teufel ist hier passiert, Ellen?«, flüsterte er entgeistert und ließ den Blick über die reglosen Körper und die mit Gazpacho besudelten Wände wandern. »Sind sie tot? Ist das Blut? Gab es ein Massaker?«

»Nein, das ist Gazpacho.«

»Gazpacho? Und wer hat das Zeug auf unsere Wände, Fenster und Vorhänge verteilt? Und warum?«

»Das war ich. Wir ... hatten keinen Fruchtsaft mehr.«

»Und was ist damit?« Er nahm eine leere Tequila-Flasche zur Hand. »Hattest du nicht gesagt: ›Keine Shots‹?«

»Die ist nicht von uns. Ich konnte schließlich nicht überall gleichzeitig sein, nachdem du mich im Stich gelassen hast und ins Bett gegangen bist«, sagte ich ungehalten.

»Ich hab die Hunde mit nach oben genommen, weil sie vollkommen aus dem Häuschen waren, und außerdem war ich nach zwei Gläsern Bowle total knülle. Wenn ich nicht ins Bett gegangen wäre, hätte ich die Nacht bewusstlos auf dem Sofa verbracht, inmitten von feiernden Teenagern.«

»Jedenfalls ist das alles halb so schlimm«, behauptete ich etwas halbherzig. »Wenn ich erst gesaugt habe, sieht es bestimmt gleich viel besser aus.«

»Oder wir brennen das Haus nieder, dann sieht es bestimmt auch gleich viel besser aus«, erwiderte Simon mit finsterer Miene. »Ich hab dir doch gesagt, das ist keine gute Idee. Insbesondere das mit der Bowle.«

Peter kam auf unsicheren Beinen herein und blickte sich um. »Shit, hier sieht's ja ganz schön aus. Aber die Party war echt allererste Sahne. Alle haben sich super amüsiert. Also, danke, ihr seid beide der Hammer. Vor allem du, Mum.«

Ich wandte mich selbstgefällig grinsend zu Simon um. »Siehst du? Wir haben unserem Sohn einen denkwürdigen Abend beschert. Ich wüsste nicht, was daran schlecht sein soll.«

»Jemand hat unter den Weihnachtsbaum gekotzt«, erwiderte er bloß.

»Shit. Okay, am besten fangen wir gleich an, klar Schiff zu machen. Und diese Torfnasen hier sollen sich gefälligst auch nützlich machen.« Ich deutete auf die im Wohnzimmer herumliegenden Jugendlichen. »haaaalloooo! Aufwachen! Für alle, die beim Aufräumen helfen, gibt es nachher Bacon Sandwiches!«

Die jungen Leute entpuppten sich als einigermaßen kooperativ, sobald sie wieder bei Bewusstsein waren, sodass die Operation Clear-Up zügig voranschritt. Einziger Wermutstropfen war, dass auch jemand in Simons im Flur stehende Schuhe gekotzt hatte, eine Entdeckung, auf die der Besitzer nicht eben erfreut reagierte.

Nach etwa einer Stunde tauchte Donkey auf. »Hallo, Peters Mum. Mein Dad meinte, ich hab mich gestern danebenbenommen«, sagte er verlegen und hielt mir einen vor sich hin welkenden Strauß Chrysanthemen von der Tanke hin. »Ich wollte mich entschuldigen und fragen, ob ich helfen kann.«

Ich nahm ihm das erschlaffte Grünzeug ab und nickte gnädig. »Danke, Aidan.« Ihn Donkey zu nennen erschien mir nun, in nüchternem Zustand, unpassend. »Du kannst übrigens ruhig Ellen zu mir sagen.«

Er strahlte mich an. »Echt? Cool, danke, Ellen.«

»Wer ist denn der Grünschnabel mit dem schmachtenden Blick, der dir auf Schritt und Tritt folgt?«, wollte Simon kurz darauf von mir wissen.

»Das ist Donkey«, flüsterte ich. »Ich glaube, er ist ein bisschen in mich verknallt.«

»Was? Das ziemt sich nicht! Was soll das werden, eine Art Mrs.-Robinson-Nummer?«

»Ach, sowas kommt bei Jungs in dem Alter schon mal vor. Kein Grund zur Sorge. Ich hab ihm gerade aufgetragen, das Klo unten zu putzen, und das war in einem derart gruseligen Zustand, dass er sich inzwischen garantiert schon wieder entliebt hat. Herrje, wer kommt da nun wieder?«

Es war Jane, die ursprünglich erst tags darauf mit dem Zug aus Edinburgh hatte anreisen wollen, aber dank einer Mitfahrgelegenheit schon heute in die Weihnachtsferien gestartet war. Sie hatte sich nicht angekündigt, um uns zu überraschen, und war außer sich vor Wut – zum einen, weil wir Peter erlaubt hatten, eine Party zu schmeißen, was wir ihr stets verwehrt hatten (»Der Gipfel der Ungerechtigkeit!«), zum anderen, weil Poppy noch immer in ihrem Bett lag und schlief.

»Also ehrlich, Mutter«, keifte Jane, »ich bin gerade mal ein paar Monate an der Uni, und du quartierst bereits wildfremde Menschen in meinem Zimmer ein? Und überhaupt – warum darf Peter nicht bloß eine Party schmeißen, sondern auch noch ein Mädchen hier übernachten lassen? Ich durfte nie einen Jungen über Nacht einladen! Wahrscheinlich haben sie es sogar in meinem Bett getrieben! O Gott, mir wird schlecht. Ihr könnt das Bett gleich verbrennen.«

»Krieg dich wieder ein, Jane«, sagte ich. »Poppy hat nur *eine* Nacht in deinem Zimmer verbracht, von Einquartieren kann also keine Rede sein, und bei dem Zustand, in dem sie war, ist völlig ausgeschlossen, dass Peter irgendetwas mit ihr getrieben hat, zumal ich die ganze Nacht danebengelegen habe, um auf sie aufzupassen.«

Peter provozierte seine Schwester derweil mit Zwischenrufen à la »Wer will dich schon vögeln«, worauf sie ihm ihre Lieblingsbeleidigung (»Fick dich ins Knie!«) an den Kopf warf.

Donkey kam aus der Toilette, um nachzusehen, was es mit dem Gebrüll auf sich hatte, und glotzte die Zeter und Mordio schreiende Jane mit offenem Mund an.

»Wer zum Teufel ist das, Alter?«, fragte er Peter.

»Meine schwachsinnige Schwester.«

»Heißes Teil, ey. Sogar noch heißer als deine Mum. Hi, ich bin Donkey.«

»Verpiss dich, Donkey«, fauchte Jane und stürmte davon.

»Ich glaub, da geht was«, verkündete Donkey verzückt, und der verliebte Blick, der eben noch mir gegolten hatte, ruhte nun auf meinem entschwindenden Töchterlein. Ach ja, der Wankelmut der Jugend!

»Na, zufrieden? Das war's dann mit der Mrs.-Robinson-Nummer«, sagte ich zu Simon, doch der hatte ohnehin andere Sorgen.

»Ich frage mich, ob wir den Gestank je wieder aus dem Haus kriegen.«

»Was genau jetzt – den Gazpacho-Malibu-Mief, die Duftwolken von *Axe Africa* und Teenie-Parfum oder die Körperausdünstungen frustrierter, hormongesteuerter Teenager?«

»Alles zusammen. Die Vorhänge können wir definitiv entsorgen.«

»Und die Bowle-Schüssel ebenfalls.«

»Tja, aber zumindest ist Peter happy, und es ist schön, dass Jane wieder da ist ...«

Wie auf ein Stichwort kreischte Jane in der Küche: »Peter, sag diesem sexbesessenen Spinner, er soll sich gefälligst verpissen!« Peter konterte mit »Verpiss du dich doch, du blöde Kuh!« Im selben Moment kam Poppy die Treppe runter. Sie sah aus, als würde sie am liebsten im Boden versinken.

»Sie sind da drin!« Ich deutete auf die Küchentür und dachte neidisch bei mir, wie schön es doch wäre, nochmal siebzehn zu sein und nach einer Party, bei der man sich die Seele aus dem Leib gekotzt hatte, auszusehen wie das blühende Leben, den zerknitterten Klamotten vom Vorabend und der über die halbe Wange verschmierten Wimperntusche zum Trotz. Als Poppy die Küche betrat, ging das Theater von neuem los, weil Jane gleich noch zu einem Schlag gegen das Patriarchat ausholte, indem sie Poppy riet, sie solle sich bloß von ihrem »bekloppten Loser-Bruder« fernhalten.

Den schockverliebten Donkey ignorierte sie konsequent, dennoch beehrte er uns bis zum Ende der Ferien täglich, sofern sie zu Hause war; nur am Weihnachtstag machte er eine Ausnahme. Und da er mit seiner Gutmütigkeit und Diensteifrigkeit sowohl meine Kinder als auch alle ihre anderen Freunde in den Schatten stellte, missbrauchte ich ihn schamlos, indem ich ihm all die Aufgaben übertrug, zu denen sich Peter und Jane nur herabließen, wenn ich lautstark auf ihre Erledigung pochte: Er fütterte die Hühner, brachte den Müll raus und half mir bei der Entsorgung des Weihnachtsbaumes, und als er mit Janes Rückkehr nach Edinburgh seine Besuche einstellte, fehlte er mir sehr; womöglich sogar mehr, als mir Jane fehlte. Und da die Kinder dieses Jahr beide an Weihnachten nicht nach Hause kommen, wird sich wohl auch mein treuer Diener Donkey nicht bei uns blicken lassen. Seufz.

Gegenwart

»Mannomann«, sage ich nachdenklich, während ich mich bettfertig mache. »Wir hatten echt nochmal Glück, was Peters Party voriges Jahr angeht.«

»Glück? Inwiefern?«, wiederholt Simon konsterniert.

»Naja, mein Vater sagte immer, eine richtig gute Party erkennt man daran, dass sie mit einer Schlägerei, einer Scheidung und einer ungewollten Schwangerschaft endet. Es gab keine Schlägerei, und ich hatte zwar kurz die Befürchtung, du könntest dich wegen der Gazpacho-Flecken von mir scheiden lassen, aber am Ende hast du es ja doch mit Humor genommen, und wieso es bei all den besoffenen, notgeilen Teenagern zu keiner ungeplanten Schwangerschaft gekommen ist, kann ich mir bis heute nicht erklären.«

»Das hätte uns gerade noch gefehlt«, ächzt Simon. »Vor allem, wenn Peter involviert gewesen wäre. Ich bin noch nicht bereit, Großvater zu werden, also keine ungeplanten Schwangerschaften, bitte.«

Ich habe gerade angefangen, mir die Zähne zu putzen, jetzt erstarre ich mitten in der Bewegung.

Simon hebt eine Augenbraue. »Was ist? Was hast du?«

Ich spucke aus, renne ins Schlafzimmer und konsultiere den Kalender auf meinem Handy. Sechs Wochen. Sechs Wochen seit meiner letzten Periode!

»Was ist denn?«, fragt Simon erneut.

»Zähl nach!«, rufe ich panisch. »Wie viele Wochen sind seit dem 24. Oktober vergangen?«

»Fast sieben, wieso?«

»Weil ich da zuletzt meine Tage hatte!«, heule ich.

»Hast du denn nicht gemerkt, dass du überfällig bist?«, fragt Simon entsetzt. »Ich dachte, du verwendest eine Perioden-App?«

»Die hab ich deinstalliert, weil irgendwo stand, dass die Daten an Tamponhersteller weitergegeben werden und man danach mit Werbung bombardiert wird. Tja, nachdem ich in letzter Zeit so viel um die Ohren hatte, war mir gar nicht bewusst, wie lange die letzte Erdbeerwoche schon her ist, und jetzt bin ich bereits zum zweiten Mal überfällig! Hm, und wenn ich so drüber nachdenke, merke ich, dass mein Busen spannt, und schlecht ist mir auch.«

»Kann es sein, dass du dir das einredest? Du hast nichts in der Richtung erwähnt. Und wenn dir wirklich übel wäre, hättest du vorhin beim Essen wohl nicht so zugelangt, vom Wein ganz zu schweigen.«

»Ich weiß auch nicht … Gott, was für eine Katastrophe. Was, wenn ich tatsächlich schwanger bin?«

»Das *kann* nicht sein. In deinem Alter? Du machst doch eine Hormonersatztherapie, oder? Und was ist mit der Spirale?«

»Man kann trotz Spirale und Hormonersatztherapie schwanger werden. Es ist zwar nicht ratsam, aber es kommt durchaus vor. Manche der betroffenen Frauen sind schon deutlich über fünfzig!«

»Echt jetzt?«

Wir starren uns an.

»Andererseits wüssten wir diesmal wenigstens, welche Fehler es zu vermeiden gilt … Was für eine Vorstellung – nächstes Jahr um diese Zeit noch einmal ein Baby zu haben, noch einmal ein allererstes Weihnachtsfest zu feiern …«

Simons Gesicht ist aschfahl. »Nein. Das hatten wir alles schon, zwei Mal sogar. Dafür sind wir zu alt. Denk an die Frau beim Baby-Musizieren, die du für die Oma gehalten hast, dabei war sie die Mutter! Wenn man mit über dreißig schon als Spätgebärende gilt, was wärst du dann?«

»Erfahren? Reif? Keine Ahnung. Aber wir würden das schon wuppen.«

»Wie denn? Das ist eine Katastrophe! Bis das Kind achtzehn ist, sind wir längst tot!«

»Nein, sind wir nicht.«

»O doch. Tod infolge von Stress und Erschöpfung«, beharrt Simon. »Wir haben es doch schon die ersten zwei Mal nur mit knapper Not überlebt.«

»Ja, aber inzwischen ist alles anders. Wir haben mehr Zeit, mehr Geld und mehr Erfahrung.«

Insgeheim sage ich mir, nachdem der erste Schock abgeebbt

ist: Wir kriegen noch eine Chance. Die Chance, so einiges anders zu machen. Das ist meine Chance, eine tiefenentspannte Mami zu sein; eine, die beim Backen nicht schimpft, sondern lacht, wenn der Nachwuchs die Eier auf den Boden statt in die Schüssel fallen lässt. Meine Chance, mich mit Play-Doh anzufreunden. Meine Chance, das Baby von Geburt an Insta-fähig zu machen!

Ich bedauere es bis heute, dass ich die Phase verpasst habe, in der ich wie unzählige andere Mamis auf Facebook Bilder von meinen kleinen Lieblingen hätte posten können – ätherisch wirkende Schnappschüsse von Kindern, die, von hinten beleuchtet, in wallenden weißen Kleidchen über eine Wiese laufen. Natürlich sträubte sich mein Nachwuchs vehement gegen diese Art Fotos. Jane bekam jedes Mal Pusteln von den Pestiziden, und Peter plumpste unweigerlich in einen Kuhfladen. (Warum gab es eigentlich auf den Wiesen, auf denen die Kinder anderer Mütter herumtollten, weder Pestizide noch Kuhfladen?) Gut, meine beiden hatten sich im Vorfeld gezankt und waren deshalb ohnehin nicht dazu zu bewegen, sich für das perfekte Foto mit der obligatorischen Unterschrift #HappyMemories an den Händen zu halten.

»Hast du keinen Test da?«, fragte Simon. »Womöglich zerbrechen wir uns ja ganz unnötig den Kopf.«

»Keine Ahnung. Ich sehe mal nach.«

Tatsächlich findet sich ganz hinten im Badezimmerschrank noch eine Packung brauchbarer Schwangerschaftstests (naja, erst im November abgelaufen).

Ich gehe damit ins Schlafzimmer und halte sie Simon hin. »Hier, sieh mal!«

»Was soll ich damit? Den Test musst schon du machen.«

»Kommst du mit?«

»Klar.«

Er pfeift vor sich hin und guckt diskret in die andere Richtung, während ich auf das Stäbchen pinkle, und dann warten wir. Nie vergeht die Zeit so langsam wie in den paar Minuten, in denen man gespannt abwartet, wie viele Linien auf diesen kleinen Plastikdingern erscheinen. Schon sehe ich einen kleinen Weihnachtsstrumpf am Kamin hängen, sehe ein winziges festliches Samtkleidchen vor mir oder alternativ einen Strampler mit aufgedrucktem Anzug und aufgenähter Fliege ... Diesmal werde ich mich nicht mit Süßkram vollstopfen, damit ich im Jahr darauf pünktlich an Weihnachten wieder rank und schlank und strahlend schön bin. Mein Haar wird dank der Schwangerschaftshormone noch voll und glänzend sein, zumal ich diesmal *alle* empfohlenen Nahrungsergänzungsmittel einnehmen werde, damit es nicht trocken, krisselig und dünn wird. Ich werde es mir nonchalant über die Schulter streifen, dabei mein Baby auf der Hüfte huppeln und fröhlich lachend sagen: »Ja, beim dritten Kind ist alles so *einfach!* Da weiß man, was man tut, und das Baby wird wie von allein ein Teil deines Lebens.«

Während ich auf Instagram schon mal nach passenden Namen für meinen neuen Account suche, tigert Simon nervös im Bad auf und ab. Irgendwann bleibt er stehen und sieht mich mit sorgenvoller Miene an.

»Was auch immer der Test ergibt, es wird alles gut«, sagt er. »Wir schaffen das.«

Endlich klingelt der Timer. Wir spähen auf den Test. Ein Strich.

»Shit«, haucht Simon.

»Herrgott nochmal, Simon, das ist der Kontrollstrich! Warum kannst du dir das nicht merken, obwohl ich im Laufe der Jahre schon so viele Tests gemacht hab? Ein Strich bedeutet *nicht* schwanger.« Ich spüre, wie mich unerwartet eine Welle der Traurigkeit erfasst, wobei ich nicht sagen kann, ob ich nun mein Insta-fähiges Baby betrauere oder meine verlorene Jugend und meine leere, vor sich hin schrumpfende Gebärmutter.

»Jaaaaaaaa!«, johlt Simon und boxt in die Luft. »Gott sei Dank! O Mann, was für eine Erleichterung! Da haben wir ja echt nochmal Glück gehabt.« Er bricht ab. »Warte mal. Was ist, wenn das Ergebnis nicht stimmt? Ist da noch ein Test in der Schachtel? Okay, dann mach den sicherheitshalber auch. Los, los!«

»Ich muss aber nicht mehr«, wende ich ein.

»Komm schon, Ellen, du musst doch ständig. Seit wir uns kennen, gab es nicht einen einzigen Augenblick, in dem du nicht für kleine Mädchen gemusst hast, also wirst du ja wohl wenigstens ein paar Tropfen rauspressen können.«

»Okay, ich versuch's.« Ich gehe in Position und konzentriere mich. Vielleicht stimmt das Ergebnis ja tatsächlich nicht, dann besteht noch Hoffnung.

Doch der zweite Test bestätigt das Resultat: nicht schwanger. Als Simon meinen Gesichtsausdruck sieht, hört er auf, im Bad herumzuhüpfen und das *Halleluja* von Händel zu schmettern.

»Was ist los? Freust du dich nicht? Du wolltest doch gar nicht schwanger sein, oder? Du hast so gelitten während deiner Schwangerschaften, und nach Peters Geburt hast du klipp und klar gesagt, du willst keine weiteren Kinder, das wäre dir zu viel. Du hattest doch bei jedem falschen Alarm viel mehr Angst als ich, dass du tatsächlich noch eins kriegen könntest!«

»Ja, ich weiß.« Ich nicke. »Aber das ist schon eine ganze Weile her. Damals hätte ich tatsächlich nicht die Energie gehabt, mich um noch ein Kind zu kümmern. Ich wäre komplett überfordert gewesen. Aber jetzt, wo Peter und Jane groß sind und mich nicht mehr brauchen, weiß ich nichts mit mir anzufangen, und da wäre es schön gewesen, noch eine Chance zu kriegen und gewissermaßen Wiedergutmachung leisten zu können. Diesmal hätte ich alles perfekt hingekriegt.«

»Was willst du denn wiedergutmachen?«

»Na, alles, was ich bei Jane und Peter falsch gemacht hab. Ich war so oft gereizt, müde, ungeduldig ... Und ich hab sie angelogen, habe abends behauptet, es sei schon spät, damit ich sie ins Bett stecken kann. Ich war fies und genervt und übergriffig. Genau deswegen redet Jane ja nicht mehr mit mir, womöglich nie wieder! Das hier wäre *die* Gelegenheit gewesen, nochmal von vorn anzufangen, aber jetzt ist der Zug abgefahren, und alles, was mir bleibt, ist meine allmählich vertrocknende Gebärmutter.«

»Unsinn, von Vertrocknen kann keine Rede sein. Und die Fehler der Vergangenheit lassen sich nicht korrigieren, indem man beim nächsten Mal alles anders macht. Jetzt sind wir dran, Ellen! Das ist unsere Chance, all das zu tun, was wir immer tun wollten!«

»Was denn?«

»Naja ... Reisen zum Beispiel!«

»Das sagen alle, aber du hasst Reisen. Und Menschenmassen. Also, was machen wir künftig mit unserer Zeit?«

»Keine Ahnung. Uns wird schon etwas einfallen. Wir fangen an zu gärtnern oder machen Feng Shui.«

»Feng Shui?«

»Ja, du weißt schon, tief atmend unter Bäumen stehen und mit den Armen wedeln.«

»Das ist Tai Chi.«

»Ach so. Was ist dann Feng Shui?«

»Feng Shui dient sehr vereinfacht gesagt der Harmonisierung von Wohnräumen.«

»Okay, das nicht. Egal – du hast recht, wir waren so lange ausschließlich Eltern, dass wir gar nicht mehr wissen, wer wir eigentlich sind. Aber das können wir jetzt rausfinden.«

»Und was ist, wenn wir die, zu denen wir geworden sind, nicht ausstehen können? Oder wenn wir nie rausfinden, wer wir sind, und den Rest unseres Lebens in einer Art amorphem Schwebezustand verbringen, wie ... Ektoplasma?«

»Ektoplasma? Wie meinst du das?«

»Naja, irgendwie konturlos und lahm. Was ist, wenn wir gar keine eigene Persönlichkeit mehr haben? Oder aber eine, die total unsympathisch ist?«

Simon hilft mir vom Boden auf und streicht mir über die Wange. »Hör auf, dir Sorgen zu machen. Du bist nicht schwanger, wie es aussieht, das heißt, wir können gleich morgen damit anfangen, herauszufinden, wer wir sind. Und jetzt gehen wir erst einmal ins Bett.«

MITTWOCH, 13. DEZEMBER

Irgendwie habe ich das Gefühl, ich sollte allmählich in Panik geraten, nur: wieso eigentlich, wo wir doch an Weihnachten nur zu zweit sind? Die Kinder wollen Geld, und dazu gibt es eine Kleinigkeit in den Weihnachtsstrumpf. Simons Geschenk habe ich bereits gekauft und eingepackt – er kriegt unserer Tradition entsprechend einen neuen Fleece-Pulli, was ich schrecklich lieblos finde, er dagegen ist ein großer Fan dieser Tradition. Für Mum und Sylvia habe ich Schals besorgt, für Michael und Geoffrey Portwein. Den Geschenkeaustausch mit unseren Geschwistern haben Simon und ich schon vor Jahren eingestellt, eine Entscheidung, der Louisa nur widerstrebend zugestimmt hat, weil sie und ihre sechs Kinder immer ordentlich abgesahnt haben.

Wie dem auch sei, es kommt mir irgendwie unnatürlich vor, um diese Jahreszeit *nicht* in Panik auszubrechen, weil ich noch nicht für jeden das perfekte Geschenk habe. Diese Panik ist tief in mir verankert und gehört neben dem Genuss von Baileys zu meinen Lieblingshobbys im Dezember. Ich habe Jahre meines Lebens darauf verschwendet, Hochglanzmagazine und Wochenendbeilagen von Tageszeitungen zu durchforsten in dem

Bestreben, für jeden Menschen in meinem Umfeld ein passendes, angesagtes Weihnachtsgeschenk zu finden. Dabei sind die Empfehlungen in den einschlägigen Medien jedes Jahr genau dieselben, und jedes Jahr nehme ich mir vor, dem Kapitalismus und Konsumzwang diesmal eine Absage zu erteilen und stattdessen mit selbst gebastelten Gaben Freude zu verbreiten – mit liebevoll gestalteten Geschenken, die den Empfängern signalisieren, wie viel sie mir bedeuten. Und dann fällt mir wieder ein, wie es ausging, als ich genau das tatsächlich versucht habe.

Vor 14 Jahren

Es war in dem Jahr nach dem Vorfall mit James. Jane war sechs (und führte sich auf wie eine Sechzehnjährige), Peter war vier und fand nichts lustiger als pupsen (das ist bis heute so). Ich kann wohl mit Fug und Recht behaupten, dass ich Ablenkung brauchte und nach meinem kurzen Auftritt als schamlose potentielle Ehebrecherin zugleich den Drang verspürte, eine bessere Ehefrau und Mutter zu sein, nachdem ich – wenn auch nur theoretisch – eine Affäre mit einem Golfer mit fliehendem Kinn in Erwägung gezogen hatte. Ich dachte: Wenn ich schon kein gebildeter, belesener Mensch bin, dann kann ich ja zumindest wie Nigella Lawson eine Göttin von Heim und Herd werden.

Wie ich sehr bald merkte, ist das ganz schön anstrengend. Die Zubereitung von Orangenmarmelade beispielsweise war in meiner Vorstellung ein herzerwärmendes gemeinsames Erlebnis gewesen, bei dem die Kinder, in lange Schürzen gehüllt, lachend am Herd standen und fleißig in dem riesigen Topf rührten. Das Ergebnis war ernüchternd: eine glibberige, träge vor sich hin blubbernde gelbe Masse, die nach verbranntem Zucker und bitterer Enttäuschung schmeckte. Doch davon ließ ich mich nicht entmutigen, getreu Granny Greens Wahlspruch »Entscheidend ist nicht das Resultat, sondern dass man sich angestrengt hat.«

Meine Begeisterung war groß, als ich in einem Second-Hand-Laden auf eine Ausgabe des Buches *Coping with Christmas* von Fanny und Johnny Cradock stieß. Es war in den 1960ern erschienen, aber egal – ein ganzes Buch, in dem es nur darum ging, wie man Weihnachten am besten hinter sich brachte! Der Titel machte keinen Hehl daraus, dass Weihnachten eine Zeit der Hektik und Herausforderungen war, die es zu *bewältigen* galt, wohingegen einem alle anderen Werke Lügenmärchen von Zauber, Magie und Mythos auftischten, die ich allesamt für bare Münze gehalten hatte. Tja, jetzt können diese Schwindler einpacken, dachte ich – Nigella, Jamie, und auch du, liebe Delia – alles Schwindel, was Zeitschriften wie *Good Houskeeping* und *Country Living* verbreiten; Weihnachten ist harte Arbeit und muss *bewältigt werden.* Anderenfalls hätten die Scheidungsanwälte in der Zeit zwischen Weihnachten und Silvester wohl kaum deutlich mehr zu tun als das ganze restliche Jahr über! Nein, Fanny Cradock hatte es erkannt: Man kann nicht einfach so durch die Weihnachtszeit segeln, ohne auch nur einmal ins Schwitzen zu kommen oder sich die Haare zu raufen, vielmehr gilt es, sie erfolgreich zu überstehen, und mithilfe dieses Nachschlagewerks würde mir das gelingen, ohne dass ich am Weihnachtstag mit einer Flasche Baileys und einem Nervenzusammenbruch in der Garage hockte und heulte, weil ich verdammt noch mal ALLES BEWÄLTIGEN WÜRDE!

Das Buch enthielt für jeden Monat praktische Tipps, die dazu beitragen sollten, die Weihnachtszeit zu *bewältigen*. Ich war bereits an der ersten Hürde gescheitert, denn ich hatte im Januar weder Plum Pudding noch Weihnachtskuchen auf Vorrat gemacht, und im Februar hatte ich es verabsäumt, die Kartoffeln für das Weihnachtsmahl zu setzen, aber noch war nicht aller Tage Abend, denn man konnte auch im Juni vielerlei Vorbereitungen treffen. Gut, das mit dem Muskatellertraubengelee, in das die »beim Ausdünnen der Stachelbeersträucher geernteten Früchte« kommen sollten, würde wohl nicht mehr klappen, aber Fanny Cradock hatte ein wunderbares Rezept für ein Weihnachtspotpourri auf Lager, yippie! Was konnte es Weihnachtlicheres geben? Bestimmt verströmte es ein viel angenehmeres Aroma als Duftmischungen von Home Bargains, über die sich Simon dann die gesamte Weihnachtszeit lang beschwert, weil sie »nach Verwesung« riechen.

Allerdings hätte mich wohl schon die erste Zeile stutzig machen sollen: Die Rosenblätter sollten nämlich »in der Morgensonne« gesammelt werden – wohlweislich »erst, wenn der Tau getrocknet ist«. Ich fragte mich unwillkürlich, ob dabei wohl auch die Mondphase zu berücksichtigen war. Die gesammelten Blütenblätter mussten jedenfalls allen möglichen komplizierten Prozeduren unterzogen werden, von denen ich noch nie gehört hatte, aber dafür gibt es ja das Internet. Ich bestellte also pflichtschuldigst Iriswurzelpulver, Bergamottöl und Styrax (was auch immer das sein mochte). Wie ich schon bald merkte, war die gute Fanny geradezu besessen von ihrem Potpourri; jeden Monat schrieb sie, man müsse im Laufe des

Jahres »immer wieder dafür sorgen, dass es sich richtig entwickelt«. Fragte sich bloß, wie. Sollte ich es etwa mit motivierenden Sprüchen à la »Nur weiter so, du schaffst das!« ermutigen? Ich beschloss, es einfach in den Schrank zu stellen und etwas ruhen zu lassen, dann würde es zur schönsten Zeit des Jahres hoffentlich einen angemessen festlichen Duft verbreiten.

Erste Zweifel kamen mir, als es hieß, man solle Buschbohnen einfrieren, Zuckerglasur-Pinguine anfertigen und aus geschmolzener Schokolade Schwäne formen. Mir erschloss sich nicht ganz, inwiefern das zur *Bewältigung* von Weihnachtsstress beitragen sollte. Mit der Empfehlung, Tannenzapfen für selbstgebastelten Weihnachtsschmuck zu sammeln, konnte ich schon mehr anfangen. Ich war ausgesprochen stolz auf meine vorausschauende Planung, als ich meine Ausbeute in der Garage deponierte, wo das Zeug umgehend in Vergessenheit geriet.

Und noch ehe ich die Anfertigung der Schokoladeschwäne angehen konnte, machte Louisa all meine Pläne zunichte, indem sie ihre große Einladung aussprach. Sie hatte kürzlich wieder geworfen, äh, ein Mondkind in die Welt gesetzt, dessen Name offenbar noch geheim war, und aus diesem Anlass sollten wir alle nach Schottland kommen und mit ihnen Weihnachten feiern – in dem von Bardo betriebenen Retreat, von dem er allen gegenteiligen Beweisen zum Trotz behauptete, es handle sich um ein tragfähiges Geschäftsmodell.

Ich hegte zwar meine Zweifel, dass das eine gute Idee war, aber Sylvia und Michael waren ebenfalls eingeladen und hatten bereits zugesagt, und außerdem waren sie an der Reihe, Weihnachten mit ihren Enkeln zu verbringen, denn im Jahr davor waren wir über die Feiertage bei meinem Vater und seiner aktuellen Ehefrau gewesen.

»Aber ich hatte schon alles bis ins kleinste Detail geplant!«, jammerte ich. »Ich wollte ein Gesteck aus Chrysanthemen in Form einer Ananas für die Festtagstafel machen!«

»Wieso das denn?«

»Weil es in Fannys Buch steht. Und ich habe Dörrpflaumen in Portwein eingelegt.«

»Igitt.«

»Dörrpflaumen in Portwein schmecken festlich. Ich bereite mich seit Monaten auf Weihnachten vor, und jetzt geht Louisa hin und ruiniert alles!«

»Ach, komm, Ellen, die Pflaumen halten sich doch sicher bis nächstes Jahr, und wenn du derart erpicht darauf bist, eine Ananas aus Chrysanthemen zu basteln, dann tu das und stell sie einfach bei Louisa auf den Tisch. Außerdem musst du dann wenigstens mal nicht kochen, und Mum auch nicht. Ihr könnt euch entspannen und ein bisschen Quality Time miteinander verbringen. Das würde euch bestimmt guttun. Na, wie klingt das?«

»Schön«, sagte ich matt. Zugegeben, die Vorstellung, den von Fanny Cradock auferlegten Vorbereitungsmarathon abzubrechen, war durchaus verlockend, zumal ich unter anderem noch nicht einmal einen Versuch unternommen hatte, selbst eine Worcestershire Sauce zuzubereiten. Inzwischen war ich krankhaft besessen von dem Gedanken, dass ich nur alles wie im Buch angegeben machen musste, dann würde Weihnachten dieses Jahr endlich perfekt werden. Aber dafür hätte ich noch wilde Kastanien für die selbstgemachten *Marrons Glacés* sammeln und mich um die kandierten Früchte und die Maraschino-Kirschen kümmern müssen, ganz zu schweigen von den Papiermanschetten für den Räucherschinken, den ich noch nicht geräuchert hatte.

Trotz der langen Liste an Dingen, die es laut Fanny noch zu erledigen gab, fühlte ich mich in diesem Jahr so gut auf Weihnachten vorbereitet wie noch nie (und es stand zu befürchten, dass es das erste und letzte Mal in meinem Leben sein würde). Und nun führte Louisas Einladung all meine Vorbereitungen *ad absurdum*. Aber der hoffnungsfrohe Blick, mit dem mich Simon ansah, machte mir bewusst, dass es ihm wichtig war, und ich hatte mir ja vorgenommen, netter zu ihm zu sein.

»Okay, meinetwegen.«

»Im Ernst?«

»Jep. So schlimm wird es ja wohl nicht werden.«

Tja. Verdammt unklug von mir, das Schicksal derart herauszufordern.

Die Fahrt dauerte gefühlt eine halbe Ewigkeit, zumal Jane und Peter, die damals sechs und vier waren, in einer Tour fragten, ob wir bald da seien, oder alternativ kundtaten, sie müssten mal Pipi – ja, schon wieder –, bis Simon fauchte, ich solle ihnen gefälligst nicht so viel zu trinken geben, worauf ich zurückfauchte: »Ich werde den Teufel tun und meine Kinder verdursten lassen, nur weil du nicht anhalten willst!« Im Stillen grämte ich mich, weil sich nun wohl nie eine Gelegenheit ergeben würde, dekorative Hackfleisch-Entchen für das Weihnachtsessen zu machen. In der Hoffnung, die zwei Schreihälse auf der Rückbank nur mal *fünf* Minuten zum Schweigen bringen zu können, reichte ich immer wieder Chipstüten und Süßkram nach hinten und versicherte ihnen mehrfach »Nein, nein, dir ist nicht übel, das bildest du dir bloß ein«, nur um schlussendlich meine vor Ekel kreischende Tochter auf der Toilette einer Tankstelle zu waschen, weil Peter sie nach dem allzu begeisterten Konsum von Gummibärchen angekotzt hatte. Wir spielten unzählige Runden *Ich sehe was, was du nicht siehst*, und ich begann ernsthaft, an der Intelligenz meines Sohnes zu zweifeln, weil er das Konzept des Spiels offenbar nicht kapiert hatte, verkündete er doch nach einer Dreiviertelstunde vergeblichen Ratens von unserer Seite, es handle sich um einen Skorpion, und auf meinen Einwand hin, man müsse den zu erratenden Gegenstand *sehen* können, behauptete, er könne ihn »in seinem Kopf« sehen. Als nächstes versuchte ich es mit dem *ABC-Spiel*, das ich jedoch gleich wieder abbrach, weil Jane mit »A wie Affenarsch« anfing, worauf Peter zu »Z wie Zipfel« sprang, und zweifellos wären den beiden auch noch interessante Wörter eingefallen, die mit *S*, *K* oder T anfingen.

»Ich möchte mal wissen, wo die zwei ihre Ausdrucksweise herhaben!«, empörte sich Simon, und ich behauptete hastig, wir könnten wohl kaum verhindern, dass sie »Kontakt zu schlecht erzogenen Kindern« hätten, was mein Töchterlein veranlasste, ihm brühwarm zu erzählen, dass ich erst gestern einen Autofahrer als dreckigen Affenarsch beschimpft hatte, weil er mir am Kreisverkehr die Vorfahrt genommen hatte.

»Es wäre schön, wenn ihr euch derlei in der Gegenwart meiner Mutter verkneift!«, knurrte Simon, was mich auf die glorreiche Idee brachte, einen Schweigewettbewerb mit einem nicht näher definierten Preis auszurufen.

Halleluja, es funktionierte! Auf einen Schlag herrschte himmlische, wohltuende Stille. Warum war mir das nicht schon irgendwo kurz vor Birmingham eingefallen? *Endlich* ein Durchbruch in Sachen Erziehung.

Fünf Minuten später fiepte Peter: »Mami?«, und Jane jubilierte: »HA! Du hast verloren!«

Peter brach in Tränen aus. »Wieso denn? Ich war doch still!«, quiekte er, untröstlich angesichts der Ungerechtigkeit des Lebens.

»Weil du zuerst geredet hast, du Denkzwerg. Du bist so dumm! Ein dummer kleiner Hosenscheißer. Zu blöd, um den Mund zu halten«, provozierte ihn Jane ungerührt.

»Bin kein dummer kleiner Hosenscheißer!«, brüllte Peter und zog ihr eins mit dem großen Bagger über, ohne den er auf keinen Fall hatte verreisen können. Sofort jaulte Jane: »Auaaaaaaaaaaaa! Mamiiiiiiiiiii! Er hat mich geschlaaaaaagen! Ins Gesiiiicht!«

»Bin kein dummer Hosenscheißer!«, betonte Peter erneut.

»Ich seeeeeh nichts mehr!«, plärrte Jane. Die Haut unter ihrem linken Auge verfärbte sich bereits.

»Herrgott nochmal!«, donnerte Simon und lenkte den Audi auf die Standspur.

Ich stieg aus, um unsere schreienden Kinder zu beruhigen und Janes Aussage, sie könne nichts mehr sehen, zu überprüfen, indem ich die Gummibärchen vor ihrer Nase schwenkte und ihr auftrug, der Tüte mit den Augen zu folgen.

»Will Gummibärchen!«, schniefte Peter.

»Du kriegst ganz sicher keine Gummibärchen!«, erklärte ich streng. »Du warst ein böser Junge. Du hast deine Schwester geschlagen!«

Ich suchte eine Weile vergeblich nach einem Kühlpack, reichte Jane schließlich stattdessen ein Feuchttuch und hoffte wider besseres Wissen auf den Clean-all/Cure-all-Effekt des vielseitig einsetzbaren Zaubertuchs. »Hier, drück das an deine

Wange«, sagte ich zu Jane, befahl Peter, er solle gefälligst den Mund halten, und erinnerte Simon daran, dass er mich gern bei der Streitschlichtung unterstützen dürfe, wenn ich hier schon gezwungen sei, mein armes Kind mit Feuchttüchern zu verarzten, weil er das Erste-Hilfe-Set intelligenterweise zuunterst im Kofferraum deponiert hatte.

»Ich muss mich aufs Fahren konzentrieren!«, keifte er.

Ich keifte zurück: »Im Moment ja wohl nicht, oder?«, und in diesem Moment hielt hinter uns ein Streifenwagen an.

»Shit, Shit, Shit«, murmelte ich und ließ den Blick über meine verklebten, flennenden Kinder wandern.

»Ach, Scheiße«, fluchte auch Simon verhalten. »Das darf doch echt alles nicht wahr sein, verdammt nochmal.«

Einer der Polizisten trat ans Fahrerfenster. »Tag. Warum stehen Sie hier? Panne? Notfall?«

»Ähm, Notfall?«, antwortete Simon unsicher, untermalt von ohrenbetäubendem Radau von der Rückbank.

»Aha. Und welche Art von Notfall?«

»Äh, ein medizinischer. Unsere Tochter sagt, sie kann nichts mehr sehen.«

»Und, entspricht das den Tatsachen?«

»Ähm, ich glaube nicht.«

»Also *kein* medizinischer Notfall. Ist Ihnen bekannt, dass das Anhalten auf dem Seitenstreifen mit neun Strafpunkten und einem Bußgeld von bis zu 5000 Pfund geahndet werden kann?«

»Naja, ich wusste ja nicht, ob es *stimmt*, dass sie nichts mehr sieht«, argumentierte Simon.

»Hm.« Der Polizist wirkte nicht überzeugt. »Ich werde sicherheitshalber mal einen Blick auf Ihre Kinder werfen, um mich davon zu überzeugen, dass alles okay ist. Wenn Sie bitte zur Seite treten würden, Madam ...«

Er spähte in den Fond, wo sich Jane schluchzend ihr Feuchttuch an die Wange hielt und Peter lautstark »Unfair! Unfair!« lamentierte.

»Was haben wir denn da, junge Dame?« Jane ließ das Tuch sinken. Darunter kam ein beeindruckendes Veilchen zum Vorschein, bei dessen Anblick der Polizist entsetzt die Augen aufriss.

»Er hat mich geschlaaaagen!«, klagte sie. »Dabei hab ich gar nichts gemacht! Er ist so gemein!«

Der Polizist nickte, die Stirn gerunzelt. »Verstehe.«

»Bin nicht gemein! Und es ist total unfair, dass du Gummibärchen kriegst und ich nicht!«

Anstelle einer Antwort stürzte sich Jane auf ihn, entwand ihm den Bagger und ließ das Teil ungebremst auf seinen Schädel niedergehen, was dazu führte, dass das Geschrei in doppelter Lautstärke weiterging.

»Du liebe Zeit«, sagte der Polizist. »Sind sie immer so drauf ?«

»Ja«, sagte ich. »Immer.«

»Verstehe. Nun, genau genommen ist das kein richtiger Notfall, Sie hätten also nicht stehenbleiben dürfen. Es ist ausgesprochen riskant, auf dem Seitenstreifen anzuhalten ...«

»Ich weiß.« Simon nickte ernst. »Ich weiß.«

»Gut. Also, ich werde ausnahmsweise ein Auge zudrücken, weil Weihnachten ist. Aber es darf nicht wieder vorkommen, es sei denn, es handelt sich um einen echten Notfall.«

Ich stieg wieder ein, und Simon sagte hastig: »Vielen Dank und frohe Weihnachten, Officer! Es kommt bestimmt nicht wieder vor, versprochen. Kinder, sagt dem netten Polizisten auf Wiedersehen!«

Er schloss das Fenster und fädelte sich unter ausgiebigem Fluchen wieder in den Fließverkehr ein, und ich verteilte die letzten Gummibärchen, damit die Kinder den Schnabel hielten, und inspizierte die große Beule, die sich auf Peters Stirn gebildet hatte. Hm. Eine äußerliche Schwellung war allemal besser als eine hirnseitige, allerdings stand zu befürchten, dass der Junge die Regeln von *Ich sehe was, was du nicht siehst* nie begreifen würde, wenn Jane ihm weiterhin so oft auf den Schädel drosch.

Wie nicht anders zu erwarten, dösten die beiden auf den letzten Metern ein, nachdem sie stundenlang erbitterte Kämpfe gegeneinander und den Schlaf ausgefochten hatten. Unser Reiseziel befand sich nur eine halbe Stunde nördlich von Glasgow, obwohl Louisa stets behauptet hatte, sie würden in den Highlands leben, weshalb sie sich bisweilen eines pseudoschottischen Akzents bediente, der noch peinlicher war als Christoper Lamberts Aussprache in *Highlander*.

Bei unserer Ankunft eilten uns sogleich meine Schwiegereltern entgegen. Sylvia hatte sich noch mehr Schals als sonst umgehängt, was jedoch eher praktische als modische Gründe hatte, wie ich bald erfuhr.

»Lass den Mantel an«, riet mir Michael, als er mich zur Begrüßung umarmte. Er trug eine Weste und zwei Tweed-Sakkos übereinander. »Und mach um Himmels Willen einen großen Bogen um den Pastinakenwein.«

»Louisa kann nicht rauskommen, sie *stillt*«, berichtete Sylvia.

»Und Bardo turnt in seiner Männerjurte rum. Er ›konsultiert

seinen Geistführer wegen der Feierlichkeiten‹«, fügte Michael hinzu. Sein Tonfall verriet, was er von Bardos Geistführer hielt. »Ich hätte auch an der Sitzung teilnehmen dürfen, ich hatte nur leider, leider schon etwas anderes vor. Aber Bardo hat gesagt, du kannst gern dazustoßen, Simon. Sein Geistführer ist ein indianischer Häuptling, der ihm regelmäßig im Traum erscheint. Schon seltsam, dass diese Häuptlinge nichts Besseres zu tun haben, als überprivilegierten weißen Männern der Mittelschicht im Traum zu erscheinen, oder? Jeder dieser gottverdammten Hippies hat heutzutage so einen Geistführer, und natürlich ist es immer ein ehemaliger Häuptling und nie irgendein armer Teufel, der bloß Büffelscheiße geschaufelt hat oder so, nicht? Es ist genau wie bei den Leuten, die einem unbedingt auf die Nase binden müssen, wer sie in einem früheren Leben waren – meistens ja Katharina die Große oder Julius Cäsar. Erst letzte Woche habe ich auf einer Party eine Frau kennengelernt, die glaubt, sie sei Katharina die Große gewesen. Sie war doch glatt eingeschnappt, nur weil ich gesagt hab: ›Prima, dann können Sie uns ja bestimmt verraten, ob es stimmt, dass sich die Gute mal mit einem Hengst vergnügt hat‹.«

»Nicht vor den Kindern, Michael!«, wies Sylvia ihn zurecht.

»Die schlafen«, beruhigte ich sie. »Ich entschuldige mich schon mal für das Theater, das sie vermutlich machen werden, wenn wir sie gleich wecken.«

Sylvia schauderte. »Schlimmer als ihre Cousins und Cousinen können sie sich kaum aufführen. Lasst uns reingehen, ehe wir noch mehr auskühlen.«

»Ähm, eine Frage noch: Was hat es damit auf sich?« Ich deutete auf eine überlebensgroße, offenbar aus Reisig gefertigte Gestalt, die hinter den Jurten aufragte.

»Der Weidenmann? Das musst du schon Louisa fragen.«

In Anbetracht der Tatsache, dass wir uns an einem dunklen, kalten, unvertrauten Ort befanden, reagierten Peter und Jane erstaunlich zivilisiert, als wir sie weckten, zudem schienen sie das Kriegsbeil begraben zu haben. Sylvia schnappte nach Luft, als sie sie erblickte.

»Die zwei sehen ja aus, als hätten sie in einem Imagefilm des Kinderschutzvereins mitgewirkt!«

»Es war eine lange Fahrt«, erwiderte ich etwas trotzig, obwohl sie recht hatte – mal abgesehen von Janes Veilchen und der Beule auf Peters Stirn machten die beiden mit ihren verschmierten Gesichtern und klebrigen Händen in der Tat einen etwas verwahrlosten Eindruck. Ob der Polizist vorhin wohl auch so verständnisvoll reagiert hätte, wenn Simon ein etwas weniger schickes Auto fahren würde?

»Tja, so werden sie sich optisch nahtlos einfügen«, konstatierte Sylvia trocken. »Komm, bringen wir sie rein.«

Ich begriff, was sie meinte, als wir die größte Jurte betraten, in der überall dicke, vor Schmutz starrende Kinder herumsaßen. Bei näherer Betrachtung entpuppten sie sich als gar nicht so dick, sie waren lediglich in zahlreiche Kleiderschichten gehüllt – verständlicherweise, denn es herrschte eine eisige Kälte, gegen die der Holzofen in der Mitte wenig auszurichten vermochte. Er bewirkte lediglich, dass aus dem Topf, der darauf stand, ein übelriechender Dampf entwich. Jedenfalls hoffte ich, dass der Mief von dort herrührte; bei Louisa und Bardo konnte man nie wissen. Andererseits verhieß das nichts Gutes, denn abgesehen von besagtem Topf wies nichts in der von einer einzelnen Glühbirne kärglich beleuchteten Jurte darauf hin, dass es demnächst etwas zu Essen geben würde.

Neben dem Ofen lag ein großer Haufen aus haarigen Decken, in dem sich, während sich unsere Augen (und Nasen) noch an die Umgebung zu gewöhnen versuchten, auf einmal etwas regte.

»Herrje, eine Ratte!«, stieß Simon hervor. »Ellen, sieh zu, dass die Kinder wegbleiben! Ich suche inzwischen etwas, mit dem ich sie erschlagen kann.« Er griff nach dem nächstbesten Gegenstand, der vor ihm auf dem Boden lag, und holte damit aus.

»Was machst du denn mit Cedrics Laute, Simon?«, kreischte jemand, und dann tauchte aus dem Deckenberg Louisas Kopf auf.

»Herrgott nochmal, Louisa!«, rief Simon aufgebracht. »Ich dachte echt, es wäre eine Ratte.«

»Nein, hier ist es sogar den Ratten zu kalt«, ätzte Sylvia.

»Meine Güte, Mutter, beklagst du dich schon wieder, weil dir kalt ist? Wie oft muss ich dir noch erklären, dass überheizte Räume krank machen? Man muss sich nur warm genug anziehen, dann ist Kälte überhaupt kein Problem, sondern im Gegenteil sogar gesundheitsfördernd«, dozierte Louisa.

Sylvia schauderte, und ich wechselte das Thema, indem ich mich nach dem Sinn und Zweck des Weidenmannes erkundigte.

»Weihnachtsüberraschung«, sagte Louisa in verschwörerischem Tonfall. Am Eingang erschien eine haarige, bärtige Gestalt. »Ah, Bardo, da bist du ja wieder. Wie war die Sitzung?«

»Super. Häuptling Falkenauge hat mir viele Botschaften aus dem Jenseits überbracht.« Bardos Pupillen waren eindeutig geweitet, offenbar hatte er sich im Zuge der Unterhaltung mit seinem Geistführer gewisse Substanzen reingezogen.

»Ähm, Loui- … Amaris, wo werden wir eigentlich schlafen?«, fragte ich, ehe er seinen Bericht weiter ausführen konnte, weil ich gern schon mal unsere Sachen auspacken wollte.

»In unserer VIP-Jurte«, antwortete Louisa stolz. »Ihr werdet euch sehr wohl fühlen.«

»Wow«, sagte Simon. »Und was ist mit Mum und Dad?«

»Wir übernachten doch nicht *hier*.« Sylvia klang überrascht. »Wir haben ein Zimmer in einem Bed & Breakfast die Straße runter gebucht.«

Die »VIP-Jurte« entpuppte sich als ein nach Ziegen stinkendes, zugiges Zelt ohne Elektrizität. Es gab zwar eine Solaranlage, die allerdings nur genügend Strom für die Hauptjurte lieferte, in der die gesamte Familie aß, schlief und lebte (und vermutlich für die Bio-Hanf-Plantage, die Bardo immer wieder beiläufig erwähnte).

»Unser Retreat ist zu 100 Prozent netzunabhängig. Wir sind komplett autark«, erläuterte er gut gelaunt und reichte uns eine Schachtel Kerzen von Waitrose und ein Plastikfeuerzeug.

»Verstehe«, sagte Simon. »Ich sehe hier nur ein Bett, wo sollen denn unsere Kinder schlafen?«

»Schlaft ihr etwa nicht alle zusammen in einem Bett?«, fragte Bardo verwirrt. »So machen wir es jedenfalls, dann haben wir's kuschelig warm. Okay, ich geh dann mal. Sobald ihr hier fertig seid, könnt ihr jederzeit rüberkommen, dann kriegt ihr schon mal ein Glas Wein vor dem Abendessen.«

Ich fing an zu hyperventilieren. Scheiß auf das Chrysanthemen-Gesteck, hier deutete rein gar nichts darauf hin, dass Weihnachten war!

Jane begann zu weinen. »Mir gefällt's hier nicht, Mami! Es ist kalt und dunkel, und es stinkt, und es ist überhaupt nicht weihnachtlich! Ich will nach Hause!«, schniefte sie.

Peter kamen nun ebenfalls die Tränen. »Ich auch!«, schluchzte er solidarisch. Ich war versucht, mit einzustimmen.

Stattdessen setzte ich tapfer ein fröhliches Lächeln auf. »Unsinn. Betrachtet es einfach als ein Abenteuer, Kinder!«, sagte ich. »Eine Art Campingurlaub.«

»Ich hasse Camping!«, heulte Jane. Sie sprach mir aus der Seele.

»Okay, dann eben kein Campingurlaub, Liebes, aber ein Abenteuer ist es allemal. Wie bei den *Fünf Freunden*.«

»Gibt es hier denn Schmuggler?«, wimmerte sie.

»Nein, natürlich nicht. Na, egal, wir machen einfach das Beste draus, nicht wahr?« Ich sah zu Simon, der soeben mit unseren Taschen vom Auto zurückkam.

Er nickte wenig überzeugt. »Ich würde sagen, wir versuchen es zumindest.«

»Genau. Wo bleibt unser Kampfgeist? Wir lassen uns doch von einer zugigen Jurte nicht die Laune verderben! Wir werden uns blendend amüsieren, ihr werdet sehen.«

Zu diesem Behufe machte ich gleich mal eine Bestandsaufnahme. Beim Auspacken kamen zu meiner Erleichterung das Erste-Hilfe-Set, eine Vorratspackung Feuchttücher und zwei Flaschen Desinfektionsmittel zum Vorschein. Auf meine Anweisung hin hatte Simon zudem eine Notfall-Tasche mit allerlei Lebensmitteln und nützlichem Krimskrams gefüllt, und im letzten Moment hatte ich beschlossen, sicherheitshalber auch Fanny Cradocks Buch mitzunehmen.

Bardo schenkte gerade seinen Stimmungsaufheller aus, als wir uns zum Abendessen in die Hauptjurte begaben. Ich nahm einen großen Schluck, erst dann fiel mir die Warnung meines Schwiegervaters wieder ein. Püh. Das Zeug schmeckte abscheulich.

»Süffig, nicht, Ellen?«, fragte Bardo. »Selbstgemacht, aus dem Wasser, in dem wir die Pastinaken kochen. Bei uns wird nichts verschwendet. Und wir kultivieren unsere eigene Hefe dafür.«

Hmja, und auch alle möglichen Keime und Bakterien, dachte ich bei einem Blick auf seine Fingernägel.

»Los, Ellen, trink aus.« Er stieß mich mit dem Ellbogen an, sodass ich mich gezwungen sah, noch einmal an dem ekelerregenden Gebräu zu nippen. »So ist's recht. Du kriegst gleich mal Nachschub.« Er griff nach einer dreckigen Korbflasche, zog den zusammengeknüllten Stofffetzen heraus, der als Verschluss diente, und schenkte mir nach. »Hau rein, es gibt genug davon. Sylvia, Michael, wollt ihr wirklich nichts?«

Die beiden schüttelten entschieden den Kopf. »Wir wollen ihn dir nicht wegtrinken.« Aus unerfindlichen Gründen durften sie sich einen appetitlich wirkenden Rotwein aus einer handelsüblichen Flasche zu Gemüte führen.

Simon hatte Bardos »Wein« abgelehnt mit dem Argument, er habe Bier dabei, doch Bardo nahm ihm die sorgfältig ausgewählten Flaschen ohne viel Federlesens ab, deponierte sie in einem Schrank und reichte ihm stattdessen einen Becher mit einer schaumigen Flüssigkeit. »Met aus Pilzen, Marke Eigenbau«, verkündete er stolz.

Simon kostete das Zeug argwöhnisch, und schon nach ein paar Schlucken hellte sich seine Stimmung deutlich auf.

Bardo schenkte sich derweil ein weiteres Glas Pastinakenwein ein. »So, und nun zum Essen!«

Er schwankte zum Holzofen, um den Topf zu holen. »Es gibt

einen schönen Pastinaken-Kohl-Eintopf«, sagte er, hob den Deckel an und schnupperte genüsslich am unheilvoll riechenden Inhalt. »Mmm! Setzt euch doch!« Damit deutete er auf eine aus Brettern zusammengezimmerte Konstruktion, die auf Kabelrollen ruhte. »Hab ich selbst gebaut«, erklärte er stolz. Als Stühle dienten weitere Kabelrollen. »Und die habe ich gefunden«, fügte er nicht weniger stolz hinzu, ließ sich auf eine davon plumpsen und schenkte sich noch einmal nach. Louisa nahm offenbar sämtliche Mahlzeiten im Bett ein.

»Warum esst ihr denn nicht?«, fragte Bardo gleich darauf. »Sämtliche Zutaten sind hier in unserem Retreat gewachsen. Kürzere Transportwege gibt es gar nicht.«

Ich hätte beim besten Willen nichts von seinem Eintopf runtergebracht, selbst wenn es das köstlichste Gericht der Welt gewesen wäre, denn der »Wein« übte bereits eine verheerende Wirkung auf meinen Verdauungsapparat aus, da wären zusätzliche Pastinaken und obendrein auch noch Kohl garantiert keine gute Idee gewesen. War ich die Einzige, bei der es heftig im Magen gurgelte?

Wie auf ein Stichwort ließ Bardo einen fahren.

»Einer der Vorzüge unseres Weines«, tat er unbekümmert lächelnd kund. »Darmwinde wirken wunderbar entgiftend.«

Simon starrte unterdessen fasziniert in seinen Becher. »Wahnsinn!«, hauchte er. »Diese Farben!«

Ich warf einen Blick in das Gefäß, konnte aber außer einem schlammartigen Bodensatz nichts Besonderes erkennen. Wovon zum Teufel redete er?

»Und die Lichter! Erstaunlich! *Alles* ist erstaunlich – seht euch nur mal meine Hand an! Ich hab sie noch nie so richtig eingehend betrachtet ... Ist sie nicht wunderbar ... handlich?«

Er hielt sich die Hand vors Gesicht, wedelte damit, bewegte die Finger und schnappte nach Luft. »Wow! Unglaublich!«

»Simon? Geht's dir gut?«, fragte ich.

»Ja! Ich hab so unfassbar tolle Hände!« Er stand auf und hob die Arme über den Kopf, ohne seine Hände aus den Augen zu lassen. »Warum fällt mir erst jetzt auf, wie toll meine Hände sind?« Er begann zu tanzen, wobei er leise vor sich hin summte.

»Bardo, was war in diesem Met drin?«, schnarrte Michael.

»Naja, Pilze, die wir selbst gesammelt haben.«

»So, so. Und was waren das für Pilze?«

»Ach, alle möglichen. So ist das nun mal beim Pilze sammeln, dass man verwendet, was man findet, nicht? Deshalb schmeckt der Met auch jedes Mal ein bisschen anders.«

»Verstehe. Großartig. Mein einziger Sohn ist total high, weil du ihm einen Sud aus psychoaktiven Pilzen verabreicht hast.«

Jane begann zu quengeln, sie habe Hunger und der Eintopf schmecke ekelhaft, und Peter stimmte sogleich mit ein. Ich trank noch einen Schluck Pastinakenwein (für etwaige Trompetenkäfer konnte ich ja getrost Bardo die Schuld in die Schuhe schieben), dann holte ich aus meiner Tasche mit den Notfall-Snacks zwei Fruchtjoghurts und gab sie ihnen. Eine ihrer Cousinen (ich glaube, es war Coventina) verfolgte mit neidischem Blick, wie sich die beiden das in böses Plastik gehüllte künstlich süße Zeug einverleibten, und Louisa tadelte mich erwartungsgemäß, weil ich meine Kinder vergiftete. Zum Glück sorgte Cedric für Ablenkung, indem er zu seinem Instrument griff und verkündete, er werde uns etwas darauf vorspielen.

»Nein!«, knurrte Coventina. »Deine Laute ist blöd, und du bist es auch.«

Darauf zog Cedric ihr eins mit besagter Laute über, die dabei zu Bruch ging, und Coventina stürzte sich erbost auf ihn.

»Kein Problem«, sagte Bardo, »ich baue einfach eine neue.«

Weder er noch Louisa schienen zu bemerken, dass sich die kleineren Kinder mit den leeren Joghurt-Verpackungen in eine Ecke verzogen und fieberhaft daran zu saugen begonnen hatten. Simon tanzte unterdessen munter weiter durch die Jurte, Michael hatte den Kopf in die Hände gestützt, und Sylvia sah aus, als wäre sie einer Ohnmacht nahe. Jane und Peter, vorübergehend gesättigt, ließen einen Kreisel kreisen. Wie es schien, hatten sie beschlossen, sich zu vertragen, da sie hier in der Unterzahl waren.

Ich sah mich verzweifelt in der schmucklosen Jurte um. Statt einen mit Stechpalmenzweigen bestickten Klingelzug und Girlanden aus Tannenzapfen aufzuhängen oder festliche Horsd'œuvres zu servieren, saß ich mit einem zugedröhnten Ehemann und zwei traumatisierten Kindern vor Kälte schlotternd in einem armseligen mittelalterlichen Zelt, in dem abgesehen von dem vor sich hin gärenden Pastinakenwein in der Korbflasche weit und breit keine herzerwärmenden Getränke zu sehen waren. Ich nahm trotzdem noch einen Schluck davon.

Simon ließ sich etwas abseits im Schneidersitz nieder und begann mit ernster Miene auf das Kerngehäuse eines Apfels einzuflüstern, das er vom Boden aufgelesen hatte. Bardo hatte sich zusätzlich zum »Wein« ein paar Becher Met gegönnt, nachdem er gesehen hatte, welche Wirkung dieser auf seinen Schwager ausübte. Nun sprang er plötzlich auf. »Häuptling

Falkenauge hat zu mir gesprochen!«, verkündete er bedenklich schwankend. Er stützte sich an der Tischkante ab und furzte erneut. »Wir sollen Simon zur Hütte rüberbringen. Häuptling Falkenauge möchte ihm etwas mitteilen, und er glaubt, dass Simon dafür gerade sehr empfänglich ist.«

»Das kann ich mir lebhaft vorstellen«, brummte ich. Ich konnte mir schon denken, wie die Botschaft für meinen ach so empfänglichen Gatten lautete, nämlich, dass er unsere mageren Ersparnisse in Bardos »Plantage« (zweifellos ein Euphemismus für »Cannabis-Anbau«) stecken solle.

»Los, komm mit, Mann.« Bardo versuchte, Simon auf die Beine zu ziehen, doch der schüttelte den Kopf und deutete auf das Kerngehäuse. »Ohne meinen Freund gehe ich nirgendwo hin.«

»Dann nimm ihn meinetwegen mit.« Bardo steckte ihm den abgenagten Apfelrest in die Tasche, und Simon rappelte sich folgsam auf.

Da sprach Michael ein Machtwort. »Also, ich schlage vor, Simon dreht jetzt bei und geht ins Bett.«

»Die Räder am Bus dreh'n sich rundherum, rundherum, rundherum ...«, leierte Simon prompt, und dann ließ er sich unkontrolliert kichernd auf den Boden plumpsen, rollte sich zusammen und schlief ein. Sämtliche Versuche, ihn zu wecken, schlugen fehl. Nur einmal murmelte er noch »Die Hupe vom Bus macht tut, tut, tut«, und am Ende breiteten wir eine Decke über ihn und ließen ihn, wo er war. Sylvia und Michael kehrten bald darauf zurück in ihr Bed & Breakfast. Damit konnte ich wahlweise mit Bardo plaudern, der nun ebenfalls komplett abdriftete und weiter allerhand von seinem Häuptling faselte, oder mir Luisas detailreiche Beschreibung ihrer letzten »Geburtsreise« anhören (»Das war bislang mein größter Schleimpfropf; sogar noch größer als bei Nissien. Wir haben alles gefilmt, willst du mal sehen?«). Ihre Wolfsbrut machte keine Anstalten, schlafen zu gehen.

In Anbetracht all dessen kam mir unsere dunkle, klamme »VIP-Jurte« geradezu verlockend vor, also machte ich mich gegen acht mit Peter und Jane im Schlepptau vom Acker. Mit Mützen auf dem Kopf und je einem zweiten Paar Socken an den Füßen kuschelten wir uns komplett angezogen im Bett aneinander, damit uns warm wurde. Ich hatte eine Kerze angezündet, erzählte den beiden Geschichten (das versprochene iPad war nicht geladen) und fand es insgesamt eigentlich ganz schön so, obwohl Jane noch immer nach Erbrochenem roch und Peters Finger klebriger denn je waren. Wenn sich allerdings morgen auch noch Simon zu uns legte, würde es ganz schön eng werden. Vielleicht sollte ich dafür sorgen, dass er wieder einen Becher Met trank und die Nacht in der Hauptjurte verbrachte?

Ich schlief nur unruhig, wurde ich doch immer wieder von einem meiner Sprösslinge getreten, und da wir so zeitig ins Bett gegangen waren, erwachten wir tags darauf auch schon sehr früh. Aus der Hauptjurte waren bereits Geräusche zu hören. Als wir eintraten, saß Simon zusammengesunken auf einem Stuhl am Holzofen, in der Hand einen Becher mit einer schlierigen grünen Flüssigkeit. Diverse schmuddelige Kinder wanderten hierhin und dorthin und knabberten dabei an graubraunen Scheiben, die entfernt an Brot erinnerten. Louisa lag – natürlich – im Bett.

»Morgen, Ellen!«, rief sie munter. »Bardo hat Simon vorhin Tee gemacht, möchtest du auch welchen?«

»Was denn für einen Tee?«, fragte ich misstrauisch.

»Angeblich Löwenzahn«, murmelte Simon. »Was war denn gestern Abend los? Ich kann mich an nichts erinnern.«

»Du warst total breit, weil in Bardos Met irgendwelche Zauberpilze waren. Du hast eine Weile getanzt, dich mit einem Apfelbutzen unterhalten und *Die Räder am Bus* gesungen, und dann bist du eingeschlafen.«

»Ah ja. Das erklärt dann wohl den Dachsköttel-Geschmack in meinem Mund.« Er seufzte. »Was ist denn heute so geplant, Lou?«

»Amaris«, korrigierte sie ihn gereizt. »Also, bei Mum und Dad steht offenbar Last-Minute-Weihnachts-Shopping in Glasgow auf dem Programm, und Bardo bereitet die Überraschung für heute Abend vor.«

»Und was wirst du machen?«, erkundigte er sich in aller Unschuld.

»Ich *stille*, Simon!«, donnerte sie indigniert. »Genügt das nicht? Ich ernähre mein Kind, was erwartest du sonst noch von mir?«

»Keine Ahnung ... ähm, ein bisschen Aufräumen? Nein, nein, vergiss es, ich habe nichts gesagt.«

»Ihr könntet mit den Kindern einen Spaziergang im Wald machen«, regte sie an.

Das klang in der Tat nach einer gesunden, festlichen Aktivität, wenngleich wir dabei wohl eher durch Schlamm waten als über raureifige Wiesen tollen würden. Ich zog meinen Sprösslingen Schal, Mütze und Handschuhe an und bugsierte sie Richtung Ausgang.

»Moment!«, rief Louisa. »Vergiss die Kinder nicht!«

»Hier sind sie doch.« Ich deutete auf Peter und Jane.

»Ich spreche von *meinen* Kindern.« Louisa streckte den alles andere als sauberen Arm aus und zeigte auf ihre mit mürrischer Miene in der Jurte herumlungernden Bälger.

»Wie, *alle?*«, fragte Simon.

»Jawohl«, sagte seine Schwester nachdrücklich. »Das ist doch eine wunderbare Gelegenheit für euch alle, einander besser kennenzulernen.«

—

Wir dackelten los, und nach ein paar Minuten hatte ich eine großartige Idee.

»Simon, warte!«, rief ich. »Ich brauche noch etwas aus unserer Jurte. Du da – Coventina, richtig? Hat deine Mami einen großen Korb? Super, würdest du ihn bitte holen?«

Ich eilte zurück und entnahm meiner Krimskrams-Tasche Fanny Cradocks Buch sowie die Gartenschere, die ich sicherheitshalber ebenfalls mitgenommen hatte. Gleich darauf stieß Coventina mit einem großen Weidenkorb wieder zu uns. Nun waren wir bereit für unseren Ausflug in die Wälder.

Zwei Stunden später kehrten wir mit geröteten Wangen und dem bis oben hin mit Grünzeug gefüllten Korb zurück. Ich war recht stolz auf mich, weil mir unterwegs keines der Kinder abhandengekommen war und nur drei von ihnen in einen Bach gefallen waren (darunter Peter, aber da die Waschmöglichkeiten im Retreat recht beschränkt waren, konnte ich mich mit dem Umstand trösten, dass er nun zumindest etwas weniger klebrig war).

Ich trat an das Bett meiner Schwägerin. »Louisa, äh, ich meine, Amaris, spricht etwas dagegen, dass wir die Jurte ein wenig schmücken, damit sie ein bisschen weihnachtlicher aussieht?», fragte ich und fügte hastig hinzu: »Nur für die Kinder …«

»Womit denn?«, wollte sie wissen.

»Hiermit!« Ich hielt ihr den mit Efeu, Stechpalmenzweigen und Unmengen von Zapfen gefüllten Korb hin. Gut versteckt unter unserer »Beute« lag Fannys Buch, nach dessen Anleitung ich daraus Girlanden und Kränze anzufertigen gedachte.

»Also gut, zu Ehren der Göttin«, brummte Louisa widerstrebend. »Ich schätze, es wird ihr gefallen, wenn dafür ihre Gaben zum Einsatz kommen. Aber kein Plastik!«

»Natürlich nicht!«, gelobte ich. Ähem. Der Blumendraht, den ich verwenden wollte, war wirklich nur mit einer ganz dünnen, unauffällig grünen Plastikschicht ummantelt, und von den Kabelbindern aus dem Pound-Shop musste Louisa ja nichts erfahren. Ich zeigte Simon und den Kindern, was zu tun war, und dann machten wir uns getreu Fannys Anleitung ans Werk. Von Bardo fehlte weiterhin jede Spur, offenbar war er noch immer mit der Vorbereitung der »Überraschung« beschäftigt. Gegen Mittag ließ Louisa verlauten, es gebe Brot und Marmelade, falls jemand Hunger habe. Die Marmelade entpuppte sich als zähe, körnige Pampe, aber verglichen mit dem, was man hier sonst zu essen kriegte, war das geradezu Michelin-Stern-würdig. Simon war schon nach zwanzig Minuten die Lust am Basteln vergangen, also hatte ich ihn zu Sainsburys geschickt, um Kerzen zu kaufen.

Kaum waren wir fertig, hielt draußen ein Taxi. Sylvia und Michael hatten sich im Rahmen ihrer Shopping-Tour ein köstliches Lunch gegönnt und staunten nicht schlecht, als sie sich nun zu uns gesellten.

»Du meine Güte!«, rief Sylvia und klatschte begeistert in

die Hände. »Ich komme mir vor wie die kleine Prinzessin Sara nach der wundersamen Verwandlung ihrer trostlosen Dachkammer! Wie habt ihr das denn geschafft?«

»Ach, das war eine Kleinigkeit!«, winkte ich ab, sah mich aber nichtsdestotrotz zufrieden um. Nicht ganz so märchenhaft und glamourös wie damals auf Ty'r Ywen, aber unsere Girlanden und Kränze aus Blättern, Stechpalmenzweigen, Beeren und Zapfen verliehen der versifften Jurte einen durchaus weihnachtlichen Anstrich. Fanny Cradock und Granny Green wären zweifellos stolz auf mich gewesen.

»Es ist das Werk der Göttin«, mischte sich Louisa von ihrem Bett aus ein. »Sie beschenkt uns reich mit Gaben und lässt überall dort Schönheit erblühen, wo wir ihr huldigen.«

Pfff. Mit Louisas Göttin hatte das rein gar nichts zu tun. Die fleißigen Hände von sechs kleinen Kindern und mir hatten dieses Wunderwerk in mühevoller Kleinarbeit vollbracht, und der Schein von Kerzen im Wert von 43 Pfund, die ich überall in der Jurte aufgestellt hatte, tat ein Übriges. Aber ich verkniff mir jeglichen Kommentar, schließlich war Weihnachten.

Sylvia seufzte. »Jetzt fehlt nur noch der Weihnachtsbaum!«

»Es wird keinen Baum geben«, sagte Louisa. »Wir werden eine keltische Tradition wiederaufleben lassen, um das alte Jahr zu verabschieden und die Rückkehr des Lichts zu feiern. Ah, Bardo, da bist du ja. Ist alles bereit?«

»Woooooow!«, stieß Bardo mit weit aufgerissenen Augen hervor. »Hat hier jemand einen Zauberstab geschwungen, oder bin ich auf einem krassen Trip?« Seine Pupillen wirkten tatsächlich schon wieder verdächtig groß.

»Wir haben bloß zur Feier des Tages die Jurte ein wenig geschmückt«, sagte ich bescheiden.

»Sehr cool. Also, Amaris, ich bin fertig. Seid ihr bereit, Leute?«

Ich nickte wie alle anderen, obwohl wir gar nicht wussten, wofür.

»Gut, dann mal los.«

»Warte, ich muss mich erst umziehen!« Louisa erhob sich schwerfällig von ihrem Lager und schlüpfte in eine lange weiße Kutte.

»Äh, was ist das?«, fragte ich alarmiert.

»Na, meine Hohepriesterinnen-Robe, was hast du denn gedacht?«

»Nichts, nichts«, murmelte ich hastig und verbannte die Bilder von brennenden Kreuzen aus meinen Gedanken.

»Kommt«, sagte Bardo. »Alles weitere erfahrt ihr gleich.«

»Moment«, sagte ich, »lass mich sicherheitshalber noch schnell die Kerzen ausblasen.«

Draußen war es feuchtkalt und düster. Bardo, der nun ebenfalls eine lange weiße Robe trug, verkündete, sie würden zunächst die Namensgebungszeremonie abhalten. Wir mussten einen Kreis bilden und verfolgten ratlos und etwas peinlich berührt, wie sich Louisa in die Mitte stellte und uns ihr Baby präsentierte, indem sie es über ihrem Kopf in die Luft stemmte. Die Szene erinnerte an den Anfang von *König der Löwen*.

»O Göttin!«, röhrte Bardo, »komm über uns und teile uns den Namen unseres Kindes mit!«

Louisa schloss die Augen, stimmte eine Art Gesang an und wiegte sich dabei hin und her. Hoffentlich landete das bedauernswerte Würmchen in ihren Händen nicht im Matsch, noch ehe es einen Namen hatte!

Nach ein, zwei Minuten riss Louisa mit einem gellenden

Schrei die Augen auf. »Die Göttin hat zu mir gesprochen! der Namen unseres Kindes soll … Oilell – Mythische Königin – Lauten! Oilell wird stark und unabhängig sein, und zusammen mit dem Namen verleiht ihr die Göttin auch musikalisches Talent. Bardo! Den heiligen Rauch!«

Bardo hatte sich einen riesigen Joint angezündet und schwankte nun zu ihr in die Mitte des Kreises, wo er das Baby in eine Rauchwolke hüllte und »Oilell … Oilell … Oilell« leierte. Louisa zog ebenfalls ein paar Mal ausführlich an seiner Tüte.

»Kommt, stimmt mit ein!«, rief sie uns zu, und wir wiederholten artig: »Oilell … Oilell …«

»So, nun beginnen wir mit dem Wintersonnwend-Ritual«, verkündete Louisa schließlich und reichte mir ihren quäkenden Säugling. »Hier, du kannst solange Oilell halten.«

Bardo führte uns zu dem Weidenmann unter den Bäumen und hob die Arme. »O Göttin, sieh hier unser heiliges Opfer! Nimm unsere Gaben gnädig an und bring uns den Frühling.«

»Was wollt ihr denn eigentlich opfern?« unterbrach ihn Michael. »Eine Ziege? Ein Huhn? Und wie könnt ihr das mit eurem Gewissen vereinbaren? Ihr lebt doch vegan!«

Bardo verdrehte die Augen. »Nicht alle Opfer sind Blutopfer, Michael. Wir opfern der Göttin Beeren und Nüsse, die wir im Herbst gesammelt haben. Sie befinden sich in diesem Weidenmann, den ich selbst gebaut habe. Auch meine Arbeit ist ein Opfer für die Göttin.«

»Wir opfern auch meine Plazenta«, erinnerte ihn Louisa. »Wir haben sie im Weidenmann deponiert, nachdem sie eine Woche nach der Geburt von Oilell abgefallen ist. Es ist also durchaus ein kleines Blutopfer, und es wird der Göttin gefallen, dass wir ihr die heilige weibliche Essenz darbringen.«

Sylvia öffnete den Mund, schloss ihn aber gleich wieder. Oilell war ungefähr vier Monate alt; dass die Plazenta seither hier vor sich hin gammelte, erklärte den eigenartigen Geruch, der den Weidenmann umgab. Da hatte ich wohl zu Unrecht Oilells Windel verdächtigt.

Louisa und Bardo postierten sich rechts und links des Weidenmannes, hoben die Arme und begannen zu singen.

»Hat hier sonst noch jemand das Gefühl, im falschen Film zu sein?«, fragte mein Schwiegervater, was ihm einen giftigen Blick seiner Tochter eintrug. Der Gesang wurde eindringlicher, und schließlich zückten Bardo und Louisa je ein Billig-Feuerzeug (»Ich dachte, Plastik ist böse und verboten?«, flüsterte mir Simon ins Ohr), zündeten damit ein paar Büschel getrocknetes Gras an und warfen sie in den Weidenmann, ohne ihren Gesang zu unterbrechen. Dummerweise brannten die Grasbüschel nur ein paar Sekunden lang, dann erlosch das Feuer wieder.

Louisa und Bardo verstummten und beäugten den Weidenmann, aus dem zwei kümmerliche Rauchfäden aufstiegen, mit gerunzelter Stirn.

»Ich hab dir doch gesagt, wir müssen sie in Paraffin tränken«, sagte Louisa.

»Wir brauchen kein Paraffin. Ich habe beim Bau darauf geachtet, dass sich die Figur optimal in Brand stecken lässt. Lass es uns noch einmal versuchen.« Er zündete ein weiteres Büschel Gras an und warf es in den Weidenmann. »Vielleicht war unser Gesang nicht inbrünstig genug.« Er fing wieder an zu singen, deutlich lauter diesmal.

»Ich hole das Paraffin.« Louisa marschierte zu einem Schuppen auf der Lichtung und kehrte gleich darauf mit einem Kanister in der Hand zurück, aus dem sie reichlich flüssiges Paraffin auf den Weidenmann goss.

»So«, sagte sie zufrieden. »Auf dieses Feuer wird die Göttin stolz sein.«

»Stellt euch im Kreis auf und reicht euch die Hände!«, befahl Bardo.

Wir sahen uns irritiert an, aber die beiden ließen nicht locker, bis wir etwas näher herangetreten waren und uns widerstrebend an den Händen gefasst hatten. Bardo, der neben mir stand, bedachte mich mit einem lüsternen Grinsen und streichelte mit dem Daumen meine Hand. Igitt. »Wir bitten die Göttin nun um ihren Segen für das kommende Jahr und sprechen die Wünsche aus, die sie uns erfüllen soll.«

»Du könntest dir einen potenten Gefährten wünschen, Ellen«, hauchte er mir mit einem Schwall heißer Luft ins Ohr, und sein feuchter Bart kitzelte mich dabei äußerst unangenehm an der Wange. Ohne es zu wollen, senkte ich den Blick und sah, dass sich vorn an seiner Kutte eine zeltförmige Ausbuchtung abzeichnete. Igittigitt! Um ihn etwas auf Abstand zu halten, drückte ich ihm kurzerhand Oilell in die Hand, aber allzu viel nützte es nicht.

Louisa rief: »Lasst uns tanzen!« Dann fing sie an, um den brennenden Weidenmann herumzustampfen, wobei sie Simon und Cedric hinter sich her schleifte, und ich nutzte diese Gelegenheit, um Bardo kräftig auf die Zehen zu treten.

»Herrje, tut mir furchtbar leid!«, flötete ich und stellte zufrieden fest, dass das Zelt etwas zurückgegangen war.

Louisa hielt inne, stieß einen markerschütternden Schrei hervor und krakeelte dann: »O Göttin, erhöre unsere Gebete! Segne unsere Ernte, unseren Leib, unseren Samen! ... Los, singt alle mit! Segne unsere Ernte, unseren Leib, unseren Samen!«

So ging das eine ganze Weile weiter. Wir murmelten Unverständliches vor uns hin und mieden tunlichst jeden Blickkontakt, während Louisa darum bat, die Göttin möge sie und Bardo fruchtbar machen und ihnen noch ein Kind schenken, und dazu viele, viele Pastinaken.

Als nächstes bat Bardo die Göttin, sie möge seinen Samen in Louisas Gebärmutter auf fruchtbaren Boden fallen lassen, außerdem wünschte er sich reiche Erträge für seine Bio-Hanf-Plantage.

»Und jetzt ihr«, forderte Louisa uns auf. »Bittet die Göttin um ihren Segen und nennt ihr eure Wünsche. In dieser heiligen Nacht könnt ihr euch alles wünschen, was euer Herz begehrt.«

Hm. Ob die Göttin meine reichlich oberflächlichen Gebete erhören und mir eine Mulberry Bayswater zukommen lassen würde, wenn ich recht freundlich darum bat?

»Nun macht schon«, drängte Louisa. »Ihr wollt die Göttin doch nicht beleidigen, oder?«

»Also, ich hätte gern ein neues Auto«, sagte Simon. »Einen BMW, bitte.«

»Simon!«, stießen Louisa und ich unisono hervor. »Du kannst dir doch keinen BMW wünschen!«

»Die Göttin schenkt keine Maschinen, die ihre Erde entweihen!«, fuhr Louisa fort, während ich »BMW-Fahrer sind noch größere Arschgeigen als Audi-Fahrer!« rief.

»Aber du hast gesagt, wir können uns alles wünschen«, brummte Simon.

»Überleg dir etwas anderes!«, trug seine Schwester ihm auf. »Wir tanzen und singen inzwischen weiter.«

»Ich will ein iPad!«, krähte da Coventina.

»Coventina!«, rügte Bardo, »das haben wir doch schon besprochen!«

Peter schrie: »Ich will mehr Moshis!«, und Jane kreischte: »Und ich eine *Schwanensee*-Barbie!« und hüpfte dabei wie toll auf und ab.

Mittlerweile brannte der Weidenmann lichterloh.

»Herrje, gleich greift das Feuer auf die Bäume über!«, rief Michael. »Simon, alarmier die Feuerwehr. Louisa, habt ihr einen Feuerlöscher?«

»Natürlich nicht. Weißt du, wie viele giftige Chemikalien das Zeug enthält?«

»Bestimmt auch nicht giftiger als Paraffin! Herrgott nochmal, holt ein paar Eimer Wasser, ehe hier alles in Flammen aufgeht!«

Simon tippte hektisch auf seinem Handy herum. »Kein Empfang! Bardo, ihr müsst doch einen Gartenschlauch haben ...«

»Schon, aber der bewässert gerade die Hanf-Plantage«, erwiderte Bardo widerstrebend.

»Es wird keine Plantage mehr *geben*, wenn wir nicht bald etwas unternehmen!«, blaffte Michael ihn an und rannte zu dem Schuppen, in dem Bardo seinen »Hanf« anbaute. Aus dem Schlauch, mit dem er gleich darauf wiederkehrte, floss allerdings nur ein müdes Rinnsal.

Sylvia erlitt gerade einen hysterischen Anfall, also schnappte ich mir Oilell von Bardo und geleitete meine Schwiegermutter in eine Ecke der Lichtung, zusammen mit sechs krakeelenden Kindern, die weiter allerlei kapitalistische Konsumgüter forderten. Michael war in Richtung Landstraße gerannt, in der Hoffnung, dort einen Notruf absetzen zu können. Simon befahl Bardo, ein paar Eimer Wasser heranzuschaffen, und lenkte den Strahl des Gartenschlauchs auf die Flammen. Louisa flehte ihn an, das Feuer um Himmels willen nicht zu löschen, weil uns die Göttin in ihren Augen damit signalisierte, dass sie mit dem Opfer zufrieden war, und verstummte vorübergehend, als ihr Simon mit dem Schlauch ins Gesicht spritzte – ein Ausdruck der Sorte Geschwisterliebe, wie ich sie auch von meinen Kindern kenne. Dann war in der Ferne wie durch ein Wunder das Heulen von Sirenen zu hören, und kurz darauf bretterte die Feuerwehr mit zwei Einsatzfahrzeugen auf die Lichtung und bereitete dem Feuer der Göttin ein rasches Ende, allen Protesten der triefnassen Louisa zum Trotz.

Wie sich herausstellte, hatte ein Farmer in der Nähe den brennenden Weidenmann gesehen und die Feuerwehr auf den Plan gerufen, weil »kein vernünftiger Mensch an Weihnachten ein Lagerfeuer« machen würde. Zum Glück hatte es diesen Monat mehrfach geregnet; die Flammen hatten nicht auf die nassen Bäume übergegriffen und daher keinen allzu großen Schaden angerichtet.

Allerdings ernteten Louisa und Bardo in ihren weißen Kutten ziemlich missbilligende Blicke von den Feuerwehrleuten, da konnten sie noch so oft betonten, es handle sich um »Druiden-Roben« und sie hätten lediglich ihrer Göttin ein symbolisches Opfer dargebracht. Noch peinlicher wurde es, als Louisa sie einlud, mit ihr um die verkohlten Reste des Weidenmannes zu tanzen und die Göttin darum zu bitten, sie möge ihren Samen fruchtbar machen. Die Männer lehnten konsterniert ab und machten sich schleunigst vom Acker – mit eingeschaltetem Martinshorn, damit ihnen auf der Flucht auch ja nichts in die Quere kam.

»Das war ein voller Erfolg«, bemerkte Louisa zufrieden. »Ich habe das Gefühl, die Göttin ist sehr angetan von unserem Opfer. Wir werden zweifellos weiterhin in ihrer Gunst stehen.«

»Dürfen wir uns jetzt was auf dem iPad ansehen?«, fragte Coventina.

Der Weihnachtstag begann trüb und feucht, und das war auch gut so, denn das Innere des Weidenmannes glomm noch leicht. Wir stapften durch den Morast zur Hauptjurte hinüber, und sobald Sylvia und Michael eingetroffen waren, gab es einen höflichen, wenn auch wenig enthusiastischen Austausch von Geschenken. Ohne Weihnachtsbaum war es einfach nicht dasselbe, obwohl Louisa behauptete, ein ordentliches Sonnwendfeuer sei um Welten besser als ein mit mickrigen Kerzen geschmückter Baum. Anstelle der geplanten Chrysanthemen-Ananas hatte ich als Tisch-Schmuck ein Gesteck aus Efeu und Stechpalmenzweigen angefertigt. Misteln sind in Schottland eher eine Seltenheit, aber das war auch besser so; unsere Gastgeber hatten bereits eine halbe Fußballmannschaft in die Welt gesetzt, da sollte man sie vermutlich nicht zur Zeugung weiterer Kinder ermutigen.

Zu meiner großen Freude hatten Sylvia und Michael ordentliche Getränke für das Festmahl gesponsert, somit blieb uns der Pastinakenwein samt seiner aufwühlenden Wirkung erspart, vom Met ganz zu schweigen. Bardo leerte binnen einer halben Stunde quasi im Alleingang eine Flasche Bollinger, dann erhob er sich mit den Worten »Zeit, den Festtagsschmaus zuzubereiten«. Ich fragte mich, welche Pastinakenvariation er uns wohl heute kredenzen würde. Nach dem Pastinakeneintopf am ersten Tag hatte es gestern einen Pastinakenauflauf gegeben, und neben dem Ofen lag ein eselsohriges Buch mit dem Titel *101 Rezepte mit Pastinaken.*

Bardo verschwand – und kehrte zwei Minuten später vollkommen aufgelöst zurück. »Die Ratten haben unsere Vorräte vernichtet!«, berichtete er mit zitternder Stimme. »Wir haben keine Pastinaken mehr!«

»Nein!«, jaulte Louisa auf. »Nicht die Pastinaken!«

»Das ist unser Ruin!«, stöhnte Bardo. Er sank auf eine Kabelrolle, griff sich die nächste Champagnerflasche und kippte sich den Inhalt in die Kehle.

»Womit haben wir die Göttin derart erzürnt?«, klagte Louisa, die ebenfalls bereits mehrere Gläser Schampus intus hatte (»Champagner ist ein sehr reiner Wein, der wird Oilell nicht schaden«). »Was soll nun aus uns werden? Unsere armen Kleinen werden Hunger leiden!«

»Red doch nicht so einen Stuss, Louisa!«, wies ihr Vater sie zurecht. »Ihr werdet eben morgen einkaufen gehen müssen, wie andere Leute auch. Ihr habt von mir gerade einen Scheck über tausend Pfund gekriegt, das sollte doch wohl fürs Erste reichen.«

»Amaris«, erinnerte sie ihn mit mürrischer Miene. Es passte ihr sichtlich nicht in den Kram, dass ihr Problem so mir nichts, dir nichts gelöst sein sollte, hatte sie es doch sehr genossen, die melodramatische, dem Untergang geweihte Mutter zu mimen.

»Ich frage mich allerdings, was wir heute essen sollen«, stellte Michael fest.

»Ich habe für den Notfall ein paar Lebensmittel mitgebracht, daraus ließe sich bestimmt etwas zaubern«, sagte ich. »Und es gibt hier doch sicher noch etwas anderes als Pastinaken, oder?« Ich schickte Simon los, damit er meine Tasche holte, dann durchsuchte ich Louisas »Küchenschrank« und konsultierte wieder einmal Fanny Cradock.

Eine Stunde später war das etwas untypische (dafür aber Pastinaken-freie) Weihnachtsdinner fertig. Sylvia, heute wieder ganz die patente Hausfrau, hatte mich tatkräftig unterstützt, und meiner Meinung nach konnten wir stolz auf das sein, was wir dank Fanny aus den mitgebrachten Lebensmitteln sowie unter Zuhilfenahme einer Packung Linsen und etwas verschrumpeltem Wurzelgemüse fabriziert hatten: Es gab einen Linsen- und einen Sellerie-Rote-Beete-Salat, beide mit French Dressing, für das wir neben einem Schuss von Michaels hervorragendem Burgunder (der laut Fanny als Weinessig-Ersatz dienen konnte) ein wenig Öl zweifelhaften Ursprungs verwendet hatten, und dazu Rotkohl, den wir mit Glühweingewürz aus meiner Krimskrams-Tasche aufgepeppt hatten. Für die Kinder hatten wir einen »Käse-Kartoffel-Auflauf« gemacht – im Grunde genommen Püree mit Reibekäse, aber »Auflauf« klang eher nach ordentlichem Essen. Wie gut, dass ich eine große Auswahl an festlichem Käse von zu Hause mitgenommen hatte! Den krönenden Abschluss bildete denn auch eine schöne große Käseplatte, jedenfalls für alle, die nicht wie Louisa und Bardo Veganer waren. Außerdem hatte Simon am Vortag bei Sainsburys Mince Pies besorgt, und zum Dessert verspeisten wir edle Pralinen, beigesteuert von Sylvia und Michael.

Selbst Bardo zeigte sich beeindruckt von dem Festmahl, das wir zusammengeschustert hatten. Er hatte sich auf dem Platz neben mir niedergelassen und belaberte mich ungeniert, den Mund voll Sellerie und Roter Beete.

»Mit deinen zahlreichen Fähigkeiten wärst du für uns hier eine wertvolle Stütze, Ellen«, nuschelte er und fuhr, als ich bescheiden abwinkte, fort: »Du solltest aussteigen und zu uns ziehen. Und nimm die Kinder mit; denen würde es auch guttun, sich nicht länger vom System belügen zu lassen, sonst mutieren sie über kurz oder lang zu kapitalistischen Zahnrädern in der riesigen Maschinerie des Verderbens, mit der Bill Gates unseren Planeten vergewaltigt.«

»Bill Gates vergewaltigt unseren Planeten?«, wiederholte ich mit gerunzelter Stirn.

Er nickte. »Wusstest du das nicht? Er lässt nach und nach alle Vögel durch getarnte Überwachungsdrohnen ersetzen. Schon bald wird es nirgendwo mehr sicher sein, weil uns die Dinger überall ausspionieren werden.«

»Sag mal, hast du wieder was von deinem Met getrunken, Bardo?«

»Es stimmt, Ellen!« Er schüttelte den Kopf. »Und Bill Gates ist der Mann, der hinter all dem steckt. Die Spionage-Drohnen in Vogelgestalt sind nur die Spitze des Eisbergs.«

»Also, das klingt mir alles ziemlich weit hergeholt. Bill Gates soll ein ausgesprochen großzügiger Philanthrop sein. Hat er nicht schon zig Milliarden Dollar gespendet, für Impfkampagnen und Initiativen für sauberes Wasser?«

»Ja, das will man uns weismachen.« Bardo war mir unangenehm nahe auf die Pelle gerückt. In seinem Bart hingen Rote-Beete-Stückchen, seinen Mundgeruch konnte man mit Fug und Recht als Chemiewaffe bezeichnen. Louisas selbstgemachte Zahnpasta konnte es ganz offensichtlich nicht mit Colgate aufnehmen. »Aber was ist in diesem Wasser und den Impfstoffen drin? Er lässt Kindern Microchips implantieren und dem Wasser bewusstseinsverändernde Substanzen beifügen, um seine Armee kontrollierbarer Zombies auszubauen und die Weltherrschaft an sich zu reißen! Und die Drohnen in Vogelgestalt halten Ausschau nach Abtrünnigen, die seine Machenschaften durchschaut haben und versuchen, die Menschheit zu warnen. Deshalb können wir über all das nur nach Einbruch der Dunkelheit reden, wenn die Vögel schlafen.«

»Aber ... Drohnen brauchen keinen Schlaf«, gab ich zu Bedenken. »Die könnten uns doch rund um die Uhr ausspionieren.«

»Schon, aber wenn nachts Vögel rumfliegen, schöpfen die Menschen Verdacht und kommen Bill Gates auf die Spur. Er ist ein sehr kluger Mann, Ellen.«

»Aber was ist mit den Eulen?«, fragte ich, wohl wissend, dass ich es bereuen würde. »Und mit den Nachtigallen und den Nachtschwalben, und all den anderen Nachtvögeln? Außerdem könnte Bill Gates doch auch einfach Spionage-Igel bauen, oder? Alle lieben Igel.«

Bardo erstarrte. »Eulen«, hauchte er entsetzt. »Verdammt! Eulen. Und Igel! Natürlich! Gut mitgedacht, Ellen, sehr gut mitgedacht. Genau deshalb solltest du zu uns ziehen. Wenn es soweit ist, werden wir helle Köpfe wie dich für den Widerstand benötigen. Verkauft euer Haus, all euer Hab und Gut – alles, was euch an die kapitalistische Tretmühle bindet – und investiert den Erlös in unseren Retreat. Kommt zu uns, alle vier. Hier seid ihr frei! Wir werden eine große, glückliche Kommune sein.«

»Ähm, nein, danke.«

»Ellen ist eine von uns, Amaris!«, rief er zu Louisa hinüber, die mit ihrem dreckigen Säugling an der Brust im Bett lümmelte. »Sie hat mir gerade klargemacht, dass wir auch von Igeln,

Eulen und allen anderen Nachtvögeln überwacht werden. Ich habe ihr gesagt, dass sie mit Simon und den Kindern zu uns ziehen muss.«

»Von Eulen auf gar keinen Fall; sie sind die Geistertiere unserer Muttergöttin. Ich würde es merken, wenn ich eine künstliche Eule vor mir hätte. Aber die anderen Nachtvögel, und die Igel ... natürlich! Eigentlich total offensichtlich, die Viecher kruscheln ja immer irgendwo im Unterholz rum. Ja, Ellen, Simon, zieht zu uns!«

»Äh, was ist los?«, fragte Simon, der einer Anekdote über die hässliche Scheidung der Tochter von Sylvias Freundin Margaret Robinson gelauscht hatte.

»Ellen hat uns gerade über die neuesten Abhörmethoden aufgeklärt, mit denen uns Bill Gates, dieses Schwein, ausspioniert, um seinen Masterplan umzusetzen, im Zuge dessen er mit einer Armee genmodifizierter Menschen die Weltherrschaft an sich reißen will«, sagte Bardo überdreht.

»Nein, ich habe lediglich darauf aufmerksam gemacht, dass sich Bill Gates, wenn er tatsächlich vorhätte, die Weltherrschaft an sich zu reißen – was ich nicht glaube –, bestimmt etwas einfallen lassen würde, mit dem er die Menschheit auch nachts überwachen kann. Und die Eulen wären eine einleuchtende Lösung.«

»Wir haben den Wald vor Bäumen nicht gesehen«, stieß Bardo hervor. »Ihr *müsst* zu uns ziehen! Es wird dir bei uns gefallen, Simon. Hier kannst du noch ein richtiger Mann sein und im Einklang mit der Natur leben. Häuptling Falkenauge wird dir einen Geistführer suchen.«

»Nein, danke!«, sagten Simon und ich, zur Abwechslung in schönster Eintracht.

Gegenwart

Ich wünschte, ich könnte behaupten, dass nach diesem Weihnachtsfest ein Freigeist aus mir wurde, eine happy Hippie-Braut, die alles locker sieht und mit einem wohlwollenden Lächeln verfolgt, wie ihre Kinder barfuß mit der Natur Zwiesprache halten oder im goldenen Licht durch Maisfelder tollen. Doch das kann ich nicht. Aber immerhin ist mir damals bewusst geworden, dass ich mit dem nötigen Engagement – und der richtigen Einstellung – selbst an den unwahrscheinlichsten Orten für weihnachtliche Stimmung sorgen kann. (Natürlich ist es besser, wenn man einen Truthahn statt Pastinaken auf Lager hat und einen Supermarkt um die Ecke statt Louisas von Ratten geplünderten Vorratsschrank.) Ich habe gelernt, dass man das Vorhandensein von Käse nie dem Zufall überlassen sollte und dass Kabelbinder erstaunlich vielseitig einsetzbar sind.

Die Erlebnisse damals haben mir zudem vor Augen geführt, dass der Zauber von Weihnachten nicht von materiellen Dingen abhängt, denn die lassen sich fast ausnahmslos alle ersetzen, im Gegensatz zu den Menschen. Ty'r Ywen war ein zauberhafter Rahmen, aber selbst wenn Dad das Haus nach Grannys Tod behalten hätte und wir noch einmal dort Weihnachten gefeiert hätten, wäre es nicht dasselbe gewesen; nicht einmal mit allen Dior- und Givenchy- Kleidern dieser Welt. Ja, ich bin traurig, weil Jane und Peter nicht hier sein werden, aber ich sollte dankbar sein, dass ich Simon habe, denn auch er könnte eines Tages nicht mehr da sein. Konzentrier dich auf das, was du hast, und nicht auf das, was fehlt, so wie du es bei der feuchten, kalten Jurten-Weihnacht getan hast, sage ich mir. Und sei froh, dass wir eine Zentralheizung, warmes Wasser aus der Leitung und einen Weinlieferanten haben.

SONNTAG, 17. DEZEMBER

Als ich heute früh aufgewacht bin, war draußen alles weiß. Dicke, fette Flocken schwebten vom Himmel und erinnerten mich an das Märchen von Frau Holle. Aufgeregt weckte ich Simon.

»Aufwachen!«, rief ich aufgekratzt. »Es schneit!«

Er gab ein »Hmmmpf« von sich und zog sich die Decke über den Kopf.

»Simon! Wach auf! Es schneit!«

»Und?«

»Es schneit!«

»Und deswegen weckst du mich?«

»Ja! Findest du es nicht aufregend, dass es schneit?«

»Nein. Schnee ist bloß Wetter, und Wetter ist nicht sonderlich aufregend.«

»Wie kannst du so etwas sagen? Schnee ist märchenhaft! Er verbirgt alles Hässliche und Trostlose unter einer wunderschönen weißen Decke und taucht die Landschaft in jungfräuliches Weiß.«

»Bis irgendwer drüber latscht und Fußabdrücke darin hinterlässt. Oder die Hunde gelbe Muster reinpieseln. Und

Schnee, der zu braunem Matsch schmilzt, wirkt auch nicht gerade jungfräulich.«

»Du hast null Sinn für das Schöne«, schnaubte ich. »Sag, was du willst; frisch verschneite Landschaften sind *märchenhaft*.«

»Ich habe sehr wohl einen Sinn für das Schöne, und ich fände es nun mal *schön*, heute auszuschlafen«, brummte Simon. »Los, komm wieder ins Bett, da kann man auch allerlei Schönes erleben.«

»Ich kann meine Zeit unmöglich im Bett verschwenden, wenn es draußen schneit! Vögeln können wir jederzeit, Schnee gibt es nur einmal im Jahr.«

Rasch schlüpfte ich in Jeans, warme Socken und einen zu meiner »Herumtollen im Schnee«-Vision passenden bunten Wollpullover und rannte nach unten, um die Hunde zu wecken. Doch die reagierten wie Simon mit Unmut auf mein überschwängliches »Es schneit! Es schneit!« und ließen sich nur ausgesprochen widerstrebend von mir in den Garten scheuchen. Barry, mit Abstand der folgsamste der drei, vollführte nach einer nachdrücklichen Aufforderung von meiner Seite immerhin zwei, drei halbherzige Sprünge, doch Judgy und Flora wollten nichts davon wissen. Dafür hinterließen sie alle einen gelben Fleck im jungfräulichen Weiß, wie Simon es mir prophezeit hatte, und Barrys Pfotenabdrücke taten ein Übriges. Aber, hey, es schneite noch immer; bestimmt war von all dem schon bald nichts mehr zu sehen.

Auch die Hühner zeigten sich vollkommen unbeeindruckt von der weißen Pracht. Sie beschwerten sich indigniert gackernd über diesen Unsinn und verzogen sich eilig wieder in ihren Stall.

Somit blieb mir nichts anderes übrig, als allein in meinem Winterwunderland umherzutollen. Der Spaßfaktor hielt sich allerdings in Grenzen – allein kann man beispielsweise keine Schneeballschlacht veranstalten, und auch das Schneemannbauen wird rasch langweilig, wenn man es allein tut. Trotzdem machte ich weiter, schon deshalb, weil Simon zweifellos »Ich hab doch gesagt, Schnee ist bloß kalt und nass« klugscheißern würde, wenn ich gleich wieder reinging. Ich stattete meinen Schneemann mit einem Schniedel aus in der Hoffnung, dass sich die Kinder darüber amüsieren würden, denn natürlich schickte ich ihnen ein Foto davon. Einen passiv-aggressiven Kommentar à la »Wish you were here« verkniff ich mir und war deshalb ziemlich stolz auf mich. Jane antwortete zwar nicht, aber diesmal erhielt ich erstmals wieder eine Lesebestätigung, was mich dazu ermutigte, gleich noch ein paar Fotos von den Hunden im Schnee hinterherzuschicken. Wieder keine Reaktion, aber weitere blaue Häkchen, immerhin. Sie ignorierte meine Nachrichten also nicht mehr, das wertete ich als kleinen Fortschritt.

Als ich schließlich meine Zehen nicht mehr spürte, kehrte ich schlotternd ins Haus zurück, um mir Tee und Toast zu Gemüte zu führen und Simon stolz den urkomischen Schnappschuss meines Schneemannes mit Dauererektion zu zeigen. Er schüttelte bloß den Kopf.

Dass Peter das Bild noch nicht gesehen hatte, erfüllte mich nach einer Weile mit Sorge, und so schickte ich ihm, allen guten Vorsätzen zum Trotz, eine Reihe von zusehends panisch klingenden Nachrichten, bis hin zu der Frage »Bist du tot?« Dann kam endlich eine Antwortet.

Mir geht's gut. War tauchen.

Ah. Gott sei Dank. Hab mir bloß Sorgen
gemacht, weil du nicht reagiert hast.

Was soll überhaupt die Frage »Bist du tot?«
Wenn's so wär, könnt ich nicht antworten.

Schon, aber es könnte ja jemand
dein Handy finden und deine arme,
verängstigte Mami, die dich sehr liebhat,
informieren.

Du bist echt ganz schön ballaballa.

Hauptsache, dir geht's gut, Schatz! HDL!

HDAL

Alles in Allem konnte man das als herzliche, bedeutungsvolle Interaktion mit meinen Kindern bezeichnen, weshalb ich beide Unterhaltungen als Erfolg wertete.

Gegen Mittag schaltete ich, da es nach wie vor schneite, auf Überlebensmodus. Gut, dank Fanny Cradock habe ich mir schon vor einer halben Ewigkeit angewöhnt, alljährlich vor Weihnachten haufenweise Vorräte »für den Notfall« einzulagern (wenngleich es sich dabei nicht um Selbstgemachtes handelt, sondern um Lebensmittel in Dosen und Gläsern), diesbezüglich kann ich mich also entspannen.

Dafür habe ich aus all dem Grünzeug, das im Gemüsefach unseres Kühlschranks vor sich hin dümpelte, drei verschiedene Suppen gekocht und dazu zwei Wecken Brot gebacken. Und zwar *nicht* deshalb, weil ich mich beschäftigen musste, um meinen Kindern keine Nachrichten zu schicken, in denen ich sie anflehe, an Weihnachten nach Hause zu kommen, weil Weihnachten ohne sie einfach nicht dasselbe wäre. O nein!

Ähem. Gerade backe ich einen Apfel-Zimt-Kuchen.

»Was ist denn hier los?«, fragt Simon, der eben in die Küche gekommen ist, und sein Blick wandert über die drei riesigen Töpfe voller Suppe, die zwei Brotwecken und den Magimix, in dem ich den Teig zubereite.

»Ich sorge vor«, erkläre ich beschwingt. »Sollten wir eingeschneit werden, haben wir jede Menge gesundes, nährstoffreiches Essen da und müssen uns nicht wie Doktor Schiwago in den Schneesturm hinauswagen, um Grundnahrungsmittel zu besorgen. Ich habe Brot gebacken und dreierlei Suppen gekocht, und außerdem haben wir für den Notfall vier Packungen Milch im Tiefkühler.«

»Die vier Packungen, die ich nie auftauen und verwenden darf?«, fragt Simon. »Ellen, die liegen jetzt seit drei Jahren im Tiefkühler. Ich bezweifle stark, dass die Milch nach all der Zeit überhaupt noch gut ist.«

»Herrgott nochmal, Simon, das haben wir doch alles schon zig Mal besprochen. Wenn etwas tiefgefroren ist, dann hält es ewig, dafür friert man es schließlich ein.«

»Warum steht dann auf allen Lebensmitteln, wie lange man sie im Tiefkühler lagern kann? Und wozu gibt es in jeder Gefriertruhe ein Schild, auf dem steht, was man wie lange einfrieren darf?«

»Das sind alles bloß Tricks der Marketing-Abteilung von Supermärkten und Kühlgeräteherstellern«, winke ich ab. »Die stecken alle unter einer Decke. Sie wollen, dass wir alles entsorgen und neue Lebensmittel kaufen, aber das ist total unnötig. Einfrieren ist wie Einmachen, die Sachen halten ewig.«

»Das seh ich anders. Also, bei der Milch aus dem Tiefkühler bin ich raus. Genauso wie bei den zwei Gläsern mit braunrotem Schlunz, den du schon besitzt, seit wir uns kennen.« Simon öffnet den Kühlschrank. »Da halte ich es lieber mit Doktor Schiwago und stelle mich dem ›Schneesturm‹, falls wir wider Erwarten *noch* mehr Milch brauchen sollten. Hier drin stehen nämlich auch noch vier Packungen.«

»Hallo? Du redest hier von Granny Greens Roter Beete! Und im Übrigen hast du wohl nicht kapiert, was ›eingeschneit‹ bedeutet, nämlich, dass man nicht einkaufen gehen *kann*!«

»Das wäre schlecht. Du hast im Zuge deiner Backorgie die ganze Butter aufgebraucht.«

»Kein Problem, wir haben noch einen halben Liter Sahne, daraus kann man im Magimix Butter schlagen. Hab ich auf Instagram gesehen, und in *Unsere kleine Farm* machen sie es auch so.«

»Stimmt, die hatten da bekanntlich auch einen Magimix.«

»Nun sei doch nicht so ein Miesepeter, Simon! Es wäre doch toll, eingeschneit zu sein. Endlich Zeit für Zweisamkeit statt Stress, weil man noch schnell hierhin und dorthin muss!«

»Vor zwei Wochen war die Vorstellung von trauter Zweisamkeit an Weihnachten noch der größte Horror für dich.«

»Aber wenn man eingeschneit ist, ist es ganz was anderes!«

Simon zieht die Nase kraus. »Also, ich weiß nicht. Früher oder später flippst du garantiert aus, wenn wir hier festsitzen.«

»Woher willst du das wissen? Wir waren doch noch gar nie eingeschneit.«

»Ich sage nur Windpocken-Weihnachten. Eine Woche Isolation!«

»Da hatten wir eine Horde Kinder im Haus, nebst deiner *und* meiner Schwester. Zu zweit eingeschneit zu sein wäre etwas ganz anderes.«

»So, so.«

»Ja! Und im Nachhinein betrachtet war das Windpocken-Weihnachtsfest gar nicht sooo schlimm. Irgendwie fand ich es sogar lustig.«

Vor elf Jahren

Louisa war, nachdem sie Bardo den Widerlichen verlassen hatte, nach Frankreich gezogen, in die Nähe von Sylvia und Michael, und in dem Jahr hatte sie sich in den Kopf gesetzt, uns an Weihnachten mit ihren sechs Dreckspatzen heimzusuchen, weil sie mal wieder fand, es sei an der Zeit, dass sich unsere und ihre Kinder besser kennenlernten (»Und welche Gelegenheit wäre dafür günstiger als die heilige, mythische Zeit zum Jahresausklang?«).

Ich konnte schlecht ablehnen, denn Sylvia und Michael hatten beschlossen, eine Kreuzfahrt zu buchen, mein Vater machte mit Ehefrau Nummer ich-weiß-nicht-wieviel einen Golfurlaub in Portugal, meine Mutter war mit Geoffrey aus unerfindlichen Gründen zum Weihnachtsdinner beim örtlichen Gutsherren eingeladen und nässte sich vor Stolz beinahe ein, wann immer sie davon erzählte, und Jessica wollte mit Neil und den Kindern in ein Eishotel in Lappland, was von all ihren durchgeknallten Ideen wohl die bislang unpraktischste war. Somit hatte ich keine plausible Ausrede parat und sah mich außerstande, Louisa auszuladen. Und es war mir ehrlich gesagt lieber, wenn sie zu uns kam, denn hier hatte ich wenigstens Verstärkung in Gestalt von Nigella Lawson, Delia Smith, Fanny Cradock und – nicht zu vergessen – meinem Lebensmittel-Lieferanten. Ich hatte in dem Jahr, in dem wir Weihnachten in Bardos holistischem Retreat verbracht hatten, zahlreiche Lektionen fürs Leben gelernt, aber ich konnte gut und gern darauf verzichten, noch einmal spontan ein Festmahl aus Wurzelgemüse aus dem Ärmel schütteln zu müssen.

Laut unserer Abmachung sollte Louisa mit dem Rest ihrer Wanderflohzirkus-Truppe am 22. Dezember bei uns einfallen. Am 21. erhielt ich einen panischen Anruf von Jessica.

»Ich habe ein Problem, Ellen! Es gibt irgendwelche Schwierigkeiten bei der Unternehmensfusion, mit der Neil gerade beschäftigt ist, deshalb muss er morgen nach Dubai, und dort bleibt er, wie es aussieht, über Weihnachten! Was soll ich denn jetzt machen?«

»Naja, du willst doch in dieses Eishotel, oder?«

»Aber doch nicht ohne Neil!«

»Warum denn nicht?«

»Ich habe *Kinder*! Ich kann unmöglich allein mit zwei Kindern verreisen!«

»Andere Mütter tun das doch auch.«

»Es ist mir ein Rätsel, wie sie das schaffen. Und ich habe gesehen, wie gestresst sie sind, wenn sie auf Flughäfen schimpfend ihren Sprösslingen hinterdreinrennen, die zwischen den anderen Passagieren hin- und herflitzen und ihnen mit ihren

Mini-Rollkoffern in die Hacken fahren. Es ist grauenhaft! Ich kann das nicht. Man wird mich für eine alleinerziehende Mutter halten! Ich hab versucht, unsere Nanny Marie-Christine aus Genf zu überreden, dass sie mich begleitet, aber sie fährt nach Hause und hat sich rundheraus geweigert, umzudisponieren. Ausgesprochen unhöflich von ihr.«

»Ich verstehe noch immer nicht so richtig, wo das Problem liegt.«

»Ist das nicht offensichtlich? Ich habe keine Ahnung, wie ich klarkommen soll, wenn ich eine ganze Woche mit meinen Kindern allein bin!«

»Aber du kommst immer klar, Jessica! Du bist eine *Meisterin* im Klarkommen und Organisieren! Du kriegst immer alles gebacken!«

»Ja, indem ich *delegiere*! Ich sage den Leuten, was sie tun sollen, aber wie soll das bitte gehen, wenn ich allein bin?«, jammerte Jessica. »Wie soll ich am Flughafen auf Persephone und Gulliver *zugleich* aufpassen, so ganz ohne Neil? Und stell dir mal vor, in Lappland schlägt ein räudiges Rentier aus und erwischt einen meiner kleinen Lieblinge am Kopf! Was, wenn das verletzte Kind in ein Krankenhaus geflogen werden muss, und dann stellt sich raus, dass im Helikopter kein Platz für das andere Kind ist! Was soll ich denn dann machen, hm? Soll ich es etwa zurücklassen? Den marodierenden Rentieren ausliefern? Oder bei ihm bleiben, um es vor den Viechern zu beschützen, und dafür mein armes, versehrtes Kind irgendwelchen wildfremden norwegischen Sanitätern überlassen?«

In diesem Moment kam ich mir, verglichen mit Louisa und Jessica, sehr normal vor. Louisa ist ein gutes Beispiel dafür, dass man definitiv zu locker und gechillt sein kann, aber in

Sachen Schwarzmalerei ist mir meine Schwester um Welten voraus.

»Du musst mir helfen, Ellen! Bitte!«, flehte sie. »Kann ich an Weihnachten zu euch kommen?«

Wenn Jessica einmal einen Entschluss gefasst hat, dann ist es wie bei Louisa ziemlich sinnlos, sie umstimmen zu wollen. Darum sagte ich mir: Gut, warum nicht? Je mehr, desto besser! Vielleicht wird es ja ganz lustig. Was soll schon groß passieren?

Hmpf. Wann werde ich es mir endlich abgewöhnen, das Schicksal herauszufordern?

»Ellen? Bist du noch dran?«, tönte es aus dem Telefon. »Also, ich komme dann morgen. Neils Flieger geht gleich in der Früh, und sobald die Kinder auf und startklar sind, fahren wir los. Wir sollten im Laufe des Nachmittags ankommen.«

»Alles klar, bis dann!«, sagte ich und überlegte bereits fieberhaft, wo die ganze Meute schlafen sollte.

»Ich bringe ein Glas Rote Beete und einen Plum Pudding von Fortnum & Mason mit.«

»Du hast einen Plum Pudding gekauft, obwohl ihr Weihnachten in Lappland verbringen wolltet?«

»Na, klar, ich hätte ihn mitgenommen. Und die Rote Beete auch. Tradition ist Tradition«, sagte Jessica, als wäre es das Normalste der Welt, mit einem Glas Roter Beete und einem Plum Pudding im Gepäck nach Lappland zu reisen.

»Verstehe. Tja, dann bis morgen.«

Okay, dachte ich nach dem Telefonat und sah mich ratlos um, wo zum Teufel soll ich die hier alle unterbringen? Nun, es war ja nur für ein paar Tage, es würde schon irgendwie klappen. Jessica würde wohl auf dem Sofa nächtigen müssen, ob es ihr passte oder nicht. Louisa und ihre drei Jüngsten kriegten das Gästezimmer, die Bettlaken konnte ich ja hinterher notfalls verbrennen. Die übrigen Kinder konnten auf Luftmatratzen und Isomatten bei Peter und Jane im Zimmer schlafen.

Wird schon schiefgehen, sagte ich mir optimistisch. Schon sah ich sie alle mit einem strahlenden Lächeln und glänzenden Augen im Wohnzimmer sitzen, neben meinem (sehr geschmackvoll dekorierten, geradezu märchenhaft schönen) Weihnachtsbaum. Was kann es Beglückenderes geben als zwei Kinder, die ihre Weihnachtsstrümpfe plündern? Richtig, zehn Kinder, die ihre … O Gott, zehn? Waren es tatsächlich *zehn*? Mist. Na, gut. Zehn Kinder und vier Erwachsene, insgesamt also vierzehn Leute. Das waren nicht so viele wie damals auf Ty'r Ywen, und da war ja auch alles glimpflich verlaufen. Okay, dort waren die Gäste erwachsen gewesen, und keiner von ihnen auch nur annähernd so gaga wie Louisa, aber, hey, ich würde das Kind schon schaukeln.

Simon war weniger überzeugt.

»Wie jetzt, Jessica kommt keine drei, vier Tage allein mit ihren zwei Kindern zurecht?«

»Offenbar nicht.«

»Halleluja. Die bekloppte Psychotante und die verstrahlte Knalltüte unter unserem Dach vereint. Damit wären dann beide Enden des Spinner-Spektrums abgedeckt.«

Er stand vom Sofa auf und griff sich die Autoschlüssel.

»Wo willst du hin?«

»Einkaufen. Wir werden *deutlich* mehr Wein brauchen.«

Louisa und ihre sechs Satansbraten fielen als Erstes bei uns ein. Wie üblich war schon von Weitem das Knallen von Fehlzündungen zu hören, ehe schließlich Louisas aktuelle Rostlaube draußen hielt und die halbe Straße in die traditionelle schwarze Wolke aus dem Auspuff hüllte.

Gleich darauf purzelte die ganze Bande aus dem Campingbus.

»Nicht hinsehen, Kinder, sonst wird eure Retina gescannt!«, zischte Louisa, weil im Rinnstein eine unschuldige Taube auf einem weggeworfenen Sandwichrest herumpickte. Ihre Blagen trotteten im Gänsemarsch durch unseren Vorgarten, und sobald sie alle im Haus waren, knallte Louisa die Tür hinter sich zu, sodass das Federvieh draußen erschreckt aufflatterte.

»Man muss ständig auf der Hut sein, Ellen«, dozierte sie. »Ist dir schon mal aufgefallen, wie viele Falken über der Autobahn kreisen? Es war eine anstrengende Fahrt.«

Sie hatte sich Boreas, den jüngsten Spross, mit einem Tragetuch an die Hüfte gebunden (er war das letzte Geschenk der Göttin, ehe Bardo mit Carol, der reichen Amerikanerin, fremdgegangen war). Die übrigen Kinder schwärmten sofort aus und bestaunten die Lichtschalter, die Heizkörper und den Fernseher.

»Es ist so warm«, bemerkte eins von ihnen und legte etliche Schichten schmutzstarrender Lumpen ab.

»Ich weiß, Schätzchen«, sagte Louisa. »Das ist wirklich nicht gesund. Ellen, können wir bitte ein Fenster öffnen?«

Praktischerweise hatte ich dank ihrer Paranoia gleich eine Ausrede zur Hand: »Aber dann können euch die Tauben hören!« Soweit kam es noch, dass mein gemütliches, zentralgeheiztes Zuhause ihretwegen zum Kühlschrank mutierte! »Wo habt ihr denn eure Schuhe gelassen?«

Louisas Blick wanderte über vierzehn nackte und sehr dreckige Füße. »Wir tragen keine Schuhe mehr. Das ist ein ganz neues Lebensgefühl. Man ist so geerdet ohne Schuhe und spürt die Energie der Ley-Linien viel deutlicher.«

»Wie, ihr geht im Dezember barfuß raus?«, fragte ich verblüfft.

Louisa nickte. »Das würde ich nicht essen, Cedric«, sagte sie zu ihrem Ältesten, der mithilfe eines langen, schwarzgeränderten Fingernagels soeben etwas Schmalz aus seinem Ohr geholt hatte, und fuhr dann, an mich gewandt, fort: »Wir gehen das ganze Jahr über barfuß. Man fühlt sich dann so naturverbunden, erst recht im Winter. Du solltest es unbedingt ausprobieren!«

»Ähm, lieber nicht, danke. Tja, dann kommt mal mit in die Küche.«

»Und guckt bloß nicht zum Fernseher«, ermahnte Louisa ihre Kinder. »Auch damit können sie eure Retina scannen.«

»Seht mal, was ich zur Feier des Tages für euch besorgt hab: Bio-Mince-Pies, vegan und glutenfrei!«, verkündete ich stolz.

»Ach herrje. Da ist Industriezucker drin, Ellen, das ist das pure Gift! Coventina, stopp! Spuck das sofort wieder aus! O nein, du hast es bereits runtergeschluckt. Tja, ich werde nachher deine Aura reinigen müssen. Ellen, die Mikrowelle bereitet mir Kopfzerbrechen.«

»Wieso?«

»Na, wegen der tödlichen Strahlung! Können wir die nicht rausschaffen?«

»Nein. Wenn du ein Problem damit hast, kannst du Weihnachten gerne bei euch zu Hause in Frankreich verbringen.«

»Kann ich nicht«, brummte Louisa. »Meine Mutter hat die Kammerjäger bestellt, als sie gehört hat, dass wir zu euch fahren. Ich habe ihr gesagt, auch Ratten und Kakerlaken haben ein

Recht auf Leben, aber damit bin ich bei ihr auf taube Ohren gestoßen. Ich hab darauf bestanden, dass die Kammerjäger nur Zitronensäure und humane Fangmethoden einsetzen, keine Chemikalien, aber wir dürfen trotzdem erst in einer Woche wieder rein.«

Es klingelte, und ich ging zur Tür, während sich Louisa mit gerunzelter Stirn in der Küche umsah auf der Suche nach weiteren gefährlichen Gegenständen, die sie töten oder bespitzeln konnten. Wahrscheinlich war der Magimix in ihren Augen auch hochgradig verdächtig.

Vor der Tür stand meine gestresst wirkende Schwester, flankiert von Persephone und Gulliver. Sie hatten Berge von Gepäck dabei – und einen kleinen weißen Flauschball.

»Ich hab's geschafft!«, rief sie triumphierend, als hätte sie eine Alpenüberquerung à la Hannibal hinter sich statt der zweistündigen Fahrt auf der Autobahn in ihrem Mercedes mit Vierradantrieb.

»Was ist das?« Ich zeigte mit einer Kopfbewegung auf den fluffigen Vierbeiner.

»Das ist BooBoo, mein Hund.«

»BooBoo?«

»Den Namen haben die Kinder ausgesucht.«

»Seit wann hast du einen Hund?«

»Seit ungefähr drei Wochen.«

»Sieht mir aber nicht wie ein Welpe aus.«

»Sie ist achtzehn Monate alt. Ich hab sie von meinem Arbeitskollegen Carl, der aus steuerlichen Gründen auf die Cayman-Inseln gezogen ist und sie nicht mitnehmen konnte. Wir hatten großes Glück, diese Rasse ist sehr selten.«

»Was ist es denn?«

»*Sie* ist ein Avacockajackasprackapoo.«

»Ein was?«

»Ein Avacockajackasprackapoo. Sag bloß, die kennst du nicht? Ich dachte, du bist so bewandert, was Hunde angeht? Avacockajackasprackapoos sind etwas ganz Besonderes. Eine spezielle Züchtung für Allergiker.«

»Und? Ein Hund ist ein Hund, Herrgott nochmal.«

»BooBoo hat mich 4000 Pfund gekostet.«

»4000 Pfund? Für einen Hund? Und warum hast du mir nicht gesagt, dass du einen Hund mitbringst? Was ist mit Judgy?«

»Hunde lieben es, mit anderen Hunden zu spielen.«

»Judgy ist ein Border Terrier, die sind da etwas anders gestrickt«, erinnerte ich sie. »Egal, jetzt ist es ohnehin zu spät. Wir können nur hoffen, dass sich die beiden vertragen. Kommt doch rein. Louisa ist schon da.« Ich beäugte den Berg an Gepäckstücken, der hinter ihr stand. »Sag mal, braucht ihr das wirklich alles, oder könnte man das eine oder andere vielleicht im Auto deponieren?«

»Wir brauchen alles«, behauptete sie und hievte ihre unzähligen Taschen (gut die Hälfte der Sachen schienen BooBoo zu gehören) in unseren Vorraum. Ich machte vorerst gute Miene zum bösen Spiel, zumal Louisa erstaunlich wenig mitgebracht hatte, einmal abgesehen von ihren sechs Kindern und dem emotionalen Gepäck.

Zu meiner großen Erleichterung wirkte Judgy einigermaßen angetan von BooBoo. Er wusste zwar nicht so recht, an welchem Ende des Fellknäuels er zur Begrüßung schnüffeln sollte, aber zumindest verschlang er es nicht mit einem Happs.

Unverspeist blieben auch die veganen Mince Pies, denn Jessica vertrat in punkto Industriezucker die gleichen Ansichten wie Louisa. Trotzdem – und trotz diverser ernährungstechnischer Verbote, Vorlieben und Unverträglichkeiten – gelang es mir, sämtliche Gäste zu verköstigen (ein Hoch auf Fanny Cradock!). Danach mussten einige Stunden überbrückt werden, bis Simon aus dem Büro kam und ich Teil zwei der #OperationFutterFürDieFußballmannschaft anging.

Ich hatte an etwaige Brettspiele zum geselligen Zeitvertreib gedacht, doch als meine Schwester für das pädagogisch wertvolle *Scrabble* votierte, schrillten bei mir gleich die Alarmglocken, denn es stand zu befürchten, dass Persephone und Gulliver im Zuge dessen den Aufklärungsunterricht gleich mitgeliefert kriegen würden. Also behauptete ich, Peter hätte sämtliche Vokale verspeist (was gelogen war, er hatte lediglich mal ein *X* und ein *R* verschluckt), und Jessica glaubte mir. Am Ende wurde *Twister* gespielt, obwohl Louisa zunächst große Bedenken wegen der Gefährdung ihrer Kinder durch die Plastikdecke hatte, doch eine Ley-Linie überzeugte sie davon, dass es möglich war, sie einer Entgiftungskur zu unterziehen, sobald sie wieder in Frankreich waren. Ich hatte inzwischen die CD *Now That's What I Call Christmas!* eingelegt und eine Flasche Festtagslaune geöffnet, und dann sahen wir zu, wie sich die Kids kichernd auf der Twister-Decke verrenkten, bis sie vom Herumtollen und -kugeln ganz verschwitzt waren. Läuft ja gar nicht so übel bis jetzt, dachte ich, und dann bemerkte ich, dass sich Persephone den Bauch kratzte.

»Was ist denn das für ein Ausschlag auf ihrem Bauch?«, fragte ich Jessica.

»Der ist garantiert stressbedingt, nach dem Abschied von unserem Au-Pair heute früh … und von Neil natürlich.«

Doch Jane, die ausgesprochen hypochondrisch veranlagt ist, besah sich den Bauch ihrer Cousine aus der Nähe und krähte dann zufrieden: »Windpocken.«

»Was?«, rief ich alarmiert. Nein. Nein, nein, nein! Windpocken passten so gar nicht zu meiner Weihnachtsvision, zumal es in Fannys Buch kein Kapitel mit dem Titel *Wenn Ihre lieben Kleinen an Windpocken erkranken* gab.

»Windpocken. Ganz eindeutig«, wiederholte Jane.

»Woher willst du das wissen?«

»Von Google. Ich hatte letzte Woche einen Ausschlag, und ich hab gehofft, dass es die Windpocken sind, damit ich zu Hause bleiben kann.«

»Warum hast du mir nichts von dem Ausschlag gesagt?«

»Weil er nicht nach Windpocken aussah. Aber *das* hier sieht definitiv danach aus. Jetzt kriegen wir vermutlich alle die Windpocken, Persephone ist nämlich hochansteckend, und sie hat uns alle angeatmet.«

Jessica scrollte fieberhaft auf ihrem Handy rum. »Tatsächlich, Windpocken!«, stöhnte sie verzweifelt. »O Gott, mein armes Baby! Gulliver, komm her, lass dich anschauen!«

Gleich darauf stand fest, dass Gulliver ebenfalls krank war.

»Wie kann es sein, dass du nichts gemerkt hast?«, fragte ich.

»Das Au-Pair hat die beiden heute früh angezogen, und außerdem hast *du* Janes Ausschlag letzte Woche ja auch nicht bemerkt. O Gott. Soll ich sie in die Notaufnahme fahren?«

»Ich glaub, das ist nicht nötig. Es geht ihnen ja gut, mal abgesehen von den paar Pusteln«, beruhigte ich meine Schwester.

»Dann ein Arzt mit Notfallsprechstunde? Ich bin privat versichert.«

»Wie gesagt, ich glaube kaum, dass das nötig ist.«

»Darf ich dann zumindest den Notruf wählen und fragen, was ich tun soll?«, flehte sie.

»Ich glaube, es wäre das Beste, wenn du mit ihnen nach Hause fährst. Bis jetzt scheinen sie keines der anderen Kinder angesteckt zu haben, aber das wird sich definitiv ändern, wenn ihr hierbleibt. Wir haben hier nicht den Platz, um jemanden zu isolieren und die Ausbreitung zu verhindern.«

»Nein!« Jessica umklammerte meinen Arm. »Es ist Weihnachten, Ellen! Du darfst mich nicht nach Hause schicken!«, stieß sie hervor. »Wenn ich an Weihnachten allein mit zwei windpockigen Kindern zu Hause hocke, kommt garantiert kein bisschen märchenhafte Weihnachtsstimmung auf!«

»Naja, hier vermutlich ebenso wenig, wenn sie die übrigen Kinder anstecken. Ich meine, wenn es bloß um Peter und Jane ginge, würde ich sagen, okay, meinetwegen, früher oder später kriegen sie die Windpocken ohnehin, also können wir es genauso gut gleich hinter uns bringen. Aber was ist mit Louisas Kindern? Bestimmt will sie sie keinem Risiko aussetzen. Wenn sie sich nicht ohnehin bereits angesteckt haben.«

»Dann schick *sie* nach Hause! Ich bezahl ihr auch einen Minibus samt Fahrer, oder ich quartiere sie in einem Hotel ein. Aber bitte, bitte, lass mich hierbleiben! Louisa geht Weihnachten ohnehin total am A… vorbei. Die interessiert sich nur für ihren heidnischen Firlefanz.« Jessica war nun den Tränen nah.

»Okay, wir fragen sie einfach. Wo ist sie überhaupt?«

Wir fanden Louisa im Garten, wo sie weit weg von den »toxischen Strahlen« all unserer elektronischen Geräte barfuß im Gras stand und den Ley-Linien lauschte. Ich erläuterte ihr die Sachlage und unterbreitete ihr Jessicas Angebote, und sie überlegte einen Augenblick und sagte dann optimistisch: »Wir bleiben, Ellen. Die Göttin hat soeben zu mir gesprochen und mir aufgetragen, zuversichtlich zu bleiben. Meine Kinder werden bestimmt nicht krank. Die Windpocken sind eine Seuche der modernen westlichen Welt, die ihnen nichts anhaben kann, weil ich mich so hervorragend um ihr Immunsystem gekümmert habe.«

»Gut, und was ist mit dir? Hattest du mal Windpocken?«

»Keine Ahnung. Ist auch nicht weiter wichtig, ich war in einem früheren Leben Madame du Barry, die Geliebte von König Ludwig XV, der an Pocken gestorben ist, und ich habe sie damals nicht gekriegt, also habe ich ganz offensichtlich eine natürliche Immunität dagegen entwickelt, und meine Kinder vermutlich auch.«

»Ich glaube kaum, dass das mit der Immunität so funktioniert«, sagte ich.

»Doch, doch. Wenn ich all die Erlebnisse und Erinnerungen einer früheren Existenz mental abrufen kann, warum sollte sich dann nicht auch meine DNA daran erinnern? Das klingt doch logisch. Zweifellos mag ich genau deshalb auch keine Tapas, weil ich als Blanche von Bourbon in Spanien eingekerkert war und von meinem grausamen Ehemann König Peter I von Kastilien vergiftet wurde.«

»Ach, sieh mal an. Und ich dachte immer, du magst keine Tapas, weil du nicht gern teilst«, knurrte ich.

»Was?«

»Ach, nichts. Das sind alles hochinteressante Theorien, aber ich fürchte, die wissenschaftliche Beweislage ist eher dürftig.«

»Wissenschaft wird überbewertet«, winkte Louisa ab. »Alles nur Hypothesen und Hirngespinste.«

»Naja, schon auch Forschung und Beweisführung, nicht? Die Medizin, die Technologie … das sind doch recht evidenzbasierte Disziplinen.«

»Beweisführung.« Sie schnaubte verächtlich. »Was sind schon Beweise? Ich verlasse mich lieber auf die bewährten und vielfach erprobten Methoden der Ahnen.«

»Wenn etwas vielfach erprobt wurde und sich bewährt hat, dann ist das doch wohl evidenzbasiert.« Allmählich bereitete es mir Kopfschmerzen, Louisas Denkprozessen zu folgen.

»Ach, Wortklaubereien«, stellte sie fest. »Jedenfalls kann ich Persephone und Gulliver vielleicht helfen. Ich habe selbstgemachten Hagebuttensirup und Fire Cider dabei.«

Ich konnte Jessica davon überzeugen, dass ihren Kindern eine Beschäftigung, bei der sie sich ausruhen konnten, nicht schaden könne, und legte den Zeichentrickfilm *The Snowman* ein. Prompt gab es eine von Jane angestiftete Meuterei – die Kinder wollten lieber *Bad Santa* sehen, weil Janes Mitschüler Olly Martin behauptet hatte, das sei »der beste Weihnachtsfilm« überhaupt.

Unterdessen lief Jessica unruhig auf und ab und steckte Persephone und Gulliver alle dreißig Minuten das Fieberthermometer ins Ohr. Als bei Letzterem die Körpertemperatur um ein halbes Grad Celsius anstieg, musste sie sich hinsetzen und in eine Papiertüte atmen. Louisa versuchte, ihr mit Baldriantinktur die Schläfen zu massieren, aber es hatte den Anschein, als könnte Jessica in diesem Zustand nur noch eine Ketaminspritze beruhigen.

»Warum musste das ausgerechnet an Weihnachten passieren?«, schniefte sie. »Warum nicht an Ostern? Ostern ist total unwichtig.«

Simon hatte seinen letzten Arbeitstag vor Weihnachten beendet und kam in bester Laune nach Hause, wo zehn Kinder (zwei davon mit eiternden Pusteln übersät) Amok liefen, während meine Schwester hyperventilierend in der Ecke saß und Louisa den Inhalt meines Gewürzregals abfackelte, um »die Luft zu reinigen und böse Körpersäfte zu bannen«. Ich für meinen Teil setzte auf Selbstmedikation in Form von Chardonnay, der aber gegen das Brennen in meiner Kehle nach dem »Genuss« von Louisas Fire Cider nur wenig auszurichten vermochte.

»Was zum Teufel ist hier los?«, wollte er wissen.

»Windpocken«, informierte ich ihn mit düsterer Miene.

Louisa stürzte sich auf ihn, um ihm vorbeugend ebenfalls Fire Cider und Hagebuttensirup zu verabreichen. Jessica packte ihn unterdessen am Arm und fragte, ob es seiner Ansicht nach angezeigt sei, die Rettung zu rufen.

»Und was ist das?«, wollte er wissen, als BooBoo ins Wohnzimmer gewieselt kam, dicht gefolgt von ihrem treuen Verehrer Judgy, dessen Schnauze an ihrer Intimzone festgewachsen zu sein schien.

»Das ist BooBoo«, erklärte ich.

»Das darf doch verdammt nochmal alles nicht wahr sein.«

—

Zehn Kinder, vier Erwachsene und zwei Hunde mit Hormonstau in einem Einfamilienhaus durchschnittlicher Größe mit kleinem Garten, das ist … eine Herausforderung. Spätestens am 23. roch es überall durchdringend nach Zinklotion und – nachdem Gulliver eine Packung Schokoriegel im Schrank entdeckt hatte, als Jessica mal kurz auf dem Klo war – nach einer Mischung aus Calpol, Schokolade und Erbrochenem. Ich zündete entschlossen Zimt-Duftkerzen an und trug den Kindern auf, Orangen mit Nelken zu spicken, »der festlichen Atmosphäre wegen«.

»Wie diese Bisamäpfel, die die Leute im Mittelalter bei sich getragen haben, um den schwarzen Tod abzuwehren«, schnaubte Simon kopfschüttelnd.

Dem Nachwuchs war *langweilig*. Jessica und Louisa hatten es sehr bald aufgegeben, die Bildschirmzeit ihrer Kinder einzuschränken, doch nicht einmal Daddeln und Fernsehen half. Am 24. fiel mir wieder ein, dass ich im Oktober beschlossen hatte, die ungekrönte Do-it-yourself-Queen Fanny Cradock zu übertrumpfen und mit den Kindern selbst bedrucktes Geschenkpapier zu fabrizieren. Das ist doch mal eine ausgesprochen charmante Weihnachtsbastelei, hatte ich gedacht und für eine haarsträubende Summe Stempelkissen, Stempel und ökofreundliches braunes Recyclingpapier angeschafft. Kaum war ich wieder zur Besinnung gekommen, verschwand der ganze Kram im Verschlag unter der Treppe und ward nicht mehr gesehen – bis jetzt. Ich stellte es mir herzerwärmend vor, alle Cousins und Cousinen um den Küchentisch versammelt zu sehen, damit beschäftigt, ihr persönliches Geschenkpapier zu bedrucken. In meiner Vision schufen sie lauter kleine Meisterwerke, die für den bestimmungsgemäßen Einsatz viel zu schade waren und eigentlich gerahmt gehörten, zur Erinnerung an dieses wunderschöne Weihnachtsfest mit der Familie. Vielleicht entsteht daraus ja sogar eine neue Weihnachtstradition, dachte ich – jedes Jahr kommen ein, zwei neue Bögen dazu, und schon bald hat jede unserer Familien zu Hause eine kleine Sammlung hängen.

Es ließ sich gut an. Louisa und Jessica hatten meine Idee gutgeheißen, nachdem ich behauptet hatte, es handle sich um ökofreundliche Stempelkissen und Farben natürlichen Ursprungs. Die Kinder standen um den Küchentisch herum und sahen zum Knutschen aus in der Auswahl alter, von Simon aussortierter T-Shirts, die sie statt Schürzen trugen. Ich erklärte ihnen, was zu tun war, und erwog in einem Anfall von Größenwahn sogar, zusätzliche Stempel aus rohen Kartoffeln anzufertigen; wunderschöne, phantasievolle Motive, von denen man noch nach Jahren schwärmen würde: »Wisst ihr noch, die tollen Stempel, die Tante Ellen für uns aus Kartoffeln geschnitzt hat? Sie war so kreativ! Zweifellos hat sie mich zu der Künstlerin gemacht, die ich heute bin.«

Dann stellte ich das Radio an, und zu den weihnachtlichen Klängen von *Carols from King's* legten wir los. Ungefähr 45 Sekunden lang lief alles wunderprächtig. Dann »atmete« Cedric auf Janes Bogen Papier, Coventina wollte den Stempel, den Gulliver gerade benutzte, und Persephone brach in Tränen aus, weil Peter sie angerempelt hatte, weshalb eines ihrer Rentiere ein paar Millimeter aus der Reihe tanzte. Im Nu heulten alle Anwesenden einschließlich mir, in der ganzen Küche war Glitzer verstreut und auf Cedrics Stirn prangte ein Stechpalmenblatt (das Werk meiner erzürnten Tochter). Im Grunde war alles mit Ausnahme des verflixten Geschenkpapiers voller Stempelfarbe: die Kinder, die Kartoffeln, der Tisch, ja, selbst meine Wenigkeit.

Das Geschrei lockte Jessica und Louisa in die Küche (Erstere hatte als richtige Erwachsene die Nachrichten geschaut, zweitere hatte meditiert, um Madame du Barry in der Pocken-Frage zu konsultieren).

»Ach herrje«, sagte Jessica, »das war wohl keine so gute Idee.«

Und Louisa argwöhnte wenig hilfreich: »Mir scheint, die Stempelfarben waren doch nicht natürlichen Ursprungs; bestimmt enthalten sie Giftstoffe, die aggressiv machen.«

Simon, der eben aus seinem Schuppen im Garten hereingekommen war, ließ kurz den Blick über das Chaos wandern und holte dann den Staubsauger, mehrere Waschlappen, eine Packung Küchenrolle und für mich einen doppelten Gin.

Der Abend gestaltete sich zum Glück erfreulicher. Wir hatten sämtliche Kinder gebadet und gründlich geschrubbt (trotzdem war die Farbe leider nicht überall ganz abgegangen) und dann in ihre Schlafanzüge gesteckt.

Simon sorgte ohne es zu wollen dafür, dass Louisa beschäftigt war, weil »seine Aura total verunreinigt« war, was sie auf der Stelle beheben wollte. Er erklärte sich einverstanden, sofern er dabei mit einem großen Whisky vor dem Fernseher in der Küche sitzen und sich *Die Gebrauchtwagen-Profis: Neuer Glanz für alte Kisten* reinziehen konnte. Sobald ich im Wohnzimmer das Feuer im Kamin angemacht hatte (zwar nur Gas, aber trotzdem gemütlich), rief ich alle Kinder zu mir und trug ihnen auf, die Augen zu schließen und sich etwas zu wünschen, während sie ihre Weihnachtsstrümpfe aufhängten. Peter und Cedric stießen dabei mit den Köpfen zusammen, doch wir konnten sie davon überzeugen, dass ihnen das besonders viel Glück bringen würde. Mein Vorschlag, ein paar Weihnachtslieder anzustimmen, wurde brüsk abgelehnt, und auch meiner Vision von zehn kleinen Kinderlein, die um mein Fauteuil herum auf dem Boden saßen und andächtig zu mir hochsahen, während ich aus *Eine Weihnachtsgeschichte* vorlas, wurde eine Absage erteilt mit dem Argument, die Geschichte sei zu traurig. Die Kompromisslösung sah dann so aus, dass wir in Janes Zimmer ein Matratzenlager einrichteten, auf dem alle Kinder, ob nun windpockig oder nicht, zum Einschlafen *Polar Express* gucken durften.

Bald schlummerte eines nach dem anderen ein, bis man nur noch Jane, Persephone und Coventina wispern hörte. Ich hegte gewisse Befürchtungen, was das Gesprächsthema anging, denn Coventina hatte wie ihre übrigen Geschwister der Geburt von Boreas beigewohnt, und bei Jane stand neuerdings Sexualkunde auf dem Stundenplan, weshalb sie in jeder Unterhaltung das lustige Wort »Vagina« unterzubringen versuchte. Gut möglich also, dass Persephone nach dieser Nacht vorzeitig ergraut und vollkommen verstört sein würde, aber ich redete mir ein, dass sie sich vermutlich bloß über ihre Weihnachtswünsche austauschten.

Louisa hatte seit drei Uhr nachmittags durchgehend Prosecco gesüffelt, und sobald wir die Kinder bettfertig gemacht hatten, verkündete sie, Simons Aura sei nun gereinigt, und schlief auf dem Sofa ein. Jessica und ich füllten inzwischen die Strümpfe. Um Streitereien vorzubeugen, hatte ich im Vorfeld im Alleingang den Entschluss gefasst, dass alle zehn Kinder exakt das Gleiche kriegen würden (ja, es war überwiegend billiger Plastikplunder, Eisbären hin oder her) und mich auf keinerlei Diskussionen mit Louisa und meiner Schwester eingelassen.

Dann vertrieben wir Simon aus der Küche und ließen *Ist das Leben nicht schön?* laufen, während wir die Kartoffeln für morgen schälten (das war so ziemlich der Einzige Bestandteil des Weihnachts-Festmahls, den alle essen würden).

»Das haben wir auf Ty'r Ywen das letzte Mal zusammen gemacht«, sagte Jessica mit feuchten Augen und kippte noch einen Baileys.

»Stimmt. Schön, nicht? Es ist fast ...«

»Autsch, ich hab mich geschnitten. Ich blute auf die Kartoffeln. O Gott, mir wird schwarz vor Augen. Wo kommt denn das ganze Blut her? Ist die Wunde so tief ?«

Ich verarztete Jessicas Finger und versicherte ihr, sie werde nicht an Tetanus erkranken und müsse auch nicht in die Notaufnahme, dann bat ich Simon, Louisa nach oben zu verfrachten, damit meine mittlerweile leichenblasse Schwester kraftlos auf das Sofa sinken konnte. Bis ich die restlichen Kartoffeln geschält hatte, war es drei, trotzdem fühlte ich mich seltsam beschwingt und glücklich, und mir war, als könnte ich die Glöckchen am Schlitten des Weihnachtsmanns klingeln hören. Aber vielleicht lag das auch am Baileys.

Der Weihnachtstag begann ohne größere Zwischenfälle. Die Kids freuten sich mehr über den billigen Plastikplunder aus ihren Strümpfen als über die großen Weihnachtsgaben von ihren Eltern, und dank meiner Strategie, allen das Gleiche zu schenken, gab es tatsächlich kaum Auseinandersetzungen.

Beim Festessen zog ich sämtliche Register. Der Truthahn war nach der gestrigen Bastelaktion nur marginal glitzerverseucht, allerdings verweigerten Jane und Peter jegliches Grünzeug zugunsten von Würstchen im Schlafrock und Röstkartoffeln, was dazu führte, dass Louisas Kinder gegen den Linsenauflauf protestierten, den sie essen sollten, und auch Persephone und Gulliver begehrten auf, weil ihre Mutter nicht von der fünf-Mal-täglich-Obst-oder-Gemüse-Regel abweichen wollte. »Nicht fair! Nicht fair!« tönte es von allen Seiten. Dann erlitt Persephone eine Krise wegen der »armen Truthähne« und verkündete, sie wolle etwas vom Linsenauflauf abhaben, allerdings löste sich ihr Mitleid in Luft auf, sobald sie Louisas braune Pampe probiert hatte. Jessica beschränkte sich auf Gemüse, weil ich Nigellas Rat befolgt und den Truthahn in Salzlake mariniert hatte (»Ich versuche zurzeit, mich möglichst natriumarm zu ernähren«). Simon aß alles, hauptsächlich aus Angst, und ich stocherte in meinem Stück Truthahn herum und fragte mich, warum zum Teufel ich mir die ganze Arbeit gemacht hatte. Es war also eigentlich alles wie immer.

Ein echtes Highlight war der mit Brandy übergossene und flambierte Plum Pudding von Fortnum & Mason zum Dessert. »Dieses Feuer-Ritual wird der Göttin gefallen«, stellte Louisa zufrieden fest.

Ungemütlich wurde es, als Jessica und ich schließlich das Abendessen servierten – wie gewöhnlich viel zu früh, alle waren noch pappsatt, aber wir kannten es nun einmal nicht anders aus unserer Kindheit. Ein essentieller Bestandteil war jedoch partout nicht aufzufinden: das Glas Rote Beete von Granny Green, das Jessica mitgebracht hatte.

Sie brach daraufhin erneut in Panik aus. Das war eine noch größere Katastrophe als ihre windpockigen Kinder – ohne ihre Rote Beete war Weihnachten ruiniert! Ich sah in meinem Vorratsschrank nach, fand dort aber nur meine beiden Gläser vor. Mein Angebot, sie könne eines davon haben, lehnte Jessica ab. Sie brauchte ihr eigenes Glas.

Und dann schlich sich Louisa an uns vorbei, eine Hand unter ihrem unförmigen selbstgestrickten Pullover.

Jessicas Rote-Beete-Detektor schlug sogleich Alarm.

»Was hast du da, Louisa?«, rief sie.

»Nichts«, log meine Schwägerin und sprintete in den Garten, wo sie sich anschickte, das gesuchte Glas feierlich in eine Pfütze neben dem Trampolin zu stellen. »Das ist mein Sonnwend-Opfer für die Göttin!«, kreischte sie, als Jessica, die hinterdrein gespurtet war, es ihr entreißen wollte.

»Vergiss es!«, tobte Jessica. »Gib mir sofort meine Rote Beete zurück, du grenzdebile Hippie-Braut!«

»Heute ist ein besonderer Tag, da muss ich der Göttin ein Opfer bringen, und alles andere da drin ist mit Plastik verseucht!«, verteidigte sich Louisa. »Du erzürnst die Göttin, die über uns wacht und dafür sorgt, dass wir gesund bleiben! Dabei könnte sie deine Kinder heilen, wenn du sie darum bitten würdest, statt ihr ein lausiges Glas Roter Beete zu missgönnen!«

»Schnauze, du gehirnamputierte Gebärmaschine!«, schnarrte Jessica, entwand Louisa das Glas und brachte es vor ihren chronisch ungewaschenen Händen in Sicherheit, indem sie es in den Ausschnitt ihres Kaschmirpullovers steckte. »Wie kannst du es wagen, das als ein lausiges Glas Roter Beete zu bezeichnen?«, bellte sie. »Dieses Glas steht symbolisch für einige der seltenen glücklichen Momente in meiner Kindheit!« Damit rannte sie zurück ins Haus und knallte die Tür hinter sich zu.

»Dafür wird dich die Göttin vernichten, du wirst schon sehen!«, schrie Louisa ihr nach.

Ich bedachte sie mit einem finsteren Blick und folgte meiner Schwester ins Haus, konnte sie aber nirgends entdecken – sie war weder in der Küche noch im Wohnzimmer, wo zehn Kinder wie gebannt auf den Bildschirm starrten. Es lief *The Sound of Music*. »Jessica?«, rief ich vom Fuße der Treppe aus nach oben. Keine Antwort. Aber ich hatte so eine Vermutung, wo sie stecken könnte. Mit Simons bester Flasche Whisky bewaffnet begab ich mich in die Garage.

Jessica kauerte auf einem durchgesessenen Gartenstuhl und schniefte: »Es tut mir leid! Du hast dich so ins Zeug gelegt, und dann mache ich ein Riesentheater wegen einem Glas Roter Beete, die ohnehin keiner isst.«

»Es geht ja weniger um den Inhalt, oder?« Ich klappte einen zweiten Stuhl auf und setzte mich. »Ich weiß, warum dir dieses Glas so wichtig ist, und ich fand es auch nicht okay, dass Louisa es sich unter den Nagel gerissen hat. Unsere Rote Beete bedeutet ihr nichts.« Ich hielt ihr den Whisky hin. »Hier. Ich glaube, Baileys genügt in dieser Phase nicht mehr. Leider hab ich die Gläser vergessen.«

»Was ist mit den Keimen?«

»Whiskyflaschen desinfizieren sich selbst.«

»Das klingt irgendwie nach Dad.« Jessica hickste.

»Hm, es kommt mir tatsächlich so vor, als hätte ich den Satz von ihm aufgeschnappt.«

Jessica nahm einen Schluck und schauderte. »Boa, ganz schön stark. Aber lecker. Wie kommt es, dass wir an Weihnachten früher oder später jedes Mal in der Garage sitzen?«

»Alle coolen Kids hängen in der Garage ab«, sagte ich mit einem Schulterzucken. »Lust auf einen Weihnachtssong?«

»Au ja.«

Ich trank ebenfalls einen Schluck Whisky und ließ auf meinem Handy Mariah Carey laufen. Nach einer Weile fragte ich: »Kann es sein, dass wir Weihnachten zu ernst nehmen?«

»Quatsch!«, stieß Jessica empört hervor. »Ganz und gar

nicht. Das Problem ist vielmehr, dass kaum jemand Weihnachten ernst *genug* nimmt. Gib mir mal die Flasche.«

»Bist du sicher, dass nicht wir das Problem sind, sondern die anderen?«

»Keine Ahnung. Naja, vielleicht … Meine Therapeutin sagt, wir können zwar bestimmen, was *wir* tun, aber nicht, wie andere darauf reagieren. Wir können lediglich unser Bestes geben und hoffen, dass es jemand zu schätzen weiß. Tja, wir mögen keinen Einfluss auf die Reaktionen anderer Menschen haben, aber wir können durchaus *hoffen*, dass sie eines Tages angemessen reagieren werden.«

»Hat das auch deine Therapeutin gesagt? Und ist das nicht die Definition von Wahnsinn, wenn man immer wieder dasselbe tut und trotzdem auf ein anderes Ergebnis hofft? Ich glaub, du brauchst eine neue Therapeutin.« Hui, der Whisky hatte es echt in sich.

Jessica schüttelte nachdrücklich den Kopf. »Überleg doch mal – du hast alles gegeben, und das weißt du auch. Und eines Tages werden deine Kinder es zu schätzen wissen. Und ich weiß es zu schätzen, und Simon ebenfalls, selbst, wenn es nicht immer nach deinen Vorstellungen gelaufen ist. Du hast viel Liebe reingesteckt. Nur darauf kommt es an.«

»Meinst du?«

»Ja, das meine ich. Vielleicht *muss* ich dieser Meinung sein, weil ich mich auch immer so reinsteigere.«

»Vielleicht sollten wir uns ein Beispiel an Louisa mit ihrer Drauf-geschissen-Einstellung nehmen und auch nur noch unsere eigenen Interessen verfolgen.«

»Nein!«, rief Jessica. »Niemand sollte sich ein Beispiel an Louisa nehmen. Es muss doch schließlich auch andere Leute geben, oder? Warum also nicht gleich wir – wir haben wenigstens eine Vorstellung davon, wie man's richtig macht.«

»Allerdings.« Ich nickte. »Glaubst du, es wird uns je gelingen, dafür zu sorgen, dass Weihnachten so märchenhaft wird wie damals auf Ty'r Ywen?«

Jessica setzte erneut die Flasche an. »Was hat denn eigentlich damals diese besondere Atmosphäre ausgemacht? Es is' *alles* schiefgegangen – Granny war eine grauenhafte Köchin, alle waren besoffen, und es gab nur eingelegte Rote Beete un' so.«

»Her mit dem Whisky«, befahl ich. »Ich glaub, genau *das* war's – es is' zwar alles schiefgegangen, aber Granny hat dafür gesorgt, dass es trotzdem alle märchenhaft fanden. Tja, die Frage is' nur, wie kriegen *wir* das hin?«

»Weiß nich'. Dieser Whisky is' kaputt, Ellen. Ach, der Schtöpsel is' zu. Wozu denn das? Also, Granny hat sich damals auch voll ins Zeug gelegt. Pech, dasser Herd ausgegangen is'. Es wär nich' dasselbe gewesen, wenn sie von Anfang an gesagt hätte, es gibt nur Rote Beete, oder?«

»Nein. Shit, Jess, du hasen gansen Whisky getrunken. Also, es is' gans einfach: Wir geben weiter unser Bestes, un' falls alles schief geht, sagen wir scheiß der Hund drauf, und dann wird Weihnachten märchenhaft.«

Gegenwart

Den Kater, den Jessica und ich tags darauf hatten, konnte man definitiv nicht als märchenhaft bezeichnen, ebenso wenig wie Simons »Enttäuschung« darüber, dass wir seinen Whisky ausgetrunken hatten, oder Louisas vorwurfsvoll-gekränkte Miene, weil wir ihre Göttin vor den Kopf gestoßen hatten. Und so sehr ich danach versucht habe, mich nicht zu grämen, wenn etwas schieflief, es wollte mir nie gelingen. Es ist ja gut und schön, in Louisas Jurte ein improvisiertes Festmahl zu kredenzen und die Heldin der Stunde zu sein, aber im Falle einer von der eigenen Unfähigkeit verursachten Panne wie damals bei Granny Green wäre ich vor Scham vergangen, statt meinen Gästen einfach Oliven und eingelegte Rote Beete auf dem besten Porzellan zu servieren und so zu tun, als handle es sich um ein Michelin-würdiges Dinner.

Tja, und was hat mir das alles gebracht? Nichts. Warum hat mir niemand gesagt, dass man es auch übertreiben kann? Dass man in seinem Streben nach Perfektion eine totale Nervensäge werden kann und damit genau *die* Menschen verprellt, die Weihnachten erst so wunderbar machen? Tja, denke ich und rühre in meinem Eintopf mit Huhn und Lauch, dieses Jahr wird niemand da sein, für den ich mich ins Zeug legen müsste, mal abgesehen von Simon.

Vielleicht hatte Jessica ja recht. Vielleicht arbeiten wir tatsächlich viel zu verkrampft darauf hin, Weihnachten zu einem ganz besonderen Fest zu machen. Vielleicht sollte ich mich dieses Jahr mal *wirklich* in Gelassenheit üben, zumal es Simon herzlich egal sein wird, wenn mal wieder nichts nach Plan läuft. Zumindest haben wir jede Menge Suppe, ich werde also nicht in die Verlegenheit kommen, aus der Not heraus einen Rote-Beete-Salat machen zu müssen. Ob es wohl etwas nützen würde, Jane zu schreiben, dass ich mir künftig Mühe geben werde, etwas weniger verkrampft zu sein? Wohl kaum. Sie hat nicht einmal auf das Foto von Barry mit Rentiergeweih auf dem Kopf reagiert, das ich ihr geschickt habe. Und es könnte etwas verkrampft wirken, wenn ich gelobe, weniger verkrampft zu sein.

Kaum habe ich alle Suppen in der Tiefkühltruhe verstaut, ruft Sylvia an. O Gott, Michael ist etwas zugestoßen, denke ich sofort, doch Sylvia beruhigt mich: Sie wolle bloß ein wenig mit mir plaudern.

Wie sich herausstellt, hat Simon ihr erzählt, dass Jane und Peter über Weihnachten nicht nach Hause kommen, und genau das ist es, worüber Sylvia mit mir reden will. Sie sagt, sie wisse, wie schwer das beim ersten Mal sei, weil es einem vor Augen führt, dass man loslassen und akzeptieren muss, dass die Kinder erwachsen sind und eigene Wege gehen. Ihr Mitgefühl verblüfft mich derart, dass ich kein Wort rausbringe.

»Mir ist schon klar, dass ich in deinen Augen eine alte Schachtel war, die viel zu sehr an ihrem Nachwuchs hing«, fügt sie hinzu.

»Aber nein, gar nicht«, schwindle ich hastig.

»Tja, ich war es tatsächlich. Ich konnte es nicht ertragen. Die Kinder waren mein Leben, insbesondere Simon. Mein Verhältnis zu Louisa war immer etwas komplizierter, aber Simon und ich waren uns sehr nah. Und dann hatte er mit einem Mal eine eigene Familie, und damit war ich abgemeldet. Das stimmt natürlich nicht, aber es kam mir damals so vor. Und ich hätte es mir beinahe endgültig mit ihm verdorben, weil ich dich gegen mich aufgebracht habe in dem Versuch, mich bei jeder sich bietenden Gelegenheit aufzudrängen. Das Loslassen ist das Allerschwierigste am Elternsein, Ellen.«

»Und ich hab alles falsch gemacht«, bekenne ich bekümmert. »Zwischen Jane und mir herrscht deswegen sogar Funkstille.«

»Sie braucht bestimmt bloß etwas Zeit und Abstand«, tröstet mich Sylvia. »Gib ihr beides, dann kriegt sie sich schon wieder ein. Lass sie einfach zu dir kommen. Das erste Weihnachten ohne Kinder ist das Schlimmste, aber glaub mir, es wird einfacher. Du wirst dich daran gewöhnen. Du wirst Möglichkeiten finden, um damit fertig zu werden, und lernen, dich anderweitig zu beschäftigen, wieder Spaß zu haben. Sie werden dir trotzdem fehlen, aber du wirst neue Traditionen etablieren, gemeinsam mit Simon. In den nächsten Jahren kannst du an Weihnachten herrlich dekadente Dinge tun – am 24. Dezember den ganzen Vormittag in der Badewanne liegen, Schampus süffeln und Pralinen essen beispielsweise, statt in der Küche zu schwitzen und dich mit einem riesigen Truthahn abzumühen. Das kommt dann wieder, sobald deine Kinder mit den Enkeln anrücken.«

»*Wenn* sie denn mit den Enkeln anrücken …«, murmelte ich düster. »Aber das mit der Badewanne, dem Schampus und den Pralinen klingt verlockend.«

»Na, also. Das ist eines deiner großen Talente, Ellen; es gelingt dir immer, das Gute zu sehen. Wenn man den Silberstreif am Horizont erspäht hat, kann man alles überstehen. Genau wie Sara Crewe.«

»Ich vergesse immer, dass du die Einzige außer mir bist, die dieses Buch mag.«

»Ich weiß, meine Liebe, dabei haben wir so oft versucht, es Jane schmackhaft zu machen! So, jetzt muss ich leider auflegen, Michael ruft mich zum Bridge. Stell dir vor, wir spielen neuerdings im Internetz. Das geht bequem von zu Hause aus, und wir können trinken, so viel wir wollen, weil wir hinterher nicht Autofahren müssen! Fabelhaft, oder? Also, bis bald. Wir hören uns dann am 25. via Facetime, ja?«

Ich muss sagen, meine Schwiegermutter war die Allerletzte, von der ich in dieser Situation Trost erwartet habe, aber jetzt fühle ich mich tatsächlich etwas beschwingter. Bleibt zu hoffen, dass sie recht behält, was Jane anbelangt. Ich bezweifle ja, dass es so einfach wird, aber ich werde Sylvias Rat beherzigen und Jane nicht weiter drängen, mir zu verzeihen. Sie ist erwachsen und muss ihre eigenen Entscheidungen treffen; auch die, die mich angehen. Und da ich an Weihnachten mit Simon allein sein werde, kann ich eigentlich auch Sylvias zweiten Rat befolgen und auf den verfluchten Truthahn verzichten, samt Füllung und Kartoffeln. Wir halten uns einfach an Champagner und edle Häppchen und lieben uns dann leidenschaftlich auf dem Teppich vor dem Kamin. (Okay, Letzteres wohl kaum, wegen der Hunde, aber zumindest ein bisschen Knutschen sollte drin sein, ehe wir uns diskret zurückziehen, damit sie keinen Schock erleiden). Wir können tun und lassen, was wir wollen. Es wird wohl alles andere als ein traditionelles Weihnachtsfest, aber scheiß drauf, dann erfinde ich eben ein paar neue Traditionen, und es wird verdammt nochmal trotzdem märchenhaft werden, jawohl!

SAMSTAG, 23. DEZEMBER

Shit. Shit, Shit, Shit! Ich habe vergessen, meine Bestellung bei Marks & Spencer zu ändern, weil wir ja nun nur zu zweit sind. Dummerweise fand ich es herrlich entspannend, den Lebensmitteleinkauf für Weihnachten im Oktober in aller Ruhe online zu erledigen, statt im Dezember bei Sainsburys mit einer rüstigen Rentnerin um die letzte Schachtel Mince Pies zu ringen. Infolgedessen habe ich wahllos unzählige Leckereien angeklickt und im Einkaufskorb deponiert, und da so ein virtueller Einkaufskorb etwas höchst Abstraktes ist und nichts mit der Realität zu tun hat, machte ich mir weder wegen der Kosten Gedanken, noch fragte ich mich, wer das eigentlich alles essen sollte. Tja, jetzt können wir eine ganze Fußballmannschaft verköstigen.

Simon war fassungslos, als ich vorhin mit zig Einkaufstüten beladen nach Hause kam.

»Was hast du getan?«, stieß er hervor, und ich erklärte reichlich kleinlaut, Weihnachten sei mir an jenem Abend im Oktober, an dem ich zu vorgerückter Stunde und schon leicht weinselig die Bestellung getätigt hatte, noch so weit weg erschienen, weshalb ich etwas unüberlegt alles Mögliche bestellt hätte, unter anderem einen kompletten Brie im Blätterteigmantel.

»Aber, hey, dafür brauchen wir jetzt bis Februar nicht mehr einkaufen zu gehen.«

»Bis dahin ist das doch alles längst abgelaufen!«

»Ach was, ich friere es einfach ein.«

»Also, ich bezweifle, dass ich im Februar noch Lust auf Mini-Hamburger haben werde«, sagte er mit gerunzelter Stirn, während er in den Tüten kramte. »Wie viele Sorten Truthahnfüllung hast du gekauft?«

»Äh, ich hab einfach alle angeklickt und wollte dann noch einmal aussortieren, aber das hab ich glatt vergessen.«

»Zwei Sorten Truthahnbrust *und* ein Turducken?«

»Ja, ich konnte mich nicht entscheiden ... Ich wollte schon immer mal einen Turducken machen, aber ich wusste nicht, wie du dazu stehst, und beim Truthahn war ich hin und hergerissen zwischen gefüllt und ungefüllt, also habe ich einfach alles genommen. Eigentlich wollte ich noch deine Meinung dazu einholen und dann aussortieren, aber ...«

»Lass mich raten: Du hast es vergessen.«

»Bingo.«

»Und ein Schinken?«

»Jep, für etwaige Besucher am 26. Dezember.«

»Kann man denen nicht auch einfach ein paar Mince Pies hinstellen?«

»Keine Ahnung. Ich hatte da so eine ...«

»Vision?«

»Genau! Wie hast du das erraten?«, rief ich erfreut. »Mir schwebt ein kaltes Büffet mit allerlei Aufschnitt und einem Stilton für den 26. vor.«

»Du hasst Stilton. ›Der schmeckt nach Schweißfuß‹, sagst du immer.«

»Schon, aber es ist Weihnachten, und er war so hübsch verpackt …« Ich zeigte Simon den kleinen weißen Tontopf.

»Ah, du hast auch einen Stilton gekauft. Für deine Vision. Und wer genau soll den essen?«

»Keine Ahnung. Er hält sich ja eine Weile. Schlecht werden kann er jedenfalls nicht, ist ja schließlich ein Schimmelkäse.«

Judgy nieste, um darauf hinzuweisen, dass er gern bereit war, sich zu opfern, falls es galt, überschüssigen Käse, Schinken oder sonstige Köstlichkeiten zu vernichten.

»Du kriegst keinen Stilton, Judgy«, sagte ich streng.

Simon verzog sich in seinen Schuppen, und ich machte mich daran, die Einkäufe auszupacken und zu verstauen. Doch so sehr ich es auch genoss, das alles nun in Ruhe erledigen zu können, statt wie sonst unter Druck zu stehen, verspürte ich doch eine gewisse Melancholie. Ja, bislang war ich um diese Jahreszeit chronisch gestresst gewesen, aber das hatte einfach zu Weihnachten dazugehört, wenngleich ich regelmäßig »Ich kann nicht mehr!« und »ich hasse euch alle!« gebrüllt hatte. Es war schön, den Kühlschrank nicht mehr vor hungrigen Gören verteidigen und ständig »Stopp! das ist für Weihnachten!« keifen zu müssen, trotzdem fehlte einfach etwas ohne Jane und Peter.

Schon seltsam, dass sich Stille so traurig anfühlen kann. Ich dachte an die Jahre, als die Kinder noch klein waren und ich alles getan hätte für fünf Minuten Pause. Wie oft war ich damals versucht gewesen, Simon mit der Klobürste zu verdreschen, weil es mich absolut wahnsinnig machte, dass er am Samstag- oder Sonntagvormittag oft eine halbe Stunde lang auf dem

Thron saß! Ich dagegen konnte *nicht ein einziges Mal* ungestört pinkeln gehen – entweder zog sich Peter just in diesen paar Minuten eine Gehirnerschütterung zu, weil er beim Kampf gegen einen imaginären Weißen Hai (keine Ahnung, wie er auf sowas kam) vom Sofa geplumpst war, oder Jane stand vor der Badezimmertür und beschwerte sich lautstark, ich hätte die Karotten fürs Abendessen »falsch geschnitten« (»Du weißt genau, dass ich es hasse, wenn sie so geschnitten sind!«). Und jetzt, da es mir freistand, die Karotten zu schneiden, wie ich wollte, ohne dafür gekreuzigt zu werden, stellte ich fest, dass ich die Dinger eigentlich gar nicht mochte.

Inzwischen ist es neun Uhr abends und ich spiele immer noch Kühlschrank-und-Gefriertruhen-Tetris (nicht zuletzt wegen der drei Suppen). Aber sobald ich hier fertig bin, gönne ich mir endlich ein schönes Glas Wein, denke ich, und just in diesem Moment klingelt mein Handy: Jane! Es ist Jane! Ich versuche, mich nicht zu sehr zu freuen; kann durchaus sein, dass sie bloß versehentlich anruft.

Ich tippe auf Annehmen und sage: »Hi, Jane«, um einen möglichst coolen Tonfall bemüht.

»Hallo, Mami«, tönt es kläglich aus der Leitung. »Duhuuu … Bist du grad sehr beschäftigt?«

»Nein, gar nicht, Liebes. Wieso, was ist los?«

»Ich stehe in Stafford an der Tankstelle …« Jane macht ein unattraktives Geräusch, das halb Grunzen, halb Schniefen ist. »Kannst du mich vielleicht abholen?«

»Bin schon unterwegs. Geht's dir nicht gut? Bist du verletzt?«

»Nein, alles okay. Ich will bloß nach Hause.«

Ich düse wie der Teufel über die M6 bis Stafford, wo mich meine verheulte Tochter mit bemerkenswert wenig Gepäck für einen einwöchigen Skiurlaub erwartet. Doch ich verkneife mir ein »In dem kleinen Rucksack kann unmöglich genügend warme Kleidung sein«, verfrachte sie in den Wagen und fahre los. Ich muss mich auch unheimlich zusammenreißen, um ihr weder Löcher in den Bauch zu fragen noch all jenen, die ihr Kummer bereitet haben, grausame Rache in Form von Feuer, Schwefel und sengendem Glutwind zu schwören, stattdessen beschränke ich mich gemäß Sylvias Rat auf ein knappes: »Und, willst du drüber reden?«

»Nein«, schnieft Jane und hickst, und dann erzählt sie mir die ganze unerfreuliche Geschichte.

Offenbar hat der stinkreiche Rafferty schon einiges an Attraktivität eingebüßt, als Jane vor einer guten Woche bei einem Dinner in Edinburgh seine alten Herrschaften kennengelernt hat. »Beides superunsympathische Brexit-Befürworter, und sein Dad hat die Kellnerin so lange gelöchert, wo sie denn *wirklich* herkommt, bis die Ärmste schon den Tränen nahe war«, berichtet sie. »Als sie irgendwann damit rausgerückt ist, dass ihre Großmutter aus Trinidad stammt, rief er: ›Ha, ich wusste es!‹ Dann wollte er wissen, ob sie beim Cricket für England oder Trinidad ist, und als sie gesagt hat, sie interessiert sich nicht für Cricket, war das für ihn der schlagende Beweis dafür, dass sie ganz offensichtlich keine *richtige* Britin ist, wie er es bereits vermutet hatte.«

Das klingt, als könnte sich Raffertys Vater blendend mit Geoffrey verstehen.

»Ich hätte Raff sofort den Laufpass geben sollen«, schluchzt Jane. »Aber ich dachte, vielleicht bin ich zu empfindlich. Ich dachte, vielleicht sind sie ja trotzdem nicht so übel. Und selbst wenn, kann Rafferty nichts dafür, und außerdem ist er ja ganz anders. Allerdings ist mir danach immer mehr an ihm aufgefallen, das mich an seine Eltern erinnert hat. Aber ihn so kurz vor Weihnachten abzuservieren hätte ich herzlos gefunden.«

»Und außerdem hättest du dich damit um deinen Skiurlaub gebracht«, bemerke ich trocken.

»Das hatte nichts damit zu tun«, schwindelt sie wenig überzeugend.

»Keine Sorge, Liebes, das sollte kein Vorwurf sein. In deinem Alter hätte ich es vermutlich genauso gemacht.«

Sie hatten morgen früh alle gemeinsam zum Flughafen in Bristol aufbrechen wollen, deshalb mussten Jane und Rafferty schon heute zu Raffertys Eltern fahren, und im Zuge dessen kam es zum Eklat, weil Rafferty unterwegs über jede Autofahrerin, die sie passierten, gelästert hat und insgesamt der Ansicht war, Frauen sollten nur eine Fahrerlaubnis für Landstraßen erhalten.

»Ich habe vorher noch nie mit ihm in einem Auto gesessen, schon gar nicht auf einer Autobahn … Jedenfalls ist mir auf einen Schlag bewusst geworden, dass er ein richtiger Wichser ist. Dass er all das, was ich für Scherze oder Ironie gehalten habe, absolut ernst gemeint hat. Er hat zwar so getan, als wäre es scherzhaft gemeint gewesen, aber wenn ich mal ›Das war ganz schön gemein!‹ gesagt habe, kam immer gleich ein ›Jetzt hab dich nicht so!‹ Und dann sagte er auf einmal: ›Ich hoffe, du erwartest an Weihnachten keinen Verlobungsring, denn das ist ja der Hauptgrund, warum Frauen studieren, nicht? Um einen Mann zu finden, hahaha … Mann, jetzt mach dich mal locker, verstehst du denn gar keinen Spaß?‹ Und da dachte ich: Boa, was für ein Arsch, und als er in Stafford zum Tanken angehalten hat, bin ich ausgestiegen, hab gesagt: ›Du kannst mich mal kreuzweise‹ und ihn einfach stehenlassen. Er hat mir nachgeblökt: ›Hey, was soll ich denn jetzt meinen Eltern sagen?‹ Darauf hab ich gesagt: ›Dass sie mich auch mal kreuzweise können‹. Und wie er dort in seiner lächerlichen roten Hose neben seinem dämlichen Audi stand, da hab ich mich gefragt, was zum Teufel ich eigentlich an ihm gefunden habe. Ich dachte: Wo zum Henker ist die Selbstachtung geblieben, zu der mich meine Mutter erzogen hat? ... Das war eine rhetorische Frage, Mum! Tja, sein Auftreten war eben immer so verdammt souverän, und irgendwie hat er mir jedes Mal, wenn ich seine Ansichten infrage gestellt habe, das Gefühl gegeben, dass ich dumm bin, und ... Ich weiß auch nicht. Komm mir jetzt bitte nicht mit: ›Ich hab's dir doch gesagt‹, ja?«

Leider ist die Tankstelle in Stafford kein Knotenpunkt für öffentliche Verkehrsmittel, sodass sich meine nach Unabhängigkeit strebende Tochter gezwungen sah, mich anzurufen.

»Ich war nicht sicher, ob du mich abholen würdest, nachdem ich in letzter Zeit nicht besonders nett zu dir war.«

»Ich bin sehr froh, dass du dich gemeldet hast, Liebes. Ich bin deine Mutter, und ich werde immer für dich da sein, solange ich lebe.«

»Ich weiß. Es tut mir leid, dass ich dich einen Kontrollfreak genannt hab.«

»Du hattest vollkommen recht. Ich mische mich ständig ein, und ich versuche, die Kontrolle an mich zu reißen. Vor allem an Weihnachten. Aber ich werde mich bessern, versprochen.«

»Ich weiß. Ich war vorhin echt beeindruckt, dass du es geschafft hast, keinen Kommentar zu meinem Gepäck vom Stapel zu lassen, obwohl es dir sichtlich schwergefallen ist. Und während ich auf dich gewartet habe, dachte ich, dass es zwar nervt, wenn du dich einmischst, aber auf der anderen Seite ist auf dich einfach Verlass.«

»Ich weiß, dass ich mir meine Überfürsorglichkeit abgewöhnen muss, aber es ist nicht einfach, Jane. Sowas kann man nicht von einem Tag auf den anderen abstellen. Ich habe mir so lange Sorgen um dich und Peter gemacht, das ist jetzt quasi in meiner DNA verankert. Ich muss mich bewusst entscheiden, es nicht zu tun – oder euch damit zumindest nicht auf die Nerven zu gehen.«

»Ist schon okay«, sagt Jane. »Eigentlich finde ich es schön, zu wissen, dass du im Notfall für mich da bist.«

»Und das werde ich immer sein. Ich würde alles für dich tun, Liebes.«

»Würdest du mir helfen, eine Leiche zu verscharren?«

»Was? Wieso? Was hast du getan? O Gott, hast du Rafferty umgebracht?«

»Nein! Wie kommst du denn auf sowas?«

»Naja, du hast gefragt, ob ich dir helfen würde, eine Leiche zu verscharren!«

»Das war nur *hypothetisch* gemeint, Mutter! Ich kann nicht fassen, dass du glaubst, ich würde Raff abmurksen.«

»Es klingt, als hätte er es durchaus verdient. Also, es käme natürlich auf die Umstände an. Nehmen wir mal an ...«

»Von wegen. Du würdest mir auf jeden Fall helfen. Du kannst doch gar nicht anders – du würdest sichergehen wollen, dass ich alles richtig mache.«

»Da könntest du recht haben«, gebe ich zu.

»Ich hab übrigens was für dich, Mum«, sagt Jane. »Hier, hab ich vorhin an der Tanke besorgt.«

Ich spähe zu ihr rüber. Sie hält ein Glas eingelegte Rote Beete in der Hand.

»Och, danke, Liebling.«

»Weinst du etwa?«

»Nein, ich hab bloß was im Auge.«

»Jetzt musst du mir helfen, eine Leiche zu verscharren.«

»Bist du ganz sicher, dass du Rafferty nicht auf dem Gewissen hast? Ich wäre dir gar nicht böse; ich wollte schon immer einen Mord aufklären.«

»MUM!«

SONNTAG, 24. DEZEMBER

Ich fühlte mich wie gerädert, als ich heute früh erwachte. Jane und ich kamen erst gegen drei Uhr nachts nach Hause, und die Hunde konnten sich vor unbändiger Wiedersehensfreude gar nicht wieder einkriegen und mussten alle nochmal zum Pieseln raus. Bis wir endlich im Bett lagen, war es vier, trotzdem war ich unheimlich froh, dass Jane wieder da war.

Aber es war höchst ungewohnt, am 24. Dezember nicht total gestresst zu sein und nicht schon morgens beim Aufwachen an eine ewig lange To-do-Liste zu denken, an Berge ungeschälter Kartoffeln und noch nicht eingepackter Geschenke, an aufgekratzte Kids, die beruhigt, und Mütter oder Schwiegermütter, die beschwichtigt werden mussten, und an all die noch zu lokalisierenden Kleinigkeiten für die Weihnachtsstrümpfe, die ich im Januar im Ausverkauf erstanden und an einem allzu sicheren Ort versteckt hatte.

Diesmal musste ich dank meiner üppigen Bestellung bei Marks & Spencer (»Siehst du?«, sagte ich zu Simon, »gut, dass ich vorgesorgt habe! Jane ist doch gekommen!«, worauf Simon erwiderte: »Ja, und zwar *allein*, und nicht in Begleitung der halben Hochschule!«) lediglich ein wenig klar Schiff machen, und danach konnte ich den heutigen Tag mit Jane genießen. Wie gut, dass ich nicht wie ursprünglich geplant meine besten Freunde eingeladen hatte (ironischerweise deshalb, weil mich die Vorstellung von Weihnachten zu zweit so deprimiert hatte)!

Doch als Jane gegen Mittag auftauchte, verkündete sie, sie werde nachher mit Emily und Sophie ausgehen.

Ich schluckte mein »Und was ist mit miiiiiiir?« hinunter, aber die Enttäuschung war mir wohl anzusehen, denn Jane sagte: »Wie wär's denn, wenn du Hannah und Sam samt Anhang zu einem spontanen Weihnachtsumtrunk einlädst?«

Sam und Colin waren hocherfreut. »Ich hoffe nur, ich kann vorher noch duschen. Unser Bad ist seit Stunden belegt«, klagte Sam.

»Ja, unseres auch!«, krähte ich begeistert. »Ist es nicht toll, dass die Mädels heimgekommen sind?«

»Naja, Sophie ist schon seit einer Woche wieder da«, meinte Sam. »Allmählich lässt der Reiz des Neuen nach.«

Hannah war allein mit Klein Edward zu Hause, ihr Mann Charlie war als Arzt sehr wichtig und beschäftigt und musste arbeiten. »Ich werde keinen Babysitter kriegen.«

»Dann bring Edward eben mit«, schlug ich vor. »*PAW Patrol* gucken bis zum Abwinken, das ist doch ein tolles verfrühtes Weihnachtsgeschenk, oder?«

»Okaaay … Bist du sicher?«

»Na, klar! Mit einem Kleinkind im Haus können wir wie früher einen Mince Pie und ein Glas Scotch für Santa Claus bereitstellen, und eine Karotte für Rudolph.«

Als sich Jane gegen drei vom Acker machte, um Sophie und Emily in der Stadt zu treffen, wirkte das Haus stiller denn je.

Und dann – ich stand gerade mit einem Glas Wein vor dem Kleiderschrank – klingelte es an der Tür, über eine Stunde zu früh! Ich fluchte. Da hatte sich wohl jemand in der Zeit geirrt.

»Simon! Kannst du mal aufmachen? Wer immer es ist, wird sich noch etwas gedulden müssen, bis ich angezogen bin.«

In diesem Moment erschien Simon in der Tür, und hinter ihm Jessica, das Gesicht rotfleckig vom Weinen.

»Jessica!«, rief ich. »Was machst du denn hier?«

»Ich habe Neil verlassen!«, verkündete sie theatralisch, ließ sich auf mein Bett plumpsen und leerte mein Glas Wein in einem Zug.

»Du holst wohl besser gleich die Flasche!«, sagte ich zu Simon, der abwartend und sichtlich neugierig in der Tür stand.

»Du hast Neil verlassen?«, wiederholte ich und glotzte meine Schwester konsterniert an.

»Sag ich doch.«

»Und wieso?«

»Was meinst du wohl? Weil er wie alle berechenbaren Männer mittleren Alters in der Midlife-Crisis ist und eine Affäre hat, dieses Aas!«, sagte sie resigniert.

»*Neil* hat eine *Affäre?*«, kiekste ich. Natürlich tat sie mir unendlich leid, aber in erster Linie erstaunte es mich, dass mein unfassbar langweiliger Schwager doch tatsächlich imstande war, mal etwas einigermaßen Interessantes zu tun. Und vor allem, dass er offenbar über genügend Charisma verfügte, um eine Frau dazu zu bringen, dass sie mit ihm ins Bett ging. Ich habe nie verstanden, warum meine kluge, schöne große Schwester eine derartige Trantüte geheiratet hat, aber die beiden hatten bislang einen glücklichen Eindruck gemacht, und nur darauf kam es an. »Wie hast du es rausgekriegt?«

»Es war wie in *Tatsächlich ... Liebe*: Ich wollte bloß die Rolle Tesa aus seiner Schreibtischschublade holen, um sein Geschenk zu verpacken, und bin dabei auf eine Rechnung von Tiffany gestoßen. Diamantohrringe für zweitausend Pfund. Total protzig, ich hab sie hinterher gegoogelt. Ich dachte, das ist dann wohl sein Weihnachtsgeschenk für mich, aber das Päckchen unter dem Baum war definitiv nicht von Tiffany.«

»Vielleicht wollte er dich ja morgen damit überraschen?«

»Nein. Ich hab ihn direkt darauf angesprochen, und er hat alles zugegeben. Die Ohrringe waren für irgendein Flittchen aus dem Büro, mit dem er es schon seit einer Weile treibt. Also hab ich ihn verlassen.«

»Was hab ich verpasst?«, wollte Simon wissen, der eben mit einer Flasche Wein und einem weiteren Glas hereingekommen war und uns nun einschenkte.

»Jessica hat Neil verlassen, weil dieser Mistkerl sie betrügt.«

»Im Ernst?« Simon war genauso überrascht wie ich.

»Jep«, schniefte Jessica und griff nach dem Weinglas.

»Und was ist mit den Kindern?«, fragte ich sie.

»Was soll mit ihnen sein?«

»Du hast Persephone und Gulliver doch nicht über Weihnachten bei dieser untreuen Tomate gelassen, oder?«

»Natürlich nicht. Gulliver hockt irgendwo in einem Anti-Fracking-Protestcamp von Just Stop Oil auf einem Baum, und Persephone wollte zu einem Weihnachts-Rave nach Ibiza.«

»Ich dachte, die beiden wollten Weihnachten mit euch verbringen? Du hattest doch was von einem schönen Dinner zu viert gesagt ...«

»Hab ich das?« Sie kippte erneut einen großen Schluck Wein, dann griff sie nach meiner Foundation. »Ist die gut? ...

Okay, okay, ich wollte nicht zugeben, dass meine perfekte Familie im Arsch ist und meine Kinder an Weihnachten nicht nach Hause kommen«, gestand sie bekümmert. »Neil und ich wären nur zu zweit gewesen, aber ich hab's nicht über mich gebracht, es dir zu erzählen.«

»Ich dachte, nur *unsere* Kinder kommen an Weihnachten nicht nach Hause«, stieß ich verblüfft hervor. »Peter ist irgendwo in Thailand, und Jane wollte eigentlich mit ihrem Freund nach Verbier, aber das hat sich zerschlagen, sie hat gestern mit ihm Schluss gemacht. Wir wären also auch nur zu zweit gewesen; ich hab's dir bloß nicht erzählt, weil ich so neidisch war, nachdem du gesagt hast, ihr feiert zu viert.«

»O Gott, manchmal sind wir echt genau wie Mum, die sich ständig fragt, was die Leute wohl denken werden. Na, jedenfalls klingt es, als hätten Peter und Jane diese Entscheidung getroffen, weil du sie zu unabhängigen, abenteuerlustigen Menschen erzogen hast, wohingegen meine Kinder nicht kommen wollten, weil ich sie zu sehr drangsaliere.« Sie schluckte schwer, und ich dachte ein klein wenig selbstgefällig: Sieh an, ausgerechnet Jessica bewundert mich für meine Erziehung!

»Quatsch. Du hast dein Bestes gegeben. Und falls es dich tröstet, Jane hat mich neulich auch als Kontrollfreak bezeichnet, und trotzdem ist sie hier. Und überhaupt – Weihnachts-Rave und Anti-Fracking-Protestcamp, das klingt doch, als wären deine beiden auch ziemlich unabhängig und abenteuerlustig, oder?«

»Meinst du? Gulliver hat gesagt, er wäre zu Fuß zu lange unterwegs, das kann er vor den anderen nicht rechtfertigen, und als ich angeboten habe, ihn abzuholen, hat er mir einen langen

Vortrag über fossile Brennstoffe gehalten, aber ich dachte, das sind bloß Ausflüchte.«

»Ich dachte, er studiert in Cambridge?«

»Er fand es wichtiger, in einem Baumhaus zu sitzen und zu protestieren. Übrigens hat er Bardo getroffen, und auch Louisa und ein paar ihrer Kinder.«

»Das passt ins Bild. Und warum hast du nie erwähnt, dass Gulliver das Studium abgebrochen hat?«

»Wie sollte ich denn, nachdem ich so damit geprahlt habe, dass man ihn in Cambridge aufgenommen hat?«

»Ach, Jessica, du gibst wirklich zu viel auf die Meinung der anderen ... Gut, ich ebenfalls, und wir haben uns damit beide ganz schön viel Ärger eingehandelt. Du hast recht, wir sind genau wie Mum, und die hat sich damit auch keinen Gefallen getan.« Plötzlich kam ich mir unheimlich weise vor. »Ich hab viel nachgedacht, nachdem meine Kinder beschlossen haben, nicht nach Hause zu kommen, und mir ist klar geworden, dass mein Perfektionismus – nicht nur, was Weihnachten angeht –, rein gar nichts bringt. So. Hannah, Sam und Colin sollten jeden Moment eintrudeln. Ich nehme an, du bleibst eine Weile? Du wirst leider mit Peters Zimmer vorliebnehmen müssen. Ich gehe gleich mal lüften.«

Die Mini-Burger waren im Nu alle verputzt, der Wein floss in Strömen. Jessica hatte infolge ihres Alkoholkonsums vergessen, dass sie weder Gluten noch rotes Fleisch isst und nach 18 Uhr eigentlich auch nur noch Kräutertee trinkt. »Scheiß aufs Intervallfasten!«, rief sie und schaufelte sich die Canapés mit beiden Händen in den Schlund.

Mittlerweile hingen mir die *Christmas Party Hits* zum Hals

raus; es war höchste Zeit für die Pogues und Konsorten. Ich legte *Patricia The Stripper* auf und sagte zu Simon: »Ich bin nicht mehr bloß Mutter, sondern eine erwachsene Frau, und es macht einen Heidenspaß! Ich werde mir ein neues Hobby zulegen. Pole Dance vielleicht, das stell ich mir lustig vor!«

Diese Aussicht schien auf ihn so erregend wie erschreckend zu wirken.

»Kommt, wir tanzen!« Ich zog Jessica und Hannah vom Sofa hoch. »Ich bin so froh, dass ihr meine Schwester und meine beste Freundin seid! Simon, komm tanzen! Und du, Colin! Dich liebe ich auch. Wo ist Sam? Wir brauchen Sam. Ihr seid meine Lieblingsmenschen, und jetzt, wo unsere Kinder erwachsen sind, werden wir endlich mehr Zeit füreinander haben. Sorry, Hannah ... Naja, das ist bloß eine Phase, auch Edward wird irgendwann erwachsen.«

Sam, der zum Rauchen draußen gewesen war, kam herein und verkündete: »Es schneit, und zwar richtig heftig.«

»Weiße Weihnachten!«, jubelte ich. »Das ist ja wie im Märchen!«

Sam schüttelte den Kopf. »Da draußen wütet ein regelrechter Schneesturm. Ich glaube kaum, dass wir heute noch nach Hause kommen.«

Ein Blick auf unsere diversen Handys bestätigte seine Aussage. Charlie saß im Krankenhaus fest und konnte Hannah und Edward nicht abholen.

»Wo steckt Edward eigentlich?«, fragte Hannah. Wir hatten den Knirps schon eine Weile nicht mehr gesehen.

Wir entdeckten ihn selig schlummernd in einer Ecke, mit der offenen Baileys-Flasche neben sich. Wie es aussah, hatte er unbemerkt daraus getrunken. Hannah betrachtete ihn besorgt.

»Ich komm mir vor wie die schlechteste Mutter der Welt, und zugleich frage ich mich, ob ich ihm künftig jeden Abend einen Baileys statt seiner Gute-Nacht-Milch geben kann«, gab sie zu. »Aber wie komme ich jetzt nach Hause? Taxifahrer haben kaum je einen Kindersitz dabei, und außerdem kann ich mich mit einem Vierjährigen, der einen Rausch hat, echt nicht in der Öffentlichkeit zeigen.«

»Du würdest ohnehin kein Taxi kriegen«, bemerkte Sam. »Die sind alle ausgebucht und stellen wetterbedingt gerade sukzessive den Dienst ein.«

»O Gott, was soll ich denn jetzt machen?«, rief Hannah verzweifelt. »Wenn Edward eine Alkoholvergiftung hat oder im Schlaf erstickt, können wir nicht einmal einen Krankenwagen rufen!«

»So viel Baileys hat er nun auch wieder nicht getrunken«, beruhigte ich sie. »Jedenfalls wirkt er auf mich nicht bewusstlos. Es ist nach zehn; kein Wunder, dass er schläft.«

»Tja«, sagte Sam. »Ich schätze, du wirst hier übernachten müssen, Hannah, wie alle anderen wohl auch.«

»Kein Problem!«, sagte ich beschwingt. »Je mehr wir sind, desto besser! Hat jemand Lust auf Shots?« Shots statt Kartoffeln schälen – das Leben konnte so schön sein! Warum zum Henker hatte ich mir wegen Weihnachten so viele graue Haare wachsen lassen?

»Ich weiß nicht recht. Meinst du wirklich, Edward geht es gut?«, fragte Hannah ängstlich.

»Na, klar. Sieh mal, er wacht auf!«

»O Gott! Nein, lass ihn schlafen!«

Edward blinzelte uns an. »War der Weihnachtsmann schon da?«

»Noch nicht«, sagte Hannah. »Wir übernachten heute bei Tante Ellen, aber keine Sorge, der Weihnachtsmann wird dich auch hier finden. Was? Nein, du kriegst nichts mehr von Tante Ellens Spezial-Schokoladenmilch. Du kannst ein Glas Wasser haben.«

Erstaunlicherweise – und zu unserer Erleichterung – erhob Edward keinerlei Einwände und schlief umgehend wieder ein.

Allerdings bereitete uns die Tatsache, dass wir unsere Töchter nicht erreichten, allmählich Kopfzerbrechen. Um zehn hatten wir uns deshalb noch nicht groß Gedanken gemacht. In der Annahme, dass sie in einem Pub saßen und bei all dem Lärm dort das Klingeln nicht hörten, hatten wir beschlossen, es später wieder zu versuchen und inzwischen noch eine Runde Tequila zu trinken. Gegen Mitternacht erfasste uns dann die Panik, was dazu führte, dass alle außer Jessica ziemlich rasch wieder nüchtern waren. Draußen tobte nach wie vor ein heftiger Schneesturm, in dem man kaum die Hand vor Augen sah. Und irgendwo da draußen waren unsere Töchter.

»Toby ist zu Hause, aber er hat nichts von ihnen gehört, und gesehen hat er sie auch nicht«, berichtete Sam.

»Sollen wir die Polizei informieren?«, fragte ich sorgenvoll. »Was, wenn sie sich im Schneesturm verirrt haben oder tot in einem Hauseingang sitzen wie *Das Mädchen mit den Schwefelhölzern?*«

»Also, ich bezweifle, dass du die Polizei bitten kannst, sämtliche Hauseingänge der Stadt zu kontrollieren«, sagte Simon.

Im Hintergrund hörte ich Jessica lallen, es sei an der Zeit für einen FaceTime-Anruf bei ihrer Tochter. »Hallo, mein Schass, hier is Mami! Sieh mal, ich trinke Shots!«

»Frag sie, ob sie was von Jane gehört hat«, trug ich ihr sogleich auf.

»Perschephone sagt, Jane hat ihr um Viertel nach elf eine WhatsApp geschickt«, tat Jessica kund.

»Gott sei Dank! Ach so, warte, Viertel nach elf bei uns oder auf Ibiza?«

»Ibifa.«

»Also Viertel nach zehn. Das heißt, da war Jane noch wohlauf, und die Mädels sind bestimmt so klug und bleiben beisammen.«

Sam sagte: »Ich versuch's noch einmal bei Sophie ... Komm schon ... Geh ran!«

Da klingelte mein Handy. »Halleluja, das ist Jane! ... Hallo Jane, geht's dir gut? Heute kann dich Mami leider nicht holen kommen. Ich weiß, ich hab gesagt, ich bin immer für dich da, aber wir haben Shots getrunken, und es liegt zu viel Schnee. Wo bist du eigentlich, und warum bist du nicht rangegangen?«

»Warum habe ich ungefähr 39 verpasste Anrufe von dir, Mutter? Und was sollen die ganzen Nachrichten von wegen *Ist dir etwas zugestoßen?* und *Mami hat dich lieb!* ... Bist du betrunken?«

»Nur ein ganz kleines bisschen. Und wir haben uns schreckliche Sorgen gemacht. Sind Sophie und Emily bei dir?«

»Ja, wir haben partout kein Taxi in die Stadt gekriegt, also sind wir zu Fuß zu Emily nach Hause gegangen.«

»Sie sind alle bei euch, Hannah!«, informierte ich meine besorgten Freunde freudestrahlend.

»Jetzt chill mal, Mum, ganz im Ernst!«, rügte mich Jane. »Du hast doch versprochen, dir das abzugewöhnen.«

»Ich bin deine Mutter, ich werde mir immer Sorgen machen. So sind Mütter nun mal. Also, geht's dir gut? Du hast hoffentlich keine nassen Füße? Oder gar Erfrierungen an den Zehen? Wärm dich auf und trink einen Tee oder so.«

»Wir sind seit Stunden zurück, Mum. Es ist alles bestens!«

»Warum zum Teufel seid ihr dann nicht ans Telefon gegangen?«

»Wir hatten bis gerade eben keinen Empfang, lag bestimmt am Schneesturm. Und dann habe ich plötzlich deine ganzen Anrufe gesehen. Sophie ist auf dem Klo, und Emily macht in der Küche Popcorn. Sie melden sich bestimmt auch gleich.«

»Gott, bin ich froh, dass dir nichts passiert ist. Hab dich lieb!«

»Im Ernst, Mum! Chill mal!« Sie legte auf.

»Okay, mehr Shots!«, rief ich.

»Is' das herrlich! Wie früher, wenn Freuninnen bei mir ü'nachten durften!«, lallte ich. Ich lag mit Hannah und Jessica im Ehebett. Klein Edward hatten wir in Janes Bett gesteckt; Hannah hatte sich vorhin zu ihm gelegt, war aber zu uns geflüchtet, nachdem sie mehrfach von ihm getreten wurde. Sam und Colin schliefen in Peters Zimmer, und Simon wurde kurzerhand aufs Sofa verbannt, worauf er etwas verschnupft reagiert hatte.

Hannah nickte. »Missamt B-52. Warum ham wir B-52 getrunken? Das war schon mit 15 keine gute Idee, un' heute noch weniger.«

»Püh, is mir schlecht«, stöhnte Jessica.

Ich rieb ihr den Rücken. »Nein, nein, das bildessu dir bloß ein, Jessica.«

Sie schoss hoch, und ich befürchtete schon, dass sie gleich

losreiherte, doch sie kreischte bloß: »Die Rote Beete! Ich hab meine Rote Beete vergessen, weg'n Neil, dem treulosen Scheißkerl!«

»Keine Panik«, beruhigte ich sie. »Ich hab massenhaft Rote Beete. Alles gut. Nacht, Jessica! Nacht, Hannah!«

MONTAG, 25. DEZEMBER

Ich muss wohl nicht erwähnen, dass der heutige Tag wenig erfreulich begonnen hat. Ich erwachte von Würgegeräuschen, weil meine große Schwester im Bad gerade dabei war, sich die Seele aus dem Leib zu kotzen. Jessica ist es nicht gewohnt, Shots zu trinken, trotzdem hat sie gestern darauf bestanden, dass ich sie filmte, während sie sich einen Baby-Guinness-Shot nach dem anderen hinter die Binde gekippt hat, um ihrer Tochter zu beweisen, wie cool sie doch ist. Das bereute sie nun zweifellos ganz bitterlich.

Dann stürmte Klein Edward ins Zimmer. Er hielt den Weihnachtsstrumpf in den Händen, den wir gestern um drei Uhr nachts für ihn gefüllt haben, ich hatte nämlich ganz hinten im Schrank eine Schachtel mit haufenweise kleinen Gaben entdeckt, die ich im Laufe der Jahre für meine Kinder gekauft und an Weihnachten dann nicht mehr gefunden hatte. Edward sprang aufs Bett, bohrte mir dabei ein Knie in die Blase und röhrte, der Weihnachtsmann müsse wohl schlecht hören, denn er habe ihm kein einziges der gewünschten Geschenke gebracht. Da mir sein Geschrei körperliche Schmerzen bereitete, überließ ich es Hannah, sich mit ihm auseinanderzusetzen. So viel zum Thema Ausschlafen an Weihnachten. Arme Hannah, wie hielt sie das tagtäglich aus?

Unten schnarchte Simon auf dem Sofa. Dem Zustand des Wohnzimmers nach zu urteilen hatte mein eleganter Weihnachtsumtrunk deutlich weniger elegant geendet, als er begonnen hatte. Ich sammelte die überall herumstehenden Gläser ein und stellte sie in die Spülmaschine.

Das geplante Champagnerfrühstück für Simon und mich konnte ich mir ja nun abschminken. Stattdessen füllte ich einen großen Glaskrug mit Prosecco und Orangensaft und machte Rührei aus den zwölf Eiern, die im Rahmen meiner Weihnachtseinkaufsorgie aus unerfindlichen Gründen in meinem Kühlschrank gelandet waren.

Nach dem Frühstück, das Jessica rundheraus verweigerte (als ich ihr Sekt und Speck anbot, suchte sie das Weite und legte sich noch einmal hin), gingen wir ein bisschen vor die Tür. Draußen sah es mittlerweile nicht mehr ganz so Doktor-Schiwagoesk aus; die mannshohen Schneewehen waren in sich zusammengefallen, die Straßen waren wieder passierbar.

»Ich glaube, wir können nach Hause fahren«, stellte Hannah fest. »Wir sind sogar so früh dran, dass wir es noch zum Weihnachtsessen zu meiner Mutter schaffen. Moment, mein Handy klingelt …«

Fünf Minuten später erklärte sie: »Das war Mum. Es sind zwar nur dreißig Kilometer bis zu ihr, aber ihr Dorf ist offenbar von der Außenwelt abgeschnitten. Und Charlie schreibt, bei ihm stehen heute vier Not-OPs an – drei Mal Blinddarm, eine Gallenblase … Er hat keine Ahnung, wann er nach Hause kommt. Toll. Ich hab gestern das ganze Essen für heute Abend zu Mum verfrachtet, mein Kühlschrank ist praktisch leer. Das heißt, mein Weihnachtsdinner wird aus einer Fertig-Pastete von Ginsters mit Truthahnfüllung bestehen.«

»Bleib doch einfach hier«, schlug ich vor. »Und ihr auch, Sam. Simon hat vorhin keinen Buck's Fizz getrunken, weil er euch nach Hause fahren und Jane abholen wollte, aber eigentlich kann er genauso gut alle drei Mädels herbringen, und Toby ebenfalls, und dann essen wir zusammen hier. Ihr könnt auch gern wieder über Nacht bleiben. Was haltet ihr davon? Hach, das wird großartig! Bitte, sagt ja!«

»Hast du denn genug zu essen da?«, fragte Colin. »Und bist du sicher, dass dir das nicht zu anstrengend wird? Ich dachte, du hast dich auf ein entspanntes Weihnachtsfest mit Simon gefreut?«

»Ach, das kann ich dann in den nächsten Jahren nachholen«, sagte ich, und dann holte ich sicherheitshalber schon mal die Notfall-Milch aus dem Gefrierschrank.

Simon holte wie vereinbart Toby und die Mädchen, die bei ihrem Eintreffen von Klein Edward mit den Worten »Der Weihnachtsmann ist ein Trottel, er hat mir kein echtes Gewehr gebracht!« begrüßt wurden.

Gegen drei drängten wir uns alle im Esszimmer und waren schon wieder leicht angesäuselt. Nichts, was an Geschirr und Gläsern auf dem Tisch stand, passte zueinander, und mein festliches Arrangement aus Kerzen und Blumen hatte den Unmengen von Essen weichen müssen. Jessica war wieder fit und bereits beim zweiten Glas Wein. Sie videofonierte erneut mit Persephone, die sich von der Trinkfestigkeit ihrer Mutter höchst beeindruckt zeigte. Jane knurrte zwar hundertfünfundsiebzigtausend Mal »Jetzt chill mal, Mum!«, äußerte sich aber nicht abfällig über die teils praktischen, teils originellen Geschenke, die sie von mir erhalten hatte.

»Hört mal!«, rief ich irgendwann. »Da singt jemand!«

»Aber nicht besonders textsicher«, stellte Sam fest. »Veranstaltet Julia eine Art Weihnachtskaraoke?«

»Ich liebe Karaoke!«, rief ich. »Sollen wir rübergehen und fragen, ob wir mitmachen dürfen? Ach, lieber nicht, wir sind zu viele. Aber auf dem Dachboden müsste noch das Karaoke-Mikrofon rumliegen, das Jane mal zu Weihnachten gekriegt und kein einziges Mal benutzt hat. Wir sollten es runterholen. Zeit für ein paar Gesangseinlagen!«

Jane verdrehte die Augen. »Ernsthaft, Mum? Karaoke?«

»Warum denn nicht?«, beharrte ich. »Ich habe seit Jahren die Vision, dass wir uns um ein Klavier versammeln und Weihnachtslieder schmettern. Tja, in Ermangelung eines Klaviers können wir doch wohl ein Weihnachts-Karaoke veranstalten, das passt auch besser ins 21. Jahrhundert. Simon, geh rauf und such das Mikrofon, ja? Links von der Tür steht eine Umzugskiste mit der Aufschrift *Jane*, da müsste es drin sein.«

»Nein!«, tönte es von allen Seiten. »Es reicht! Keine weiteren Visionen!«

»Aber ... Karaoke!«, flehte ich. »Wir müssen ja nicht unbedingt Weihnachtslieder singen. Nun kommt schon! Zwingt mich nicht, mit der Flasche Baileys in die Garage zu marschieren!«

»Glaub mir, das willst du nicht. Edward hat aus der Flasche getrunken und bei der Gelegenheit garantiert ordentlich reingesabbert«, warnte mich Hannah und stand auf, weil ihr Sohnemann mit einem Gewehr, das er sich aus Lego gebaut hatte, vor Tobys Nase herumfuchtelte und dabei »Flossen hoch!«

bellte. Seine Mutter entwand ihm die »Waffe« und seufzte: »Wo hat er das nun wieder her? Aus *Hey Duggee* wohl kaum.«

»*Hey Duggee* ist blöd«, sagte Edward. »Ich mag YouTube. Ich hab ein YouTube mit nackigen Frauen gesehen, und mit einem Schniedel!«

»O Gott. Wie hat er es geschafft, die Kindersicherung zu umgehen?«, stöhnte Hannah. »Nein, Edward, niemand hier will deinen Schniedel sehen.«

Simon glotzte den Kleinen entgeistert an, und es war sonnenklar, was er dachte: »Bin ich froh, dass uns dieses Schicksal erspart geblieben ist!« Das sah ich ähnlich, vertrocknete Gebärmutter hin oder her. »Was ist nun mit dem Mikrofon, Simon?«, erinnerte ich ihn, und er legte seufzend die Gabel weg und stand auf.

»Ähm, Ellen, könntest du mal kurz kommen?«, rief er gleich darauf aus dem Flur. »Und du auch, Hannah.«

Ich rannte hinaus. Hatte einer der Hunde Durchfall? Oder war eine Leitung geplatzt? Doch nein – in der geöffneten Tür standen Peter und Lucas in Begleitung eines mir unbekannten blonden Mädchens! Sobald sie Hannah und mich erblickten, stimmten die Jungs haarsträubend schief *We Wish You a Merry Christmas* an.

Ich schnappte nach Luft. »Was …?«

»Wieso …?«, stieß Hannah hervor.

»Wo kommt ihr denn plötzlich her?«, wollte Simon wissen.

Offenbar verdankten wir diese Überraschung dem blonden Mädchen, das Ciara hieß und Peters neue Freundin zu sein schien. »Ich hab mal erwähnt, wie sehr es mir auf den Senkel geht, dass du ständig fürchtest, ich könnte tot sein, wenn ich nicht sofort auf deine Nachrichten antworte, und sie meinte: ›Du kannst froh sein, dass du eine Mum wie sie hast!‹ Und da dachte ich: Stimmt eigentlich. Und als ich ihr erzählt hab, wie wir normalerweise Weihnachten feiern, meinte sie: ›Wow, das klingt toll‹, und da ist mir bewusst geworden, dass du dir für Weihnachten echt immer etwas ganz Besonderes ausdenkst. So wie damals, als wir unser eigenes Geschenkpapier gebastelt haben. Das war voll lustig.«

Ich war baff, und zugleich gerührt, weil sich Peters Erinnerungen derart von den meinen unterschieden. Womöglich war es ja doch immer irgendwie märchenhaft gewesen, und ich hatte es bloß nicht gemerkt, weil ich so gestresst war? »Aber ... Da haben alle geheult, einschließlich mir, und der Mistelzweig auf Cedrics Stirn ist bis Neujahr nicht abgegangen!«

»Ach ja? Ich weiß nur noch, dass ich es lustig fand. Und Ciara meinte ...« (Ich hatte das Gefühl, dass ich in nächster Zeit noch ziemlich viele Sätze aus seinem Mund hören würde, die so anfingen, aber mir sollte es recht sein; diese Ciara wirkte sehr sympathisch.) »... dass du dir ganz offensichtlich große Mühe gibst, Weihnachten möglichst unterhaltsam zu gestalten, und dass sie auch gern einmal so Weihnachten feiern würde, und da dachte ich, sie hat recht, und eigentlich wäre es doch schön, wenn ich sie an Weihnachten mitbringen würde. Also hab ich zu Lucas gesagt: ›Komm, wir fliegen nach Hause‹. Ich wollte ihn nicht allein dort lassen, und ich war sicher, dass du nichts dagegen hast, und dass es Ciara gefallen wird. Und ich wollte, dass du sie kennenlernst. Sie ist nämlich echt cool, Mum. Ich glaub, ich werd ihr bald die große Frage stellen.«

Es erfüllte mich mit Stolz, dass ich in den Augen meines Sohnes eine so coole Mum war, und dass er das Gefühl hatte, problemlos seine coole Freundin mitbringen zu können. Dann waren all meine Tränen und all der Stress also nicht vergebens, dachte ich erfreut. Moment mal … was hatte er gerade gesagt?

»Du wirst was?«

»Jetzt flipp nicht gleich aus, Mum!«

»Du bist viel zu jung zum Heiraten, Peter!«

»Wer redet denn hier von Heiraten?«

»Du hat gesagt, du willst Ciara die große Frage stellen.«

»Ja, ich werd sie fragen, ob sie meine Freundin sein will, ganz offiziell.«

»Du stellst sie deiner Familie vor, und das an Weihnachten, das bedeutet doch wohl, dass sie deine Freundin ist, oder?«

»Nein, ich muss sie erst fragen. Aber das mach ich dann später.«

Ich schüttelte den Kopf. Ganz schön kompliziert, die Dating-Rules der Jugend von heute.

»Sag mal, wie seid ihr eigentlich hergekommen?«

»Wir haben einen megagünstigen Flug ergattert und sind heute früh angekommen. Donkey saß übrigens auch in der Maschine; ich soll dir Weihnachtsgrüße von ihm bestellen. Er hat gesagt, er kommt morgen mal vorbei, um meiner MILF-Mum einen Besuch abzustatten und zu fragen, ob er irgendwie helfen kann.«

»Das ist lieb von ihm. Und wie seid ihr vom Flughafen hierhergekommen?«

»Na, Autostopp.«

»Autostopp?« Okay, Ellen, tief durchatmen. Weinend in der Ecke kauern kannst du auch später noch, wenn du wieder allein bist.

»Ähm, gibt's was zu essen, Mum? Mir knurrt der Magen.«

Alle drei waren sehr dünn und beneidenswert braungebrannt. Und außerdem in Partylaune, obwohl sie seit fast 24 Stunden unterwegs waren und einen Bärenhunger hatten.

»Jep. Ich hoffe nur, wir haben genug zu trinken da!«

»Keine Sorge, wir haben Nachschub dabei«, sagte Peter und überreichte mir eine Duty-Free-Tüte mit drei Flaschen: Sambuca, Tequila und irgendein ominöser Schnaps. Er legte mir einen Arm um die Schultern. Wann ist der Junge so gewachsen? »Wie sieht's aus, Ma, genehmigen wir uns ein paar Shots?«

—

Mittlerweile sind die Kerzen, die wir vorhin von der Tischmitte aufs Regal verpflanzt haben, schon gefährlich weit runtergebrannt. Das Wohnzimmer gleicht einem Schlachtfeld, überall liegen Menschen. Lucas, Ciara und Peter schlafen auf dem Sofa, Colin und Hannah gucken *Titanic* und wischen sich gegenseitig die Tränen von den Wangen, und Sam, Toby und Jessica trinken noch immer Shots. Die Mädels höre ich oben in Janes Zimmer kichern und kreischen, und Klein Edward … Shit, wo ist Edward? Nach kurzer Suche entdecke ich ihn unter dem Tisch, wo er versucht, Feuer zu machen. Ich entwinde seinen klebrigen Fingern die Streichhölzer und Feuerzeuge und gebe ihm stattdessen das iPad und eine Packung Ferrero Rocher; ein Tausch, der ihn nach anfänglichem Protest zufriedenzustellen scheint. Was er sich auf dem iPad ansieht, will ich lieber gar nicht wissen.

In der Küche stoße ich auf Simon, der gerade im Begriff ist, die Hunde rauszulassen.

»Ah, Ellen, komm doch mal kurz her«, bittet er mich.

»Was ist?«, frage ich ungeduldig.

Er hält einen Mistelzweig, den er hinter dem Rücken versteckt hat, über unsere Köpfe und küsst mich ausgiebig. Dann sagt er: »So. Viel besser«, und öffnet zufrieden grinsend die Hintertür für Flora, die zum x-ten Mal an diesem Tag für kleine Hundedamen muss.

Im selben Augenblick schwankt Jessica in die Küche. »Die Rote Beete!«, röhrt sie.

»Da drin.« Ich deute auf den Schrank neben dem Herd.

Sie trägt das Glas wie einen wertvollen Schatz vor sich her ins Wohnzimmer und stellt es zwischen zwei Kerzen auf dem Regal ab. Ein kleiner Rote-Beete-Altar.

»Voilà«, murmelt sie zufrieden. »Weissu, Ellen, ich hatte eine ... eine 'leuch ...«

»Eine was?«

»Du weischon. Eine 'leuchung.«

»Eine Erleuchtung?«

»Genau. Perschephone mag mich wieder, jess muss ich nur noch Gulliver dasu bringen, dass er mich auch wieder mag. Ich häng meinen Job annen Nagel und such mir ein' neuen. Eisbären retten oder so.«

»Bist du dir sicher, Jessica?«

»Naja ...« Sie überlegt kurz. »Vielleich' nehm' ich als nächsen Firmenwagen ein Elektroauto? Das is' auch gut für die Eisbären.«

Erst jetzt fiel mir auf, dass sie sich umgezogen hatte.

»Du hast dein Dior-Kleid an!«, staune ich.

Sie nickt. »Das musste ich 'türlich mitnehmen. Hassdu deines noch?«

»Schon, aber es passt mir nicht mehr. Ich sollte es Jane schenken.«

»Super Idee. Ich schenke meines Perschephone, dann können sie sie susammen anziehen. Sam, noch ein Shot, bitte. Und einen für Ellen.« Sie prostet mir zu. »Gar nich' stark. Eigentlich nur Wasser!«

»Eigentlich nur Wasser!« Ich stoße mit ihr an.

»Und …?« Jessica deutet auf die Menschen um uns. »Nicht ganz das, was du dir vorgestellt hattest, oder?«

»Nein«, sage ich, »und trotzdem ist es …«

»… ein märchenhaftes Weihnachtsfest!«, sagen wir wie aus einem Mund.

DANK

Wieder einmal gibt es unheimlich viele Menschen, denen mein Dank gebührt – allen voran Katya Shipster, meine fabelhafte Lektorin. Ohne dich könnte ich einpacken! Die Fähigkeiten und das Einfühlungsvermögen meiner Redakteurin Jenny Hutton sind ebenfalls ganz erstaunlich – tausend Dank! Die Zusammenarbeit mit dem Team bei HarperCollins macht mir immer riesigen Spaß, vielen Dank euch allen! Insbesondere danke ich Tom Dunstan und seinem herausragenden Vertriebsteam, Hetty Touquet, meiner fantastischen Pressesprecherin, sowie Sarah Hammond, die ein wahres Koordinationsgenie ist und dafür sorgt, dass wir alle den Zeitplan im Blick behalten. Mark Bolland, mein Korrektor, hat wie üblich Großes geleistet, indem er sich durch einen regelrechten Dschungel aus Ausrufe- und sonstigen dubiosen Satzzeichen gearbeitet und damit das Manuskript lesbar gemacht hat, also vielen Dank(!).

Ein wichtiger Bestandteil meiner Bücher ist die fabelhafte Cover-Art mit den umwerfend komischen Zeichnungen von Tom Gauld, und auch diesmal bin ich restlos begeistert von dem absolut großartigen Umschlag, den er gemeinsam mit Claire Ward gestaltet hat.

Danke an Paul Baker, meinen wunderbaren Agenten – wir haben wieder ein Buch überlebt! Da Patrón XO Cafe mittlerweile nicht mehr hergestellt wird, müssen wir uns ein anderes Getränk zum Feiern suchen, aber ich bin zuversichtlich, dass uns da etwas einfallen wird.

Ich danke all meinen tollen FreundInnen dafür, dass sie es mit mir aushalten, insbesondere Jo Middleton mit ihrer unerschöpflichen *Joie de vivre*! Du bringst so viel Spaß in mein Leben; selbst, wenn du auf der Rückbank eines Autos sitzt und weinst. Und wie immer danke ich Alison, Eileen, Lynn und Mairi – dafür, dass ihr seid, wie ihr seid, und dass ihr immer für mich da seid. Helen und Sarah, danke für die Martinis und für Marbella, wenngleich beides einen verzögernden Effekt auf meine Arbeit an diesem Buch hatte. Und ein riesengroßes Dankeschön an die göttliche Jilly Cooper, mit der mich eine wunderbare Freundschaft verbindet und die es mir großzügigerweise gestattet hat, einen der Hunde im vorliegenden Buch nach ihrem Rupert Campbell-Black zu benennen.

Zu guter Letzt danke ich wie immer meinem Ehemann und meinen Kindern – für alles! Und natürlich meinen beiden stolzen, edlen Border Terriern Billy und Buddy. Ich weiß zwar nicht genau, wofür, denn meistens führen sie sich auf wie wildgewordene Warzenschweine, aber wenn ich sie nicht erwähne, sind sie beleidigt.